気がついたらいつも本ばかり読んでいた

岡崎武志
Takeshi Okazaki

原書房

気がついたらいつも本ばかり読んでいた

気がついたらいつも本ばかり読んでいた◉目次

夢の中では青空が見えたことさえあった——233

——読む読むの日々3

今日までそして明日から——251

——A Day in the Life 4

男たちの別れ——287

——読む読むの日々4

私はなぜこんなに本を買ってしまうのか

――読む読むの日々1

「とにかく生きてゐてみようと考へ始める」

「二〇代の頃、ずっと旅館の若旦那になりたかった」とは、なんと覇気のない望みか。エッセイ集『活字と自活』（本の雑誌社、二〇一〇年）で荻原魚雷《おぎはらぎょらい》はそう書く。現在四〇歳のフリーライターで、三〇過ぎまで年収二〇〇万円以下の貧乏暮らしを続けていた。

しかし、彼はいかなる時も好きな本を読み続けた。電車賃をケチって、古本屋で一冊一〇〇円の文庫を買う日々。尾崎一雄、古山高麗雄《ふるやまこまお》、鮎川信夫など、地味な書き手から生き方を学ぶ。進退窮まった時も、尾崎の「とにかく生きてゐてみようと考へ始める」という一行を読み、開き直るのだ。

『活字と自活』には、自分の歩幅に合わせた読書で、じっくりと人生を作り上げてきた男がいる。「おそらく好きな仕事に就くことよりも、自分のやっている仕事を好きになることのほうが簡単」と言い、「そのことを昔の自分に教えてやりたい」という一行が泣かせる。

そんな男がうろつくのが、東京・神田神保町。この町を舞台に『森崎書店の日々』という映画が作られた。今秋公開予定だが、ひと足先に試写を見た。神保町の裏路地にある古本屋「森崎書店」へ、恋人に裏切られた若い女性がやってくる。店主とは叔父と姪の関係だ。じつは荻原も私も、一シーンに出演している。

文学にまったく縁のなかった彼女が、次第に古本に染まっていく。最初に手を出したのが尾崎一雄の『まぼろしの記』というのがシブい。神田古本まつりの日、叔父が彼女に言う。「開くまでは静かだけど、開いてしまうと、とてつもない世界が広がっている。また閉じると静かになるんだ」。

まるで本の世界みたい。

（『出版ダイジェスト』二〇一〇年八月九日）

薫くんに何があったか

トーハン発行の月刊情報誌『新刊ニュース』には、挟み込みで「文庫・コミックス新刊案内」が付録でついていて、これで文庫の新刊をチェックするのが楽しみ。「へえ」とか「しめしめ」とか「ううむ」とか言いながら。

先だって届いた案内を見てびっくり！　なんと、新潮文庫の三月新刊に、庄司薫『赤頭巾ちゃん気をつけて』が入っているではないか。「へえ」を大きく長く伸ばして驚いた。なぜなら、これは中公文庫独占の書目のはずだから。

日比谷高校卒業を目前に、学園紛争で東大入試が流れ、揺れ動く受験生・薫くん。愛犬には死なれ、足の爪をはがしたり、恋人とはケンカ中と冴えない若者の一日を饒舌体で描き、芥川賞を受賞した青春小説の傑作だ。中学生時代、私も夢中になり、作文から日記まで、すべて薫くんの文体と化し、まったくもって困ってしまった。やれやれ。

この作品、初出が『中央公論』で、単行本も中央公論社（現・中央公論新社）から。文庫も当然ながらずっと中公文庫だ。一九六九年の発表から、「赤頭巾」と同社とのつきあいは古女房みたいに長い。

ここへ来て、まさかの移籍!?（と言っても中公文庫版も健在）。しかも「薫くん四部作」が毎月続々と新潮文庫から刊行されるという。いまや七〇代半ばになる薫くんに何があったか？

ただ、残念なことに、ラスト近くに登場する銀座の書店「旭屋」は、二〇〇八年に閉店している。私が初めて上京し、銀座へ出て、この書店の前に立ったとき、「ここが薫くんが足を踏まれた……」と思ったものだった。

（『パブリッシャーズ・レビュー』二〇一二年四月一五日）

昭和五年の日記

「俺は女から超越してやる」と書いた翌日、「革命性の標識を何処に置くか」と書き始める日記がある。書き手が誰かはわからない。昭和五(一九三〇)年、二四歳の帝大生の手によるものであるのは確か。これ、古本市で求めた肉筆日記なのだ。

古本屋(市)というのはおもしろいところだ。この世に紙でできたものは、市場価値がある限り残され、売られていく。個人の日記やアルバムもそうで、私はけっこうな数を所有している。原稿書きに疲れた夜など、これらを肴にしてウイスキーのグラスを片手にちびりちびり読むのが楽しみ。

三日坊主の代表とも言われるのが日記。新年から三日、一週間で終わるものも多いが、これは半分ぐらい達筆なペン字で埋めつくされている。本郷あたりに下宿する日記の書き手は、のち千駄ヶ谷、高円寺へと居を移す。マルクス主義吹き荒れる昭和初年、そんな傾向も散見できる。

「読書会」では「理論と実践の関係」を討議。なぜか出席者は、のちに墨で消した跡あり。左翼活動の証拠を消すためだろう。昭和五年は共産党員が一斉検挙され、傾向映画『何が彼女をそうさせたか』のタイトルが流行語に。八月には浅間山が大噴火を起こしている。騒々しい年だった。ベストセラーは林芙美子『放浪記』。

帝大生くんは、まだ童貞。恋人のY子に振られ、わが容貌の醜さに煩悶している。読み進めていくと、途中、ページに大きく×印。そこから先、数ページが破り取られている。帝大生くん、どうした? 何があった! 投獄されたのか、あるいは自殺……。八五年も前のことながら心配である。

(『パブリッシャーズ・レビュー』二〇一五年一月一五日)

常軌を逸した「古本者」

『本棚探偵の生還』◉喜国雅彦―双葉社―二〇一一年

とにかく面白い本だが、「本」に興味のないヒトに、その熱が伝わるか、いささか心配である。なにしろ、ロンドン、ウェールズ、台北、カリブ海、只見線と、著者はあちこち旅行へ出かけているが、目的はすべて「本」がらみ、名所旧跡や観光スポットの紹介はほとんど期待できないのだ。漫画家にして「超」のつく古本マニアである著者が、とくにミステリーを中心とした古本世界を探求したのが『本棚探偵の生還』。『小説推理』に連載中のシリーズで、すでに『本棚探偵の冒険』『本棚探偵の回想』が書籍化されている。いずれも、今や珍しい函入りで、『冒険』の奥付には特製の検印紙まで貼ってあった。中身だけでなく、外見も凝るところに、著者の「紙の本」志向が強く表れている。今回は、「英国探訪と只見線乗車」編を別にして本編との二分冊にした。せちがらい出版界において、こういう遊びが許されるところが「本棚探偵」のすごいところだ。

もちろん中身もすごい。台湾では、当地最大の書店で日本ミステリーの充実した品ぞろえに狂喜し、カリブ海では、砂浜に「古本」と書いて波で消し(どういう意味が……?)、東京では神保町からJR中央線に沿って三鷹までマラソンをしながら古書店巡りをするなど、酔狂し放題。

個人的には、蔵書家というより蔵書狂としてその名を知られる日下三蔵、東雅夫両宅の探訪記がうれしい。後者の「台所にも本棚が立ち、洗濯機の周りには、囲むように本が積み上げられ」た光景を「美しい部屋」と評する感性は、まさに常軌を逸した同じムジナの「古本者」ならでは。

筆者も同じ古本者ながら、著者とは宗旨が違う。だから本書に出てくる書目に対する反応は鈍い。だが、古本に血道を上げる所業を「生きるために必要じゃないこと」と言い切り、「必要じゃない事のほうが面白いから、人生は面白い」と名言を吐く著者の思いにはまったく同感。読後さっそく古本屋へ行きたくなってきた。

(『秋田魁新報』二〇一一年八月二八日)

菊池の「静」、永田の「動」

『菊池寛と大映』◉菊池夏樹―白水社―二〇一一年

ここに二人の男がいる。雑誌『文藝春秋』を国民雑誌に仕立てあげ、自らは大流行作家だった文壇のボス・菊池寛。かたや映画会社「大映」社長として、戦後『羅生門』をはじめ数々の映画祭グランプリを勝ち得た永田雅一。二人が交叉したのは、昭和一八年、永田が「大映」の社長に菊池を要請し、それが叶ったからだ。菊池寛が「大映」初代社長だった、とは初耳の人も多いだろう。

　本書は、二人の戦中戦後の人生を、まるで見て来たかのように描く。しかも小説ふうの描写で甦らせた。それができるのは、著者が菊池寛の孫だったからだ。生き証人が身内にいる強みで、文豪は触れそうなほど生き生きしている。本書の一番の読みどころだ。

　物語は昭和一八年から始まる。菊池寛は雑司が谷の自宅で、妻子に囲まれて静かに暮らしている。次女・ナナ子の容姿が自分に似ていることを気に病んでいる。一方の永田は刑務所にいた。昭和一六年に国家情報局が一〇社ある劇映画会社を二社に統合せよと命令、そのために動いてたのが永田で、永田は政府の「二社」案に対し、東宝、松竹に加え、大日本映画を設立。これぞ大映だ。しかし、覚えのない理由で逮捕されたのだった。菊池の「静」、永田の「動」。しばらくカットバックのように二人の動向が交互に報告され、読者は成り行きを見守るしかない。

　専務の永田に対する菊池の第一印象は「小柄で、痩せていて、顔が小さい。ちょび髭を生やしている」。小説家の眼だ。また、永田の構想が世界に飛び、その大風呂敷ぶりに「ラッパだ」と言わせている。「ラッパ」(を吹く)は永田の代名詞だった。情報を冷たく羅列するのではなく、腕を奮って物語に溶けこませるのが著者の工夫で、われわれは大映の映画を見るように、戦中の映画業界の悪戦苦闘を知ることになる。

　こうして、菊池寛と大映の関わり(それは思った以上に深い)、昭和二三年に菊池が死去し、残された永田の栄光までが描かれていく。最後あたりで、大映試写室に設置された菊池の胸像の除幕式に、孫の夏樹が登場する。つまり著者だ。小さく可愛いエピソードが作品に花を添えて、じつに楽しいシーンだ。

　大映の社史や映画史を繙けば、一応のことは頭に入るだろうけど、こんな面白さは得られない。たとえば、統合された三者合同の映画を作る会議で、永田が各社の抱えるスター陣を並べ立てる。ところが、嵐寛壽郎を忘れているとの指摘に「いけない、いけない。菊池先生、私もボケですな。肝心な人の名前をいっていません。アラカンを忘れていました」と永田。

　菊池は「こんな話がおもしろいんだ」と笑みを浮かべ、そのおしゃべりを止めないようにしたという。何かと批判が多かった永田だが、彼には「愛嬌」と、映画への「情熱」があった。それを描き出した点が本書の手柄だ。

　また、空襲前の静かな東京の風景がいい。菊池一家が日比谷まで鰻を食べに市電に乗る。そこで「床の匂い」が想起される。「中学時代の学校の廊下の匂いがするのだ」と言われれば、油の匂いが鼻にプーンと来る。このリアリティが本書の「鉄骨」で土台を補強している。

　それにしても、現在の世の中を見渡して、こういう個性的な人物がいなくなったと、私は嘆息まじりにページを閉じた。


(『週刊読書人』二〇一一年四月一日)

名人の真相をあぶり出す

『落語家　昭和の名人くらべ』◉京須偕充｜文藝春秋｜二〇一一年

　「時を同じうして生きている我々は大変な仕合せである」と、夏目漱石が「三四郎」で、明治の名人・三代目小さんを賞賛したことはあまりに有名だ。引用され過ぎて、レコードなら溝が擦り減るような個所でもある。親友の正岡子規も、三遊亭円朝の芸に感服した文章を残している。

　しかし、逆に言えば「時を同じうして生きて」いない者にとっては、いくら名人上手を力説されても、音源が残っていないなら、画に描いたもちにすぎない。TBSテレビ『落語研究会』解説でもおなじみの著者は、一九四二年東京・神田の生まれ。父親に連れられて、幼少から寄席の空気を吸い、長じてからは落語会などへ通うようになる。志ん生や文楽の高座に間に合った世代なのだ。

　CBS・ソニー(現ソニー・ミュージック)入社後は、演芸レコードの金字塔となる『圓生百席』などのプロデューサーを務め、昭和の名人たちと「時を同じうした」人物だ。そんな見巧者が、キラ星のごとく輝いた星々のなかから、これぞ「昭和の名人」と太鼓判を押せる六人を厳選し、その「芸のツボ、名人の素顔、とっておき演目」をていねいに解説したのがこの本。

　選ばれた星は志ん生、圓生、文楽、三木助、小さん、志ん朝。断るまでもなく、一部は当代ではなく故人の方。このうち若い志ん朝を除く五人が、昭和三一年に発足した「東横落語会」で第五回以降のレギュラー出演者だった、というからその豪華さ、目映さは直視できないほどだ。著者は実際にこれを聞いている。まさに「名人」浴だ。

『落語家　昭和の名人くらべ』は、彼らの出自や芸歴、名人と称せられるエピソードなど、初心者にも人となりがわかる基本情報を盛り込みながら、しかし要所では、かなり高度な技術批評、弱点の指摘もやってのけて、「名人」の真相をあぶり出す。ただ名人を賞賛し、御神輿をかつぐ提灯本とは訳が違う。

たとえば志ん生。奇人ぶりが伝説化し、「芸以上に『人間』がクローズアップ」された。著者は、そんな煙幕を吹き払い、志ん生の芸人としての本性は「まとも」だったと言う。愚直なまでの稽古ぶりを指摘し、昭和三三年三越落語会での艶笑短編「鈴振り」の口演が「快刀乱麻を断つ冴えを見せた」目撃体験から「超弩級の志ん生」と断定する。

六代目三遊亭圓生。子供義太夫から噺家に転じ、ライバル志ん生を横目に、名人と呼ばれるまでの道程を「身から切り離し難い型との格闘だった」と著者は見る。つまり「型を極めただけでは（志ん生との）勝負に勝てない」。そこで「型にとらわれず型を生かすために圓生は人物描写、心理表現、そしてその基盤となる解釈と演出に力を注いだ」。これが著者の圓生評だ。

最終章、享年六三という若さを惜しまれた古今亭志ん朝。「出来過ぎ、わかり過ぎた人の人生が早めに切り上がったことを、私は必ずしも悲劇とは思わない」は、情実備えたみごとな別れの挨拶だ。

落語という演芸への、技術批評を含む批評の型は、じつはそれほど成熟していない。安藤鶴夫、榎本滋民、江國滋をしても、歌舞伎批評の援用もしくは印象批評にとどまった。この著者をしてほとんど初めて落語はひとり芸として真正面から向き合えることばを持ったと言っていい。（『週刊読書人』二〇一二年五月一一日）

話芸の本質に迫る

『上岡龍太郎　話芸一代』◉戸田学｜青土社｜二〇一三年

上岡龍太郎が二〇〇〇年四月、突然引退した時は驚いた。東京進出も果たし、人気絶頂。五八という年齢は、スポーツ界ならいざ知らず、まだ若いと言えた。あれから一三年、完全に表舞台から姿を消した。その引き際の鮮やかさは、ちょっと他に例がないと思われる。

『上岡龍太郎　話芸一代』は、集められる限りの資料と取材、そして本人へのインタビューで構成した上岡龍太郎論。しかも上岡一代で築いた「話芸」の本質に迫った力作である。さすがはこの方面の第一人者、戸田学である。

上岡の履歴をおさらいしておくと、一九二四年京都生まれ。本名・小林竜太郎。父親は弁護士だった。高校在学中よりロカビリーバンドの坊や(付き人)をするなど、芸界に出入りし、一九六〇年ジャズバンドの司会でデビュー。この年、横山ノックに誘われ「漫画トリオ」に横山パンチの名で参加。六八年ノックの参院選出馬で、独り立ちし、DJ、司会、漫談と世界を広げ注目され始める。上岡龍太郎の誕生である。その名が全国区になったのは、笑福亭鶴瓶と組んだ『パペポTV』(八二年放送開始)からだ。これを機に東京へ進出し、冠番組をいくつも持ち、さあこれからという時の引退表明だった。

戸田は上岡引退の真相として、評論家・新野新が書いた上岡評(ボツ原稿)を重視する。新野は、本人のコメント「伝統芸でないものは、これ以上抛り処がない」に、上岡の「深い絶望感」を見たという。歌舞伎役者でもない、話術家というポジションへの「あるべき評価がなかった」。徳川夢声、西條凡児、浜村淳という「話芸」の系譜に連なりながら、確乎たる立ち位置を見出せない。その苦悩が、本書のなかで、芸の話を生き生きと語る上岡の姿にかえってよく表れている。

一九七七年、三〇代半ばにして上方講談の旭堂小南陵「現・四代目南陵」に弟子入りしたのも、その不安と焦りの表れだろう。本書の後半、著者は上岡の「講談」や劇団公演、独演会など舞台に立つ姿を克明に追っている。これは私も知らない上岡龍太郎の姿だった。

漫画トリオを離れ、一本立ちした上岡が「ラジオ」を話芸を磨く道場とした、という第一章が私はもっとも興味深かった。最初に組んだのが、ラジオ大阪の名物ディレクター中西欣一。この邂逅が「DJ・上岡龍太郎」の形成に影響を与えたと著者は考える。上岡が喋っている間、中西は本を読んでいる。「本が読めるようではアカン」と言われた。また、話の合間に「え〜」を言うのを禁じた。この「縛り」を、上岡は「言い慣れた常套句で、例えばことわざとか和歌」などでつなぎ、次に言いたいことを考えた。これで「上岡節とでもいえるしゃべりにリズムが出た」。

著者は出しゃばらず、黒子に徹して、「芸は一流、人気は二流、ギャラは三流、恵まれない天才」と称した話芸の達人ができあがっていく過程を見つめ、その背景を明らかにしていく。「当意即妙に世相を斬るセンスや、流麗な話芸、そして他に類を見ない独自の皮肉に満ちたインテリジェンスを感じさせる世界観」とその真髄を要約する時、「恵まれない天才」はようやく恵まれたと言えるだろう。

「上岡流講談　ロミオとジュリエット」CD付き。

（『週刊読書人』二〇一三年一一月一五日）

心地よい読後感誘う言葉たち

『なつかしいひと』◉平松洋子｜新潮社｜二〇一二年

書き手がどんな人かを知らずに、食についてのエッセイを雑誌で読んで「うまいもんだなあ」と感心したことがあった。たしかな目、言葉への良質な感性が際立っている。それが平松洋子だった。いまや売れっ子の書き手の代表格だ。

最新のエッセイ集となる本書では、この五年ほどの間に各媒体へ寄稿した六七編を収める。お得意の「食」にとどまらず、季節のうつろい、ささやかな日常の雑感、出会った人、読んだ本など、テーマはじつにさまざま。それでいて、「平松印」ともいうべき一貫した読み心地がある。

たとえば、真夏に茶碗むしをつくる「つめたい茶碗むし」。「（きょうはいちにち外へ出ない）／位置を確保すると、とたんに贅沢な気分になる。風呂に浸かる。読書に耽る。ぼんやり入道雲をながめる。蝉の声のなかにくぐもり、身をながながと横たえて怠慢な眠りにおちる」。

そんななか、急に茶碗むしを作ろうと思い立って台所に立つのだが、できあがって食べる喝采の前に置かれたこの緩やかな前奏がなんともいい。「今日は一日」を漢字を使わず、ひらがなに開くことで、目にやさしい時間の流れを引き出していく。

「宙ぶらりん」という文章ではカップから引き上げたティーバッグの揺れを「間抜けな振り子」と言い当て、日々、納まりのつかない「宙ぶらりん」な気持ちについて、考察を深める。連想ゲームのように、異なる話題をつなげていく展開がみごとだ。

そして表題作となった「なつかしいひと」は、舞台が秋のおわりの香港。通訳兼ガイド役に頼んだ男性が、著者の亡父に「そっくり」と気づいたときから起こる、心のさざなみを描いている。息をひそめる叙述からあざやかな結末へ深い感動が最後に湧いてくる。

新『枕草子』ともいうべき、現代の名文を読んでいると、いい文章は、日々の生活を大事にしていることから生まれると気づく。

よく生きることが、この名文家を産んだのだ。

（『信濃毎日新聞』二〇一二年四月一五日）

絵のある文庫の魅力再発見

『「絵のある」岩波文庫への招待』◉坂崎重盛｜芸術新聞社｜二〇一一年

岩波文庫は、昭和二（一九二七）年に、名著良書を廉価普及することを目的に創刊。以来八〇年以上にわたり、日本の教養文化に寄与した功績は大きい。いま読まれている各社文庫のひな形は、この日本語叢書が作ったのだ。

しかし、一九七〇年代に青春を送った私にとって、文庫とはまず角川と新潮であって、岩波文庫はデザインを含めて古臭く見えた。頑固な主人のいる老舗の天ぷら屋みたいなイメージで敷居が高かったのだ。年を取ったせいもあるが、今では、この文庫の魅力を大いに認めている。

そんな岩波文庫の、まったく新しい味わい方を示して見せたのが本書。著者は、この文庫が「傑作挿し絵」がふんだんに入った「絵のある」文庫という特色を発見、敬して遠ざけていた名著を繙くきっかけとした。こいつは驚いた。頑固な天ぷら屋店主が、じつはロックバンドのギタリストだと教えられたみたいだ。

言われてみればたしかに、『濹東綺譚』（永井荷風）の木村荘八、『岡本一平漫画漫文集』の岡本一平、『サロメ』（オスカー・ワイルド）のビアズレー、『ビゴー日本素描集』のビゴーなど、ページを開くのが楽しみな「絵のある文庫」ばかり。これらを読み、愛でるにあたって、『東京文芸散歩』ほか、東京巡りの著書を多くもつ散歩の達人・坂崎重盛は、学術的という野暮を捨て、浴衣がけでそぞろ歩くように、岩波文庫を逍遥する。その道中の粋なこと！

「挿画史の傑作」小出楢重描く『蓼食う虫』（谷崎潤一郎）に「視線の交叉」の頻出を指摘し、「肚のさぐり合いであり、心理的葛藤」をそこに見る。上々の絵画および文学観賞。あるいは『小出楢重随筆集』を手元に置き、彼の「足の裏」への好尚を指摘、引用し、谷崎の「足フェチ」へと連想を伸ばす。脱線しながら、町の核心をつかむのは、坂崎流「散歩術」の要諦だ。

かと思えば、『メゾンテリエ』（モーパッサン）では、文章と挿絵による娼家の描写を味わいながら、「こんな館が神楽坂か神保町にでもあったら、この連中の中に加わりたい気もする」と茶目っ気たっぷりに書き付ける。机の上にタテに置いてもびくともしない大著に、こんな私見と発見が満載だ。

絵と文学と人生がよくわかる者だけに許された、岩波文庫の新しい魅力の創造に、私はただ感嘆した。

（『信濃毎日新聞』二〇一一年四月二四日）

時代またぎ越し消えた姿追う

『ある「詩人古本屋」伝――風雲児ドン・ザッキーを探せ』◉青木正美｜筑摩書房｜二〇一一年

古本屋を「最後の職業」と言った人がいる。さまざまな職歴を経て、最後に就くのが古本屋だというのだ。たしかに、古書店主の前歴はバラエティーに富んでいる。ちょっと思いつくだけでも塾講師、喫茶店のマスター、編集者、演劇人などさまざま。この業種に、個性的な人が多いのもうなずけるのだ。

ここに登場する古本屋「高松堂」都崎《つざき》友雄は、元詩人。大正時代に「ダダ」と呼ばれる前衛的な芸術グループの一員として、詩集のほか『世界詩人』という詩誌を編集していた。しかし、それを著者が知るのはずっと後のこと。

東京の葛飾区堀切で古本屋を開業した著者は、業界の先輩として都崎を知る。昭和二九年、下町の古本屋がもっとも活気づいていた頃だ。貸本屋のチェーン店が関西から東京へ進出。それを脅威とした都崎が貸本の仕組みを率先して同業者に教えた。古本屋はいつも時代の波の上で揺れる小舟のような商売だった。

ときは移って昭和六〇年、すっかり古参となった著者は、下町の業界史を調べるため都崎に会いに行くが、八〇歳を過ぎた元古本屋は、認知症に冒され入院していた。都崎と著者を結ぶ糸は一端切れる。

ところが偶然入手した昭和元年の肉筆日記に、驚くべき記述を発見する。そこにドン・ザッキーという詩人が登場し、都崎友雄その人であることを知る。切れた糸がここでつながり、「古本探偵」として、忘れられた大正詩人の追跡調査が始まる。本書は、その意地と熱情の調書なのだ。

都崎を知る人に取材し、肉親と会い、老人ホームで本人と面会したところでピリオドを打つつもりが、数奇な運命が著者を離さない。古書の市場で、「夢にまで見た」ドン・ザッキーの詩集『白地の夢』を「人に笑われるほどの高値」で入手する場面は感動的だ。もはや、商売を通り越している。大正、昭和と時代をまたぎ越して消えた後ろ姿を、再びこの目に焼き付けるため、著者は困難な、しかも美しい橋をそこに架けた。

また「詩人古本屋」追跡の過程で、戦後の古本屋業界史が克明に叙述されているのも本書の読みどころ。「古書やその資料は、必ずそれを求める人、それをもっとも必要としている人のところへ、引き寄せられ辿りつくものだ」と著者は書く。ただし、思う力の強さが必要。そんなこともこの本から教えられた。

（『信濃毎日新聞』二〇一一年五月一五日）

「指で考える」天才の魅力に迫る

『グレン・グールド——未来のピアニスト』◉青柳いづみこ｜筑摩書房｜二〇一一年

グレン・グールド。来年没後三〇年を迎えるが、いまだに絶大な人気を誇るカナダのピアニストだ。著作や評伝を含め、出版された関連の本も山を成す。特異な演奏スタイル、三一歳以降は演奏会を拒絶し、隠遁に近い生活を送るなど奇人ぶりもよく知られるところ。

そんなグールドの謎と魅力に迫ったのが本書だ。著者自身もドビュッシー弾きで知られる現役ピアニスト。しかも、『翼のはえた指——評伝安川加壽子』『ピアニストは指で考える』など、評論家として精緻な論考がある。演奏家の身体的体験と能力を頭を通して文章化できるのが強みだ。本書にもそれはいかんなく発揮されている。

「グールドの演奏を聴いていると、本当に手が三本あるのではないかという錯覚にとらわれるのだ」と言う通り、若くしてその超絶技巧ぶりで「天才」の名をほしいままにした。しかし、「グールドがグールドになるためにいかに奮闘していたか、それが決して楽な道のりではなかった」と見極めたところに、本書の凄み、著者の卓越した批評眼があるのだ。

グールドと言えば、バッハ「ゴルトベルク変奏曲」をはじめ、スタティックでクールな演奏（そして弾きながら歌う）が特色だが、著者は若き日のステージ演奏の録音を入手し、後年は嫌ったはずのショパンを聴く。そこではスタッカートでなく、「極上のレガート」で弾くロマンチックなグールドがいた。一九五六年に衝撃的なレコードデビューを果たす「ゴルトベルク」も、この選曲が他のピアニストと差別化を図るための作戦だった

というのだ。驚くべき指摘と言っていいだろう。グールド・ファンの読者はこのとき、「指で考える」ピアニストと批評家の幸福な結合を喜ぶはずだ。

また、サブタイトルに「未来のピアニスト」とあることにも注意。最終章で、著者はグールドが今日、好き嫌いで評価されることに難色を示す。演奏界、レコード界ともに、グールドの個性は受難と闘いながら生きた。むしろ二一世紀のいま、「彼は、とても生きやすい」はずだと考える。ようやく時代がグールドに追いついた。「いつの世もグールドは、未来のピアニストとして生き続けるにちがいない」の末尾が力強い。

(『信濃毎日新聞』二〇一一年九月一八日)

静かでやさしい時間がそこに

『わたしの小さな古本屋』◉田中美穂｜洋泉社｜二〇一二年

岡山県倉敷市。大原美術館など昔ながらの建物を保存し、観光客を呼ぶ「美観地区」がある。そのはずれにあるのが古本屋「蟲文庫」。明治中期に建てられた町家を店舗に営業している。

店主は女性で田中美穂。二一歳だった一八年前に、同じ市内の別の場所で開業し、二〇〇〇年にこの場所へ移ってきた。その若さで、小さな古本屋をどうして始めたのか。日々、どんな暮しをしているのか。ちょっと不思議な店舗と店主の秘密を書いたのがこの本だ。

古本屋になるのは、旧来ほとんど男性で、老舗古書店で修行してから、独立開業するのがスタンダードだった。田中さんの場合は何もかもが異色だ。高校卒業後、二年働いて、アルバイト先を辞めたその日のうちに古本屋になることを決め、店舗探しを始めている。地元の古本屋に時々出入りしていたとはいえ、人生の迷いない決め打ち、電光石火にびっくり。

「知識も心構えも、ついでにプライドも野望も、あまりありませんでした。でも、それ以外の何も思いつかなかったのです」と自分で書いている。ないないづくし。

それから一八年。古本業界にとっては激動の期間で、インターネット販売の攻勢や、大型古書店の進出、本離れなどで古本屋という業態が弱体する一八年だった。田中さんも最初の一〇年くらいは、店舗を維持するため、別にアルバイトをしていたという。

しかし、猫や亀を店内で飼い、好きな苔を観察し（『苔とあるく』なる著作あり）、狭いスペースを活用してライブや展覧会も開くなど、好きなもので埋めつくす「蟲文庫」の良さがだんだん世間に浸透していく。

「こんな古本屋に未来はあるのかどうかわかりません。でも、うれしい仕事だと思っています」と言う。その「うれしい」気持ちに引き寄せられて、今や遠方からも来客がある。きっと「蟲文庫」にしかない、静かでやさしい時間がそこに流れているからだ。現在、加筆増補されてちくま文庫に収録。

（『信濃毎日新聞』二〇一二年三月一四日）

木漏れ日のような暖かさ、今も

『上林曉傑作随筆集　故郷の本箱』◉山本善行撰｜夏葉社｜二〇一二年

「かんばやし・あかつき」と読む。昭和期に活動した地味な私小説家。つねに貧苦を抱え、夫人は精神に破綻をきたした上で死亡、自らも二度の脳出血により半身不随となる。寝たきりのまま、死に至る二〇年近くを書くことだけに費やした。

そう聞かされると二の足を踏むかもしれない。しかし、ここに集められた随筆はどれも木漏れ日のような明るさ、暖かさに包まれている。

私はしばらくこの本をカバンに入れて持ち歩き、電車の中、あるいは喫茶店で、ときにベンチに腰を降ろして読み続けた。その間、ずっと幸せだった。世の中、どんなに変わってもここには変わらない世界があると思えたからである。

全部で四章に分かれる。学生時代の回想や読書、古本のこと、作家仲間の追悼、そして小説家としての心構えを書いた文章などで構成。どれから読もうか。私は自分が一番関心のある読書と古本について書かれた第二章から読み始めた。撰者が京都で古本を商う現役の古書店主だけあって、この章の選び方には力が入っている。タイトルになった一編もここ。手元で不要な本は故郷の高知へ送る。井伏鱒二選集は二揃いあり、一つは「故郷の本箱」へ。帰省した時、生家でも好きな本が読みたいのだ。この気持、わかりますね。

上林は酒と将棋のほか、趣味といえば古本漁りぐらい。中央

上林曉、聖ヨハネ病院にて（一九五三年）

線沿線の古本屋を熱心に見て歩く。「これぞと思う本に出会わない時はなにか気落ちがして帰ってくる。一冊でも会心の本を手に入れて帰って来る時は、机の前に坐って風呂敷を開いてみるのももどかしい気持ちである」なんて個所は、古本好きならその通りと誰もが膝を叩くだろう。

撰者は「悲しいとき苦しいときには、その悲しみ苦しみをじっと見つめるような読書になった」と上林曉体験を語っている。つまり、それこそ「文学」だろう。秀逸な造本装幀も「本」に触る楽しさを教えてくれる。

(『信濃毎日新聞』二〇一二年八月二六日)

大女優の幸せ

『高峰秀子　暮しの流儀』◉高峰秀子＋松山善三＋斎藤明美｜新潮社｜二〇一二年

今年のはじめ、冬のある日、梶井基次郎の下宿跡を訪ねて、飯倉片町から麻布界隈を散歩していたら、「永坂町」の町会プレートを見つけた。戦前のものと思われる渋い書体の金属板で、その脇に白い瀟洒な三階建ての洋館が建っていた。表札を見たら「高峰秀子・松山善三」とあった。その偶然に驚いた。

豪邸というイメージとは違う。豆腐を切り落としたような、

それは潔く、凛としたたたずまいの家だった。今回、「とんぼの本」の一冊、『高峰秀子　暮らしの流儀』を見ながら、しきりに、あの白い家を思い出していた。

高峰秀子に注釈をつけるのは野暮だろう。日本映画の黄金時代を輝かせた大女優の暮らしぶりを、多数の珍しい写真と、文章で伝える一冊だ。女優の本なのに、映画のスチールが一枚も使われていない。必要がないからだ。「人間・高峰秀子」が、いかに日々の普通の暮しを大事にしていたか。その一点めがけて、この本は作られた。

それは表カバーに使われた、夫妻の食卓を写した一枚のモノクロ写真を見ればわかる。おひつから茶碗にご飯をよそおうとする妻。それをにこやかに見つめる夫。宗教画のような「幸せ」にあふれて、そこに大女優と名脚本家がいるのを忘れる。

日用遣いの雑器、それにバックやアクセサリーなどの美しいカラー写真を配しながら、本書が読者に教えるのは、日々を生ききる覚悟と姿勢が大事だということ。著者の一人である斎藤明美が「おしゃれのコツは?」と高峰に聞いたところ、返ってき

た答えは「目立たないことです」だった。大女優は大生活者でもあった。

　このところ、高峰秀子関連の本がラッシュのごとく出版されているのは、二〇年余り高峰の家に出入りし、ついに養女として迎えられた斎藤明美の力による。二人に子どもがなかったとはいえ、高峰の晩年に起きた奇跡のような縁については、斎藤自身が『高峰秀子の流儀』その他の著作で書いている。

　本書のなかでも、高峰家で斎藤がしばしば食卓でご相伴にあずかったエピソードが語られている。「私が『美味い、美味い』とモリモリ食べる様を、高峰は実に嬉しそうに見ていた」と言う。虚飾を排した「食べる」という生活の核が、血のつながらない者同士を結びつけた。

　多くの惜しむ声を背に、五五歳であっさり女優を引退した高峰。しかし、『高峰秀子　暮しの流儀』を読むかぎり、惜しむことはない。彼女はその後半生、まさしく「幸せ」だったのだ。

（『新潮45』二〇一二年三月）

委員と選評に噛みつく

『文学賞メッタ斬り！』◉大森望＋豊﨑由美｜PARCO出版｜二〇〇四年

すごかったですねえ、今年上半期の芥川賞。いずれも二〇歳前後の若い女性がダブル受賞とあって、金原ひとみ、綿谷りさの両受賞者の顔写真を見ない日がなかったくらいのお祭り騒ぎが続いた。

　若すぎる二人に文壇の内外で賛否があったようだが、いち早く綿谷りさを推したのが、本書の著者二人。

「『蹴りたい背中』がとらないかなあ」と大森。「この二年以内に綿谷りさに芥川賞または三島賞をやらなかったら、文壇の罪がまたひとつ増える」と豊﨑。ともに各紙誌で書評欄を受け持つ売れっ子ライターだ。おまけに二人とも文学賞下読みの経験者。賞取りの内幕もくわしい。

　その二人が世にある文学賞を次々とまな板にのせ、掟やぶりの言いたい放題で語り尽くしてできたのがこの本。あの大森に、あの豊﨑である。おもしろいに決まっている。

　受賞作、落選作の吟味に厳しい手が入るのはもちろん、読みどころは、選考委員と選評への歯に衣きせぬどころか、ピカピカに磨いて噛みつく批評だ。直木賞選考委員の津本陽の古風さをさんざんからかって「凡庸の極みみたいな面白さ」と評する。私じゃないよ。豊崎が言ったのだ。「ここまでわかりやすくすりゃあ、いくらなんでも宮本輝でも読めるだろう」と、これも豊崎。批評性があるため、悪口が芸になっている。気の弱い私などビクビクしながら笑って読んだ。

また、各文学賞の特色を論じることで、応募の傾向と対策になっている点にも注目。ミステリ界文学賞の横綱級、江戸川乱歩賞は「歴代乱歩賞受賞作の傾向からあえて分類すると、(中略)選考委員がよく知らない世界のことをリアルに書きつつ(中略)その興味で小説をひっぱって、そこに殺人事件がからむ」というのがいいそうだ。

とにかく小説をこよなく愛し、かつ目利きの二人の話を一冊分読むことで、まちがいなく小説の鑑賞眼は上がるはずだ。

(『北海道新聞』二〇〇四年四月一八日)

漢字に秘められたドラマ

『漢字百話』◉白川静|中公新書|一九七八年

「それがどうした!」

お叱りを受けるのを承知で、私事を連ねたい。私は大阪府立守口高校を卒業後、立命館大学二部(夜間部)に入学。ここを卒業して高校講師を務めた後、この道に入った。

さて、白川静先生、漢字の字源詳典『字統』『字訓』『字通』の三部作を著した漢字研究の第一人者は、守口高校の前身である京阪商業を卒業後、働きながら立命館大学の夜間部で学び、中学教諭を経て、立命館大学法文学部漢文学科に入学する。途中までの学歴が私とそっくり。そっくりなのは途中までで、あとは月とスッポンであることは私が一番よくわかっている。しかし、今年九四歳を迎えながら、なお漢字研究の情熱を失わぬ碩学をひそかに大先輩として敬愛しつづけてきたその思いの強さだけは誰にもひけをとらないつもりである。

安保闘争華やかなりしころ、わが立命館大学もロックアウトされた。そのときでも、ひとり白川先生だけは、姿を認めたヘルメットの学生たちが道を開け、研究室に向かうのを敬意をもって見送ったという。それは我々後輩の耳にも、紅海を分けて渡るモーゼのごとく、伝説となって届いていたのだ。

一九七八年初版の『漢字百話』は、白川先生の五〇年にわたる漢字研究の精粋を、甲骨文字・金文で実例を示しながら、一〇〇のコラム形式に著わした名著である。先生は、象形をマンガのように絵で読み解いただけの、従来の安易な文字学をここで切り捨てている。

例えば「名」の字に含まれた⊔の解釈。それまでは「夕には口で名のる」とダジャレっぽく解し、こと足りていた。しかし白川は「口と解しうるものは一字もない」と断言。「象形は絵画ではない。具象というよりも、むしろ抽象に近いものであり、それゆえに象徴性を持つ」と「白川文字学」の刃を突き付ける。かっこいい。

同じく「字」は、単に「家の中に子がいる」のではなく、屋根の垂れた家すなわち廟屋（先祖のみたまや）に新しい命の生育の可否を報告し、承認を受ける儀式を意味する。幼名を古く「アザナ」というは「字」のこと。「ゆえに字に『字《したが》う』の意があり、慈生の意もそこから生まれる」という。「字」という漢字ひとつにこれだけのドラマが隠されている。それは「感動」といっていい。

「我はもと鋸の形である。そのことは羊に鋸を加えて犠牲とすることを示す義や羲の字形から知ることができる。義は犠牲としてささげられたものが神意にかなう義《ただ》しい状態にあることを示し、のちには正義の意となる」

文章が確信をもって、誤解を生まぬ正しい論理的な秩序で書かれたとき、美しいリズムを生むことをこの一文が示している。これほどの本がたった七二〇円で売られている。買わない人ははっきり言って不幸だ。（『漢九郎』毎日新聞出版、二〇〇四年三月一三日）

一生を文字に捧げた人

『文字に聞く』◉南鶴渓｜毎日新聞社｜二〇〇一年

こんな経験はないだろうか。いつも使っている漢字があるとき、急に意味を失い、なぜこんなかたちをしているのか、と不思議に思えてくる。文字が道具としてじゅうぶんになじんだ思春期のころにそれは訪れる。

開高健は幾度となく、そんな体験を文章にしている。「なにげなくそこにたちどまって字を眺めていると、たちまちバラバラに分解しはじめるのである。意味、イメージ、重さ、匂い、記憶、すべてその字につきまとう属性が蒸発」（『私的文章修行』）して、無と化すと。

しかし、当然ながら文字には一字一字、人間で言えば履歴書のように、出自から現在に至る経歴がすべて刻印されているのだ。だからおもしろい。本書は、書家でありながら、「字書きは文字学者でなければならない」という師の教えのもとに漢字研究に携わってきた著者が、漢字が持つ意外な企み、技、謎を楽しく解き明かしている。

いきなり冒頭から「まるも立派な漢字だといったら驚くだろうか」で始まる。そりゃ、驚きますよ。そうして驚かせておいて、漢字の口や囗（くにがまえ）のもとが「〇」であり、書きやすく収まりのいい四角で代用したと出自を明かす。「〇」は崖を表す厂（がんだれ）に人を合わせた「仄か」を逆転させた形で、「人が崖から転がり落ちるときに背中を丸める姿」を表したもの、と聞けば、「丸」がまさしくそんな絵に見えてくる。

そんな博識に、「渋谷の渋という字は実は交差点の渋滞ぶりから生まれた」と聞かされると、思わず「？」となるが、もちろんこれは冗談。しかし「渋」の元の形は「止まる」、つまり「足」が四つ向かい合っている形を示すから、これは念の入った高度な冗談だ。

この先生、なかなかやるなあ。

「『公』も『私』もム、すなわち私から成り立っている（中略）私なくては公はない」と振っておいて、「国策を誤るのもまた、国を導く公人、つまりは一人の『私』のミスである」なんて個所は、どこかの国の政治家や役人に聞かせてやりたくなる。

つまり、漢字の解説にとどまらず、コラムとしての切り口や構成も鮮やかなのが本書の特徴で、本来はやっかいな話題（本書では漢字解釈）を、いかに興味深く、楽しく伝えるかを教えてくれる見本帖のような本なのだ。

また、栄田猛猪が命を懸けて編纂した『大字典』の苦心惨憺を書いた「文字に仕えた学者の涙」は、叙述にも力がこもり、著者の熱が読む者にも乗り移ってくる。

栄田は一九〇七（明治四〇）年に稿を起こして一一年、寝ても覚めてもこの辞書に取り組む。ところが一九一八（大正四）年、原稿を預けた印刷工場が火事に。万事休すと思われたが、出版社、工場が難事業に大事を取り、耐火金庫に原稿を保存していたために助かった。

文字や言葉に一生を捧げ、それに応じた人たちがいる。そのことに胸が熱くなるのだ。（『漢九郎』毎日新聞出版、二〇〇四年三月一三日）

そこには都電が走っていた

『ウルトラマンの東京』◉実相寺昭雄―ちくま文庫―二〇〇三年

親本の存在を知らず、タイトルだけでこの本を手に取った人に、中身を想像することはなかなか難しいはずだ。

「ウルトラマン」とは、もちろん昭和四〇年代初めにテレビ放映され大人気を博した特撮ヒーローものの代表作。著者は、そのうち六本を担当した演出家で、その後『ウルトラセブン』『怪奇大作戦』『帰ってきたウルトラマン』等々、一連のウルトラものを手掛けた。

そこまではいい。それが「東京」とどうつながるのか。

ウルトラシリーズは近未来を舞台にしたSF作品。てっきり未来の東京を論じた本かと思ったらまったく逆。「ウルトラの旅」と称して、ドラマのロケが行われた昭和四〇年ごろの面影を求めて、現代の東京中をさまようルポなのだ。

しかも、著者は『昭和電車少年』(JTB)という著書をもつ電車マニアで、都電をはじめ、玉電《たまでん》、京浜急行の昔の姿が語られる。本書で指摘されて気づいたが、まだ「ウルトラマン」の頃は都内各所を都電が走っていたのだ。

いまも世田谷区砧《きぬた》にある円谷プロが、ウルトラシリーズ誕生の地であり、昭和四〇年当時、ロケ地はその界隈がよく使われた。おかげで「ウルトラマン」には、いまは失われた東京西郊の風景が映りこんでいる。かつて「世田谷には満天の星があった」と書いた著者は、都心から砧へ来ると「宇宙が近いな」と実感したという。続けてこうも書く。

「ここが肝心なのだが、『ウルトラマン』は、そんな環境と時代から生まれた、とつくづく思う」

こういう精神で作られた「ウルトラマン」がいまだに、白髪の混じり始めた中高年から熱っぽく語られるのも当然だという気がする。「風に吹かれ、登戸《のぼりと》の近くで落日の撮影をするのがわたしは好きだった」と告白する人が監督した「ウルトラマン」を見直してみたいと思った。

「昭和三〇年代後半から四〇年代にかけては、ヒーローや怪獣があばれるにふさわしい街の佇まいが、東京にはあったのだ」という一文の象徴する通り、多摩川、赤坂、新宿新都心、大森海岸と著者がロケ地を訪れて、あらためてこの三十数年は破壊の時代であったことを知る。解説で泉麻人が言うように、「怪獣に壊されるまでもなく、東京の街は変わってゆく」のだ。

(『サンデー毎日』二〇〇三年四月二〇日)

正確な描写の動植物

『手塚治虫博物館』◉手塚治虫＋小林準治｜講談社＋α文庫｜二〇〇三年

今年四月七日は鉄腕アトムの生誕日だった。時代はやっとアトムの時代に追い付いたのだ。小学校のノートの端に、いつもあのとんがり頭のロボットを模写して描いていた世代としては、なにやら感慨がある。

ミクロの世界で治療行為をするマイクロマシンの研究開発をしている生田幸士・名古屋大教授は、科学者を志したきっかけを聞かれて「鉄腕アトムを作りたかったから」と答える。

二〇世紀後半の日本にもっとも強い影響を与えたのは、司馬遼太郎でも黒澤明でもない。結局は手塚治虫だったと、この際言ってもいいだろう。

しかし、手塚マンガは科学の進歩だけを描いてきたわけではない。そのペンネームに「虫」の一字を加えたように、昆虫や動植物など、あらゆる博物学的な個体を、膨大な作品のあちこちにちりばめてきた。『手塚治虫博物館』は、手塚作品一六九をテキストに、一九一項目もの博物学的要素を拾い出し、それらを引用しながらくわしく解説をつけた快著だ。

解説で荒俣宏が言うように、本来、マンガ化された鳥獣は、記号としての形象で、実物そのものの正確な描写ではない。手塚治虫はそのことをわかっていた。例えばフクロウ。執筆者の小林準治によれば、フクロウは他の鳥と違って、「その指爪を前に二本、後ろに二本という形で木の枝に止まる」という。たいていのマンガ家はそれを知らず、前三本、後ろ一本で描いてしまう。「蝶の翅脈まで描き分けるのと同じように、博物好きの手塚治虫は、ここでもきっちりと正確に描いていた」というからさすがだ。

シャチは、〝海の殺し屋〟と呼ばれ人間の評判は悪いが、じつは知能が高い高等生物で、人にもよく慣れる。手塚はそのことをよく知っていて『ブラック・ジャック』に登場させた時は、医師とシャチの「友情」といっていい心の交歓をテーマに作品化した。

そのほか、ネコ、イヌ、サクラなど身近な動植物からイリオモテヤマネコ、恐竜まで、本書を読むことで、いかに手塚がこの世に生をうけたものを等しく重んじ、細かに観察し研究していたかがわかる。小林の解説は専門的知識を簡潔、明解に説き、同時に手塚作品への深い読みも味わえる。あくびの出そうな図鑑とはひと味ちがう、読んで楽しく学べる教材としても親子でぜひ読みたい一冊だ。

（『サンデー毎日』二〇〇三年九月二一日）

お化け番組の裏話

『だめだこりゃ』◉いかりや長介｜新潮文庫｜二〇〇三年

にんげん、歳をとってみるもんだなあ。

いかりや長介の話である。俳優に転向してから、このところ、長さんがバッグンにいいのだ。いま大ヒット公開中の『踊る大捜査線THE MOVIE2』の和久捜査員役が当たり役らしいが、テレビドラマ『ラブ・レター』で演じた、いつも文庫本を読んでいる屋台のおでん屋のオヤジ役もよかった。

座ってただそこにいるだけで人生を感じさせる。モアイ像みたいだった顔もいい顔になった。そんな俳優、めったにいない。不器用をそのまま小細工せずに押し通して円熟してしまった。その点では笠智衆とも似ている。

『だめだこりゃ』は、そんな長さんの自伝だ。一九三一年東京都墨田区生まれ。今年七二歳！　本名・碇矢長一。珍しい名のルーツは新潟。父親は築地魚河岸に勤め、長さんが小学校から帰ると、もう浴衣姿で酒を飲んでいる。まるで落語の世界。

親父さんはしょっちゅう浅草へ通い、演芸や映画の通だった。ケンカの仕方、男の生き方を教えてくれた。長さんは、この親父さんにもっとも影響を受けたという。

わたしなど、そういうところに目が行くが、本書の核心はもちろん「8時だよ！　全員集合」の全盛期の裏話であり、メンバーの素顔の紹介であり、おなじみビートルズ公演の前座の話にある。七〇年代、じつに視聴率五〇パーセントもとったお化けお笑い番組がいかにして作られていたか。それは壮絶の一語に尽きる。長さんはこの本のなかで、何度もクレージーキャッツを引き合いにだし、ドリフを「誰一人、ずば抜けた才能を持つメンバーはいなかった」と卑下する。いや「卑下」ではない、事実だ。

毎週土曜日の生番組。それを一六年、八〇三回こなした。楽器もろくに演奏できない寄せ集めを、リーダーの長さんが無理やり引っ張っていった。ただ一人の年長者、荒井注の脱退がいかにこたえたか。それは本書を読んで初めて知った。荒井が文学好きというのも初耳。

「全員集合」が終わってから週末、街を歩いていると「あれ、俺、土曜日に街歩いてるよ。こんなところでノンビリしてていいのかな」という心持になったという。わかるなあ。「すべては成り行きだった。偶然だった」と自分の人生を述懐し、最後に「こんな人生があってもいいのだろう」と締めくくる。

いいよこりゃ。

（『サンデー毎日』二〇〇三年八月一七日・二四日）

ありきたりの評じゃない

『ぼくが選んだ洋画・邦画ベスト200』◉小林信彦――文春文庫――二〇〇三年

年末年始の過ごし方というものは、十人十色でいろいろあるだろう。帰省する人、ハワイへ行く人、ただ飲んだくれる人などなど。しかし炬燵にもぐってゴロチャラとテレビで映画三昧、という種族は意外に多いと推察する。

いまと違って衛星放送もなく、多チャンネルでもなかったころから、年末年始といえば、各局がこぞって蔵出しの名画を、場合によってはノーカットで流してくれるのが映画ファンには楽しみだった。家族は外へ出かけて、お父ちゃん独り手酌でハンフリー・ボガードとくれば、ちょっとした極楽ですぜ。

そんなとき、ガイドブックとして手元につねに置けば、楽しみは倍増すること請け合いなのがこの本だ。名著『なぜわれわれは映画館にいるのか』の著者で、映画の見巧者として名高い小林信彦が、洋画と邦画それぞれのベスト一〇〇を選んでコメントをつける。後半はこれまた楽しくためになる映画エッセイを厳選して掲載する。これでたったの五〇〇円。

とはいっても洋画はアメリカ、ヨーロッパ、アジアとあまりに広すぎる。そこで、「ぼくが何度もくりかえし観た映画、またはもう一度見たいと思っている映画」と、ルールを決めた。つまりあくまで、私的好みで選ばれた一〇〇本、ということになる。もちろん、それでいい。

当然、コメントの方も、どこでも読めるようなありきたり、は避けられる。ルネ・クレマン『太陽がいっぱい』は、「五反田の東洋現像所で観たフィルムは、海の色がすばらしかった」、セシル・B・デミル『大草原』は、「『スター・ウォーズ』(一九七七年)のクレジットタイトルの文字の流れ方はこの映画の真似」とくる。小林信彦ファンはこういう私的トリビアにゾクゾクする。

邦画でも『人情紙風船』『酔いどれ天使』『晩春』『浮雲』など極めつけスタンダードとともに、さりげなく小林旭主演の『縄張《シマ》はもらった』を押し込んで、コアなアキラファンであることを指し示す。

後半の映画エッセイは、マルクス兄妹からプレスリーまで、年季の入った映画鑑賞家としての底力を見せる。読後には自然と映画の眼力がつくはずだ。これらの文章は、小林の、いまや入手困難となった数々の著作から採録されている。その点も実にお得な感じ、がする。

(『サンデー毎日』二〇〇四年一月一八日)

消えゆく文士ダンディズム

『吉行淳之介エッセイ・コレクション1　紳士』◉荻原魚雷編―ちくま文庫―二〇〇四年

あのころは吉行淳之介がいた。ちかごろ、そう思うことがよくある。文士や文壇という存在が消失し、見た目にはサラリーマンと見分けがつかない作家が増えていく。書かれた作品以上に、その存在が重んじられ、パーティーでもそこだけライトがあたったように光り華やぐような作家がいなくなった。

吉行淳之介こそ、まさしくそんな存在だった。誰よりも、吉行さんにホメられたい……そう願っていた後輩作家は多いはずだ。

だからこそいま吉行淳之介が懐かしい。しかし没後一〇年を経て、代表的なエッセイや対談集の多くが、文庫から消え去っている。『軽薄のすすめ』『不作法のすすめ』『悪友のすすめ』などはいずれも松野のぼるイラストのカバーで角川文庫に収録され、高校時代の私の愛読書だった。

そこでちくま文庫だ。殿山泰司、色川武大、田中小実昌と曲者作家のエッセイを復刊し、ついに御大登場だ。名手・吉行淳之介による膨大な量のエッセイをテーマ別に再編集し、全四巻でぶつけてきた。第一巻は「紳士」。酒の飲み方からギャンブル、おしゃれ、バーでもてる法まで、いま失われつつあるダンディズムの要諦を開陳する。

ダンディズムといっても、衒学的な気取りとは無縁だ。すべて若いうちから金、女、酒、人間にもまれてきた経験から絞り出した、生きた人間学なのである。女性を待たして立ち小便をしている男をみて、「あの二人は肉体関係があるな」と推察する個所など、剣の達人による口伝を聞くようだ。

または、キャバレーに勤める女性の初恋の話。高校時代、連絡船で通学していた彼女はある波の荒い日、カバンからソロバンを落とす。甲板を転がったソロバンを拾った男子学生がいて、

吉行淳之介（1956年）

それが馴れ初めとなる。話を聞いた吉行の感想はこうだ。

「人間のエピソードというのはフシギなもので、それぞれの個性に似合った小事件がその身にふりかかってくるものだ」

ホステスの身の上話がチエホフの短編みたいに思えてくる。これらすべて、金銭換算はできない元手をかけた吉行の人生哲学の所産なのである。そこのところがわからないと、永遠に本物の「紳士」にはなれない。

底の浅い、その場限りのビジネス書になど手を出すな。甘さも苦さも兼ね備えた吉行エッセイこそ、男が読むべき〝人生副読本〟なのである。

(『サンデー毎日』二〇〇四年四月一一日)

返事を繰り返すのはなぜか

『大阪ことば学』◉尾上圭介｜講談社文庫

大阪弁というと、すぐ漫才で使われることばを例にとり、汚い、下品、乱暴、反理性的とつぎつぎに悪口が並ぶ。悪かったな、下品で、おまえら、なんぼのもんじゃ!・(すんません、わたし大阪人ですねん)

しかし、この本を読んで、胸がすーっとした。大阪のことばを誇りたくなった。

著者は大阪市の十三《じゅうそう》で生まれ、阪神間で中、高を過ごし、東大入学のため上京。一一年の東京生活を経て神戸へ戻る。いわば関西弁と標準語のバイリンガル。しかもお笑いの好きな国語学の教授とあって、こういう本を書くにはうってつけの人。詩、テレビドラマ、実際の日常会話、ヨシモトなど多彩な実例を挙げて、大阪弁の特質をあぶり出している。

例えば、大阪人は返事をするとき、ことばを二回繰り返す。

「あの話聞いたか?」「聞いた、聞いた」

「今日は暑いなあ」「暑い暑い」

いかにも大阪人らしい表現だと思うが、よその地方の人によっては耳障りであり、大阪を舞台にしたテレビドラマでは「失礼」とするクレームの投書が何通も来たという。

なぜ、大阪人は繰り返すか。著者は、せっかく好意で話しかけているのに、返事が「一回だけではあいそがない」、「よう声をかけてくれた、あんたとこうして話をすることがわたしもうれしい」という気持ちがそこには込められているという。

社交におけるきわめて洗練されたかたちの接触の仕方が、大阪弁の背後に見え隠れする。それは「都市の文化」だと著者は言う。先生《せんせ》よう、言うてくれはりましたなあ。

感謝、感謝。

また一九九五年の阪神大震災のあと、被災地でテレビが取材していたときのこと。被災三日目の飲まず食わずのおばさんがこんな話をした。みんなが心配してくれて、親類が飛んできた。「『今、なにが欲しい』と尋ねるから、『家が欲しい』言うたら、『そら、わしらも欲しい』て……」

未曾有といえる恐怖の体験をくぐり抜けて、なおも笑いを取ろうとする。そこに「暗い話をただ暗く話しても仕方がない」「自分自身のことを人さまにゆっくり聞いていただく時のたしなみ」があると著者はみる。

最近の調査では、「大阪弁が好きだ」という東京の若者は七五パーセントを数えるという。

エエでえ。大阪弁は。

（『サンデー毎日』二〇〇四年六月一三日）

ムシ王国への招待状

『昆虫おもしろブック』◉矢島稔＋松本零士｜知恵の森文庫｜二〇〇四年

先日、小学校三年の娘が突然、虫捕り網が欲しいと言い出してとまどった。「虫捕り網ぃ?」、にわかには、それがどこで手に入るのかわからない。結局、私鉄沿線の駅前にある古い雑貨屋で竹の柄のついたのを手に入れた。三六五円だった。安い！店のおじさんは「虫捕って、いい夏休みにしなよ」と娘に声をかけてくれた。これこそ反マニュアル的商売。遠く過ぎ去った学齢の夏休みの記憶が、呼び覚まされる思いがした。

『昆虫おもしろブック』は少年の日にチョウやトンボを追いかけて野山を駆け巡った二人による、ムシ王国への招待状である。読めば読むほど昆虫ってうまくできた生き物だなとわかる。よく人間が死滅したあとでもゴキブリは生き残ると言われるが、四〇〇〇万年前のコハクの中にとじこめられたアリは、現代のものとほとんど変わっていないという。それに比べて人類はたかが五〇〇万年。「成り上がりもの」だと文章担当の矢島稔は言う。成り上がりがエラそうにはびこるのは世の常である。

昆虫のほうがよほど偉い。この姿勢が全編を貫いている。昆虫たちの生態を紹介したウンチク話がどれもおもしろく、どれを紹介すればいいか迷うところだが、例えばチョウ。

「チョウの世界では、オトナになったメスは日ならずして全部交尾済み、売れ残りなしで、三日も四日も生娘のままでいることはまずない」。よって「チョウに処女なし」。

あるいは山道で、ひらひら舞うキチョウを捕まえたいとき、どうすればいいか。答えは奇抜だ。おしっこをすればいい。キチョウはアンモニアの匂いがお好きらしい。驚いたなあ。

アリには二つの胃袋がある、という話はどうか。ひとつは自分で消化し、もうひとつは仲間のための貯蔵庫。道端でアリ同士がキスしてるシーンを見かけるが、あれは、食べ物を分けているのだという。だから「若いもの同士は兄弟の盃をかわした仲」であり、アリ社会は「ひとつひとつの巣が、女王という〝母親〟に忠義を誓った〝家族集団〟」だと説明する。

松本零士の描く、擬人化した昆虫たちの世界も精妙かつファンタスティック。矢島のユーモラスな文章とハーモニーを奏で、楽しい図鑑となった。

「いっさいがっさいが虫けらの中にある」とファーブルは言った。この夏休み、子供と一緒に虫捕りに出かけよう。

(『サンデー毎日』二〇〇四年八月八日)

よみがえる少年期の夕暮れ

『透明怪人 江戸川乱歩全集第16巻』◉江戸川乱歩|光文社文庫|二〇〇四年

「夕方の町には、ふしぎに人通りがありません。シーンとしずまりかえっています。

そして、町ぜんたいにもやがかかったようで、うっかりしていると、蝋人形の怪紳士は、そのもやの中で、スーッと消えてゆきそうでした」

こう書き写しただけで、夕暮れ迫る小学校の図書室に籠り、時間のたつのも忘れて読みふけった記憶がよみがえる。ポプラ社刊「少年探偵団」シリーズは、一〇代初めに私がいちばん夢中になった本だった。謎の怪人二十面相と明智小五郎の知恵くらべ、それにもまして、少年探偵団の仲間たちの活躍に胸躍らせたのだ。

今回、何十年ぶりかに、シリーズ中の『透明怪人』『怪奇四十面相』『宇宙怪人』を一冊に収めた本書を読み返した。そしてわかった。乱歩は少年のなかに眠る孤独や恐怖への忌避と憧れのないまぜを、巧みに刺激しながら執筆している。

まず世間を騒がす怪奇な事件の噂がある。おびえる少年たちに用意されるのは、昼なお暗きコンクリート塀の続くお屋敷町、それに瓦礫と草むらの原っぱ、防空壕……戦中戦後のにおいがする舞台装置だ。そこで少年が怪しい男を見つけ尾行する。怪人は古い屋敷、空き地の小屋、あるいは『透明人間』では、洞窟に消えていく。臆病な少年だったわたしなど、このあたりでは

江戸川乱歩（1951年）

やビクビクもので、家へ帰りたくなるが、誇り高き団員は勇気を奮って忍び込む。そして、ああ無惨にも捕縛される。しかしご安心を。必ず仲間が、少年探偵団が助けに来てくれる。

怖がりのくせに怖いものを読みたい。自分にも勇気が欲しい。そして自分を愛する仲間がいれば……乱歩は日本全国の少年たちが恋いこがれるものをわくわくさせる物語性の中にみごとに溶かし込んだのだ。

本書巻末エッセイに、ポプラ社編集部の井澤みよ子が「世代を超えた稀有なシリーズ」と題して一文を寄せている。少年探偵団は雑誌『少年』に連載、もとは光文社から単行本化されていた。このヒット商品をいかにしてポプラ社が獲得するか。断り続ける乱歩、通い続ける編集者の攻防が読ませる。結果、ポプラ社はこのシリーズを累計一三〇〇万部も売る。学校図書館に何セット入荷しても、貸し出しが頻繁で本の傷みも激しく、次々注文されたという。

また、ポプラ社のシリーズを手に取りたくなった。

（『サンデー毎日』二〇〇四年九月一六日）

無人島でも退屈しないな

『地図を探偵する』◉今尾恵介―新潮文庫―二〇〇四年

『話を聞かない男、地図が読めない女』というベストセラー本がありました。じつは読んでいないんだけど、たしかに女性は地図などを読むのが苦手そうな気もする。

しかし、この著者は地図を読み過ぎ……と思えるほどだ。プロフィールを見ると、「中学生の頃から国土地理院の地形図に親しみ」とあるから、「地図オタク」。また時刻表、地名の研究家でもある。地図の方からすれば、もうどうにでもしてくれとあきらめるしかない。しかも新旧の地図を比べて、現地を訪ねて歩く行動派でもある。

机上と地上をぞんぶんに歩き調査したのがこの本だ。通常は、あるポイントをチェックしたら地図の用は済む。ところが、この著者は地図を脚本に自分でドラマを作る。例えば、首都圏道路地図を見て「〆切」の地名を発見する。常磐線牛久駅から出ているバスのバス停らしい。普通ならフフンと笑って終わり。ところが著者は現地へ行く。

しかも地図を片手に周辺を歩く。「正直」なんて地名を発見したり、牛久沼の形をバグパイプに見立てたり、〇〇新田という名の多さの意味を推理したりとにかく忙しい。

それがまた楽しそうだ。

鉄道の廃線跡も歩いてみる。北陸鉄道石川線に接続する能見線は、一九八〇年に廃止、著者は年代別の時刻表を数種参照し、現地を歩きながら線路が消えていくドラマを追う。

「用水路にかかる鉄橋の残骸を発見、近寄ると足元からカモが逃げる。見ると四つの卵が……」

なんて記述がいい。心が優しいのだ。

そのほか、東京タワーは地形図の上でどう表示されているかを考察したり、とにかく地図一枚持たせたら、無人島でも一生退屈しないな、彼なら。

埼玉県に東京都二三区の飛び地があるとは初耳だが、著者は当然ながら現地調査をしている。これが傑作。隣家にありながら別の自治体。不動産評価も、東京側が埼玉より二割高い、との証言も得る。やらないよ、ふつう。そこまで。

また、碓井峠の熊野神社は、ややこしいことに社殿のまん中に県境がある。だから賽銭箱のまん中に「長野県↑　↓群馬県」と表示されているというのだ。ほとんどコントの世界。

無味乾燥なものでも、好奇心と知識があれば楽しみは無限に得られる。そんなことを教えてくれる本だ。


（『サンデー毎日』二〇〇四年一〇月一〇日）

「マメ天国」の夢よ再び

『天頂より少し下って』◉川上弘美｜新潮社ハーフブック（非売品）｜二〇〇四年

「ああ、あれね」

とわかるのは団塊の世代上の年齢の人か。一九六九年から二年間、洋酒会社のサントリーが発行していた豆本で、全三六巻。七×九・五センチの手のひらサイズで、当時の定価が一冊一〇〇円。執筆者は、サントリー宣伝部にいた開高健をはじめ、江國滋、和田誠、植草甚一、種村季弘、柴田錬三郎、戸板康二と豪華だった。内容は酒の飲み方からお色気まで雑学中心。「夜の岩波文庫」などと呼ばれた由。一二〇〇円で専用のミニ本棚まで作られていたというからニクイ。

これがいま古本界でちょっとしたブームなのである。一〇年前なら一冊二〇〇円、三〇〇円程度で転がっていたのが、いまや一〇〇〇円から、高いのになると三〇〇〇円くらいつけている。しかも当時を知らなかった若者が喜んで買っている。装丁が柳原良平ということもあるが、タバコくらいの大きさの本、というのが、若い人にとって新鮮なのではないか。

『洋酒マメ天国』の夢よ、もう一度、ってことなのか。サントリーは昨年一一月九日より、「ハーフロック&ハーフブックキャンペーン」と銘打ち、新潮社の協力を得て、人気女流小説の豆本を制作。自社のウイスキーとブランデーを景品としてつけた。これが新潮文庫のちょうど半分の大きさということで、「ハーフブック」。近ごろ、粋な試みであった。

執筆者として選ばれたのは川上弘美、篠田節子、小池真理子、乃南アサ、よしもとばななの五人。川上弘美『天頂より少し下って』は、離婚歴のある四〇代半ばの女性・真琴と、靴屋で知り合った一一歳年上の男性・涼の大人の恋愛を描く。

お酒についている景品だから、小説のなかのどこかで、主人公がお酒を飲むシーンが必ず出てくるのがミソ。

「真琴はやかんに火をかけた。ブランデーはやめて、ホットウイスキーをつくろうと思いなおした」という具合に。そこで読者もウイスキーが飲みたく……なれば、小説とお酒のいい関係ができあがる。なるほどね。表紙もそれぞれきれいだし、ちゃんと栞ヒモがついているところはさすが新潮文庫だ。大事に取っておけば、将来値上がりするかもしれない。

(『サンデー毎日』二〇〇五年三月六日)

しびれるような人生認識

『銭金について』◉車谷長吉|朝日文庫|二〇〇五年

慶應義塾大学卒、広告代理店、出版社勤務を経て、現在直木賞作家。著者の略歴を抜き出せば、男の本懐ともいうべき、ピカピカ光るじゅうたんを踏んできた人物に思えるだろう。思えばいい。このエッセイ集を読めば、そのあまりの落差に目まいがするだろうから。

例えば著者は、三〇歳から三八歳までの九年間、東京を離れ、すべてのまっとうな暮らしを捨てて、住所不定のタコ部屋生活を送っている。旅館の下足番もした。東京に戻って作家となるが、年収一〇〇万円にも満たず、校正の内職をし、妻（高橋順子、詩人）にぶら下がっていたという。初めての本『鹽壺の匙』が出たのが四七歳で、その冬、初めて炬燵を買った。

挫折、貧乏、裏切り、嫉妬、自己嫌悪にさいなまれながら転がり落ちる人生だった。そんな自分の人生を切りうちする「私小説」作家として独自の世界を築くのだが、身内や編集者のことを実名で書くため、人間関係の修羅場が絶えない。いやはやとても羨むような人生とはいえない。

しかし、著者にとって「文学」はあまりに厳しい道だ。「小説一篇書くことは人一人を殺すぐらいの気力がいる」と書き、「小説原稿を書くことが原因で強迫神経症、及び神経性胃潰瘍を患い、苦しんでいる」というありさま。

そんな著者が、「銭金について」書く。当然ながら、ちょっと得するような裏技、などという腑抜けたビジネス書とは対局にある、すさまじい金銭哲学がそこに吐露される。

「人は銭金に関わる限り、一つ間違えば命を落とすころもある。と言うて、銭金にさわることなしには生きて行けないのが、この世」であり、人が「銭金の問題じゃねえだろッ」と怒る時でも、ことの発端は銭金の問題だという。

友人の借金を背負い込み、二年半かけてこつこつと薄給の中から返し続けた体験を持つ著者だからこそ、言い得た言葉だ。

また、ギャンブルに狂い、所持金を使い果たすまで馬券を買い続ける心性を「得体の知れない底深い快楽」であり、「萬馬券を当てた瞬間以上の陶酔」だと表現する。底の底まで見届けた男ならではの、しびれるような人生認識だ。

「本当は小説など書かないで生きる人が、一番まっとうな人」だと言うのだが、著者の場合は、小説を書く人生しか生きられない。その意味で、危険きわまるエッセイ集である（車谷長吉は二〇一五年死去。享年六九）。

（『サンデー毎日』二〇〇五年五月一日）

『ゴルゴ13』が四〇年続いたワケ

『俺の後ろに立つな――さいとう・たかを劇画一代』◉さいとう・たかを｜新潮社｜二〇一〇年

「反対の賛成なのだ」（『天才バカボン』）、「お前はもう死んでいる」（『北斗の拳』）などと並んで、コミック史に記憶される名ゼリフが「俺の後ろに立つな」だろう。成功率一〇〇パーセント、恐怖のスナイパー「ゴルゴ13」は、依頼人にさえ警戒を解かず、こんなふうに言うのだ。

連載が始まったのは一九六八年というから、四〇年を超える大河作品。その生みの親がさいとう・たかをだ。一九三六年生まれ、藤子不二雄Ⓐ、赤塚不二夫、石ノ森章太郎などとほぼ同世代である。ただし決定的に違ったのが、「トキワ荘」組が手塚治虫の影響下で仕事を始めたのに対し、さいとうは手塚の傘の下に入らなかった。

手塚派の「柔らかい」線と少年少女への視線に対し、剛直な線とリアルな作劇法で大人の読者を納得させる劇画という新しいジャンルを作り上げたのだ。この柔と剛の両面を見ないと日本のコミック史は成り立たない。本書は、勉強嫌いで絵が好きな大阪の少年が、上京して『無用ノ介』『バロム・1』『サバイバル』などヒットを生むに至るまでの自伝と、経営、教育、政治、はては血液型を論じる文章から成る。そして『ゴルゴ13』誕生と制作の秘密も明かされる。

中学時代、学校をさぼってアルバイトに精をだす悪童の親玉だった著者を、たった一人、注意し諭した教師がいて、その名を東郷先生。『ゴルゴ13』のデューク東郷はここから生まれた。これ、酒場のネタにちょっと使いたい。

コミック史の流れで、さいとうの存在が大きいのはもう一点、早くに制作における分業制を敷いたこと。マンガ家がアシスタントを使うのとは違って、脚本担当、構成担当、作画担当と役割分担がはっきり決まっている。その総まとめをさいとうが担う。映画で言えば「監督」だ。共同作業により、「それぞれの才能を充分に生かした力強い作品が望める」のと、「完成時には一人作業ではとうてい味わえない達成感がある」と、そのメリットを示す。『ゴルゴ13』誕生と制作の秘密の関係もファンにはありがたい。

また、東西冷戦が終結した時、ゴルゴの出番がなくなるのではと案じられたが、民族問題、中東テロなど新たな火種が生まれ、「ゴルゴは失業するどころか、仕事のフィールドを広げている」という指摘がおもしろい。「陰謀、戦争、権力争い、失脚、嫉妬」などが『ゴルゴ13』活躍の背景となるが、それを超人的な力で、クールに処理する孤独なスナイパーへの期待は、たしかに地上からなくなりそうにない。さいとう・たかをはすごいヒーローを生み出したものだ。

巻末の解説で藤子不二雄Ⓐが、さいとうの美質として「発想の柔軟」を挙げているが、最後にケータイや電子書籍用のコミック市場が「とてつもないビッグチャンスになるに違いない」という許容力は、戦前生まれのこの年齢にしてはすごい。これでは後輩作家も、「俺の後ろに立つな」どころか、前にも横にも斜めにさえ立てない。

(『サンデー毎日』二〇一〇年八月一日)

エンタメ裏方人生の熱気満載!

『今夜は最高な日々』◉高平哲郎―新潮社―二〇一〇年

企画編集、テレビの構成、芝居やショーの演出とプロフィールの肩書を引き写すと、たしかに高平哲郎のことだが、正体は逃げていく。現在、『笑っていいとも!』と『ごきげんよう』にもかかわる放送作家、というのが通りはいいようだが、本人も「ずっとこの肩書に馴染めないでいる」と本書で書く。その理由は「その職業を目指したことがないからだ」という。

『今夜は最高な日々』は、そんな正体のつかみにくい著者が、一九八〇年代、音楽・映画・テレビ・舞台・出版とジャンルを横断しながら暴れた日々のクロニクルだ。山下洋輔トリオ、植草甚一、タモリ、赤塚不二夫と、高平がかかわった人物の名を挙げれば、この時代の熱気が伝わるだろう。

そんななかにいて著者は、楽しいこと、面白いことに次々に首をつっこみ生きてきた。肩書きはその後ろにぶらさがってついてきた、というのが正しい。その派手な裏方人生の前史はすでに『ぼくたちの七〇年代』で総括されているが、本書ではそれを引き継ぎつつ、タモリと組んだバラエティ番組『今夜は最高!』について多く筆を費やしている。それはまさに「今夜は最高な日々」だったのだ。

一九八一年四月に日本テレビ系列で始まった深夜の三〇分番組が『今夜は最高!』。タモリをメーンに、毎回ゲストを迎えて、トーク、コント(著者はスケッチと呼ぶ)、そして音楽と盛りだくさんのショーが繰り広げられた。

赤塚不二夫の回では、トークで「サングラスを掛けていると文化人で、外すと品性のない漫画家になってしまう」男を赤塚が演じたが、これは仲間で飲んだ時のおなじみのネタだった。原田芳雄には、過去の映画『竜馬暗殺』の時の衣裳で出てくれと依頼。マネージャーが「無理」と言うのを原田が制して、龍馬の靴と衣裳でスタジオに登場した。出演者もまた、作り手の熱気に応えたのである。

ミュージカルや映画を下敷きにパロディー、一流のジャズミュージシャンにより演奏、またミュージシャンがそのままコントに出演と、『光子の窓』『シャボン玉ホリデー』に連なるバラエティの総決算がこの『今夜は最高!』だ。

一九八五年二月に、和田アキ子と斎藤晴彦がオペラで『昭和任侠伝』をパロディーにした回は、傑作として記憶に残る。そこにはプロ意識を持ちながら大マジメに遊ぶ、真剣にふざけるという姿勢が見える。以後、現在に至るまで、深夜番組に作り込んだ笑いと洗練された音楽センスは消えてしまった。

なお、本書は各章のタイトルに落語、映画、演劇、歌謡曲のタイトルを冠している。

最後の章「みだれ髪」の末尾はこうだ。

「生きてきてしまった過去に赤を入れたくなる部分はたくさんあるけど、少なくとも八〇年代の日々には、いまさら赤を入れたいとは思わない。いいことも悪いこともあったからこそ『今夜は最高な日々』だったのだから」

(『サンデー毎日』二〇一〇年一〇月三日)

伝説の真相をつきとめて修正

『ブギの女王・笠置シヅ子』◉砂古口早苗―現代書館―二〇一〇年

戦後芸能史の「女王」と言えば美空ひばり。彼女は笠置シズ子(のちシヅ子)のモノマネから出発した。「東京ブギウギ」「買い物ブギ」と、戦後の一〇年間、女王は笠置だった。しかるに、死後も続く美空の栄光に比して、笠置は再評価の声も少なく、自伝以外に本もない。考えてみれば不思議な話である。

そこで、ノンフィクション・ライターの著者が、いわば義憤にかられて笠置シヅ子の戦後的意味と生涯を追ったのがこの力作だ。われわれが名前のみで、いかに「ブギの女王」を知らなかったかが、この本でわかる。

例えば、あっけらかんとした大阪弁の印象が強いため、誤解されているが、笠置は一九一二(大正三)年、香川県の生まれ。私生児だった。生後半年で大阪の商家に養子でもらわれていく。歌と踊りが好きな大阪の娘は宝塚を受験し失敗。ライバルの松竹歌劇に入団、服部良一と運命の出会いを果たす。笠置の代名詞ともなる「ブギ」を作り、終生伴走したのが服部だった。

黒澤明の『酔いどれ天使』(一九四八年)で、「ジャングル・ブギ」を歌い踊るエネルギッシュな姿が印象的なので、戦後になって一躍おどり出た気がするが、じつは笠置と服部のコンビは戦前に一つのピークを作っている。吉本興業の御曹司との悲恋もあった。

著者はたんねんな取材と資料の渉猟で、裏返った笠置のカードを、一枚一枚引っくり返し明らかにしていく。水之江瀧子、淡谷のり子、ロッパ、エノケンなど、ビッグネームがちりばめられ、戦中戦後の芸能史をおさらいする側面も本書は兼ね備えているのだ。「敗戦後から約七年間のGHQによる占領下時代と、ブギの女王の黄金期がそっくりそのまま重なっている」という指摘は重要で、敗戦後の虚脱から復興の活気への移行に、明るくけたたましい笠置「ブギ」は、絶好の応援歌だった。

だから、占領が終わると、ブギの女王は引退し、大阪弁の「おもろいおばちゃん」という脇役女優（昭和三〇年代生まれの私などはこのイメージ）に退く。このとき、ギャラの値下げを自ら断行したというから潔い。

著者がもっとも力を入れるのが、美空ひばりとの確執を描く第四章「子どもと動物には勝てまへん」。自分のものまねでデビューした美空のブギを封じた悪者・笠置という伝説が芸能界に長くはびこっている。その真相を芸能界の暗部に手を入れてつきとめることで、著者は伝説を修正した。笠置と同郷というシンパシーもあろうが、これで「ブギの女王」も浮かばれるというものだ。
「〝芸人のレジスタンス〟という言葉が、笠置シヅ子の一生に最もふさわしい言葉のような気がする」と著者は最後近くに書く。「時代の流行が生むスターこそ、時代に流されない不易の精神が必要」だと知り、それを実践した笠置だった。代表曲「買い物ブギ」を映画のなかで歌う姿が「ニコニコ動画」で見られる。そこには美空にはない突き抜けた明るさがある。敗戦国・日本は笠置「ブギ」だからこそ復興できたと思えてくるのだ。

（『サンデー毎日』二〇一〇年一一月二八日）

巧くない。味がある。クセになる。

『なんだかなァ人生』◉柳沢きみお｜新潮社｜二〇一二年

事情を知らない人なら、あの『翔んだカップル』の漫画家が、そんなタイトルの新しい作品を描いたのかと思うだろう。あれっ、でも版元が新潮社？

じつはこの本、著者の自伝的エッセイで、知られざる日常や、初めて明かされる恥の話もある。これが、じつにおもしろい。

なにしろ、帯には「恥も多い人生でした」なんて書かれてある。意外や人気漫画家は、挫折を乗り越えて、今日という日があった。

冒頭からして、二〇年も続いた『大市民』が二〇〇九年末で連載を切られた話から始まる。テレビドラマ化されたヒット作『特命係長　只野仁』は好評連載中。バリバリの現役じゃないかと思いきや、「私の現状は、周りから見たら順調に見えるかもしれませんが、実は今の漫画界と、そしてその中における自分の位置に絶望感を抱いていて、決して気分は良くなかったのです」と言うのだ。続けて漫画界の現状について、まあボヤくことボヤくこと。こっちが「なんだかなぁ」と言いたくなる。

『翔んだカップル』の大ヒット(映画にもドラマにもなった)で八〇年代は絶好調。マンションを買い、クラシックカーやビンテージギター、西洋骨董の趣味に走る。バブル期には、買った車を並べるために、千葉の山奥に四億の家を買う。これぞ、人気漫画家のイメージだ。ところがこの家は欠陥住宅で、マンションのローンも併せ、借金地獄に突入。「苦行のドタバタ劇」が始まり、ジャガーにフェラーリ、アルファロメオと乗り換えていた男が、今や不動産もなく、趣味は多摩川の散歩ときた。

ところが、そんな過去や、脱力の日々を綴る文章には、不思議とみじめさや暗さはない。やはり、一度大きな夢をつかんだ者の、消せないオーラがあるのか、うまい文章とは言えないのに、中学生の作文みたいな「ですます」調が、読者に不思議なやすらぎを与える。

「世の中ではブログやミクシィ、最近はツイッターなるものが流行っています。パソコンと距離を置いている私のような超アナログ人間には、『自己発信をやたらとしたがる変な人達』にしか見えず、『うーん、なんだかなァ』と」なんてところは、居酒屋のカウンターでヨッパライのおじさんの愚痴を聞くレベルなのだが、わざわざ書くのと書かずに黙るのでは大違い。

どんなことでも書くことで、自分が出てくるものだ。「自分」がない人はどうしようもないが、著者の「なんだかなァ」話には「味」があり、つき合うとクセになりそうだ。

もちろん、本業の漫画家生活の秘話も多数収録。『只野仁』は編集部が持ち込んだアイデアで、「あまり気乗りせず」、タイトルも「ただの人」をそのままつけたら代表作の一つになるほど当たったなどの裏話も聞ける。威勢のいい成功話や自慢は、こんな時代にもはや聞きたくない。本書にはそれがないから痛快なのだ。

『なんだかなァ人生』を、「なんだかなァ」と思いつつ読んで、後ろ向きの六〇代を健気に生きる柳沢みきお先生を、私は漫画以上に好きになってしまいました。

（『サンデー毎日』二〇一二年三月一一日）

美術史家には書けなかった美術史

『恩地孝四郎　一つの伝記』◉池内紀｜幻戯書房｜二〇一二年

石盤のような重さと硬さ、手の込んだカバー、定価は税込み六〇〇〇円を超える。本書を手に取ったとき、まず、その本体としての存在感に圧倒される。これを四六判のソフトカバー、図版をはぶいて本文用紙も安いのに変更すれば、三〇〇〇円以内に収まるかもしれない。ところが、そうはしなかった。

美術と文学の分野において、大正期から昭和期前半まで、画期的な足跡を残した恩地孝四郎。ほとんど初めての評伝を、池内紀が手がけた。最初ＰＲ誌『ちくま』に連載された原稿の六割を捨て、徹底的に手を入れて完成させた、と「あとがき」にある。その思いに応えて、「愛蔵版」と謳うにふさわしい本造りをしたのが幻戯書房だ。だからこの本は、焼きたてのパンのように熱い。

オンチコウシロウと、その名の響きを口に転がして、私がまず思い浮かべるのは、筑摩書房版「現代日本文学全集」をはじめ、幾何学模様をあしらった端正で重厚な、数々の装幀である。しかし、それだけではない。版画、油彩、写真、コラージュ、それに詩や雑誌作りと、恩地孝四郎の活動は多岐に渡る。正体をつかみにくい人物なのだ。

池内は、恩地の残した仕事を丹念に一つ一つ吟味しながら、その独自性と革新性を跡づけていく。例えば、大正三年創刊の版画と詩の雑誌『月映《つくはえ》』で抽象版画を制作する。これは日本初の「抽象」の試みだった。あるいは昭和一〇年代に新興写真が流行した時も、「写真表現をひとりたのしむ流儀をつらぬいたアマチュア」だった恩地が「もっとも正確にバウハウス理論を実践していた」と著者は見るのだ。

そのくせ不思議なことに、恩地の生涯を見渡して、革新性から来る「劇的」さがない。「実験くささ」がなく、清潔で、繊細で、完成されていたという。評論の対象になりにくかったのもそのためか。しか

も軍国主義に抑圧された昭和一七年に、総アート紙のぜいたくで瀟洒な『博物誌』という本を出している。帯に書かれた通り、まことに「温和な革新者」であった。

私がもっとも驚いたのは、複数枚刷ることが前提である「版画」技法において、恩地は「しばしば一点しか摺らなかった」ことだ。「摺りは表現そのものであって、いわゆる印刷の効用とは無関係」と著者は恩地の独自性を代弁して言葉にする。この「思想」を受け継いだのがアメリカで恩地版画と対面した池田満寿夫。この橋渡しを指摘できたのも、池内が美術を専門としない評論家だからこそ、かもしれない。

著者には美術史家の派閥のしがらみも、定見に縛られる不自由さもない。豊富な図版を楽しみながら、学校では教わらない、もう一つの美術史をたどっていくことになる。

のちに恩地は、アメリカ人研究者のインタビューに「私の人生は恵まれている。だからそれが表れているような作品にしたい」と答えた。恵まれた人生を存分に力を振るって評伝にした著者。それが贅沢な器に盛った装幀者(緒方修一)と出版社。持ち重りのする一冊を閉じて、いい本が生まれたことの感触がまだ手のひらに残っている。

(『サンデー毎日』二〇一二年六月一〇日)

心に、体に、刻み込まれている

『文藝別冊　総特集　山田太一』◉河出書房新社 二〇一三年

ぼくたちは山田太一でできている。はっきり、今そう言える。酒場や喫茶店で、五〇年輩同士が山田太一体験を語り出すと、あのセリフ、この場面のことでわあわあと、まあ盛り上がること。

『文藝別冊』シリーズ新刊は『総特集　山田太一』。これがじつにうれしい一冊だ。『冬構え』『早春スケッチブック』『岸辺のアルバム』など、テレビドラマで時代をつくった脚本家へのインタビューに始まり、全作品解説、名セリフ、山田太一論と完璧な布陣。こういうのを待っていた。

かつてNHKから「原子力で努力をしているという物語」の依頼があり、断った山田が書いたのは、ラフカディー・ハーンの『日本の面影』。そうだったのか。「小さな虫の声を美しいと思うような感性」をそこで描いた。

久世光彦の「私はこの人に抱きついて泣きたくなる」というオマージュもいい。私もときどき、山﨑努のセリフを叫んでみたくなる。「お前らは、骨の髄まで、ありきたりだ!」と。

(『サンデー毎日』二〇一三年六月三〇日)

何も言わずに死んでたまるか

『釜ヶ崎語彙集1972–1973』◉寺島珠雄編著｜新宿書房｜二〇一三年

なんともすごい本が出た。

寺島珠雄編著『釜ヶ崎語彙集1972–1973』は四〇年前の原稿を、図版を加え、新たに世に問う。釜ヶ崎とは、大阪・天王寺の南にある労働者の町。多くは日雇い労働者である。

このまちに住んだ詩人がアナーキスト・寺島珠雄、それに協力執筆者は、この街の真実を伝えるべく、仕事、食衣住など二四三項目を事典ふうに分類して叙述する。

たとえば釜ヶ崎区最寄りの「国鉄新今宮駅」。西口ができたことで、あいりん総合センターが至近に。労働者の集合場所となった。しかし駅の階段の段数が多い。「労働者は神社や寺へ参詣に階段を登るのではない。働きに行くのだ」と批判するところ、寺島の面目躍如たる記述だ。

「雨」という項目では「傘なくて二十年／霞町の立ちん坊／雨の降る日は柳を見る」と高田佳青の詩を引用しながら悲哀を説く。働く権利、生きる権利、怒る権利を串刺しにして、寺島珠雄渾身の現世への置き土産だ（寺島珠雄は一九九九年に死去）。

（『サンデー毎日』二〇一三年九月二二日）

まっすぐに生き、書きつづった人

『父　吉田健一』◉吉田暁子｜河出書房新社｜二〇一三年

葉巻をくわえたワンマン宰相・吉田茂の死後、取り巻きは長男を政界へかつぎ出そうと躍起になったがムダだった。政治の泥水を飲まなかったおかげで、我々は吉田健一の遺した名文を味わえる。

吉田暁子は健一の長女。『父　吉田健一』で、思い出の数々、あふれる思いを見事な文章でつづる。時の首相を父に持ちながら、その財産に頼らず筆一本で家族を守った文学者が吉田健一。その生活は規則正しく「まっすぐ」だった。はめを外して飲むのも時間が守られたと娘は言う。

酒豪・吉田の名言「いい日本酒ほど水に近い」のその日本酒を、大雪の翌日に「辻留」で、父親とさしで飲んだ日。「その時も時間は静かに流れていた」。まるで父の血が受け継がれたような、秘めやかで美しい文章だ。

「一日の移ろいで父が愛したのは夕方」だった。本書のテーマは「時間」とも言える。父と過ごした濃密な時間を娘が慈しみながら回想する。そのとき本書は、娘が父に宛てた恋文みたいに読める。

（『サンデー毎日』二〇一四年二月二日）

吉田健一（一九五一年）

今日までそして明日から

——A Day in the Life 1

●原田知世と植田正治

原田知世『カコ』は「ジ・エンド・オブ・ザ・ワールド」「青春の光と影」など、さまざまな六〇年代洋楽のポピュラーソングが入ったカヴァーアルバム。なかなかいい。雨の上がった夕暮れなどに、聞きたくなる。

プロデューサーは鈴木慶一。最初に聞いたのは、三鷹の古書店「上々堂《しゃんしゃん》」店内に流れていた時で、「これ、なに?」って店員に聞いて、あわてて買ったのだった。ジャケットもいい。これをずっと原田知世の小さいときの写真だと思っていたが、今日つくづく見て、あれ、これ植田正治の写真じゃないかと気付く。裏のクレジットを見るとやっぱりそうだ。それだけじゃない。このCDの歌詞カードに使われている写真はすべて植田正治《うえだしょうじ》だ。

『カコ』は、植田正治の長女・和子の愛称が「カコ」だったことに由来する。なるほどねえ。

アルバムが作られたのは一九九四年で、同じ年、福山雅治がCDシングル盤「HELLO」のジャケットに植田撮影の写真を使っている。この頃から、音楽関係では「植田正治って誰?」と思われていたのではないか。鳥取県・境港で活動する植田は、そんなに有名な写真家ではなかったはずだ。二〇〇〇年に死去し、二〇〇五年ごろから、回顧展や写真集出版など再評価の機運が高まった。音楽界の方が、先んじて植田正治を見つけていた、と言っていいだろう。

●『華氏451』の日本人

フランソワ・トリュフォー『華氏451』をDVDで観る。作品自体は三度目くらいか。主演のオスカー・ウェルナーはしかし、表情に乏しい俳優なり。いつも困った顔をしている。日本の細川俊之と双璧だろう。

今回気付いたこと。あれえ、『小さな恋のメロディ』のマーク・レスターが子役で出てるじゃないか。あと、燃やされる本のなかに、『ロリータ』『ライ麦畑でつかまえて』がありました。焚書の時代、悪徳の書ということでありましょうか。

それと、最

後の森のシーン。一人ひとりが一冊の本となり、後世に受け継ぐため作品を暗唱しているシーンで、日本人が出てきましたね。「他人の陰口に、何かと聞き耳をたてて」(正確ではない)なんて呟いていた。うーむ、何の作品でしょうか。

●澤地久枝

ぼくは現役の女性の物書きでは、澤地久枝さんのことを尊敬している。いつだったか『日曜美術館』の「香月泰男」の回に出演して、香月泰男のことを語っていたが、まことにみごとだった。つまり、淀みなく、言い損ないも「えー」も「うーん」もなく、喋っている言葉がそのまま文章になるみたいだった。そのクレバーな頭脳と言語能力に感服したのだった。

その青春記『私の青春日めくり』講談社文庫を見つけて、読み出したら、これがおもしろい。旧満州で敗戦を迎え、引き揚げ、山口県防府へ。ここで教わった高木先生のことがくわしく語られているが、一九八五年、ひさしぶりに防府を再訪する。友人に高木先生の消息を尋ねたら、もう亡くなっていて、「娘さんが芥川賞を」という。この「娘」が、高樹のぶ子だ。

家族で焼け跡生々しい東京へ。住んだのはいまの原宿だが、夜は真っ暗で、田舎の香水の匂いがした。この時代、誰もがそうだったが、辛酸をなめ尽くしながら、丸の内時代の中央公論社に入社、編集の仕事を手伝いながら早稲田大学の夜間部に通う。

「それまでの人生で一度も、美しい娘であるとも、魅力のある子どもだとも言われたことない一七歳」と澤地は自分のことを書く。それでも、男の人からつけ文されたり、デートしたり「青春」はあった。大学の体育の授業が、ハイキングだったというのも時代を感じます。初めて男性から誘われたコンサートが、田端義夫というのも……以下同文。

●第三の新人とトキワ荘

『遠藤周作のすべて』文春文庫を読んでいたら、遠藤の死後、『文學界』に掲載された安岡章太郎、小島信夫、大久保房夫の鼎談が掲載されていて、すこぶるおもしろい。

昭和二〇年代末から三〇年にかけて、吉行淳之介、安岡章太郎、遠藤周作、庄野潤三、小島信夫など同世代の作家が次々と芥川賞を受賞し、「第三の新人」と呼ばれ、ひとまとめに考えられていた。どの文芸雑誌からも第三の新人に原稿依頼があったが、それは「お手軽」だったからだという。「それでもしばしばその原稿は落第して、お蔵になってしまう。だからお互いに原稿読んで、これで大丈夫かね、と確認し合ったりしてましたね」

と安岡が言う。

小島信夫が吉行の家(といっても六畳一間)を訪ねていったとき、小島が昼飯としてカバンからひしゃげたアンパンを出して食べ出した。それを見た吉行は驚き、鰻をごちそうした。よほど窮していると思ったのだ。

ところが違った。小島が芥川賞を受賞したので、お祝いに家を訪ねたが、どうも見当たらない。石垣のある大きな家があって、まさかと思って階段を上ったら表札に「小島」とあった。吉行はびっくりぎょうてんした、という話など、愉快なエピソードが続く。

貧しい時期の友人関係は特別だ。「トキワ荘」の漫画家の面々と、第三の新人がちょっと重なって見える。

●ベルギーでスティーヴン・セガールを

白状するが、私はけっこうスティーヴン・セガールの映画が好きで、一時期よく観ていた。あまりに作品数が多いのと、要するに中身が似たり寄ったりすぎるのとで、だんだん離れていく。

しかし、ただボーっとビールなど飲みながら観るにはいい。スカッとする。観たあとに、ちょっと好戦的になるのが困りものだが。

セガールがかつて日本に滞在して日本通で日本語も達者と聞いたことがある。阪神タイガースファンらしい。タイガースの低迷期に大阪の朝日放送のインタビューで「今年もまた負けたらしいのう。わしゃ、もう情けないわ」と大阪弁で答えたという。ほんとかなあ。

そう言えば、石丸「上々堂」徳秀くんたちとベルギーへ行ったとき、ブリュージュの宿で、夜中一人(五人で行ったが、二組がカップル、一人は私だけ)、あれはフランス語版だったのか、もう覚えていないが、字幕なしで『沈黙の断崖』をテレビで見た。

私は英語もフランス語も、まったく堪能ではないのだが、それでも何とかわかる気がする。セガールの映画は。

●『めし』の「鉄」分量をチェック

成瀬巳喜男『めし』を観る。四度目ぐらいか。軽快なテンポで次々と前へ進みながら、人物の描き方に奥行きがあって、一級の作品だ。残りの人生、まだ何回か、観ることになるだろう。

これまでは気にしなかったが、「鉄」分が入ってから、鉄道が気になる。上原謙(岡本初之輔役)と原節子(三千代役)夫婦が乗り降りする駅は、大阪の南、阪堺線《はんかい》「天神ノ森」とわかる。大阪らしい駅名だ。

ただし、映画に登場するのは南海電気鉄道時代。駅の近くに「天神ノ森天満宮」があるところから駅名がついた。写真で確認したが、いまでもホームの印象は、そんなに大きく変わっていない。今度、行ってみよう。

初之輔とケンカして、三千代が東京の実家へ帰ってからは、ひんぱんに電車、駅、線路などが映る。『めし』は「鉄」分の濃い映画だ。

三千代の実家は、南武線「矢向《やこう》」駅。だから、さっき「東京」と書いたが、じつは神奈川だ。ここも、いまだ高架になっていないから、少しは面影が残っているかも。私は結婚してしばらく南武線沿線「宿河原《しゅくがわら》」に住んでいたが、もう川崎駅に近い。「矢向」では降りたことがない。

三千代が姪を家に送っていくシーン。帰り、線路脇から多摩川へ出る。おそらく「和泉多摩川」附近ではないか。今度、行ってみよう。

それから、上原謙と言えば「大根」と言われるが、私はちっともそうは思わない。『めし』で見せた、ちょっと気が弱い、頼りな気な中年男は、あれで充分。やりすぎ、が何より困ります。

●小島凡平という男

築添正生《つきぞえまさみ》『いまそかりし昔』(りいぶる・とふん)を読み始めて、日曜の午後、ほっこりとぜいたくな時間が流れる。

所収された「詩の時間」という文書に、母の遺品から見つかったという、手書きによる佐藤春夫の詩「ねがひ」が引用されている(ちなみに築添の祖母は平塚らいてう)。最初の一連を引く。

大ざつぱで無意味で
その場かぎりで
しかし本当の
飛びきりに本当の唄をひとつ
いつか書きたい。
神様が雲をおつくりなされた
気持が今わかる

いい詩だ。「神様が雲をおつくりなさ

れた」気持ちって、どんなだろう。

遺品で見つけたこの詩を墨で書いた(作ったのは佐藤。念のため)のが、詩人で画家の小島凡平。知らない人だ。ネット検索で知ったのだが、凡平は相続すべき財産を弟にゆずり、故郷松山から山羊三匹(品川力『本郷・落第横丁』では一頭)をつれて東京まで歩き、そのあと芭蕉の跡を訪ねて全国を行脚したという。めちゃくちゃだ。

ときどき、世の中には破天荒な人が出現して、平凡に生きる我々を「それでいいのか」と脅かす。

凡平は、六〇歳で画家を志して上京、七四歳で夢破れて故郷に帰る。私は三四歳で上京し、遅い東京デビューだと思っていたが、まだまだ甘い。

築添が子ども時代に、この凡平から詩を教わったというのはこの頃か。「週刊朝日」など、週刊誌がこの奇人の放浪者を取り上げたという。玉井葵『凡平』(創風出版社)が二〇〇〇年に出ていて、いまでも手に入る(築添正生は二〇一〇年死去)。

●珈琲とエクレアと詩人

橋口幸子『珈琲とエクレアと詩人』(港の人)を、夕方のリビングのソファに寝転がって読み出したら、おもしろくて最後まで読んでしまった。

著者の名が、「さちこ」ではなく「ゆきこ」と読むことから途中でわかった。彼女は、鎌倉そして横浜時代の北村太郎と、近しくつきあっていた人。校正の仕事をしている。鎌倉の家は、例の田村隆一夫人と北村太郎が一時住んでいた火宅の住居で、彼女もそこに住んだことがある。

だから、田村と夫人、親友の北村との壮絶たる三角関係を、著者はよく知る人物なのだ。

妻と子を捨て、田村夫人と一緒に暮らす道を選んだ北村太郎だったが、結局そこを出る。晩年の孤独と、若い人たちとつきあって華やぐ一人暮らしの詩人。ねじめ正一『荒地の恋』のB面みたいだが、伝聞ではなく、よく見て触れて確かめた点が、『珈琲とエクレアと詩人』の厚みだ。

どれも詩みたいに短い話を順に並べて本ができている。著者の北村太郎への深い敬愛と共感、親密さがうかがわれて、その切なさが胸に沁みる。叙情的な詩的文体を使わず、事実を書こうという姿勢が、かえって気持ちいい。心は優しいが、甘ったれていない。

タイトルは、北村太郎が小町通の喫茶店で珈琲とエクレアをいつも食べていたからで、食べる話がたくさん出てくるのも特徴だ。いつも北村を気づかい、手が及ばないところは、あとで悔やんだ。たとえば、北村の履いてる靴が痛い、というので、とっさに自分が履いているナイキのエアシューズを脱いで履かせた。

サイズはぴったりだった。そして、橋口はスリッパで帰ったという。

　自分の履いてる靴を渡すなんて、ちょっとできそうにない。それが自然にできる関係であったし、できる人間だったことが、この本を暖かくさせている。いい本だと思った。急にエクレアが食べたくなり、夕食後のスーパーでの買い物のとき、妻が持つセルフかごに、そっとエクレアを入れた。

●二〇二二年春の島田潤一郎くん

　一時期、仲間のライター・編集者の北条一浩くんが編集する池袋の映画雑誌『buku』が出るたび、開いている飲み会「栞会」がある。わいわい喋りながら楽しく読む。ただそれだけの会で、私は最年長だったが、みんなに優しくしてもらって、気持ちよく飲んでいた。

　その時は、みすず書房のMさんがひさしぶりに参加。できたばかりの野呂邦暢短編集『白桃』をいただく。薄いピンクの、あいかわずきれいな本だ。ほんのり酔った顔色のような本。

　この時は、ひとり出版社の夏葉社を経営する島田潤一郎くんもいて、いまほどまだ名を知られていなかった。しかし、島田くんが何か言うたび、わっと、そのことばでみんなが盛り上がる。きらきら光っている感じで、ことばがいちいち、立っているのだ。そこに、上り坂をひた走る者の勢いを感じた。
　朝日新聞の取材で、島田くんが写った写真が、満面の笑み、という感じだったと言うと、「むかしから写真を写されると、ぜんぶ、あの顔になるんです」という。人柄というより「徳」が備わっている感じだ。出版を辞めたら、得度してお坊さんになるかもしれません。

●『彼女が消えた浜辺』

　イラン映画『彼女が消えた浜辺』(二〇〇九年)、これがおもしろかった。監督はアスガー・ファルハディ。カスピ海の浜辺のリゾートで、複数の友人夫婦たちがバカンスにやって来る。それは楽しい三日になるはずだったが、誰も想像しなかった災厄が待ち受けている(邦題で観客は何かがあると知らされている)。

　エリと呼ばれる若く美しく若い女性が、何の前触れもなくみんなの前から姿を消す。カーチェイスも、忍び寄る殺人者もない。それなのに緊張が持続して、最後の最後まで謎は観客に伏せたまま。登場人物の不安がやがて観客に伝染していく。

　最初、有名な俳優もいなくて、顔も誰が誰だかよくわからない。やたらに陽気でさわがしい。このまま二時間はつらいな、という展開だ。しかし、タイトル通り、若い女性が突如消えるあたりから、画面の調子が一変する。溺れた子どもを助けるため海に入って消えたのか、それとも、元々一日の約束で来ていて(彼女は独身)、帰るのを無理に引き止められたけど、やっぱり帰ってしまったのか、すべては謎だ。

　残された者の疑心暗鬼が募り、疑惑、悔恨、怒り、利己心など、グループのあいだで亀裂が起こる。みな、善良だが、善良なだけに少し愚かで、ウソをつくことで収拾がつかなくなる。人の心はかくも脆いものなのか。心理の揺れを追うだけでサスペンス効果を出す、その手際がいい。

●さよなら松明堂書店

ひさしぶりに西武国分寺線「鷹の台」駅周辺へ自転車サンポしたら、地下にギャラリーを持つ駅前の書店「松明堂書店」が本日をもって閉店、と貼り紙がある。

ショック！

　鷹の台という町の文化度は、武蔵野美大を始めとする学園が集まること、そして画廊喫茶「しんとん」があること、そして「松明堂」にかかっていた。いつも新潮社のPR誌『波』はここでもらっていたし、ちくま文庫がよく揃っている店でもあった。社長の松本昭氏は、松本清張の次男。よく似た風貌の昭氏を、同店でかつて何度か見かけたことがある。

　入口からすぐ右の本棚は、よくセレクトされていて、人文系、趣味本、美術、文芸などが趣味よく並び、いい本棚だった。言ってもせんないことだが、「松明堂」閉店は、鷹の台およびその周辺地域にとって、あまりに大きい損失。記念に何か一冊と、小林秀雄・岡潔対談『人間の建設』(新潮文庫)を買う。望月通陽《みちあき》デザインのブックカバーをかけてもらい、望月デザインのロゴの入ったレシートをはさみながら、「この一冊、カバーをかけたまま、大切にします」と、レジの老婦人に言うと、「ありがとうございます」と頭を下げられた。

　正式には「松明堂書店鷹の台店」は二〇一一年五月三一日をもって閉店。そのあとに「メディアライン」という書店が入ったが、品揃えは丸っきり変わってしまった。そして、同店もいつの間にか閉まっていた。

●ハロルドとモード

飯田橋「ギンレイ」で、素敵に変な映画を観た。一九七一年のアメリカン・ニュー・シネマで、ハル・アシュビー監督『ハロルドとモード　少年は虹を渡る』だ。

冒頭、階段を降りてくる男の靴、膝から下だけ移動するのが見えて、ローソクに火をともしたかと思ったら、椅子に上り、いきなり縄に首をかけて、首吊りをする。ショッキングな始まり。そこへ母親が入ってきて、「キャー」と大騒ぎするかと思ったら、一瞥して何もなかったように電話をかけ始める。え、どういうこと?

「ハロルド、その手には乗りませんからね」みたいなことを平然と母親は言う。この一九歳になる息子は、自殺(のマネ)常習犯なのだ。他人の葬式に出席するのが趣味というのも変わっていて、ジャガーを改造した霊柩車を買って乗り回している。「死」を弄ぼうとしているわけで、そこにハロルドの深い空虚と悲しみがある。

家は大金持ちで、父親はいない。母親は体裁ばかり気をつかうし、息子への心からの愛情は薄いみたいだ。そこへ、同じく葬式に顔を出すのが趣味の、八〇歳間近の老婆・モードが現れた。似ている二人は意気投合していく。オーソドックスを逸脱した二人は、他人の車は平気でかっぱらい、モードがムチャな運転をする。

やがてモードが、過去にナチスの強制収容所にいたことがわかる。一度「死」んだ人間なのだ。彼女は、電車の車両を改造した住居に住んでいる。そして、生気のない若者ハロルドに、「生きる歓び」を教えて、二人はついに結ばれる。しかし……。ファニーでキュートな映画だ。

●『裸の島』に「わあっ!」

新藤兼人『裸の島』をひさしぶりに観る。これは『狼』と並ぶ新藤の傑作。

水道もガスも電気もない小さな島で、黙々と他の島から小さな舟を漕いで水を運び、農作物にかけつづける夫婦。かけてもかけても、すぐに砂に沁み入り消える水。

水道があれば、ひねれば出る「水」が、この映画では、金のごとく貴重なものとなる。運んではかける。徒労とも思える苦役の果てない繰り返しは、一種の象徴性を帯びる。

そのことがあるから、妻(乙羽信子)が貴重な水桶を、一つ、足をすべらせてこぼしてしまうシーンに、思わず「わあっ」と声が出る。駆け寄る夫(殿山泰司)が、いきなり妻にビンタを張るシーンにも、また「わあっ」と叫んでしまった。わずか一分か二分の間に、二回も叫んでしまった。

子どもが釣った鯛を町へ父子で売りに行き、食堂でライスカレーかなにかを食べる場面がある。ロープウェイで山へ上る。前は気付かなかったが、あれ、きっと尾道ですね。

少ない登場人物、少ない場面設定は、演劇に向いているようだが、実際には無理だろう。徹底してセリフを排除することで、映画的表現を究極までつきつめる作り方がされているからだ。林光の音楽も忘れがたい。

◉文士系学者

森毅『ボクの京大物語』(福武文庫)は、いまやあまり見ない一冊。福武文庫から栞ヒモが消えた時代の刊行だ。

安保時代のころを含め、京大の教員時代の回顧が楽しい。同僚の生田耕作は、しょっちゅう授業を休むのに学生に人気があった。一九七九年に生田が編集翻訳した『バイロス画集』がわいせつ文書でひっかかり、女性問題も含めスキャンダルとなる。

大学はさほど問題にしなかったが、やっぱり大学にはいづらくなった。フランス語教室は文士系と語学者系に分かれ、生田と山田稔は前者のタイプ。だから、生田が辞めるというとき「生田さんがいなくなったら、オレに風があたる」と山田はぼやいたそうだ。

もともと京大の文学部は文士系が主流。フランス語なら、生島遼一、桑原武夫、伊吹武彦とたしかにそうだ。そんななか、生島遼一はボーヴォワールの翻訳であて、ずいぶん印税が入ってきた。祇園の喫茶店でいつも舞妓さんとおしゃべりしていた、という。うらやましいなあ。

◉『日本列島』と拝島

熊井啓『日本列島』(日活・一九六五年)を観た。時代設定は一九五九年頃。戦後すでに十数年を経ても、日本の占領下の残滓が、重い空気として日本を覆う。松川事件、下山事件、スチュワーデス殺人事件などが、闇の中へ葬り去られた。

そんな「闇」の一つが第九陸軍技術研究所にあった、ある精巧な印刷機。この印刷機をめぐる、じつに複雑な事件を、社会派の熊井啓が映画的題材として告発したのが『日本列島』だ。正直言って楽しい作品ではない。よく企画が通ったものだと感心するぐらいだ。

宇野重吉、芦川いづみ、二谷英明、鈴木瑞穂、内藤武敏、下元勉、大滝秀治、佐野浅夫など日活映画の常連組が大挙して出演。秋山(宇野重吉)は福生の米軍基地に通訳として勤務。米軍から特命を帯びて、先の事件の調査を始める。拝島の小学校で先生をする伊集院(芦川いづみ)の父親が、もと研究所の技術者で、伊集院が幼い頃、拉致され姿を消していた。

福生の米軍基地を始め、五〇年代末(という設定)の東京郊外の風景が映し出されるのが、私にとっては見どころとなる。秋川が伊集院から話を聞くため、使った喫茶店の二階から「拝島駅」が見える。まだ瓦屋根の木造駅舎だ。一九五九年八月、駅舎が改築。映画に映ったのは、この三代目の駅舎だった。

二人が歩く冬の並木道も、どこか東北の村を思わせる。現代の若者が見て、ここが東京とは、誰も想像できないだろう。カメラ(姫田真佐久)が冴えてていい。

●三善里沙子が中央線の発見者

『中央線――カルチャー魔境の歩き方』(メディアファクトリー)を読んでいたら、三善里沙子のインタビューが掲載されていて、なぜか私の名前が出てくる。お目にかかったことはないから、なぜだろう。よく読むと、こういうことだ。

『中央線の呪い』の文庫版が出たとき、私は『サンデー毎日』でこれを紹介し、「中央線は三善里沙子によって発見された」と書いた。そのことを喜んでくださっているのだ。しかし、そのおかげで、「そんなことはない」とか三善が批判されたそうだ。つまり、三善が本を書く前から、中央線文化はちゃんと顕彰されている、ということらしい。

いや、中央線や中央線文化は前からありましたよ。でも、最初に、はっきりと、いまみんながすぐ思い浮かぶ中央線の特色をきっちり書いたのは、まちがいなく『中央線の呪い』だ。あとでグダグダ言っている人は、後出しジャンケンでずるいと思う。

コロンブスが発見する前に、アメリカ大陸がちゃんとあった、というようなことでしょう。三善の功績は、ちゃんと認めるべきだと私は思います。

●高野悦子の「傘がない」

高野悦子(一九四九―一九六九)『二十歳の原点』新潮文庫のカバーは杉浦康平だったんだ。いまごろ気づいた。単行本もそうだったのかな。ずっと「はたちの」と読んでいたが、「にじゅっさいの」と読むべきことも初めて知る。

ちょっと読んでいると、一九六九年六月三日の記述に「机の中をひっかきまわしてみつけた五〇円で煙草を買い、雨にぬれて(傘がない)喫っている」とある。高野悦子はこの時、「(傘がない)」と何気なく、事実を書いたんだろうが、のちの世代であるわれわれは井上陽水の「傘がない」を知っている。

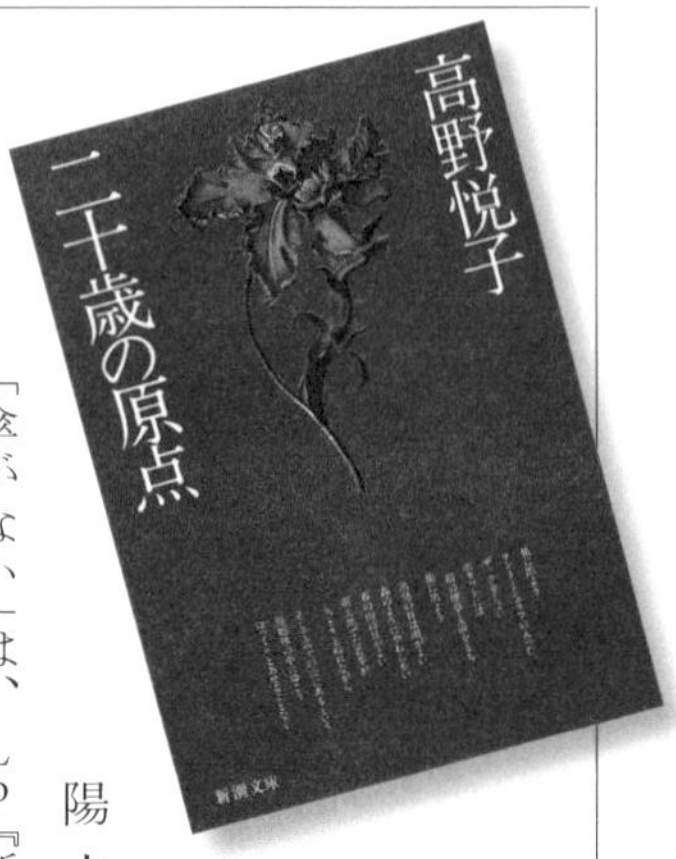

陽水

「傘がない」は、LP『断絶』(一九七二年)に収録され、同年シングル盤となった。その年の売り上げ順位は六九位と奮わないが、歌がもたらしたインパクトはその後も大きな影響力を持つ。

そんなことを知らずに「傘がない」と書いた高野悦子の命は、あと二十日もない。

●河出書房の編集者は

藤田三男『榛《しん》地《ち》和《かず》装本　終篇』(ウェッジ)を必要あって読み返していて、気付いたのは、一九七〇～八〇年代に河出の編集者で、同時に歌詠みだった人が多いこと。

もちろん高野公彦(本名は日賀志康彦)がいる。来嶋靖生は歌集『月』の歌人。小野茂樹は角川から河出へ、歌集『羊雲離散』を残して早逝する。

『榛地和装本』として装幀も手がけた藤田三男も早稲田大学高等学院時代、短歌会に所属していたという。来嶋は短歌会の先輩だった。先輩が、先に入社した出版社に後輩を引っ張ったのか。それとも、一種の「社風」だったのか。

そういえば、河出は三木卓、清水哲男、平出隆、高橋順子など、高名な詩人も籍を置いていた。河出が出していた(今も形を変えて継続)文芸誌『文芸』は、一九八〇年代にしばしば「現代詩特集号」を組んでいる。ちょっとおもしろいと思うんですね。

こうした「歌」や「詩」の力は、現在の文芸出版界にも生きているだろうか。

●『簪』か『わが谷は緑なりき』か

DVDで清水宏『簪《かんざし》』を観る。一九四一年の松竹作品。時代は日中戦争のさなかだが、よくこんなのんびりした映画が撮れたものだと思う。

広島県に今もある可部温泉が舞台。井伏鱒二「四つの浴槽」を原作に、清水宏が脚本演出を担当してユーモアものに仕上げた。笠智衆が温泉で簪を踏み、足を痛めるところから、簪の持ち主である田中絹代が詫びに訪ねてきて滞在する。温泉宿の三つの部屋がシャッフルされて、男女関係の恋模様がからみ、意外な展開に。

笠智衆が簪で痛めた足をリハビリするため、二人の子ども(のちに田中絹代が加わった)が応援し、次の木を目標に歩くシーンがある。足をひきずり、ゆっくり歩を進める笠。これは、フォードの『わが谷は緑なりき』からの引用かと思ったら、制作年代が一九四一年と同じ年。偶然の一致であろう。

しかし、清水宏は温泉が好きだなあ。

気むずかしい学者に斎藤達雄。やっぱりいい。斎藤が「公定価格以下で泊めてもらっているので」と喋るところがあるが、当時、温泉宿に公定価格があったのだとわかる。ほか、日守新一、坂本武と男優陣の名を並べていくと、小津映画みたい。

●汐留ミュージアムで濱田庄司を

めったに乗らない地下鉄が都営大江戸線。某日この路線を使いせっかく都心に出たので、汐留駅にて下車。ついでに汐留ミュージアムで開催中の「濱田庄司スタイル展」を見に行く。これがよかった。「陶芸の人間国宝は、モダニストでした」とキャッチコピーがついているが、濱田の陶芸作品とともに、蒐集した李朝の壷や、着ていた服、ネクタイ、机なども展示。本人の創った作品じゃなくても、これだけ個性の強い人物が使ったものなら、すでに作品だ。

イームズの黒い椅子を購入したときについてのエピソードもおもしろい。民藝運動における中心人物の濱田が、イームズと親交があったという。愛用するイームズのラウンジチェアは、使い込まれ、ところどころひび割れていたが、民藝の陶器などと不思議に調和している。

私は展示されている楕円形の中皿に、カレーを入れて食べたくなった（濱田もそうしていた）。館内、人もあんまり多くなく、ゆったり見ることができるのがいい。上野や六本木の美術館は、ラッシュの電車で美術を見るようで閉口するのだ。おかげで楽しい時間だった。

展示を見ているうち、濱田ゆかりの益子へ行きたくなったが、いま検索したら、えらく益子は遠いのだ。常総線からさらに真岡鉄道へ乗り換えるのか。これはちょっとした旅になる。

ミュージアムショップで、図録と濱田工房のレプリカの豆皿を買う。受付でチケットの半券とともに、二階の珈琲ショップの飲み物が二〇〇円割引になる券がもらえて、これを使って、人の少ない珈琲ショップでブレンドを飲む。

超高層ビルにはさまれて、その谷底にいる気分。次の展示も来よう。ここは穴場なり。おすすめです。

●うれしい寄せ書き

ホームレス支援のために作られた雑誌『ビッグイシュー日本版』に、私は長らく「ひぐらし本暮らし」というタイトルの、本を紹介するコラムを連載していた。何の制約もないため、新旧とりまぜて、本当に読んで欲しいと思う本だけを選んだつもり。途中から、文庫がメインとなったのは、『ビッグイシュー』を売っている人たちが、いずれ社会に復帰した時に、

選んだ本を読んでくれるのでは、と思ったからだ。文庫なら安いし、旧著なら古本屋で一〇〇円で手に入ることもある。

そんなわけで、力を入れて書いていた原稿だったが、いつのまにか一〇〇回に達していた。そんな折り、編集部から封書が届き、なかを開けると、編集部一同が連載一〇〇回を祝して、寄せ書きをしてくださっている。その心遣いと温かい気持ちに、ポロポロと涙が出てきた。

この仕事を始めて、二〇年以上になるが、こんなにうれしい編集部からの手紙は初めて、かもしれない。中央に、いつも素敵な挿し絵をつけてくれている清村知世さんの、肉筆画つき。さっそく額に入れて、いつも目につく壁に飾る。これを励みに、生きていこうと思う。

●ノブ&フッキー

かなり落ち込むことがあっても、ユーチューブでこれを見れば解消されるネタが、ノブ&フッキーというコンビによる「ぴんから兄弟」のものまね。いや、これはすごいわ。

「似ている」ということがなぜ面白いのか、これは永遠に解けない謎のように思えるが、まったく同じではなく、そこに誇張と戯画と批評が加わっている、つまり芸になっているからだと思う。芸になっていない「ものまね」は、だから面白くもなんともない。

ノブ&フッキーは、けっこうキャリアのある芸人らしいのだが、私が初めて見たのは、ダウンタウンが大晦日に「紅白」の裏番組として毎年放送している「笑ってはいけない」シリーズに登場した時だ。「笑ってはいけない」という制約があり、破ると罰(ケツを叩かれる)が加えられる。いかにして、ダウンタウン一派を笑わせるか。そして、さまざまな掟破りの刺客が送り込まれる。

その一つとして、ノブ&フッキーが登場し、披露したのがぴんから兄弟の「女のみち」だ。私は大阪出身だから、かなり「笑い」に対しては耐性があるつもりだったが、この時はひっくり返って笑った。松本人志も指摘していたが、「いや、お兄さんも似てるのよ」という点が一つのキモだ。ボーカルの宮史郎の下品すれすれの歌唱と、異様な風貌は、まだ真似やすい。しかし、隣りにいる存在感のない兄・宮五郎(ちなみに史郎の実兄である)を真似るのは、特色がないだけに難しい。

そこで本家の「女のみち」をよく見ると、兄・五郎の存在感のなさが際立って、ノブ&フッキーのものまねを見てからは、かえって目が離せない。横で、というより斜め後ろにかなり離れてギターを弾く五郎。しかし、ギターは弦が張ってないし、コードは一つで固定され、押えっぱなし。ひょっとしてギターが弾けないのかも。しかも五郎の前にはマイクさえもなし。いちおう口は動いているが、その声は永久に拾われることはない。食い倒れの人形と同じで、ただ立っているだけ。

「ぴんから兄弟」(もとは「ピンからトリオ」で三人)というからには、ピンで歌うわけにはいかない。そこで五郎がそばにいる。

ただ、そばにいるだけ。芸能界始まって以来、これだけみごとな黙殺(見えてるけど、見えてないのと一緒)は特筆すべきではないか。

兄ちゃん、楽したなあというより、よく堪えたなあ。

●なぜか手に取る漱石

二〇一一年一一月、国立での一箱古本市「コショコショ市」に出店した時のこと。並べた本のうち、お客さんがよく触る本と、ほとんど触らない本がある。

この日は、佐藤泉『漱石　片付かない〈近代〉』(NHKライブラリー)を、なぜか手に取る人が多かった。不思議だ。何が引っかかったんだろう。結局売れ残ったのだが、触ったのは二人や三人ではなかった。

そのうちの一人、いまどきの若い女の子(人の目をじいっと見て喋るのでおじさんはドギマギ)が、やっぱりこれを手に取って、そのあと「三四郎」を手に。そこで、私が「漱石、好きなの?」と話しかけたところから会話が始まった。

女の子曰く、純文学で最初に読んだのが漱石の『こころ』で、『それから』も『三四郎』も読んだ。「『門』がまだなんです」と言う。「『門』もいいよ。淋しい夫婦の話で」と私。

しかし、どう考えても二〇代前半のこの娘にすすめるには、おかしなセールスだと思う。健気に「じゃあ、今度『門』読みます」と言ってくれたが……。

ほかに何かないか。永井龍男『青梅雨』新潮文庫の改版されたのを「これ、読んでみるといいよ」と奨める。二〇〇円の値がついてたのを一〇〇円に負けて、押しつける。ブックオフで一〇五円の仕入れだから赤字だけど、読んでくれたらうれしい。

●セメント樽の中の手紙

国立駅前にある、よく散歩の途中に立ち寄る古本屋「みちくさ」で、葉山嘉樹『セメント樽の中の手紙』の角川文庫版を見つけて買う。へえ、こんなの、出てたんだ。平成二〇年だから、おそらく小林多喜二『蟹工船』ブームに乗っかっての刊行だろう。

プロレタリア作家としての力量は、小林多喜二より葉山嘉樹の方が高いと思うが、この角川文庫が出た当時、話題になった記憶がない。新刊書店では、なかなか角川文庫の棚をチェックすることはないから(ごめんなさい)、古本屋ならではの発見だ。こういうこと、よくあるな。

表題作は教科書採択の定番で、タイトルは浸透している。「私の恋人はセメントになりました」の一行の強烈さは、ちょっと比類がない。私も国語の講師時代、これを教材に教えたことがあるが、いまの子たちにとって、この話は「ホラー」作品みたいに読めるらしい。

八篇の短編に、浦西和彦の「人と作品」、紅野謙介による「解説」と文句ない人選も光る。加えて、詳細な年譜もついて、リカバリーが講談社文芸文庫なみ。小林多喜二ブームのデザイン処理もいい。カバームが去れば、すぐ品切になりそうで、なるべく早い入手を奨める。

●小沢書店と長谷川郁夫

西荻ブックマークにて、小沢書店のフェアをやった流水書房・秋葉直哉くんと、もと小沢書店社主の長谷川郁夫さんが話をする。瀟洒で実質のある随筆、評論集を、典雅な装幀でくるんで世に送り続けたのが小沢書店。しかし、諸事情で力つき、社を閉じた。秋葉くんのフェアは、その功績を再評価する試みだった。

倒産後、長谷川さんのところにも、某雑誌から対談の依頼が来たらしいが、それを固辞された。つまり、出版社をつぶしたことで、周囲に迷惑をかけたことを忘れるわけにはいかず、おめおめと小沢書店について語るわけにはいかない、という思いだったようだ。

だからこの日の登壇は特別だった。秋葉くんの熱い思いに応えるために、限定された聴衆を前に、重い腰を上げて、小沢書店について語った。

周到に準備した秋葉くんが繰り出す質問に、何度も絶句し、天を仰ぎ「うーん、思い出したくないなあ」と長谷川さんは言っていたから、忸怩たる思いが胃液とともにこみあげたのだろう。だから、この日の話をくわしく書くわけにはいかない。貴重な話が聞けたことを感謝するのみだ。

一つだけ、長谷川さんに迷惑のかから

ない、この日披瀝されたエピソードを。小沢書店は三共ビル別館という路地奥にある小さなビル内で、小さな部屋を借りていた。本館の三共ビルは、通りに面した大きな立派なビル。吉田健一はタクシーでその通りをとおるたび、勘違いして、小沢書店はこんな大きなビルに入っているのかと思っていたという。

　しかし、ある件で、たった一度、吉田健一が別館の方の、本当の小沢書店を訪ねてきたことがある。長谷川さんは、インスタントコーヒーをおそるおそる出した。すると吉田健一は「ほう、これがインスタントコーヒーというものですか」と言って飲んだという。あの『私の食物誌』の著者が、おそらく生涯に一度、インスタントコーヒーなるものを口にしたのが、小沢書店だった。

　関係ない話だが、秋葉くんは直哉。夏葉社・島田くんは潤一郎。「本」の世界の実力者たちは、みな、文豪の名を備えている。私は武志。中村武志という内田百閒の弟子筋にある国鉄出身の作家がいたが、文豪とはいえない。ざんねん。

●壁の女、浅丘ルリ子

　和田誠・森遊机『光と嘘、真実と影——市川崑監督作品を語る』(河出書房新社)をおもしろく読む。市川崑作品を、何でもいいから、無性に見たくなる楽しい本だった。

　ただ、タイトルが理屈っぽく、何がなんだかわからない。これでは読者の手に届かないだろう。

読後には、ああそういうことねとわかるが、抽象的すぎるのではないか。もったいない。

　私の市川崑ベストスリーは何だろうと考える。『おとうと』『股旅』『細雪』がとりあえず、浮かぶ。いや『犬神家の一族』の衝撃も忘れがたい。『プーさん』のマンガっぽい抒情もいい。

　この本で披瀝された、和田誠のこんな話が楽しい。

　和田が『週刊サンケイ』の表紙を担当していた時代。銀座へ行くと、壁に顔をくっつけている女の子がいる。見ると、浅丘ルリ子。声をかけたら、人と待ち合わせていたという。有名人だから、顔を見せると人が寄ってくるので、壁に顔をくっつけていたのだ。可愛らしい。

●『海炭市叙景』は函館の映画

　二〇一一年一一月の始め、『海炭市叙

景』DVD発売記念イベントに呼ばれ、函館入り。イベントの進行を務める。一一月の北海道は暖かかった。一週間ぐらいはいたような、濃い二日間だった。

佐藤泰志の再評価が、作品の映画化まで発展し、止まない祭の太鼓のように、函館を盛り立てている。その熱のご相伴にあずかって、私までが函館へ。

市民や、映画に関わった人たちを前にしてのイベントには、佐藤の遺児で長男の綱男さん、そして喜美子夫人も来函された。イベントの打ち上げでは、映画に重要な役（加瀬亮のガス店場面で登場したのは、加瀬亮以外はすべて素人）で出演された方々も参加し、映画がそのまま移動したよう。

私が映画でもっとも印象に残ったガス店の事務員役をした女性の方も見えていた。この方も素人。きれいな方でした。加瀬亮の父親役のガス店先代社長の役の男性も。話を聞くと、お二人ともこの映画の出演応募の際、ちょっと人生で行き詰まることがあり、逆にそれで、転機を計って応募した、とおっしゃっていた。

演技は素人だが、実生活での屈折みたいなものを、おそらく監督やプロデューサーがオーディションで見抜いたのではないか。このガス店のシーンは、加瀬組といっていいほど、俳優の加瀬亮が、率先して、素人の共演者の演技プランや指導をされたという。

加瀬亮の母親役は、函館駅近くのバー「杉の子」のママ、元子さん。素人の自然さが目立つ作品だった。

●市村俊幸

大晦日の片付けなど忙しいのに、こういう時に限って、時間の取られるムダなことをしてしまう。長い間、使わず放っておいた、プレイヤーの接続をしてしまったのだ。

これが間違いのもと。大量のレコードコレクションを次々と取っ替え引っ替え聴くはめに。

桂三木助のLPセットは二組持っている。「芝浜」は年の終りに必ず聞きたくなる。市村俊幸の『わが青春、わがピアノ』なんてLP、買ったことさえ忘れていた。ブーチャンと愛称のある、映画俳優としても活躍したピアニストが市村俊幸。

黒澤明『生きる』で、クリスマスのバーでピアノを弾いているのがブーチャン、と言えばわかるか。洒脱な匂いを漂わせ、どこか日本人離れした存在だった。『幕末太陽伝』など、フランキー堺とよく共演していたイメージがある。二人とも、元はミュージシャン同士、呼吸（リズム）が合ったのかもしれない。

　そのまま古いフランス映画の脇役として出ても、違和感のないような得難い俳優だった（一九八三年死去）。

●森田芳光

　二〇一一年は、有名人がよく亡くなる年で、というより自分が歳を取って、知っている人が亡くなる率が高くなったとも言えるのか。映画監督の森田芳光の訃報にも驚いた。二〇一一年も押し詰まった一二月二〇日、六一歳という若さであった。

　私は、かつて雑誌の取材でインタビューしている。ちょうど『おいしい結婚』が公開されるパブリシティだったから、一九九一年のことだ。森田は、その日六件だか七件だか取材を受けていると聞いたので、「映画の話は資料で書きますから、日大落研時代の話をして下さい」とリクエスト。「えっ、いいの？」と乗って話してくれたのだ。

　日大落研には、先輩にあの高田文夫がいた。すでにあまりに巧くて、とてもかなわないと観念した。「居残り佐平次」など、プロ級だったという。森田青年は酒がまったく呑めず、落研の新人歓迎の飲み会でさんざん呑まされ、吐きながら道玄坂を上って帰ったなどの話を機嫌よくしてもらった。

　時間も一時間取ってもらって、写真撮影を含め、四〇分ほどであっさり終えて、これも喜ばれた。

　その落研時代の経験を生かした『の・ようなもの』がバッグンにおもしろくて才気を感じた。シントト（の兄弟子をやったC調な尾藤イサオがばつぐんに巧い）。あと、ソープ嬢・エリザベス（秋吉久美子）の部屋に、オスカー・ピーターソンのLP『マイ・フェア・レディ』があったな。私も当時、よく聴いていたので、「おっ！」と思ったのだった。

●『男と女』

　クロード・ルルーシュ『男と女』特別編というDVDをアマゾンで注文、届いたので、しっかり観る。たわいない中年男女の恋愛話だが、それを細かいカットの積み重ね、フランシス・レイの音楽で見せていく。私は文句なく好きだ、この映画。

　ただ、蓮實重彦を代表とする映画の高踏的ファンのあいだで、フランシス・レイが好き、というのは、文学好きのあいだで、相田みつをが好き、というぐらい勇気がいる。しかし、好きという気持ちはどうしようもない。

特別編にはルルーシュへのインタビューと、撮影現場のドキュメンタリーという特典映像を収録。いろいろなことがわかる。

『男と女』は、当時まだ無名の若き映画監督により、低予算、短期間で、半ば即興的に作られた。カメラは監督自身が肩にかついで、動き回りながら撮った。ときに車のボンネットに監督がカメラを肩に乗り、移動撮影もそれでこなした。映像にカラーとモノクロが混在しているのは、最初、モノクロで撮る予算しかなかったから。撮影途上に出資者が現れたことで、戸外はカラーで撮影できることになった。

ただし、カラー撮影のキャメラが、まだ性能がよくなくて、回すときにすごい音が鳴り響くため、同録では邪魔になる。多くは人物をカメラ音の届かぬ望遠で撮った(ドーヴィルの海岸のシーンを見よ)。結果的に、それがルルーシュのスタイルになった。

フランシス・レイの音楽は、映像に合わせるのではなく、撮影前にできていたという。出演俳優には、場面、場面で使う音楽を、撮影する前にテープで聴かせた。音楽で、その場面の意図(イメージ)を伝えて、俳優はそれにあわせて演技した。脚本はいちおうあったが、それを俳優に渡すことはなく、撮影前に、この場面のシチュエーション、人物の心理を俳優に伝え、その場で、俳優自身に台詞を考えさせた。

これも面白い演出法だ。結果、この映画は大ヒットし、ルルーシュとフランシス・レイの名を世界中に広めることになった。

村上春樹の『1973年のピンボール』に、クロード・ルルーシュの映画でよく降っている雨だ、というような文章があったが、この映画でも雨、霧が印象的。ルルーシュは、「雨、霧、風」がこの映画の主役だ、という。寒さも重要で、寒いと愛がより燃え上がるそうだ。

モンテカルロ・レースに主人公が参戦するシーンがあるが、これは、実際にレースに一チームとしてエントリーし、交替して運転する三人のチームにルルーシュが加わった。レース中に髭が伸びる、

なんてところも撮りたかったという。事実、レース後のパーティ中に、彼女から「愛している」という電報を受け取った男が、喜びいさんで数千キロの距離をパリへ向って車を駆るシーンがあるが、その車のなかで、ジャン＝ルイが小型の電気ひげ剃りでひげを剃る。

いつかドーヴィルの海岸へ行ってみたい。長大な『男と女』論を書いてみたい。

●市川森一

二〇一一年一二月一〇日、脚本家の市川森一さんが亡くなった。

私は一九九二年、中島丈博監督『おこげ』のパンフレットに、ライターとして参加し、市川さん、それに山田太一、田村孟、筒井ともみ諸氏の座談会をまとめる仕事をした。その座談会の席で、市川さんにお目にかかってたのだ。

「あ、『ブースカ』と『傷だらけの天使』の市川さんだ」と感激したのだ。三谷幸喜の朝日新聞連載の文章を読むと、NHKの『新・坊っちゃん』も市川森一だったんだ。これは、西田敏行（山嵐）という新人俳優に注目した思い出深いドラマで、ぜひもう一度観てみたい。

座談会は、顔ぶれがすごすぎて、緊張してお茶をこぼしてしまい、ひと騒ぎになったことを覚えている。「あーあ（なにやってんだ、タコ）」という空気のなか、市川さんが「だいじょうぶ？」と優しく声をかけてくれたのだ。

市川さんは諫早出身。一度、野呂邦暢の話をさせてもらいたかった。

●すさまじい友情

矢崎泰久による故人の交遊録『あの人がいた』（街から舎）を読む。やっぱりおもしろい。『話の特集』人脈の厚み、濃さ、広がりを感じるのだ。

草森紳一が巻頭を飾るこんなエピソード。大阪での麻雀大会の観戦記を草森が書くことになっているのに遅刻する。その原因が、駅の乗車券売り場の窓口で、緊張して行き先を告げられず、立ち往生してしまったから。後ろの客がどなる。もういけない。草森は難詰されることが苦手で、切符が買えなくなる。

道で「警官に職務質問され、突然走り出して逮捕されたこともある」というから、ちょっと変だ。血を見ると失神する。「この繊細さこそが草森紳一の意識の根源でもあった」と矢崎は書く。

私もときに、ささいなことでオタオタし、明日が見えなくなるほどうろたえ、世を呪う。繊細な男だと自分のことを思っていたが、草森紳一にくらべれば、図太く、じゅうぶん強い。

色川武大が『離婚』で直木賞を取った時のこと。かつての純文学仲間の井上光晴、夏堀正元は、芥川賞ではなく直木賞だったことに怒り、色川を殴ると言い出す。色川はこれを承知し、矢崎の立ち会いのもと、井上と夏堀が一度ずつ鼻血が出るほど、思いっきり殴打する。

倒れた色川は、二人に「ありがとう」と頭を垂れたというから、すさまじい友情だ。私はパスしたい。

●木村伊兵衛のパリ

『日曜美術館』再放送の「木村伊兵衛のパリ」にしびれた(二〇一二年一月一九日放送)。

半世紀前のパリを、日本で開発されたばかりのカラーフィルムのテストを兼ねて、木村伊兵衛が外遊する。いちばん気に入ったのがパリの下町だった。木村を案内したのがフランスの著名な写真家、ロベール・ドアノー。『太陽』の木村伊兵衛特集号でアラーキーが言うには、娼家に案内された木村が、ドアノーから手渡された紙を女に見せろと言われて見せたら、いきなり階段からけり落とされた。どうやら、紙には「クソババア」なんて悪口がフランス語で書かれていたらしい。ドアノーにはそんな茶目っ気があった。

当時、カラーフィルムの感度ASA10なんて、信じられない低いものだった。いまはASAと言わず、ISOというようだが、それでも、素人でも400くらいを使う。しかし、感度がいいフィルムではおそらく出ない「味」が、木村のパリ写真にあるのは、ライカの一眼で撮った緒川たまきの写真に比べるとよくわかる。写り過ぎるために、消える情感もあるのだ。同様のことが、ほかの分野でもあるような気がする。

番組を見終わったあとは、『太陽』の木村伊兵衛特集号をずっと眺め、読んでいる。木村の写真集を欲しいが、代表作『パリ』の古書価は四万円以上するようだ(二〇一六年、クレヴィスより『パリ残像』が出た。こちらは二三〇〇円＋税)。

●桧山うめ吉にぞっこん

ずいぶん前から、東京で大阪王将のギョーザを食べたいと思っていて(四軒ぐらい、行動範囲のなかにあるのだ)、新宿二丁目へ移動。京都王将の派手な展開に比べて、ジミな感じ。ギョーザ二皿に生ビール。やっぱり旨いや。私は王将ギョーザに関しては、「京都」より「大阪」の方が好み。

ほろ酔いで店を出て、発作的にすぐ近くの寄席「末広亭」へ。芸術協会主催の席なので、落語協会に比べ、二軍という感じは否めない(ごめんなさい)。芸術協会主催の末広亭は、平日の夜席が極端に客が少ない、危機的、と新聞で読んで応援しに来たのだ。

しかし、団体が入ってこの夜は満席。中入り前の遊三のところまでを聴く。な

当る（二十一日より三十一日まで）昼夜入替なし

昼の部（十二時より四時三十分まで）

交互出演
落語 笑福亭里光
落語 滝川鯉橋

俗曲 松乃家扇鶴
落語 桂米福
落語 三遊亭円馬
ギタレレ漫談 ぴろき
1:00
落語 三遊亭とん馬
落語 桂南なん
漫才 Wモアモア
講談 神田紅
落語 三遊亭円遊
2:00
奇術 北見伸（スティファニー）
落語 橘ノ円
お中入り
落語 三遊亭春馬
3:00
漫才 東京太（ゆめ子）
落語 柳亭楽輔
落語 春風亭小柳枝
太神楽 翁家喜楽
4:00
昼主任 三笑亭笑三

夜の部（五時より九時まで）

交互出演
講談 神田京子
講談 神田蘭

奇術 松旭斉小天華
落語 三遊亭遊雀
落語 春風亭柳之助
コント チャーリーカンパニー
6:00
落語 三遊亭遊吉
落語 三遊亭笑遊
俗曲 桧山うめ吉
落語 柳家蝠丸
7:00
落語 三遊亭遊三
お中入り
落語 三遊亭遊之介
漫才 東京丸・京平
落語 三笑亭夢丸
8:00
落語 三遊亭円輔
曲芸 ボンボンブラザーズ
夜主任 三笑亭茶楽

にしろ初めて見る芸人が多い。酔いもあって、半分くらいトロトロとまどろみにあったが、目が覚めたのが俗曲の「桧山うめ吉」。小作りの顔を白塗りにして、まだ歳はせいぜい三〇前後ではないかと思えるが、三味線を抱えてちょこんと座った姿がまことに愛らしい。一発でファンになった。声もまだ鍛えられたというところまで行かず、マイクの力が必要だが、その弱点が男心をくすぐる。踊りも可愛くて、なんともよござんした。

「うめ吉」一人で、この夜の末広亭、行った甲斐があった。あとで調べたら、「うめ吉」は倉敷出身。一九六六年一二月生まれだから、当時、四〇半ばになっていた。

落語では、痩身白髪の蝠丸「時そば」がよかった。ラストの金勘定のところ、いっしゅん、トチったのかと思ったら、そうじゃない。新趣向のサゲだった。

やっぱり、寄席に来なくちゃなあ。

●『カントリーガール』

映画通のライター北條一浩くんの御誘いを受けて、まだ二〇代の小林達夫監督による最初の長篇映画『カントリーガール』試写を渋谷アップリンクで観た。現代京都の高校生たちと舞妓見習いの女性、そして喫茶店の老マスター（草森紳一みたい）が主な登場人物だが、ほとんど素人で、役者として知った顔が誰もいないという映画。いちばん有名なのは脚本の渡辺あやではないか。話題のNHK朝ドラ『カーネーション』も彼女だし、映画なら『ジョゼ』『天然コケッコー』など。そうかテレビドラマ『火の魚』も彼女だ。すごいじゃないか。

だから、役者からは情報を得られない。素の素材だけ。しかし、受けた印象は強烈で、まちがいなく新しい才能が出てきたな、という感じを持つ。山下敦弘の映画を最初に見たときの感じも、こんなだったなあ、と。

くわしくは公式ホームページを見ていただきたいが、なにしろ、台詞の半分ぐらいが聞き取れない。それでか、英語の字幕が入っている。英語をさっと見て、単語から、ああ、そんな感じのことを言っているのか、とわかる。

町家を改造した芸術家村構想があり、スペースを一つ借りて、何かしようと考えている高校生四人組が、京都にやってくる外国人観光客をだまして（表を舞妓が通ったと連れ出し、荷物から財布を盗む）、資金を貯めている。そこで、実際に通りかかった舞妓とその見習いの一人に、主人公格のハヤシという高校生が恋をして、ストーカーのように、彼女の周辺をうろつく。

まあ、そんな話です。

だから最初、みんなが英語を喋っている（リーダー格のチバは英語が流暢）ので、そのあと、京都弁の会話になっても、しばらく英語に聴こえてしまう。なんとも不思議な感じです。北條くんとも話したけど、これは技術の問題（役者が素人であることと音声の問題）もあるが、たとえば同録でなくて、アフレコではっきり台詞を入れることは何でもないことなので、監督の意図というか意志のなかに、台詞がはっきり聴こえ、理解される必要はない、と思ったということかもしれない。

じじつ、全体のストーリーは、それほど複雑ではなく、普通に観ていればわかる。それより、京都の高校生たちの、ふだん喋っている会話の空気感を、そのまま生け捕りたかったのだろう。それは、成功している。

森という、一九七〇年代の京都を懐かしむ、ちょっと怪しい老マスターが喫茶店でパソコンに向い、高校生が入ってくるシーンはいつも同じアングルであるとか、この若手監督はなかなかしたたかに画面を作っている。ラスト近くで、画面が真っ黒になり、ギターの音楽が入るところ、ドキッとさせられた。

いい意味で、最初の「京都が舞台」「舞妓が登場」といった情報からくる先入観を裏切る映画だ。もし、ゴダールが見たら、これを何と言うか。ちら、とそんなことを思った。

そうそう、試写のモギリが、監督自身だったことに驚いた。「アップリンク」のアルバイトの学生かと思った。ごめんね。

●冬の日のできごと

風は冷たいが、おだやかな冬の日がつづく某日。おもいたって、ひさしぶりに野火止《のびどめ》用水を歩く。東大和駅前に自転車を止め、わざわざ西武線で萩山、八坂と乗り換えながら八坂から東大和まで歩く四五分のコースだ。すぐ脇を低い小さな流れがある。途中、何か所か、武蔵野の雑木林を保存したエリアが。間伐として切られた木が集められ、枯葉とともに小山を成す。近くに家があって、暖炉があれば、ちょうどいい薪になるのだが。西武国分寺線のフミキリを渡ってすぐのところに、え、こんなところにという感じで懐石料理店が。あとで調べたら、うなぎ・うどん店や、レストランなど高級店が何軒か集まっているみたい。ちょっと立ち寄って腹ごしらえ、というような店ではない。

　東大和駅前のビル（ボーリング場やゲームセンター）に初めて入ったが、TSUTAYAがあり、DVDコーナーに『時間ですよ』が揃っている。これは！　と驚く。ここはちょっと遠いので、国立店にあれば、会員になって借りよう。

　八坂へ行く電車内で、これから成人の日式典に参加する若者二人と隣り合わせる。こんな会話がやりとりされていた。

「ひと駅で座るかよ」

「いいじゃん、空いてんだから」

「式、一時間ぐらい？」

「そのあと一次会だろう」

「いや、おれ、ちょっと気になる娘に、声かけててさ。だから、一次会、出れない」

「ほんとかよ。誰だよ」

「おまえ、知らないよ」

なんていう、若い若い会話を若くない初老が盗み聞きする。

　私は、ちょうど彼らの年齢の頃、心にわだかまりがあって、成人の日、式典に参加しなかった。

　このあと玉川上水沿い「こもれびの足湯」（満員だった）で三〇分ほど、足湯につかりながら『単純な生活』を拾い読む。これが出たのが一九八九年二月。このとき、まだ阿部昭は生きていたのだ。同年五月に死去。享年五四だった。

●知らない京都

『京都　銀月アパートの桜』を書いた詩人の淺山泰美が、第二弾といっていいか、観光客があまり行かない京都の風景や表情をつづった『京都　桜の縁し』（コールサック社）を上梓した。私は大学時代と、卒業してからもしばらく京都に住んでいたが、方々、足を伸ばして京都を見て回ることをしなかった。かっこよく言ってしまえば「生きるのに忙しかった」のである。

よって、同著に書かれた「銀月アパート」についても何も知らず、わざわざ訪ねて行った。左京区北白川の疎水沿いに建つ、古びた洋館がそれで、戦前の建物らしいが詳しいことはわからない。ただ、アパートの玄関前に立つと、時間の感覚が歪んだような、不思議な気分になってくる。このレトロさが受けて、人気物件となり、入居は難しいとも聞いた。

『京都　桜の縁し』も、さまざまな京都の市中にある、古い建物を撮ったモノクロ写真が美しい。帯の推薦文は松岡正剛。「こういう京都の感興を静かに綴れる人を、ぼくは何十年も待っていた」とあります。

◉梶井熱

いい天気なので、ぶらぶら歩いて高田馬場へ。この日電車のなかで読んでいた雑誌『荷風』で、坂東眞砂子『桜雨』集英社文庫が池袋モンパルナスをテーマにしていると知り、高田馬場「ブックオフ」へ寄ったら、あっさり見つかった。こういうこともあるのだな。

同店で高橋アキが弾く武満徹のCDを買う。ついでに高円寺古書会館へ。「ぶっくす丈」さんが、もともと安いのを半額にしていて、底抜けの安さになっていた。四冊ほど拾う。うちの一冊、大谷晃一の評伝『梶井基次郎』は、探せばうちにあるが、いま読みたいので、かまわないで買う。けっこう荷物が重たくなる。

このところ、梶井(基次郎)熱がぶり返している。鈴木貞美編著『梶井基次郎』(河出書房新社)はほんとうによく出来ていて、教わりっぱなしだが、どうやら私が先日訪ねた、港区麻布台の梶井下宿跡は少し場所が違っていた。植木坂をちょっと上った右手がそうだった。外苑東通りには「橡の花」に書かれた橡の木がまだ残っているという。これは再訪しなくちゃ。

さっそく翌日、飯倉片町へ。昨日チェックしたばかりの梶井の下宿跡をうろつく。「キャンティ」の裏手は低地になっていて、袋小路の路地。そこに、洒落た集合住宅が建っている。このあたりが梶井の下宿跡だろうと写真をパチリ。島崎藤村旧居跡には標柱が立っていた。そこから上り「植木坂」が、肺を病んだ梶井が休み休み上った坂だ。

ブリジストン美術館分館のそばを通り、永坂へ出る少し手前に瀟洒な大きな住居。表札を見ると、これが高峰秀子・松山善三邸だった。びっくり。そのまま麻布十番へ出て、蛙をお祀りする十番神社に参拝。おみくじを引いたら「小吉」だった。

本当は、東洋英和の周囲、於多福坂《おたふくざか》と鳥居坂を制覇するつもりだったが、すぐ目の前に「ちぃバス」というコミュニティバスが来たので飛び乗る。有栖川宮公園をぐるりと回って、また麻布十番まで戻ってくるまで乗った。バスのなかで、梶井『檸檬』(新潮文庫)をつらつらと再読。本日は「梶井」の日。

●カルテットという名の青春

二〇一二年の正月、BS朝日で、ドキュメンタリー『カルテットという名の青春』を途中から見る(のち再放送で完全版をチェック)。「ジュピター」という、桐朋出身の学生で作られた、まだ二〇代の男女によるカルテットの三年半を追う。まったく知らない世界でおもしろかった。第一ヴァイオリンが植村太郎、第二が佐橘マドカ、ヴィオラが原麻理子、チェロが中田大。いずれも当時、二〇代半ばの新鋭である。

彼らは、それぞれ世界的なコンクールで優勝するなど、若き実力者たちだが、日本を飛び出して壁にぶちあたる。アンサンブルの難しさ、日本と西洋の違いなど、音楽の本質にかかわる問題に若き才能たちが直面、苦悩する。その若さを、番組はさりげなくあぶり出すのだ。丸谷才一の新作長篇『持ち重りのする薔薇の花』が、やっぱり日本人演奏者によるカルテットの話だったので、あれやこれやが重なって興味深い。

彼らが師事するジュネーブ音楽院のタカーチ教授の指導が目を引く。テクニックは完璧、音楽も美しい、しかし心からの声がないと教授は彼らの演奏を聞いて言う。とくに、リーダーの太郎へ、そう言う。「心のなかに虹を架けるのだ」とアドバイス。「虹」を日本語で何と言うか尋ねて、ちゃんと教授は「ニジ」と言い直す。それでも、言っていることが伝わらない。そこで教授は、太郎のヴァイオリンを取り上げて、自分でカルテットと演奏する。これがすばらしい。太郎くんは感動して涙を流すのだ。

「もともと美しい音楽なんですね。それを美しく弾く必要はないんですね」と、すぐさま、問題の急所を捉える彼もまた素晴らしい。彼らはいったんカルテットを休止し、またそれぞれが実力をつけて再開するという。そのときの演奏を聞いてみたい。

その後、宮田大はめきめきと頭角を現し、小澤征爾と共演するなど、あちこちで名前を見かけるようになった。『カルテットという名の青春』を見ていなければ、私が若きチェリストのことを意識することもなかったろう。

ベルギーの古書店にて

古本屋風景ヒア・アンド・ゼア

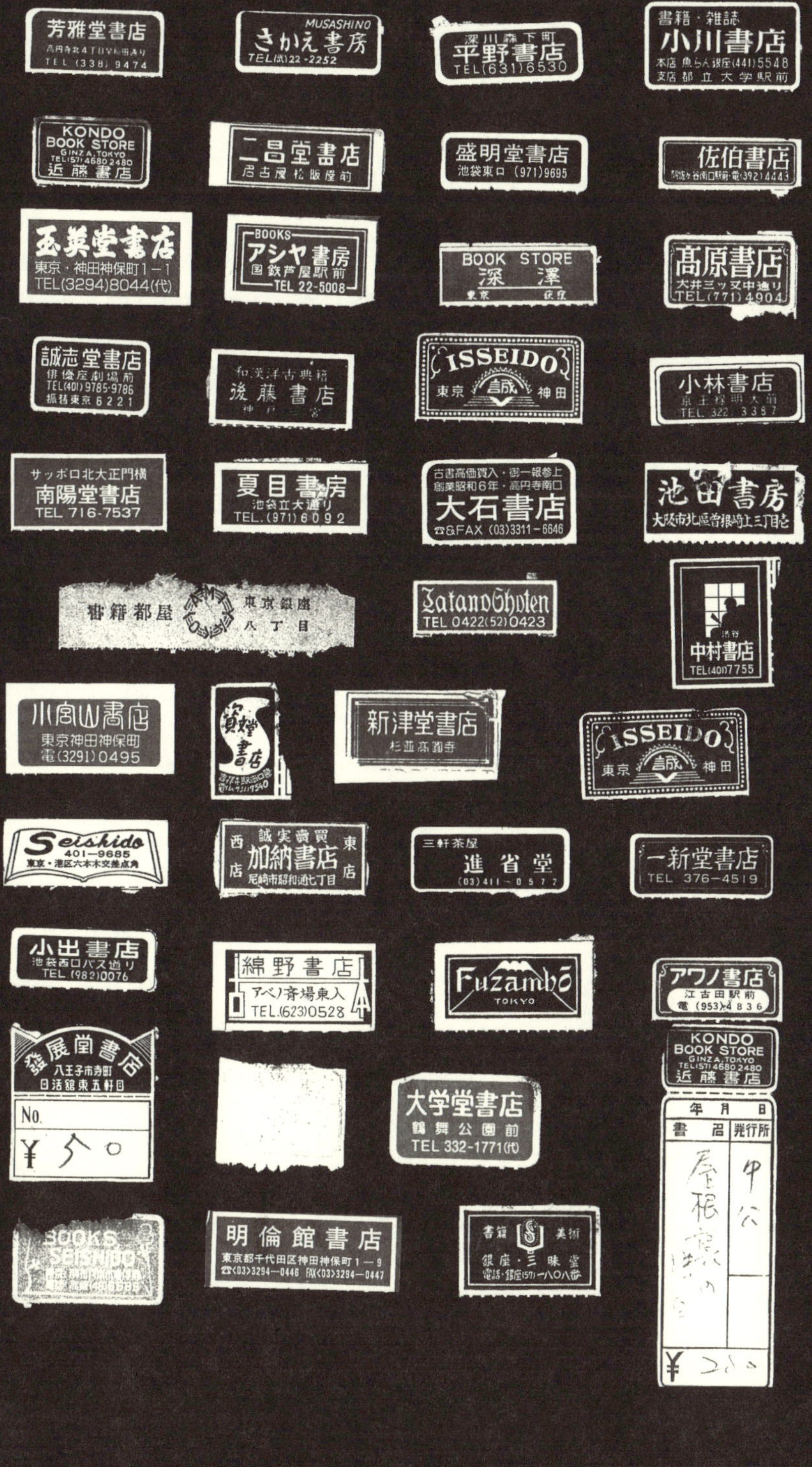

[**上**]田中書房(東京都台東区)。[**下**]コクテイル書房(東京都杉並区)。現在は高円寺の北中通り商店街で営業中。[**次ページ**]東京書房(東京都目黒区)。現在、改築中。

京書房
718-2413
古書買入
東京書房
TEL.718-2413
COFFEE&
GALLERY
るなん

たけうま書房（神奈川県・横浜市）。現在は主にネット販売で営業。

草木堂（静岡県・熱海市）。現在は北九州市門司に移転。

[**上右**]戸川書店(東京都渋谷区)。恵比寿駅西口前から東口前へ移転し、ネットと目録を主として営業中。[**上左**]石英書房(東京都北区)。2012年に店舗は閉め、現在は委託販売やイベント出店等で活動中。[**下・次ページ**]聖智文庫(神奈川県藤沢市)。現在はネット販売をメインに営業中。

HATS
MANS
TOIRE
D ETC...
WELCOME
VISA
BCC

VOTRE RAMONEUR
vous attend
RAM
DANS TOU

ベルギーの古書店にて。

BRUNO
ANCIENS
TROIS PETITS
TRAPPE-A-SOURIS
P. PAVLENKO

［**上右**］祥書房（神奈川県・藤沢市）。催事・ネット販売に移行。［**上左**］先生堂書店（神奈川県・伊勢佐木町）が入っていたニューオデオンビル。［**下**］先生堂書店の店内。［**次ページ**］我楽多書房（岐阜県・岐阜市）。半世紀にわたって愛されてきたが2014年に閉店。

売ります
買います
古本
昔の本・今の本
我楽多書房
TVゲーム
POWER

[**上**]葉山荘（神奈川県・鎌倉市）。催事・ネット販売に移行。[**下**]古今書房（滋賀県・大津市）。[**次ページ**]松石書店（福岡県・久留米市）。

松石書店
古書高価買入

中央店
文盧書店
古書籍
買受ます

文盧書店（広島県・広島市）。2015年に閉店。

中島古書店（神奈川県・横浜市）。2012年に関内でオープン。現在は常盤町ビルから移転、北仲通で営業中。

今日までそして明日から

——A Day in the Life 2

●『人斬り』

日本映画専門チャンネルのご好意により、同番組でテレビにおいては初オンエアの五社英雄監督『人斬り』の試写を観る。午後、新橋へ。ところが新橋で迷子になる。どういうことだろう。

銀座線の新橋駅から地上へ出て、本当なら二、三分で着く目的地が探せず、いったん地下へもぐったはいいが、汐留再開発で生まれ変わった巨大なエリアで右往左往。おまけに各所にある地図に、目的地のビル名は記していない。地下へもぐったのがまずかった。

まさか東京のど真ん中で迷子になるとは。どうにかこうにか、FSビルにたどりつくが、ちょっと早すぎたようだ。試写はみんな忙しがって、ぎりぎりにしか入らない。あるいはちょっと遅れて入るのが業界っぽいか。

幕末を描く『人斬り』はすばらしかった。勝新太郎、仲代達矢、石原裕次郎、それに三島由紀夫というキャスト。武市の下で、もくもくとテロを敢行する「人斬り」以蔵を勝がチャーミングに演じる。試写が終わってからのトークで、出演していた山本圭が語っていたが、テレビから映画に来たということで、五社は苦労した。しかし、なにくそという姿勢か、映画的手法をむしろ駆使して、重厚な映像を造り上げている。

三島由紀夫は、もう一人の「人斬り」を好演。『からっ風野郎』で見せた素人丸出しの芝居から進歩。アップに耐えて、いい顔だ。最後、いきなり切腹するシーンがあって驚くが、この一年後、本当に切腹して果てるとは。さまざまな意味で必見、と言っておこう。

●和田誠挿絵のO・ヘンリー

和田誠装幀挿絵の『オー・ヘンリーショートストーリーセレクション1』(理論社)が出るというので興奮。すぐ手に入れて、和田誠の絵見たさに、すぐ読んじゃった。

オー・ヘンリーは中学時代、角川文庫の傑作集で愛読した。今回、オチがよくわからないものもあったが、すべての物語を作る基礎がここに入っていることがよくわかる。とくに脚本家志望は必読。

「オデュッセウスと犬男」は、犬を引く男が、じつは犬に従属する「進化の過程にある動物」とする「見立て」がおもしろい。このシリーズ、なんといっても和田誠イラストの魅力で、見れば誰でも欲しくなるはず。価格も一二〇〇円+税と買いやすい。クリスマスプレゼントにどうでしょう。となると「賢者の贈り物」の入った四巻か。

●二〇二二年冬、「京王閣　蚤の市」

晴れた冬の日。早起きして、家族三人で京王閣「蚤の市」へ。聖蹟桜ヶ丘までバスで出て、そこから京王線へ。あれれ、「調布」がフシギな構造の駅になってしまっている。地下三層で、いっしゅん、どこへ乗り換えればわからなくなる。

京王多摩川下車。すぐ目の前がふだんは競輪場の「京王閣」だ。でっかいなあ。すでに行列が出来ている。場内に入ると、うまくブースをエリアに分けて、回りやすくレイアウトされた出店に感心する。にわとりさん、ロスパペロテスさん、玉椿さん、と次々知った古本屋さんに挨拶。おや、信天翁のブースには、やまがらさん、水玉さんが店番をしている。

もう少し行くと、旅猫さん、ひぐらしさん。なんだ知り合いばかりだ。

「さっきから似ている人がいるなあ、と思っていたけど、間違ったら大変だったので声をかけませんでした。やっぱり岡崎さんだ」とひぐらしさん。そうそう、かつて黒磯にあった「白線文庫」さんが出店していて、ひさしぶりに挨拶。

そのほか、これほどたくさんの骨董店が集結するとは。外国から買い付けた生活雑貨や家具など、バラエティに富んでいて、飽きない。思い思いのスタイルを、思い思いの好みでそぞろ歩きながら見る。なんだか、いい感じだ。

ひとまわりすると、京王閣のベンチなども骨董に見えて、どこかに値段があるのかという気になってくるのがおかしい。小型バスを改造した移動古本屋が出店していて、おもしろいなあ、と思う。私の一つの憧れだ。中古バスを買って、古本を積んで、全国をセドリしながら本を売る。寝るのはバスの中。

私は、一つだけ買い物をした。たぶんMAREBITOで、大リーグで使われたものか、ベースボールの審判がストライク、ボール、アウトをカウントする計数機を一〇〇〇円で。その近く、Lagado研究所だったか、平台の上に、採集物を展示するように、小物を並べていてユニーク。「鴨川で拾った石」というのもあり、くすり。小さな人形がついた指輪があって欲しかったが二万円。もし植草甚一なら買ってるな。

●原節子

新潮ムックで『原節子のすべて』が出て、ここにフィルムセンターにもない、原節子出演の映画『七色の花』がDVDでついている。買って、観る。中山義秀の原作。一九五〇(昭和二五)年の作。

龍崎一郎、杉村春子、角梨枝子、三島雅夫、千秋実、そして原節子が出演。うじうじめそめその悲恋もの、と言えばいいか。おもしろい映画ではない。

戦後、出版バブルに乗って、流行作家(龍崎扮する)がいかに稼いでいたかがわかる。そして、原稿執筆の長逗留には、やはり房総へ行くのだな。鎌倉に住んでいるから、そんなに環境は変わりがないように思えるが。催促や雑音の届かないところ、と言うべきか。

しかし、三島雅夫は好色な小悪人がじつによく似合う。『晩春』で、若い後添えをもらい、原に「不潔」と言われる大学教授役もよかった。

房総で龍崎が再会する恩師(青山杉作だ。娘が原節子)が、気が狂い、戦争で失った息子の名を海に向って呼び続けるシーンが印象に残る。カンカン帽を小道具で駆使し、笑いを取るところも巧い。

俳優・龍崎について言及されることは少ないが、原稿を書きあぐねて、畳の上に仰向けになるところなど、よかった。


動きは少ないが、立姿に貫禄があり、それでいいのだ。

私は映画の場合、主演は名優だったり、巧すぎる俳優だったりする必要がない、と思っていて、回りを達者なバイプレイヤーで固めれば、場合によっては、主演は体つきや容姿で選ばれるべきで、あまり芝居をしなくても成り立つ。原節子なんて「大根」とずいぶん言われ続けていた。瑞々しい大根が、おでん鍋の主役になるのだ。

●ほめてもなんにも出えへんで

「ギンレイ」で、ウディ・アレン『ミッドナイト・イン・パリ』を観る。おもしろかったですよ。パリの町を冒頭できれいに撮っていて、やがて雨が降り始める。雨が降ると、急に映画っぽくなると感じるのはなぜか。

主人公の男性はハリウッドで映画の脚本を書いているが、一方で本命の小説を執筆中。フィッツジェラルドもそうでした。婚約者の両親にくっついて、パリへ来ている。婚約者とも、両親とも、そりがあわないのは明白だ。

一九二〇年代のパリに憧れ、パリに住んで小説を書きたいと思っている主人公は、ある夜、クラシックカーに乗り込み、憧れのパリへタイムスリップする。フィッツジェラレルドとゼルダ、ヘミングウェイ、ジョセフィン・ベイカー、ピカソ、ガートルード・スタインなど、きらめく芸術家たちとそこで対面する。

男たちのミューズである女性にやがて惹かれ、彼の人生は変わっていく。そんな話だ。それぞれ実物そっくりの役者を集め、ウディ・アレンの洒落っ気がうまく出た映画だ。

私なら、どの時代、どこへ行くか。やっぱり井伏鱒二や木山捷平、上林曉がいた阿佐ヶ谷会(青柳邸)だろうな。あるいは二〇代に戻って、開高のいたサントリー宣伝部に入りたいと願い出るか。面接する開高が、

「きみはライター志望か。それならちょっとついといで」

と、言い、取材に同行する。

「メモは取らないんですか、開高さん」

「覚えてへんようなこと、書いてもしゃあないやろ。すべては魂にメモをするんです。ここやで(と胸に手を置いて)、キミ(にやりと笑う)」

「かー、すごいです開高さん」

「ほめても何にも出へえんで」

●シモーヌ・ヴェイユのB面

講談社現代新書の田辺保『シモーヌ・ヴェイユ』はとてもよくできた入門書で、ぼくは、旧のそのまた旧デザインの(ビニールカバーのかかっていた)版で愛読。シモーヌ・ヴェイユ理解はこの本を一歩も出ることはないと思っている。

先日、旧カバー(杉浦康平デザイン)のを見つけて買って、カバーをはずしてみると、あれ？ カバー裏にも赤一色で写真と文字が印刷されている。ヴェイユの肖像と略歴。これがなんともかっこいい。

講談社現代新書には、全部ではないが、こうしてカバー裏にも印刷されたのがある。よくできた本でもあるし、ぜひ、この旧カバー(B面つき)『シモーヌ・ヴェイユ』を見つけてください。

●向かい干支

私はこの歳になって、そんなことも知らないのか、と自分の無知に驚くことがよくあるのだが、先日某所で話をしていて「向かい干支」ということばがあることを初めて聞いた。

自分の「干支」のものを蒐集する、というのは聞いたことがあるが、十二支を時計の文字盤みたいに並べたとき、対局にある干支を「向かい干支」と呼び、じつは、これを蒐集すると運に恵まれる、というのだ。へえ、知らなかったなあ。

ぼくは「酉」なので「卯」を集めることになる。鏡花も「酉」で、向かい干支の「ウサギ」の置物を蒐集していたという。

ちょっと心掛けてみます。

●竪穴食堂

料理研究家の瀬尾幸子さんが自宅を開放して、月に一度開く「竪穴食堂」へ。ほんとだ、西荻窪からすぐの自宅のリビングにあたる一室が、これはどう言えばいいか、漏斗を逆さまにしたような天井に

なっていて、炭火を焚いた居酒屋に変身。つまり「竪穴式住居」を模した造りになっているのだ。

そこで、瀬尾さん自らが手がける料理をいただく。ロールキャベツの白菜版、一本に各種が刺さった串焼き、マカロニサラダ、マグロのアラ焼きなどをいただく。どれも安価でおいしい。しかも、どこか瀬尾ふうにアレンジしてあって独創的でもある。すべて「初食べ」である。

『KAWADE夢ムック　大瀧詠一』を読みながら、ビール一本と芋しょうちゅうお湯割。これで一九〇〇円。知ってる人が来るかと思ったら、そういう集りではないらしく、次のお客さんのために、さっさと食べて店をあとに。今度、仲間を誘って来よう。

●成瀬正に腹が立つ

BSで前田陽一監督『神様のくれた赤ん坊』（一九七九年、松竹）を見る。覚えのない子どもをおしつけられたカップル（渡瀬恒彦と桃井かおり）が、本当の父親を捜して、子連れの旅に出る。その道中をユーモラスに描いた喜劇映画で評価は高い。

吉幾三がサングラスをかけて出てきたところで、ああ、これは「京一会館」で見たぞ、と気がつく。気づくのが遅すぎる。しかし、これはとてもよくできたプログラム・ピクチャーで、二度目でも飽きることはない。

渡瀬恒彦が出入りする芸能社の社員が成瀬正。同じく「京一」で見た「十代　恵子の場合」で、わが森下愛子を力づくで犯した悪い野郎だ。あの衝撃がいまでも心の傷となり、成瀬正が画面に出るだけで、「こいつ！」と腹が立つ。「腹が立つ」と書くと、原辰徳を思い出し、また腹が立つ。なんや、それ！

●杉村篤

二見書房刊「コレクション・アモール」というシリーズがある。第一巻のボリス・ヴィアン『墓に唾をかけろ』が一九四九年の刊。こういうのが出てたんですね。

カラー口絵がたくさん収録されているのが特徴で、本書のイラストは杉村篤。一九七〇年代、そのカラフルでサイケなイラスト、デザインで眼を引いた。

私の印象では、角川文庫の筒井康隆カバーがこの杉村篤だった。これから再評価されるべきイラストレーターの最右翼ではないか。

カバーが巻かれ、その上からビニールカバーがかけられているが、そのため出版社名が奥付をみないと、あるいは帯をはずさないとわからない。奥ゆかしいというか、うかつというか。

　このシリーズ、バルビュス、ダレル、ブルトン、マゾッホ、バタイユなど異端、幻想海外文学を収録(第一期が一〇巻)。こうなると、それぞれ、誰がイラストを担当したか気になります。

●名画座の時代

『BOOK5　特集　名画座の時代！』(トマソン社)が非常にいい出来。盛りだくさんで充実し、隅から隅まで楽しんだ。「かんぺ」ガール・のむみちさんを主演女優に、朝倉史明、塩山御大両氏が助演男優賞ものだし、左岸洋子さんが連載以外に、阿佐ヶ谷「ラピュタ」での映写技師時代の話を書いている。ふむふむ、へえ、そうなの。女性(しかも若い)の映写技師というのは、珍しくないか。

　新春鼎談は塩山御大のすばらしい暴走に、若い二人がなだめながらブレーキをかけつつ、映画館の時代の記憶を目撃する。

　映画館では映画の話をするな、など恫喝的名言をはさみながら、若き日に牛乳配達をしながら「渡り鳥シリーズ」を見た、なんて塩山さんの話は、あんたいったいいくつだよ？　とツッコミたくなる。
　いつもながらの「ギンレイ」の悪口も堪能。私はイヤな思いをしたことないがなあ。そのかわり、私は塩山さんが贔屓とするフィルムセンターは一度しか行ったことがないんだ。なぜだろう。並ばされて待機し、制服を着た人の誘導で、ようやく……という一連の手続きが、役所で住民票をもらっているみたいでイヤなんだな。
　映画館を発展場とする客、というのも私は知らない。体験したことない(しなくていいけど)。かつて池袋の映画情報誌『buku』の連載で、そういう客のネタを書いたことがあるけど、あれはウソです(それをバラしたら、編集長の北條くん、「えっ、あれ、ウソなんですか？」と驚いていた。ごめんなさい)。

●洋食屋「七條」

　毎年やっているJPIC(出版文化産業振興財団)の「読書アドバイザー講座」の打ち合わせを、と担当者に言われ、じゃあ神保町界隈でお昼でもご一緒に、と図々しくメールしたら、どこか行かれたい店はと聞くので、いいチャンスと、前々から洋食の名店と聞いていた、小学館地下の「七條」を指定する。

　小学館へは仕事で来たことがあるが、

地下は初めて。開店少し前に行ったら、もう入口から長蛇の列だ。これは参った。しかし、よく見ると、いちばん前に担当二人が陣取りしていてくれた。そこで待つ間なく席につき、海老フライのついたランチを食べる。大きな海老フライ、というのは、それだけで幸福の要件となる。旨かったなあ。

　席を温めるひまもなく、待っている客に「七條」のテーブルを譲る。

◉パレスビル「パレ・アリス」

　夜、竹橋パレスビル内の「パレ・アリス」で『サンデー毎日』担当編集とライター陣の宴会。これは、私のたっての希望で実現した。

　「パレ・アリス」という店名を頼りにすると、たどりつけないような、なんというか黄昏が似合う店なのだ。店員もほとんどが外国の女性。地方の駅ビル内にある喫茶・レストランの風情である。目をつぶれば、どこか地方都市の旅情を感じるため、ここでときどき昼下がり、一人で珈琲を飲む。妙に落ち着くのだ。時々は同じビルで仕事をしている荻原魚雷くんを誘う。魚雷くんも「パレ・アリス」に似合う男だ。

　この日は給料日とあって、近隣の塩辛いサラリーマンが続々と押し寄せる。なんだかひどく安い店で、しかも昭和四〇年代テイストの内装が「昭和」に引き戻す。

　この店には似合わない、かっこ良くてクールな評論家のK氏が、いつもと違い、妙にテンションが高く、気焔を上げていたのはそのせいか（「パレ・アリス」はその後閉店した）。

◉現物弁済

　長い事、借りっ放しで気になっていた図書館の本二冊にとうとう督促状が来て、部屋を探したけど、どうしても見つからない。こういうこと、よくあるんです。

　もう仕方がない。アマゾンで注文して、現物で弁済（そういう制度があるのです）させてもらった。そこそこ面倒な手続き（書面に記入など）を経て、無事、本は返せた。

　向こうにとっても面倒なことなのに、図書館の人はとても親切だった。これで、また心置きなく、図書館が使えるからありがたい。

◉「にょろ」

　桐野夏生『白蛇教異端審問』（文春文庫）は、おどろおどろしい、すごいタイトルで、まさかエッセイ集と思えない。表題となった連載長編エッセイは、著者の作品を『新潮45』の匿名批評子「髭」により批判されたことに対する、真っ向からの反論、そして同様に関口苑生に噛み付いた異色の文章である。

「にょろ」という不気味なつぶやきが随所に挟み込まれ、これは本気で相当怒っておるな、ということがわかる。怒って、さらにそのことを文章に書く、というのはエネルギーの要ることだ。一読あれ。

教訓は、女性作家を怒らせること勿れ。

●広島色

夜、「本分社」を広島で経営する財津正人くん、本分社からエッセイ集『風になれば』を出した歌手で女優の玉城ちはるさん、それにおひさしぶりの『中国新聞』Mさんが集まり中野で飲む。広島色強し。

中野の居酒屋の名店「第二力酒蔵」でしこたま飲み喰らい、カラオケになだれこむパターン。カラオケには玉城さんの歌も入っていて、それを歌ってくれた。本人が自分の歌をカラオケで歌うのを目撃したのはこれが初めて。不思議な体験だった。

財津くんは、今年、事務所・仕事場に古本屋「古本交差点」を併設する計画を始動させるという。熱いぞ、広島!(「古本交差点」はその後閉店)

そうそう、Mさんとは、JPICと光文社の主催で、『読書の腕前』の講演で全国を回っているとき、米子編(ナンダロウくんがゲスト)で、『中国新聞』でずっと「本」の取材記事を書いている記者としてお目にかかったのだ。

その後、広島へ行ったときも必ずつるんで喋ったり、飲んだりしていた。時は過ぎ行き、人と人の出会いが残る。東京支社へ転勤となって、またこうして再会することに。

広島が、なんだか近づいた気がした。

●『冬の本』の作られ方

夏葉社が編集者・北條一浩くんと組んで作った『冬の本』。多くの著名作家や書き手が「冬」の記憶を、書き下ろしエッセイで綴っている。その制作過程の裏話を、この夜「西荻ブックマーク」で二人が語るというので、執筆者の一人として客席に座った。

『冬の本』のできる前段階での打ち合わせでは、書き下ろしによるエッセイ集として、島田くんは「無人島の一冊」みたいなことを考えていたという。これはただちに北條くんが却下。それは「ありがち」だからダメと。

次にいくつか案が出て中で、季節で書くというところに落ち着き、春、夏、秋、冬と並べたとき、これは断固として「冬」を北條くんが選び、ほかはありえないと言い放った。根拠があるわけではない。一種の「勘」だろう。

さすが、詩人の感性ですね。私もそう思う。これは「冬」ですよ。

北條くんは、当時、自著で単著として

は初の『わたしのブックストア』を同時進行中。激務で睡眠時間二時間という日が続いたと告白すれば、島田くんは一日七時間寝て、風呂の浴槽ででんぐり返しを練習し、ひそかにオリンピック種目に入れることを夢想していたなどと、おバカなことを言い、ウケていた。

こう書くと、島田くんがまるっきりダメみたいに聞こえるかもしれないが、ダメなわけはない。可愛いキャラクターで、ものすごいことをする、というイメージが出来つつあるし、ほんとうにみんなに愛されている。夏葉社は愛の出版社だ。

話を聞いていて、二人はいいコンビで、互いを補いながら、『冬の本』ができたのだと、よくわかったのでした。一人の執筆者として、参加できてよかった。

●原作本を持っていた

ははあ、こういうことがあるんだなあ。「一箱古本市」の準備をしていて、売るために集めてあった山の中から、中村獏『風流交番日記』(20世紀社、一九五四年)を見つける。これは昨年末、国立駅前「みちくさ」の均一で買ったのだが、先日観た映画『風流交番日記』の原作だった。知らなかった。その原作を持っていたなんて。最初をちょっと読むと、映画で、主演の小林桂樹が、若くきれいな女性(ひそかに心を寄せるようになる)と冗談で自分と彼女に手錠をかけて、いざはずそうとなると鍵がなく、手錠をかけたまま交番へ、というシーンが原作を生かしたものだとわかる。

そこで『風流交番日記』のこと。松林宗恵監督、一九五五年、新東宝。

実写で撮影された新橋駅前交番は、いまも同じ位置にある交番(建物は違う)ではないか。もし本物が使われたとしたら、よく使用許可が下りたものだ。この交番が映るアングルで、向う正面に「沖正宗」と大きな看板を頂いたビルが映る。「沖正宗」は現在も営業する酒造メーカーなり。戦後まもない新橋界隈がこの映画で拝める。

この映画、いい場面がたくさんあった。「スリだ!」の声に駆けつけた和久井巡査(小林桂樹)、逃げる犯人を追い詰め、近くのビルの外階段から屋上へ。そこで若い男性の犯人を、息を切らしながら捕縛するのだが、そのとき、正面に対した犯人をじっと見つめ、気づいたように後ろを振り返る。すると空に大きな虹がかかっている。

そして犯人にこう言うのだ。「虹もき

れいだったが、おまえの目もきれいだったぞ」。犯人は「ナニを言ってやがる」などと言うが、つまり真からの悪人ではなく、困って仕方なく罪を犯した、ということをここで示唆している。小林桂樹ならではの演技もあり、甘いけど、いいシーンだった。

　この和久井巡査と同郷の娘（阿部寿美子）が上京してきて、ユリの名で街娼に身を落とす。この娘、和久井のことが好きで、なんとか手柄を立てさせたい。和久井の同僚である花園（宇津井健）は、やたら女にモテる男で、あまたいるガールフレンドをうまく利用して、点数をちゃっかり稼いでいる。そのことが和久井もユリも悔しい。

　手配中の凶悪犯人（丹波哲郎）が偶然ユリの客となり、秘かに和久井に通報。それに気づいた男がユリを激しく殴打する。娘はこれで鼓膜が破れ、片耳が聞こえなくなる。せっかく手柄を立てさせようと思ったのに、和久井は若い後輩に手柄を譲る。どこまでも人情派の巡査を、われらが小林桂樹が好演している。

　そして娘は、鳩の街に移っていく。当時、隅田川を上り、船で向島まで行けたのか。和久井は娘の恋心も、鼓膜が破れたことも知らない。娘の気持ちを知る老練の巡査（志村喬）がいい。荷物を抱え、渡し船に乗って去る娘の姿、その顔は晴れやかだ。

●杉浦日向子

『ユリイカ』杉浦日向子特集号を読みながら、杉浦日向子のことを思う（二〇〇五年七月二二日没、享年四六）。巻頭のアルバムに掲載された杉浦日向子の少女の日の写真、ペコちゃんみたいな顔してる。

　彼女、肉を食べなかったそうだ。カツ丼は一度も食べたことがないという。カツ丼を食べたことがない人間がこの世にいたのか（そりゃあ、いるでしょうに）。

　中島梓「夢の如く」という追悼文が興味深い。中島がキャプテンをつとめたクイズ番組『ヒントでピント』の出演者が、司会の土居まさる始め、江利チエミ、笹沢左保、沖田裕之と、早くに亡くなった人が多く、「べつだん私のゆくさきざきで呪いがかかっているということもなく」と書いている。本当だ、たしかにそうだ。

　しかし、当の中島がその後、早くに

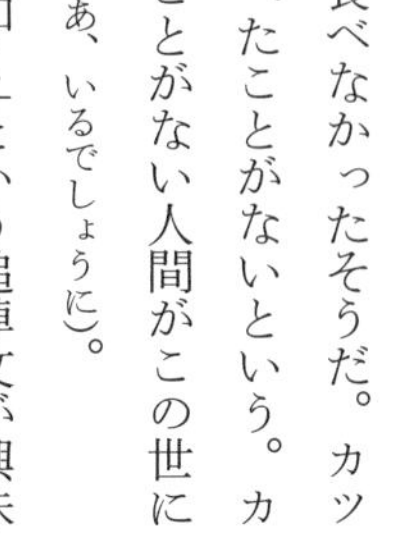

亡くなってしまうことには、自分では気が付かなかったろう(二〇〇九年五月二六日没、享年五六)。

●小野リサ

いま、本当にひさしぶりに小野リサのボサノヴァを聞いている。小野リサ、外で(カフェや古書店)かかっていて、耳に入ってきたときは「いいなあ」といつも思うのだが、家で、まるっきり一枚、まともに対して聴くと、ちょっとそうでもないかと思ってしまうのだ。

これ、部屋の環境にもよるのだろう。開けたベランダがあって、向こうは海。カーテンが夏の風に揺れていて、大きなソファ以外はあんまりものがない広いリビング。洒落たテーブルに水差しがあって……という環境なら、やっぱり小野リサはいいと思うだろう。

私の部屋じゃあねえ。あふれたモノに囲まれ、小野リサはかき消されてしまう。

●血のプロント

某日、某所のコーヒーチェーン店「プロント」でお茶をしようと入ったら、いきなりカウンター内でガチャンとものの割れる音がして、女性店員がしきりに携帯で応援を頼んでいる。外で待っているこちらは見向きもしない。

しばらく待っても、客を放り出したままの状態で携帯で喋っている。これには、さすがにカチンときて「おい、こっちの注文、先にしてくれるか」と大阪弁で言って初めて気づいた。女性店員の手から血が流れているのだ。

どうやら、床に落としたコップを拾うとき切ったらしい。床を見ると、血が。「あらあ、これは大変だ。だいじょうぶ」と態度が変わって間抜けな声を出す。カウンターにペーパーがないか探すがない。その後、応援に階下へ降りて来た男性店員とまたやりとり。

けっきょく、コーヒーは飲めなんだ。いろんなことが起きるもんだ。

●今もあるか切手帳

午後、国立さんぽ。大学通りを歩道橋まで歩き、Uターンして帰ってくる。

正月、ずっと寒いが、いい天気続く。昨年より、届いた封書の切手をはがして収集する作業を続けており、少し溜まったので、切手帳を買いにいくことにする。

いまどき、切手帳なんて売ってるかしらん。大学通りの文具店で、くつろいだ格好の年輩の店員(ひょっとして店長)に聞くと、さすが。「はいはい、ありますよ」と、置いてある場所へ案内される。しかし、デザインがよくないねえ。ほとんど選択肢はない。サイズと色くらいか。仕方なく緑のを買う。それでも、ちょっとうれしい買い物。せっせと使用済み切手をコレクションするつもりだ。これは小学生のとき以来なり。

●二〇二三年二月新宿「末広亭」

チケットショップで買ってあった「末広亭」株主優待券の期限が明日までと気づき、『サンデー毎日』の書評を送ってから、尻に帆をかけ新宿へ。昼の部のトリ、春風亭一朝から聞くが、座るところなく満席、補助椅子で待機することになろうとは。

一朝は「転宅」で手堅く客席を沸かせる。春風亭門下では、弟弟子の小朝の陰にかくれて気の毒だが、いや、巧い人ですよ。

夜の部への休憩(末広亭は入れ替えなし)で、すこし席が空き、桟敷に座る。夜も満杯。どうなっているんだろう。ぼくは寝不足でうつらうつら、夜席はトリまで持たず、中入りであきらめて帰宅したが、中入り前の三遊亭歌之介の人気に驚く。

あちこちから声が飛び、それまでの反応とはまるで違う。「待ってました!」という感じだ。あまりの人気に歌之介が当惑して「帰ろうかしらん」と言ったぐらい。方言のおもしろさを枕に、「勘定板《かんじょういた》」という尾籠な話で、大いにわかせる。客席の若い女性が「く」の字になって痙攣していた。すごい。

いま、爆笑王はこの男ではないか。歌之介は、二つ目の「きん歌」時代に、上京した折りの深夜寄席で聞いて、変ななまり(鹿児島出身)があるものの、笑わせるツボを心得た達者な語り手として強く印象に残っていた。客の気をそらさず、チャーミングな高座は天性のものだろう。

紙切りの正楽も、拍手が大きく、決まりきったくすぐり(「何でも切ります」というと、客席からお菓子の袋を)にも、はとバスの団体客が受けていた。いいぞ、いいぞ。「世界地図」なんて客からの注文には困っていたが、たぶんその手でいくしかない、と思った通り「おねしょ」で切り抜けていた。得がたい寄席のパフォーマーだ。柳亭左竜の「羽織のあそび」も、明るい高座で、印象に残った。

やっぱり寄席だな。月に一回は寄席へ行って、いろんな芸人を見たい。見るキャリアを積みたい。

●『ゲバ・アン語典』とは?

「コミガレ」(神保町の古書店「小宮山」が週末。ガレージで開くバーゲン)でおもしろい新書を一冊。一九七〇年刊の赤塚行雄『ゲバ・アン語典』自由国民社。奥付の発行年が「昭昭45年」となっている。珍しい誤植。

タイトルの「ゲバ」とはゲバルト、「アン」はアングラのこと。時代を感じます。安保世代の大学生に流通していたコトバを隠語も含めて解説している。

ピンキーとキラーズの大ヒット曲「恋の季節」を替え歌にした「ゲバの季節」なんてのがある。「忘れられないの　ゲバルトが好きよ　ヘルメットつけてさ、ポリを見てたわ」だって。

表紙と中面のイラストは、なんと橋本治。珍品と言っていいだろう。あとで「音羽館」広瀬くんに見せたら、扱ったことがあるらしく、「うーん、状態が良ければ、うちで一〇〇〇円つけるところですね」と言う。ありがとう、ありがとう。

●レジはおばさんがいい

仕事がちょっと行き詰まり、遠出できないので、近くのスーパーへ行って、なんやかや、ごちゃごちゃ買ってしまう。スーパーでの買い物は、一種のストレス解消でもあるのだ。

レジで並んだところ、自分の番が来て、マスクしたレジの若い女性が、「ドライアイスをお入れしますか」と言ったんだと、それはあとでわかったことで、最初はまったく一言も聞き取れず、黙ってしまう。これでは、まるで私の方が変なやつじゃないか。

こんなに寒いのに、ドライアイス必要かね。しかし、考えたら、同じようなこと、よくあるよ。若い女の子独特の、口から空気がもれるみたいな喋り方をして、そのうえ、マスクをしているから、音がこもってしまうのだ。最近の若い人はガムをかまないので、顎の力が弱く……なる説もある。

投げやりでふてくされて言ってもらったほうが、ドスがきいて、むしろよく聞こえるのだ。もちろん、それはそれで腹たつんだが。

レジはおばさんがいい。

●空き団地を長屋に

『朝日新聞』のシリーズ記事「限界にっぽん」（二〇一三年二月）に、いわゆる「マクド難民」について大きく誌面を割いて書かれている。「マクド難民」とは初めて聞く言葉。大阪なら「マグド難民」。

いわゆる派遣を転々とし、アパートを借りる金もなく、駅やマクドナルドで夜を過ごす人たちのことを言う。都市に生きる放浪難民だ。読みながら「なんちゅうひどい世の中や」と声に出して言ってしまう。

一日六時間、週に三〜四日しか働けず、月給六万……なんて書いてあるが、逆に言えば、それで暮していけるような仕組みに社会がならなければおかしい。江戸時代なら楽勝の稼ぎ高だ。

空き室のある団地を一か月一万円とかで貸し出すことはできないか。それを三人ぐらいでシェアして、米を炊いて、自炊すればいい。それで食費を一日五〇〇円ぐらいで抑えられるなら、月に二万円くらい貯金もできる。

ベランダではきゅうりやトマトでも植えて野菜はそこでまかなう。同じ棟のお年寄りが困っていれば、低額のお礼で助ける。切れた電球を交換するとか、いろいろ出来ることはあるだろう。江戸時代の長屋暮しは貯金なしでそんなものだったはずなのだ。

空き団地を長屋にすればいい。

●「風」

漢字一文字を一テーマにして、随筆を編んだアンソロジーが作品社「日本の名随筆」。これはいいシリーズ。私は特に『風』の巻を好む。「風」というテーマがいいではないか。

読めば、どの随筆のなかにも風が吹き抜けていく。「風」について書くと、どうしてこんなにみんな文章がいいんだろう。

そういえば、『SUMUS』同人である扉野良人くんは、大学卒論のテーマがたしか「風」だと言っていた。日本の音楽、文学で表現された「風」の考察ではなかったか。これは読んでみたい。

松本隆編で、「風」をテーマにしたアンソロジーが作れないか。もちろん巻頭には「風をあつめて」。

●静かなトイレと植草さん気分

昨日、国立さんぽ。急に便意を催し、駅前「たましん」六階にある「歴史・美術館」へ。一〇〇円の入館料を払って、誰もいない静かな会場を通り過ぎ、奥にある静かなトイレで落ちついてことを済ます。ああ、よかった。

私は、ひと気のある場所ではできない。外出先で「大」の方はほとんど出来ないのだ。自分で言うのはなんだが、繊細なんです。

いやあ、ここ（「たましん歴史・美術館」）はいいわ。ついで、と言ってはなんだが、展示物も見る。李朝の壺や、江戸期の染付け皿など、縁なき衆生のガラスの目玉による鑑賞でしかないが、ひととき目の洗濯ができた。

なんだか、急に古物が見たくなり、大学通を谷保近くまで歩く。途中、何軒か、骨董店というか古道具屋が並ぶ。古裂れが豊富に売られている店があり、高知の造り酒屋の前掛けを改造したトートバックを買う。これが一〇〇〇円。

ちょうど、一〇〇円ショップで買い込んだ文具や、古書「みちくさ」で入手した『橘曙覧全歌集』（岩波文庫）などが入ったビニール袋をぶらさげていたので、これに

京都鴨下　納涼古本まつりの風景

入れ替える。

ちょっと植草さん気分。舗道脇にたんぽぽ、そして梅の古木に白梅が咲いていた。

●南こうせつ語る

いつも、忘れた頃に聞く『オールナイトニッポン・ゴールド』(ニッポン放送)。この回は、拓郎が休みで、坂崎のお相手が南こうせつ。古い時代の話がおもしろかった。

フォークルの出現、その新しさと衝撃性を「フタが取れた(感じ)」と表現するなど、こうせつ、冴えています。見なおしました。かぐや姫時代、年間一二〇本ものコンサートをしたが、「あの時のお金はどこへ行ったのか?」(相当稼いだはずなのだが)。

あの頃は、とにかく人前で歌うのが楽しくて仕方がない。お客さんが一杯ですよ、と言われたら、それだけでうれしい。終わって、おにぎりを食べるだけで幸せだったという。

マーティンのD−45を、当時、プロで持っていたのは三人。誰が持っているか、誰が買ったかが業界で知れ渡っていた。それほどの名ギター。持っていたのは加藤和彦、石川鷹彦、ガロのトミーのたった三人。いま生きてるのは、石川鷹彦だけ。のろいのギターか!

D−28の方が、値段としてもポピュラーで、それでも三〇万近くした。いまの物価で換算すると一五〇万くらい。「ラーメンだと、いったい何杯分になるか」という、その比較対象が貧乏クサくていい。

かぐや姫に拓郎が提供した「ぼくは何をやってもだめな男です」は、拓郎が自宅録音で録ったのを最初聞かされて、レコーディングした(作詞は正やん)。当時、ティアックの4チャンネルのテープデッキを持っている人は王様だった。拓郎はこれで多重録音し、デモテープをかなり長く作っていた。

……とまあ、楽しい話が続いた。昔の話がとにかく楽しい。ほんと、残りの人生、昔の話だけして終わっても、もういいんじゃないか。

●『大陸横断超特急』

何気なく見始めた『大陸横断超特急』がおもしろかった。アーサー・ヒラー監督、主演がジーン・ワイルダー。一九七六年作品。

ロサンゼルスからシカゴへ向け、殺人、謀略を乗せて走る列車で、事件にまきこまれる主人公がジーン・ワイルダー。ヒッチコック・タッチだ。特急から三度も振り落とされ、あるいは飛び降りるが、いずれもまた特急に戻る。その戻るアイデアがいい。飛行機を操り、ときにパトカーを盗んで、特急列車を追いかけるのだ。

最後、運転手が死に、暴走する機関車がシカゴ駅に突っ込むシーンは、CGなしで度肝を抜かれる。黒人の泥棒(リチャード・プライヤー)が相棒になって、主人公を助けるのだが、やがて友情らしきものが生まれる。最後、高級車を盗んで泥棒が去るシーン。それを見守る主人公と女性(ジル・クレイバーグ)。ちょっと『ダイハード』を思わせる。

音楽はヘンリー・マンシーニ。

●こじれる富士正晴

関西の老舗同人誌『VIKING』は、二〇一三年三月にいただいた号で、すでに七四七号を数える。中尾務さんの「開高健、富士正晴」がめちゃくちゃおもしろい。

芥川賞受賞後、スランプにあった開高は、しばしば、富士にネタ提供を懇願する手紙を書いている。『日本三文オペラ』のアパッチ族のネタも、富士の提供によるという。

アパッチ族について調べるのに、『読売新聞』での記事閲覧の便宜も富士が世話をした。ところが、二人は一時不和となり、その後、いっさい『日本三文オペラ』の情報提供者の名前を隠し、ねつ造さえした。ううむ。

富士は島尾敏雄とも決裂しており、世話焼きでもあったが、こじれると人間関係がうまくいかなくなったようだ。

●小石川「あゆみブックス」

知人から、小石川「あゆみブックス」の文庫平台で、『昭和三十年代の匂い』が平積みされ、しかも「今年の父の日にはこれ」みたいなポップがつけられていると情報を教えられ、あわてて、すたこらさっさと小石川へ。

へえ、ほんとだ。うれしいなあ。ポップをつけられるなんて、これが初めてじゃないだろうか(ほかにあったらごめんなさい)。しかも、小石川「あゆみブックス」、いい書店ではないか。

山本善行の『泣き笑い日記』もあるし、夏葉社の『早く家に帰りたい』、文遊社の『野呂邦暢小説集成』はいちばんいい場所に面陳。古井由吉作品集がさりげなく棚差しされていたりする。

文庫棚の分類も、テーマ別に工夫が

あって、なるほどと納得。書店員の目がピカピカ光った棚づくりだ。ポップをつけてくれたという文庫担当者にお礼を言いたかったが、あいにく不在で、レジの女性に名刺を託していく。

●断崖絶壁喫茶店

二〇一三年六月三日、田端「文士記念館」で、荒川洋治さんの講演を聞く。すばらしい話だった。ユーモアあり、作品への深い理解あり、アジテーションあり。客席一〇〇名収容のところ、二六〇名の応募があったとか。この日、当選した聴衆は、みな満足したに違いない。

招待された私は図々しく最前列へ。すると、隣りに座る高齢の男性から話しかけられる。聞くと、TBSラジオ『森本毅郎スタンバイ!』のヘビーリスナーで、荒川さんはもちろん、私の放送も聞いてくれていたという。感謝する。

講演が終わって、希望者を募り、学芸員の女性による田端文学散歩を挙行。芥川龍之介旧居跡などを訪ねる。学芸員の女性、まだ若いがとても優秀で、くどくどした感じではなく、さりげなく各所のエピソードを伝えて、われわれの理解を深める。そのあと、そのまた有志で、染井霊園へ向い、芥川の墓を詣でる。風が涼しく、空気が澄み、鳥が鳴く霊園はとても静かで、くせになりそうだ。

田端と言えば、事前に読んでいた森まゆみ『東京ひがし案内』に、田端駅前にかつて「断崖絶壁喫茶店『アンリィ』があった」の記述に激しく反応する。「断崖絶壁喫茶」とは? 検索すると、ぶつかったのが意外やナンダロウくんの古い日記。そこに、「アンリィ」を実家に育ったのが、「一箱青秋部」の中村さんだと知る。なんという奇遇。中村さんなら知ってるよ。

それで、一度、中村さんに連絡を取らなきゃと思っていたら、この日、荒川さんの講演会に来ていたので「うわあ」と驚いた。ことの次第を伝えて、少し「アンリィ」の話を聞く。いまは「笑笑」などが入った駅前一等地のビルが、かつての「アンリィ」跡地で、昔はお酒を出していたが、のち喫茶店となる。二階にあった。一階は焼肉店だったらしい。「田端」が持つ地の霊力が、こうした奇遇をもたらしたのか。

●休みも本

古本めぐりの途中、五人の本好き古本好きの知り合いから声をかけられた日があった。みんな、ほかに行くところないのかな(「お前もな」)。

最後が最寄り駅の古本屋で、書店員の女性Hさんにばったり。

「仕事が休みだというのに、また本屋?」

「ハイ」

と、明るい笑顔。

「いまからどこへ?」と聞くと、立川「オリオン・パピルス」へと言う。本、本、本の生活なんだ(この女性がのちに夏葉社島田夫人となる)。

●旧制中学の寮歌考

阿部達二『歳時記くずし』(文藝春秋)がおもしろい。『オール讀物』連載。著者はもと文藝春秋の編集者だが、その博識に驚く。

文学、歴史、雑事、それに古典芸能、川柳までフォロー。それらを数珠つなぎにして、月ごとの話題を叙述していく。その出し入れの巧さと手際のよいことに感心。帯に「これぞ、日本の新しい教養!」とあるが、本当だ。

なかに夢声の弟子で、活弁から俳優、記録映画監督をした丸山章治のことが出てくる。彼は、ことば遊び(だじゃれみたいなの)の句をさかんに作っていた。それを明治製菓宣伝部時代の戸板康二が注目し、八〇句を小冊子として、戦線の兵隊への慰問袋に入れたという。これ、古書界に出てくるとおもしろいんだが。

「久々に故郷に帰れば桔梗(帰郷のしゃれ)かな」はその一つ。表立って、こういうことを書けば(つまり「帰郷」への願望)、検閲を通らない。言葉の中に、思いを隠したわけですね。

猥歌の奨励、みたいな話がこの本にあるのだが、そこで思い出したのが、枚方市の中学時代、友だちが歌っていて、おもしろい歌だなあと思って記憶にあるのが、猥歌ではないが次の歌。自分でも、いまでも覚えているのに驚いた。すらすら出てきた。気に入ってよく歌ってたんだろうな。四〇年も前のこと。

「朝も早うから弁当箱ぶっさげて/学校通いはつらいもの/校舎焼け焼け寄宿舎ぶっこわせ/校長コレラで死んでしまえ/校長死んでも誰が泣くものか/山のカラスが泣くばかり/山のカラスもただでは泣かぬ/団子欲しさに泣くばかり」

当時、これが何の歌だかわからないまま歌っていたが、いま考えると、旧制中学の寮で学生に歌われた歌だ。検索したら、よく似たのが出てきた。いろんなバリエーションがあったのだろう。例えばこんなの。

「学校焼け焼け寄宿舎ぶっこわせ/校長コレラで死んでしまえ/校長死んだとて誰泣くものか/山のカラスが泣くばかり/山のカラスもただでは泣かぬ/墓の団子の喰いたさに」

これは旧制盛岡中の寮生のあいだで歌われたらしいが、私の記憶とは、ちょっと歌詞が違う。さらに、別バージョンが書かれたサイトも出てきた。運動会が終わったあと、座敷や幟を校庭で燃やし、歌い踊るファイアストームで歌われた由。なるほど、いかにも宴の終わりにふさわしい。

となると、件の友人は、私に教えたこの歌をどこで覚えたか、だ。父親やおじさんが歌ったのを覚えたのだろうか。枚方第三中学の、名前も忘れた友人は……。

そうそう、さらに歌のつづきをいま思い出したが、最後は「校長死んだら位牌を焼いて灰にして屁で飛ばせ（途中、一部不明）」で終わる。ひどい歌だ。

●横道世之介

「ギンレイ」で『横道世之介』（二〇一三年）一本だけ見る。吉田修一同名原作を沖田修一が監督した。なんとも風変わりな空気感の映画で、よく笑った。

主演・横道世之助役の高良健吾は、この役をやるために生まれて来たような適役ぶりを見せる。ほか、吉高由里子、綾野剛、柄本佑、江口のり子と、今となっては豪華な配役だ。なかでも池松壮亮が、独特のせりふまわしなど、その達者さで印象に残る。

しかし、いくらなんでも一六〇分は長い。これ二時間内にしたら、もっと引き締まったんではないか。それでもこの作品のよさは、充分伝わるはずだ。長くなった分、ちょっと主題がボケたのではないか。

波瀾万丈のスペクタクルというわけじゃないので、途中、何度か時計を見た。

●思い出の立ち食いソバ屋

某所へ取材。丘の上のてっぺんで、取材先の約束の時間まで、ぽっかり空いた時間を、信頼する女性編集者と下界を見下ろしながら雑談する。

丘の上なので、視界が開けて、さえぎるものはない。風が涼しい。遠くで何度か雷鳴が。その音に驚いたように鳥が鳴きわたる。

公平に地上に日が射して、不思議な時間だった。変な話だが、こういう何でもないとき、生きている実感がわいてくる。

無事取材を終え、編集者と別れた帰り、満腹なのに、無性に駅の立ち食いソバが食べたくなって困った。二〇年ほど前によく利用していた駅で、駅はまったく姿カタチを改めてしまったが、そのソバ屋は変らず、駅なかにある。よくここで、五分とか六分でソバを大急ぎですすりこんだものだ。

乗換えの時間が決っていて、それで急いだのだった。

その記憶があり、条件反射で食べたくなったのか。大急ぎで食べ終わり、箸を置くと、今度はホームへの長い階段を全力で駆け上がるのだ。体に悪いよ。

●エレベーターの会話

三鷹から武蔵境まで、この日はひと駅分歩く。駅まで戻って、また電車に乗るならその方が早い、と思ったのだ。

ぶらぶら歩いていると、途中、空が黒くなり、にわかに埃というかカビというか、雨臭い匂いが。あわててコンビニでビニール傘を買う。

このあと、同じようにビニール傘を買った老夫婦と「イトーヨーカドー」のエレベーターで一緒になる。

「こうしてうちに傘が増えるんですよね」

「ほんとうですね」

と、言葉を交す。

しかし傘を買ってよかったのだ。またたくまに、どしゃぶりになり、膝から下はずぶ濡れだ。

●アート・ペッパー復活

アート・ペッパーCD『Living Legend』を買う。一九七五年の録音。アート・ペッパーは一九六〇年代後半から、一時深刻なクスリ漬けとなり、再起不能かと思われた。犯罪に手を染めるなど、むちゃくちゃな時期があって、誰もが、もうアルトを吹くこともあるまいと思っていた。

これは奇跡のカムバックを成し遂げた記念すべきリーダーアルバムであります。若きチャーリー・ヘイデンがベース。この飛び跳ねるベースが、アート・ペッパーを支援する。輝きを取り

戻したと思ったら、一九八二年六月一五日に死去。享年五六だった。

●ディオゲネスという男

古代ギリシアの哲学者、ディオゲネスのことが気になる。

「かめの中に住まい、頭陀袋を下げ、襤褸をまとって犬のようにアテナイの町をうろつき、教説を説いた」男（講談社学術文庫解説）。

「おびただしい数の逸話で知られる『犬哲学者』」だというのだ。ちょっと「禅僧」のようなところがある。あるいは、日本の乞食《こつじき》俳人・井月《せいげつ》のことを思う。

●豪雨の日比谷公園野音

二〇一三年七月二八日、真夏の東京。夕方から夜、あの落雷と豪雨のさなか、

私は都心にいた。

日比谷野外大音楽堂で、この夜、渡辺貞夫と山下洋輔のジャズライブがあったのだ。知り合いの編集者から、「急に行かれない人がいて、席が一つ空いてるの。オカザキさん、いらっしゃいません」と誘いが。

「わあ、行く行く！」と飛び上がった。ぼくは日比谷野音はこれが初めて。ジャズもそうだが、野音といえば、フォークでも岡林始め、伝説のライブがいくつもある。一度は、席に坐ってみたかった。

昼間は快晴ながら、どうも夜に雨らしい。一〇〇均でビニールの雨合羽を買って、水筒に冷たいお茶を詰め、オペラグラスも用意して、準備万全で出かけた。

野音のゲートをくぐると、シャンシャン騒がしい蝉時雨のなか、かなりいい席で、この夜の山下洋輔を堪能する。演奏が止むと、またセミ時雨。風がわたって思いのほか涼しい。空には雲が残っていて、ああ、こんな風景に包まれてジャズを、それも山下洋輔を聴く日が来るとは、思わなんだ。長生きはするもんです。

ところが、渡辺貞夫のセットになって、三〇分ほどしたところで、一転俄《にわか》にかき曇り、風が強くなり、あっというまの豪雨。いや、これはどう見ても、もう豪雨だ。私はさっそく用意した雨合羽を取り出す。すると、客の九割が、同じようにビニールの雨合羽を取り出し装着した。なんて、野音慣れした客ばかりなんだ。

渡辺貞夫は、それでも雨の音をかいくぐるように演奏を続けたが、終演予定よりも早く、「もういいでしょう、お客さんたち、家に帰った方がいいですよ」と言い、山下洋輔のグループがなだれこんでのラスト。大いに盛りあがる。客もずぶぬれになりながら興奮し、いやいや、こういうライブもまた、のちのちまで語りぐさになるものだ。

帰り、浴衣姿の男女を多くみかけたが、これは花火客か。花火も中止になったろう。最寄り駅まで戻って、一人、「王将」で生ビール、ギョーザ、唐揚げで日比谷野音と渡辺貞夫と山下洋輔に乾杯。

●アン様

昨日、ひさびさに『プリティ・リーグ』（一九九二）をテレビで観て、ジーナ・デイヴィスにすっかりまいってしまった。顔に土をつけた女性が、こんなに美しく見えるなんて。すぐさま、こちらはDVDを所持している、ジーナ・デイヴィスがアカデミー助演女優賞をとった『偶然の旅行者』を見る。幼い息子を失ってから、糸の切れた凧みたいに放心でいる男性をウィリアム・ハート。別れましょうと切り出した妻がキャスリン・ターナー。これはアン・タイラーの同名原作による。

俳句みたいに、短く、凝縮したラスト・シーンがいい。

そういえば、アン・タイラーの名を久しく聞かない。死んだわけじゃなかろうな。あ、検索したら存命です。そういえば、アン・タイラーの小説は、『偶然の旅行者』ぐらいで、映画化されていない。なぜだろう。あんなに人物が生き生きとして、筋立ても面白いのに。

その答えは、『パッチワーク・プラネット』(文春文庫)解説で山田太一が解き明かしている。なるほど。『ブリージング・レッスン』が、日本でドラマ化されたそうだが、山田太一は「ひどいものだった」と書いている。そう言われると、ちょっと見たくなりますね。この山田太一解説は本当にすばらしいアン・タイラー讃だ。

アン・タイラーを読んでいない人は、ちょっと人生を損している。そう思いますよ、ほんと。ちなみに、平安寿子《たいらあすこ》さんは、アン様ファンで作家となり、ペンネームもその名にちなんでつけたという。

●三國連太郎

三國連太郎(一九二三―二〇一三)さんと沖浦和光さんの対談に、構成者として同席したのはいつだったろう。私がまとめたそのときの対談が、『「芸能と差別」の深層――三国連太郎・沖浦和光対談』(ちくま文庫)のなかに、一章、収録されている(構成者としてのクレジットはない)。

調べればわかるのだが、当時三國さんは、八〇歳ぐらいだったのか。とにかく、背筋が伸びて、かっこいい人だなあと思った記憶がある。こんなかっこいいおじいさんがいるのか、と。終わって、編集者を交え、みなで食事をしたが、私は緊張して何も喋れなかった。

取材でお目にかかった人が、次々と鬼籍に入られる。ご冥福をお祈りします。

●立川まんがぱーく

昨日、昼食後、娘と立川にできた「立川まんがぱーく」へ行ってみる。巨大なマンガ喫茶という感じか。大人ひとり四〇〇円払って入る。けっこう大勢客がいる、親子連れが思い思いに寝転んだり、椅子に座ったり、押し入れみたいな空間に入ったりでマンガを読んでいる。その風景は悪くない。

ただし、新しめのマンガが多く、たとえば、ちばてつやの棚に『1・2・3と4・5・ロク』も『はちの巣大将』も『紫電改のタカ』もない。三〇代ぐらいまでの客層を想定しているのか。蔵書数に限界があるのはわかるが、若い世代にも手に取ってもらいたい名作が欠けているのはいかがなものか。司書に当る、目利きはいないのか。

カフェが併設されているのも今風で、一日でもいられる。私は仕事があったので偵察という感じで、三〇分だけいた。座った椅子のちょうど真横に並んでいた『坂道のアポロン』という少女マンガを読み始めたらおもしろい。へえ、こんなのあったのか。

時代は一九六六年、福岡の高校を舞台に、不良と優等生の転校生がジャズにハマり、友情と恋愛がそこにからむ。二巻まで流し読み、すっかり感心して、帰宅してそのことを妻に話すと、全巻、うちにあるという。なんとな！ さっそく通読。アニメにもなったようですね。

●私が責任を取ります

編集者による編集者のための異色雑誌『エディターシップ』。小池三子男「河出書房風雲録・抄」、大月慎二「福武書店のころ」がおもしろい。編集者による体験的回顧録は、なぜこれほどおもしろいのか。

河出書房は、だいたい一〇年ごとに危機が訪れるという。一九九七年の危機の直後に、綿矢りさが『インストール』で文藝賞を受賞し話題になる。ところが、その後二年近く次作が書けない。担当の高木れい子をせっつくと、もう一〇回以上、綿谷に注文をつけて手直しをするやりとりをしているという。それでも、と言うと、「わかりました、あとひと月ください、そうしたらA賞を取ります。取れなかったら、私が責任を取ります」と言い放った。映画やドラマなら、ここで衝撃音が鳴るところ。

そして綿矢りさは、高木が担当した『蹴りたい背中』で、みごと芥川賞を取る。

●散歩の途中に鷗外を

この日の朝、ひさしぶりに玉川上水さんぽ。風は強いが、気持いい。うぐいすほか、鳥が鳴き交い、風に樹々がさわぐ。

玉川上水駅まで歩いて西武拝島線に乗り、小川駅で国分寺線に乗換え、鷹の台まで戻ってくる。駅前のロッテリアへ入り、深煎りコーヒーを注文し休憩。持参した『森鷗外選集一』(岩波書店)を開き、短篇「金貨」を読む。飲ん兵衛の左官、八が行き暮れて、軍人の家に深夜忍び込む。飲み残しの酒を意地汚く飲み、すっかり酔っ払ってしまい……、とまるで落語みたいな話。しかし、巧いものだなあ。書き出しはこんなふう。

「左官の八は、裏を返して縫ひ直して、継の上に継を当てた絆纏を着て、千駄ヶ谷の停車場脇の坂の下に」と、コロコロ転がるようなレトリック。

ううん、とうなる。

●ある夜の夢

出版関係者の団体で宿泊することになり、部屋割りで番号のついたキーをもらったが、たどりついてみると、かんじんの割り当てられた部屋はなく、そこには亀の甲羅みたいな鉄製のロッカー(とも呼べない)の一箱に番号が振ってあり、要するに、泊まれるのは廊下かどこかで、これだけが宿泊者が使える権利ということらしいのだ。

こんなにひどいホテル(宿屋)は経験したことがないな、と途方に暮れるという夢を見た。

●高円寺の井伏鱒二

この夜、目白のギャラリー&古本屋「ポポタム」で、写真家・藤井豊くんを挟んで、写真集を作った扉野良人くん、二人をつなげた荻原魚雷くんと三人でトークショーが開催された。扉野くん、魚雷くんは『SUMUS』のメンバー。張り切って駆けつける。盛会だった。

まずは、藤井くんの素朴な真摯さが印象に残る。三・一一「東日本大震災」以後、藤井くんは被災地を訪れ、次々と歩きながらシャッターを切る。その途中、何度も被災者に車に乗せてもらい、あるいはそのまま泊めてもらったりする。

被災者に救われるのだ。

これは藤井くんの人柄だろう。乗せてもらった自動車のカーラジオを撮ったカットへのこだわりなどを語る様は、もうほとんど純文学である。

藤井くんとは先日、高円寺で魚雷くんの紹介で飲んでいた。その場には、大宅賞作家の渡辺「こんな夜更けにかよ」一史くんもいた。すべてが魚雷くんが最初に知り合うことで、生まれた人の輪だ。だんだん、魚雷くんが高円寺の井伏鱒二みたいになってきた。丸めがねはそもそも井伏と一緒。この際、もっと太って、丸々としてほしい。

●赤線跡

日本でただ一つの「国立《こくりつ》」の古書店、じつは「くにたち」と読む国立古書センターで、木村聡『赤線跡を歩く』を五〇〇円で買う。ちくま文庫版は持っているが、元本の写真はカラーが多い。

枚方公園から枚方までを扱うページでは、古い旧街道筋が紹介されている。そうか、あれが一部「赤線」だったのか。私の子どもの頃は、夏や秋に、よく夜店が出た通りだ。「冷やしアメ」の甘さを思い出す。しかし、もっと昔、別の甘い水が流れていたのだ。

関西出身の私が、いちばん最初に、そんな雰囲気を感じたのが、本書でも紹介されている京阪沿線「橋本」。もう中学に入っていたか、姉と知り合いの家を訪ねてこの駅で降りて、淀川方面へ歩いていったが、小さな橋をわたると、これまで見たこともないような町並みがあった。夢のなかの町、のようであった。後年、あれがそうだったか、と気づいたのだ。

この本が出てから（取材はもっと前）一五年、すでに各所の風景は変っているだろう。墨田区「鳩の街」には、かろうじてまだ面影が。立川は、近年、ちょっと探索したが、ここにも欠片が残っている。しかし、これ、いい本ですねえ。

◉アール・クルーと冷房装置

アール・クルーの二枚目リーダーアルバム『リヴィング・インサイド・ユア・ラヴ』（ブルーノート）を買う。ナイロン弦のギターでフュージョン、というのが非常に新鮮に聞こえた。そういう意味で画期的な一枚。

一曲目「キャプテン・カリブ」なんか、七〇年代後半、あちこちでよくかかっていたな。冷房の効いてる場所でよく聞いたので（下宿に冷房はない）、聴くと少し涼しくなる。アール・クルーこのとき二二歳。天才は誰しも、二〇前後で一度ピークを迎える。驚くにはあたらない。

バカラックの「THE APRIL FOOLS」をギター独奏でやってる演奏が、ひどく気に入って、この一曲で、買っただけの値打ちはある。

◉テレビセットとしての本棚

音羽館の広瀬くんに聞いたのだが、土曜の深夜テレビ『夏目☆記念日』（テレ朝）で、セットとしてバックに並ぶ本棚の本は、音羽館が受注して揃えたそうだ。見映えのいい本なら何でもいい、ということだったらしい。中身は関係ない。

「100分de名著」などもそうだが、さいきん、テレビ番組のセットに本棚が使われるケースが多くなった。これは、家に本棚がなくなったから、憧れる風景として多用されているのだろうか。

◉「民衆書房」の書店シール

某日午前、自転車にて遠出。某古本屋店主の御誘いで、某所への買取りにくっついて行く。以前から、おもしろそうな買取りがあったら、手伝うから連れていってくれと頼んであったのだ。

プライバシーがあるので、くわしく書けないが、主の亡くなった部屋の整理をするため、本が処分されることになったのだ。戦中戦後を生き延び、政治と文学の季節を濃厚に感じさせる書棚だった。

しかし、いずれも時代遅れであること、タバコの脂で変色し、残念ながら買い取れないものも多い。靴を脱がなくていいですよと言われ、靴のまま、本をどんどん運び出す。バイト代というと変だが、引き取った本のなかから、一冊だけ、値のつかないだろうと思える本をもらえることになっていて、一冊もらう。

そこには「三鷹　民衆書房」の古書店シールが貼ってあって、これが欲しかった。往復約二〇キロの、自転車さんぽ。風が気持ちいい。昼は「民衆書房」のシールを眺めながらタンメンを食す。

◉野呂邦暢小説集成

文遊社という出版社から、『野呂邦暢小説集成』全八巻予定が企画され、第一巻『棕櫚の葉を風にそよがせよ』がこのたび発売された。いつも送ってくださる「諫早通信」に、告知チラシが入っていたので、知っていたが、いざ実物を目の前にすると感慨がある。真っ白ないい造本装幀（羽良多平吉）ハードカバー、五〇〇ページ強でゆったりとした本文組が読みやすい。

全巻解説が、ずっと野呂を顕彰してきた中野章子さん。監修は豊田健次さん。巻末エッセイが青来有一さん。豊田さんと一緒に、諫早に招かれて、野呂のお墓に手を合わせたことを思い出す。

単行本未収録作も随時収録されるようで、今後の刊行が楽しみ。

さっそく表題作となった「棕櫚の葉を風にそよがせよ」を読む。やっぱりいいなあ。惚れ惚れするような文章だ。川のある土地で、出口のないような生活をする男と、しょせん一緒に生きてはいけぬ絵描きの女、そして戦記もの洋書に入れあげて会社を傾かせる社長と、まず人物がくっきり深彫りされて、それを端正な

文章がつつむ。

水のイメージ、アメリカの影は、野呂文学を代表するようなテーマだ。

●早稲田の三羽ガラス

頭上からドサドサと落ちて来たスクラップブック。その一冊、一九九九年ごろから数年分、古本関係の記事を貼付けてある。拾い読むとさすがにおもしろい。これは、宝だ。

二〇〇三年七月一五日付『朝日新聞』に「西早稲田(上) 古書街に若手後継者続々」と大きな記事がある。これによれば、かつて「早稲田の三羽ガラス」と呼ばれたのが、「文英堂」「二朗」「三楽」。そうか、「安藤」さんは「三楽」の三番番頭だったのか。その縁で、「安藤」の息子さんのアキヒロくんが「三楽」を継いだ、ってことでいいのかな。

七〇年代頃の話なのか。早稲田古書街は全盛時、朝八時、九時から開け、夜も遅くまで営業していたという。夢のような話だ。

●真鍋博が中学の先生をしていた

これはいつ買ったか、ひょっこり出てきた一九七三年の『新刊ニュース』を読む。巻頭が真鍋博と西園寺一晃対談。これによると、なんと、真鍋は美大を出たあと、赤坂中学で教鞭をとっていた。そのときの教え子が西園寺「北京の青春」一晃だという。

真鍋(名前に「学べ」が入っている)博の、板書が見たかった。

●CIE図書館のこと

先日、「ぐろりや」展で買った洋絵本。『ちっちゃなスザンナ』は、ぼくの宗旨ちがいの買い物ながら、S社・資料室の廃棄本で、スタンプ、貸出しカードとサックがそのままついている。本自体は一九三七年の刊。著者はマーガレット・アンジェリ(表記はこれでいいだろうか)。

じつは、この本、もう一つスタンプが捺してあって、どうも進駐軍が日本駐留の際、作った図書館にあった絵本らしい。占領下、日本の各地に進駐軍が図書館を作った。これを「CIE図書館」と呼ぶ(のち「アメリカ文化センター」と改称)。すごいのは、すべて開架式で、日本人も自由に出入りできた。

当時、日本の公立図書館は、多く閉架式で煩雑な手続きのもと、ようやく現物が手渡された。進駐軍の図書館が、日本の公立図書館のありかたに多大な影響を与えたのである。

CIE図書館は、占領時、全国に二四か所、設置されて、アメリカ文学研究者など、日本人が手軽にアメリカについて学ぶのに、大いに寄与した。大江健三郎も利用したと、どこかに書いていた記憶がある。一九五〇年代の入館者総数は二四〇万人というからすごい。

以上「月刊情報グラネット」ほか、ネット検索で知った事実である。

●これはもう梨だな

Nさんが、ガリガリくんをかき氷にできる装置をお中元でくれて、ときどき娘と梨味をガリガリやってかき氷を作るのだが、食べるときには必ず、『めしばな刑事』立花が、ガリガリくん梨味を食べるときの名ゼリフ、これはもう梨味じゃなくて「梨そのものの味」だな、と言うことにしている。

そして、本物の梨もよく買ってくるのだが、これを食べるときにも、「これはもう梨味じゃなくて、梨そのものの味だな」と必ず言う。すると娘が「もう、わかった」と言うのだった。

●柄本明と下北沢

こないだ、所ジョージと坂崎幸之助（若い無名時代、一緒につるんで遊んでいた）が下北沢を歩く番組を、途中から見たら、柄本明が登場。そこで高田渡の話になった。

柄本明が高田渡のライブを見にいった。譜面台に置いた歌のノートをめくりながら、「どれをやっても同じようなもんだけどね」と高田がぽつりと言った。その投げやりな言葉に柄本はぎょうてん。以来、追っかけをする。

晩年に続いた下北沢でのライブも、柄本がプロデュースしたのだ。

そういえば、ずいぶん前に（マガジンハウスのライター時代）柄本明を下北沢で取材したことがある。柄本と一緒に歩いていると、下北沢で演劇をやってる連中が、みな最敬礼で挨拶していく。横にいてやくざの子分になったような気分になった。

取材に使った喫茶店が、なぜか領収書のない店で、結局、この日の取材代を自分でかぶったことを思い出した。たかだか一〇〇〇円くらいのことなのに、「あちゃあ！」と思ったのだ。

●黒島伝治

善行堂から山本善行選『黒島伝治作品集　瀬戸内海のスケッチ』（サウダージブックス）が届く。瀟洒ないいカバー。静かな予兆を感じさせる。

黒島と言えばプロレタリア文学の作家、代表作「渦巻ける烏の群」と来て、もうそれだけで未読の人はお腹いっぱいになるかも知れないが、善行選では、故郷の小豆島のことをスケッチしたような文章を重んじて、知られざる黒島の魅力を伝える。

版元のサウダージブックスさんも、小豆島から発信する小出版社(高松市に移転)。「無花果がうれた。青い果実が一日のうちに急に大きくなってははじけ、紅色のぎざぎざが中からのぞいている。人のすきを見て鳥が、それをついばみにやってくる。ようやく秋らしい北風が部落の屋根をわたって、大きな無花果の歯をかささと鳴らしている」

これは志賀直哉や梶井と同族の、よく冴えた目で観察した文章だとわかる。「本をたずねて」という作品を加えるあたり、いかにも善行堂らしい。

秋、小豆島へ誘われるような一冊だ。

●「いもや」信金裏店

ほんとうに久し振りに、思い立って神保町「いもや」で天ぷら定食。かつては毎週のように食べていたこともあった。

白山通り周辺に何軒か「いもや」はあるのだが、どこも行列。仕方なく「信金裏」店で並ぶ。ここは初めてだ。

行列はなかなか進まぬが、R・B・パーカーを読んでるからへいちゃらだ。三〇分以上待ったか、ようやく順番が来て入ると、八人で満員ぐらいの小ぶりの店だ。かなり高齢の男女店員がチームワークよろしくきびきび働く姿を席について眺める。これでなくっちゃ。おお、信金裏店は味噌汁の量が多いねえ。天ぷらもうまい。ゴハンの量がかなり多く、次からは「少なめ」とお願いしよう。これなら毎週、食べてもいい。

●本を読めば女性はきれいになる

今朝の『朝日新聞』(二〇一三年九月二二日)に、「きのこ女子」という記事が。「きのこ」にハマる女子続出みたいな内容。

このところ、『朝日』では同様に「切手女子」「こけし女子」と、大きめの記事を続けて掲載している。とくに「切手」と「こけし」は、これまで男子独占の趣味だったところへ、というニュアンス。手前勝手に言えば、これは「古本女子」と連動している動きかと思われる。

もちろん、大いにけっこうなことだ。人類の半分いる女性に参画してもらわないと、そのジャンルは痩せる。広瀬洋一『西荻の古本屋さん』にも書かれていたが、音羽館の女子本コーナーの二割は男性が買うという。私もけっこう好きで買う。男性の中に「女子」が逆流していく。

書店の棚を見ていて気づくのは、旅行ガイドの九割は女子向けに作られている。これは女子に文化芸術周辺の政権をあっさり受け渡した方が、うまく行くかもしれない。私は意地を張らずについて行きます。京都「善行堂」も、しばらく帳場に座っていると、女性客がけっこうな比率で入ってくる。それにきれいな人が多い。次の本のテーマは、「本を読めば女性はきれいになる」だ。

●さよなら「海文堂書店」

京都から帰還。私用で実家に戻っていた。用を済ませ、ぜひとも立ち寄りたかった神戸・元町「海文堂書店」を訪問、お世話になった福岡宏泰店長始め、平野義昌さん、北村和之くんに挨拶。夏葉社から出たばかりの『海文堂写真集』を買う。これが二〇一三年九月二〇日のこと。

同年九月三〇日、元町の文化の顔だった「海文堂書店」は、前身である海事図書出版・販売業「賀集書店」創業から、一〇〇周年に一年残して閉店が決まっていた。私の訪問もこれが最後となるだろう。

今回、店内を巡ってみて、いまさらながら、ラインナップの充実に感心する。注文や在庫管理は、さぞ大変だったろう。無くなると決ってから、連日、この店が好きだった客、特にオールドファンが詰めかけ、その熱気が店内に籠っていた。

人柄が笑顔からこぼれ落ちそうな福岡店長は、これが最後とやってくるお客さん、知人、友人と連日、飲み会を繰り広げている。この日も「はしご」だそうだ。手帳を見せてもらったが、閉店まで「飲み会」のスケジュールがびっしり。ページから、客の無念とアルコールが匂ってきそう。

北村くんは、会う人ごとに「次は古本屋(をやる)ですね」と言われるそうだ。北村くんとは、海文堂以前からのつき合いで、当時まだ二〇代だったが、我々古本の強者と互角に語れる知識の深さに、ぎょうてんしたことがある。北村くんが古本屋になれば、すごい店ができることは間違いないが、まあ、ちょっと、ゆっくりしてください。その時は、善行堂と相談に乗りますので。

●読み捨てるところがない雑誌

『BOOK5』第九号が届く。平綴じ増ページになって、さらに中身が充実した「古書目録探求」特集は、とにかく読み捨てるページがない。自分が寄稿した雑誌が送られてきても、こんなに熱心に読むことはない。

おお、根岸哲也さんに林哲夫さん、それに久保田順哉くんと、知り合いが多数執筆。用事が重なって行けなかった「薔薇十字社外伝」のトークショーの採録がありがたい。「りぶる・りべろ」川口秀彦さんの経歴はぼんやりとは知っていたが、その濃密な過去にびっくり。

内堀弘さんの知識とうまい進行で、がつがつ読める。途中から加わった扶桑書房・東原武文さんから、亡くなった天誠書林・和久田誠男さんの名前が出てきて、「このへんにいた人は呪いのように古本屋になっていく」の内堀さんの発言に、申しわけないが笑ってしまう。『定本三島由紀夫書誌』の話題になって、この本のカード作成から校了まで尽力したのが黒田夏子。つまり「abさんご」で二〇一三年上半期芥川賞を、史上最年長(当時七五歳)で受賞した話題の人だ。

ほか、『図書新聞』始め、書評三紙はかつて非常に力があった(広告を打つと効果あり)ことや、『幻影城』島崎博の名が飛び出すなど、ぎゅうぎゅう詰まったトークショーだ。

次号の特集予告は「本と腰痛」だって！　目のつけどころが、なんというか、編集長の松田友泉くん、すごい。

◉長山丘陵ハイキング

今日、急に思い立ち、八王子市・長山丘陵をハイキング。若菜晃子『東京周辺ヒルトップ散歩』(ハイキングに目覚めたこのところの私にとってバイブル)をガイドにして。多摩丘陵の一部で、京王線の南側に生田の方まで続いている。

八王子までとりあえず出て、京王八王子へ。途中立ち寄った「ブックオフ」で、野呂邦暢『落城記』単行本のドラマ化帯つきを拾う。志ん朝「文七元結」のCDも。

京王「八王子」駅近くに、かつて「ブックエイト」という巨大な古本屋が、スーパーの二階にあった。その頃はよくここまで来たが、京王線は慣れない。しかも、この日は電車に遅れが出ている。目指す「長沼」までどう行けばいいのか。改札口の駅員に聞くと、「遅れてますが、電車は走っているので乗ってください」という。しかし、本当は、「この次、新宿行き特急が出ますから、それで次の北野で降りて、連絡している各停に乗り換えてください」と言うべきなのだ。なんという不親切。あやうく、特急を見送るところだった。横着しないで、もっとくわしく説明してもらいたいよ。

無事「長沼」で降りたら昼時で、立ち食いソバか牛丼で昼飯を済まそうと思ったら、駅前は高架下のがらんとした空間で、コンビニもない。寿司屋が一軒あったきり。弁当屋もあったが、うーむと考えていると、「山田うどん」の看板が見えた。ひさしぶりに山田うどんを喰うか。

長沼丘陵は、駅からすぐ住宅地に入り、五分ほどで登山口に着く。駅からすぐに登山道に取り付けるのがありがたい。山道は敷石があって整備されている。途中、老夫婦に会ったほか、行き交う人もなし。緑に包まれて、急坂もなく、これはいいハイキングコースだ。二〇分ほどでピークに。季節は秋だが、汗ぐっしょり。見晴らしがいいあずま屋あり。ここで風を受けながら、少し休んで駅へ引き返す。ここは、もう少し秋が深まったら、また来よう。

●行列のできるラーメン店

夜、ジャズのかかるバー「ファンキー」(吉祥寺)で、光文社Mさんと『蔵書の苦しみ』三刷の祝杯を。料理メニューが豊富で、とても感じのいい店だが、客は少ない。カップルで来る店、という感じがした。

Mさんから、担当した光文社新書の新刊、村上純『人生で大切なことはラーメン二郎に学んだ』をもらう。Mさん、担当編集者として取材とデータチェックのため、この夏、何十軒と各地の「ラーメン二郎」を制覇したそうだ。

よく行列ができている店で、ここで修行した人が各地で支店を出している。私は食べたことがない。並んでまで食べるという思い入れがラーメンにないのだ。「行列に並ぶ忍耐、店内の緊張感、兇暴までの盛り」が同店の特徴で、表紙写真を見るだに、これは、もう私はダメだ、と思う。

●欽ちゃんと共演?

『週刊ブックレビュー』を作っていたテレビマンのMくんから、メールが来た。欽ちゃんの番組に、なぜか、ぼくの『蔵書の苦しみ』を出演させてくれたそうだ。どんな本でもよかったろうに、わざわざ、押し込んでくれた心根がうれしい。欽ちゃんと共演(?)する日が来るとは。

番組名は「欽ちゃんの全国びっくり王」。その中で、速読インストラクターが登場し、いかに本を早く読めるかを試すのだが、そこでテキストとして使われたのが拙著、というわけ。短い時間だが、ちゃんと本も画面に映るという。

長生きするといろんなことがあるものだと、しばし微笑む。

●中川六平

中川六平さんが亡くなった。二〇一三年九月五日、享年六三。田村治芳さんと同年代だったんだ。どうしてみんな、こんなに早く逝ってしまうのか。

中川さんは元・晶文社の編集者で、坪内祐三、高橋徹、内堀弘と、この人でないと出せぬような古本に関する本を次々と世に生み出した。

私は、それほど親しくさせてもらったわけじゃない。「ろくちゃん」と中川氏を呼ぶ坪内祐三さんの近くにいたとき、幾度か話をさせてもらった程度。そう呼ぶ、坪内さんの声が、まず頭に思い浮かぶ。「ななちゃん」(田村治芳)も生きていた。

こう書くのは変な気がするが、晩年にコクテイルで一緒にお酒を飲む機会があった時、「岡崎さんさあ、あなた、これまでにたくさん古本や古本屋について書いた文章があるでしょう。あれ、一冊にまとめるってできないかね。おもしろいと思うけどね」と仰って下さっていた。それも今は、叶わぬ夢となった。

なにしろ、「べ平連」、岩国の反戦喫茶「ほびっと」のマスター、『東京タイムズ』記者の時代もあるということで、遥か仰ぎみる大先輩のような気がしていたが、七つしか違わない。しかし、われわれの世代で七つの違いは大きい。

中川さんの著書『ほびっと　戦争をとめた喫茶店』(講談社)に感激して、ラジオでも紹介したし、書評も書いた。

あの年代では珍しくツイッターをやっていて、亡くなる年の七月二八日に、こうつぶやいておられる。

「石神井さんの『古本の時間』、ゴールは目の前。さあ、次は小沢信男さん。そして、高橋悠治さんの『音楽のおしえ』のページをめくる。しかし、肩の痛みは消えない。おじいさんになっていくのも大変だ！」

●藤圭子は「ガロ」的美少女だった

二〇一三年八月二六日、耳を疑うような訃報が。歌手の藤圭子が亡くなった。しかも自殺だというのだ。

届いた最新号の『サンデー毎日』をパラパラ読んでいたら、あちこちで藤圭子の話題に触れられている。『サンデー』読者にとっては、藤圭子はまさにストライク

ゾーンだ。なかでも中野翠が、連載ページのコラムで、藤圭子を「つげ義春や水木しげるが描く美少女のような」と評した個所で、くわぁ、うまいこと言うなあ、と目が止まる。

ほんと、その暗さと哀しさは、「ガロ」だった。

九月一日「西部古書会館」即売展で、一九七一年の『少年マガジン』、藤圭子表紙を見つけ、そのインパクトに負けて買う。八〇〇円だった。狐が人を見据えるような目が、なんともすごい。

●庄野至は「夜」の作家

某日、庄野至《いたる》さんから電話をいただく。至さんは庄野潤三の弟で、小説を書いておられる。私は二〇一一年、東日本大震災があった直後に、自宅までうかがい、著者インタビューをさせてもらった。

今週の『サンデー毎日』に、二〇一三年

に出た『私の思い出ホテル』(編集工房ノア)を紹介したお礼の電話で、恐縮する。事前にハガキで、書評を書いた旨をお伝えしてあったが、それを心待ちにしていてくださったみたいだ。

至さんによれば、「今朝、天王寺の本屋まで行って、シャッターが開くのを待って、五冊買いました」と言う。うれしくなった。

『私の思い出ホテル』は、馥郁たる文学の匂いのする、とてもいい小説集で、堪能した。私は兄の庄野潤三が「昼」の作家で、それに対し、至さんは「夜」の作家と名付けた。描く小説の時間相が夜である場合が多く、夜の描写に長けている、という意味だ。「夜」の作家は今回も健在なり。

私も家のローンを払い終わったら、こういう短編を書いてみたい。それまで生きているかどうかだが。

●丸谷才一『笹まくら』

丸谷才一『笹まくら』読了。三〇年ぶりぐらいか。細部はほとんど忘れていたが、舌触りが残っている。そう、これは大した作品だ。ぜいたくな読書をした。

徴兵忌避というかたちの国家反逆。しかも、「たった一人の反乱」であった。これは軍隊嫌いの著者の願望でもあったろう。戦時下に、愚劣な上官に服従し、暴力をふるわれるのとは、別の昭和一〇年代の人生。

スタイルとしては、意識の流れを持ち込んで、現在と過去を交互に、しかも切れ目なく流し込む。読み手は混乱しそうなものだが、達者な筆遣いは、小説の時間の流れのなかで安心して意識を預けることができる。また、その時間を楽しむ余裕すらある。文体の実験など、かなり前衛的な手法を用いながら前衛と感じさせないのがすごい。風俗小説の装いを取りつつ、細部まで念入りに作り込まれているからだ。平和な(学内のいざこざや、思わぬ蹉跌はあるが)現代より、国家から逃げ惑う徴兵忌避者として全国を放浪する五年の方が、時間は濃密で、ある種の憧れさえ覚えるのだ。

丸谷才一は『笹まくら』一編を書き残しただけでも、じゅうぶんに文学史に存在感を示していると思われた。

私はこのところ、小説を読む際いつもそうするように、ここでも色に注目して、色が出てくるたびにチェックしたが、どうも主題は「黒」と「白」らしい。「黒」は忌むべき危険な色だが、「白」はどうだろう。これは保留の課題だ。

新潮文庫新版の川本三郎解説が説得力に富み、素晴らしい。しかし、なぜか最新の新潮文庫目録では、解説が篠田一士になっている。旧版がそうだったのだろ

自宅書庫の棚

うが、書き換えが間に合わなかったようだ。

そこで調べてみると、丸谷才一『笹まくら』旧新潮文庫版の解説はやはり篠田一士。カバーは司修。奥付に読了の日が書いてあって、一九八〇年一月六日。やはり三〇年以上ぶりの再読であった。

ちなみに講談社文庫版も所持していて、こちらは解説が川村二郎。カバーは駒井哲郎。このカバーもいいなあ。講談社版の文庫解説は、原稿枚数が四百字換算でなんと約三五枚もある。いま、これほどの枚数を解説に与えるのは岩波文庫ぐらい。別に年譜もあるから、前にも書いたが、旧講談社文庫は、講談社文芸文庫だったのだ。

●秋山駿

文芸評論家の秋山駿さんが亡くなった（二〇一三年一〇月二日、享年八三）。

私は結婚したばかりの頃、雑誌の取材でお目にかかっている。秋山さんは当時、東京西郊の団地に住んでおられて、指定された西武線某駅前の中華料理店の二階でお目にかかった。いきなりビールを注文されて、けっこう、ぐいぐいと飲まれた。

非常に優しい方で、こちらを気づかうように喋ってくださった印象がある。古い著作を持参してサインを求めると、「おお！」と言って、サインしてくださった。「うちの家内がファンで」と言うと、なおも喜ばれた。私はときどき、こういう卑怯な手を使う。

取材が終り、会計の段になると、伝票をつかみ取り、「いや、取材費が出ますので、ぼくが」と言うと、それを制して、「君には払わせられないよ」と言って、断固として支払いをされた。

よほど貧しいライターだと思われたの

か、こういうとき、お言葉に甘えてよいものか、いまだに判断がつきかねる。そのときは、素直にそうさせてもらったのだった。

こうして取材させてもらった方が、どんどん亡くなっていく。

●ユーミン「天気雨」

下北沢B&Bで、稲塚秀孝監督と「書くことの重さ」についてトーク。下北沢は駅前が再開発中で、すっかり変わってまごつく。

打ち上げで、稲塚監督とあれこれ、同席した若い社員二人をすっかりおいてけぼりで、古い話をする。堺正章がエノケンに扮したドラマ、私はよく覚えているが、あれ、稲塚さんの演出だという。へえ！

私が「菊谷栄をやったのが松任谷正隆でしたね」と言うと、「どうしてそんなこと知ってるんですか」と驚かれる。なにしろ私、マニアですから。

稲塚さんは『遠くへ行きたい』を何本も手がけられ、ユーミンの番組も作ったという。それは見ていない。若き日のユーミンが湘南を歩き、初期の傑作「天気雨」は番組のなかで作られた曲だという。

後日、このDVDを見せてもらったが、いやあユーミン若いわ。最初に作った「天気雨」が、完成形と少し違うことにも気が付く。

●値札を直接糊で貼るのはやめてくれい！

私が古本の即売会や市を利用する際、いつも気になっているのが、各店の値段票の紙を、本体の後ろ見返しに、糊で貼付けること。剥がすと跡が残るし、紙が弱いと、破けたりする。非常に困るのである。

『日本古書通信』通巻一〇一一号に「座談会・神田青空古本まつり」が掲載され、興味深く読んだ。そこで本に直接貼られる値札の問題に触れられている。一読、店主側と客側の意識がこれほど違うのかと、その遠さを思った。客側からすると、例えば読了後に、再び古本屋へ売る場合、値札の剥がし跡が傷となる。「一箱古本市」などで転売する場合も同様。いいことは何もなく、不満なのだが、神保町のお歴々によれば「昔はあの値札が保証書」、あるいは「付いていないと具合が悪いという部分もあった」というのだ。

このなかでは若い「藝林荘」宮本さんが、同店では「値札を貼らずに、半券切って挟むだけにしています」と言う。私はこれでいいと思うが、たとえば古本市など、多くの人の手で触れられる場合、値札が取れると困るのだろう。それはわかる。

糊のつけ方も、もっと工夫があっていいのではないか。たとえば、古本市ではないが、荻窪「ささま書店」では、値札を貼る際、糊を小さな二点で付け、剥がしても目立った痕跡が残らないようにしている。

ぜひ御一考を。

●『そこのみにて光輝く』

佐藤泰志原作では二作目。呉美保監督、綾野剛・池脇千鶴・菅田将暉主演による『そこのみにて光輝く』(二〇一四年四月公開)初号試写を見る。傑作だと思った。見終わってすぐ、隣りにいた制作の「シネマアイリス」菅原さんと思わず固い握手をする。

主演の三人の役者の力が大きい。巻頭、夏のアパートの部屋で、下着一枚で寝転がる綾野剛。重いビート音をバックにカメラが、綾野の裸体をなめるように移動していく(綾野ファン必見)。頭のそばに数冊の文庫本。そうか、達夫は本を読む青年なのだ。

彼が毎晩酒浸りで、幽霊のように生きる理由が次第にわかってくる。動かない綾野の回りを、天使のように飛び回る拓児役の菅田将暉もいい。遠足に行くように「山」(巨岩を切り出すためハッパを使う仕事に達夫は就いていた)にむやみに憧れる拓児は、海辺の打ち捨てられたような集落に住む。山から逃げて、海辺をさすらう達夫。そして悲劇の女神・千夏(池脇千鶴)が黒い下着を身にまとって達夫の前に現れる。

呉監督の描写は正確で、徒歩、自転車、車の使い分けが巧い。ＣＭ監督のキャリアを感じさせるフォトジェニックな映像も気にいった。原作にドラマをうまく加味し、セリフに説明させすぎない脚本もいい。いろいろなことがうまくいって独自の世界を作り上げている。

そして突然、悲劇のカタストロフが訪れる。拓児の傷害シーン、背後に花火が夜空にうちあがる。『灰とダイヤモンド』を想起させる印象的なシーンとなった。

達夫と千夏。なにもかもがうまくいかないまま終末を迎えた二人が、夜明けの海で、仕方なく微笑み合うシーンが美しい。

エンドロールの頭、佐藤泰志の書いた特徴的なタイトル文字が白抜きで大きく出る。この効果もばつぐんだ。

●『悪の階段』

『悪の階段』(鈴木英夫監督／一九六五年)に惹き込まれ、最後まで見る。日本映画には珍しく、嘘くさくない犯罪映画。

金庫破りで四人が大金を強奪。一人一〇〇〇万の分け前(現在の貨幣価値で一億円近い)。半年、手をつけぬことを首謀者の山崎努が約束させるが、仲間割れが始まる。そうこないと映画にならない。

金庫破りの四人とは、山崎のほか、加

東大介、西村晃という申し分ないキャストに若い久保明が加わる。山崎の女が団令子なのだが、最初、団令子とわからず、「きれいな女優だな」と見とれていたが、そうか団令子かと気づいて驚く。階段を降りてくる場面にゾクゾクする。映画によって、女優はこれほど変わるのか。

川本三郎さんの名言「女優はきれいでなくちゃいけない」を思い出す。

ただし注文もある。最後の毒入りウィスキーグラスのすりかえは、そうなるとわかっているんだから、もう少しサスペンスがあってもよかった。ほか、お妾さんに久保菜穂子、社長に清水元とこれもぴったりの配役。運転手俳優の佐田豊が巡査。四人の男のアジトとなる、新開地の吹きさらしの空き地に建つ不動産屋のロケーションもよかった。

全編のほとんど室内か夜のシーン。モノクロのビジュアルが映える。

清水元は、目立たぬが膨大な映画出演があり、会社なら社長、常務など偉いさん、時代劇なら悪代官など、とにかく人の上に立つ役が多かった。その娘は、「鉄腕アトム」でアトムの声をやった声優・清水マリだと知る。私が最初期にテレビから親しんだ声だ。こんなエピソードが彼女にある。

「アトムを演じていた頃に、アフレコ収録を行うスタジオへタクシーで移動した際に、その自宅までの往復分の運賃で、一話分のギャラが全部なくなってしまったという」

いかに当時の声優の待遇が劣悪だったか、これでよくわかる。

●風船舎、ジュリー、VIVA YOUNG

「風船舎」最新目録が届き、さっそく風呂に持ち込んで読む。もう九号か。三百数十ページの力作。例によって音楽関連の書目が大半を占め、後半、都市モダニズム資料、あるいは「せまいながらも楽しい我が家」「サラリーマンブルース」など、楽しい項目が続く。毎回、よくこれだけこまごまと集めたなあ、と感心する。感心なんかしないで買ったほうがいいのだが。欲しいものはウン万円となるので、なかなか。

「AT式人造温泉関係三点」「アイディアル折畳みベット」(これは睡眠の研究書、ベッドではなくベットと表記)など不思議なものに目がとまる。

沢田研二『我が名は、ジュリー』は五〇〇〇円。まあ、そうだろうなあ。明治製菓の売店あるいは工場で着用されていたと思われる制服や三木鶏郎が暁星中学時代に仲間と出していた雑誌『星友』なんて、どうして掘り出したか。「青木どくろ」を名乗る映画人の肉筆日記ほか資料一括も、見るだに楽しそう。結局、古本は、こういうのがおもしろいんだよねえ。

明治時代、岐阜の貸本屋の台帳という一点ものもある。文化放送『セイヤング』、ニッポン放送『オールナイトニッポン』、それぞれが出していた「会誌」もいい。ぼくは後者の『VIVA YOUNG』を数冊所持していて、たしかどこかにあるはず。

●川本三郎さん講演を聞く

二〇一三年一〇月二六日、台風はいくぶん列島から逸れたようだが、それでも雨は強い。今日、午前中で止むということだったがそうはいかなかった。

雨降りしきる中、高円寺西部会館経由で田端へ。田端文士村記念館で川本三郎さんの講演があり、学芸員の方にお招きいただいていたので駆けつける。

明治文学は維新から日清日露と戦争を挟む激動の時代で、自然主義リアリズムに支配される。対する大正は、短くひ弱な時代で、芥川、佐藤春夫と「幻想」を作品に描くようになる。これが大正文学の特色となる。佐藤の『西班牙犬の家』で描かれる「家」も、建築としての「家」で、明治文学が対象とした家族、親子など「関係」としての「家」とは違う。

そんなふうに、作品を紹介しながら、川本さんは大正文学について語る。非常に明解で、わかりやすく、頭によく整理されて入ってくる。大正が「花」の時代、という指摘もおもしろかった。山下清が一種の徴兵忌避者だった、という話に食いついたのは、丸谷才一『笹まくら』を再読したところだったからだ。

講演が終わって、川本さんに誘われ、田端駅前の中華でビール。近くにいた松永「iモード」真理さんと、お連れの若い女性も誘う。ぎょうざ、野菜炒め、チャーシュー、いずれも旨かった。

日本映画の話を。川本さん、『そこのみにて光輝く』を高く評価されていた。「池脇千鶴がよかった」とも。いまの若者の、就活の過酷さについても話す。多い人なら四、五〇回も面接を繰り返し、そのたび同じことを聞かれる。結果、落とされたら、いくら社会は厳しいとはいえ、たまったものじゃない。

店を出ると、雨は止み、空は明るくなっていた。

●『ぼくの創元社覚え書』

高橋輝次さんから、『ぼくの創元社覚え書』(亀鳴屋)をいただきました(限定五四〇部)。これまでの高橋「古本」本とひと味ちがう、可愛い装幀はグレゴリ青山さん。グレゴリさんも、大阪の古書店でずっとアルバイトをしていた経験がある。

高橋さんの創元社編集者時代の回想はもちろんのこと、例によって、古本漁りの日々における発見などを、初校、再校で、追記、追記と拾い上げて組み込んで行く手法は、高橋さんらしい。編集者は大変だが。

高橋さんの創元社在社中、その月、誕生日だった社員には、金一封が渡されたという。家族的な社風だったことがわかる。大阪道頓堀・天牛本店で、積んである本の荷から『VIKING』を見つけ出し、まだ値がついていないのを、レジで聞くというあたり、本好きの真骨頂だろう。

阪神間、武庫川の古本屋「街の草」の名が、たびたび出てくる。私も大好きなお店だ。創元社に半年だけいた丸山金治という作家について記述があり驚く。私もかつてどこかで、この若くして逝った才能ある作家、丸山について書いていた。

●二〇一三年一月二〇日「新宿展」

お昼をすませ、今日から二日間開催の新宿展を覗く。さすがに、雨の日曜日とあって人が少ない。岡島旦那、向井御大ほかに挨拶。

新宿展は、わりに新しめの本が多いが、それでもじっくり見ていくと欲しいものが次々と。結局、一〇冊は買ったか。古書現世が出品していた、一九六八年刊非売品の『酒の豆本』という小型絵本に瞠目する。編集はライトパブリシティ。挿絵はすべて和田誠だ。うーむ、と唸る。和田誠はライトの社員時代に、社の仕事以外でも、ずいぶん多くのイラストの仕事をしているので見逃せない。

これは裸本で一五〇〇円だったが、カバーつきだったらえらいことになる。今、手に入るとしたら、つぶれかけた古い酒屋さんだろうか。

買っとけよ、と思ったが、ついに手が出ず。だめな奴なり。

ぶっくす丈さんの棚にたくさん古い新書が出ていて、川口松太郎『珠はくだけず』を二〇〇円で買う。なんてことない大衆小説の新書判、と思うでしょう。これが「平凡　映画小説シリーズ」で、映画化された同タイトルに出演した俳優たちが八ページモノクログラビアで登場する。映画書を専門に扱う某書店さんは四〇〇〇円つけている。いやあ、見ないもの、こんな本。

秋山安三郎『東京っ子』は、タイトル通り、古き東京の姿を映し出したエッセイだが、後半、戦中から敗戦直後の芝居見物の月録になっていて貴重。

●大伴道子という女

先日、高円寺の即売展で装幀にひかれて買ったのが塚本邦雄『青霜百首　大伴道子秀歌鑑賞』。見た感じ、書肆季節社の本と思いこんでいたが、文化出版局刊だった。そうか、装幀が政田岑生だからか。政田は書肆季節社を経営し、自社の装幀を手がけていた。

大伴道子は堤康次郎の妻、つまり堤清二の母だ。「わが歌碑を建てむといひし子よ生きてこころ安らぐ地《くが》はいづこぞ」の「子」が堤清二(辻井喬)。堤康次郎の妻で歌を作っている、とあれば苦労しただろう。

「埒もなく雲超えのぼる夕月夜ほのぼの夢にひとを殺めき」なんて物騒な歌もある。辻井喬『暗夜遍歴』(講談社文芸文庫)は、母をモデルにした小説。ちょっと読んでみたい気もする。

●スペイン坂を駆け上がる

渋谷スペイン坂上のライブハウス「WWW」で、浜田真理子、曽我部恵一ライブを聞く。二〇〇名限定だから、とてもいい席。浜田真理子のファン、Nくんが手配してくれた。このライブ、とってもよかった。まったく、と言っていいほど、タイプが違う二人だが、最後二曲をジョイント。浜田真理子が小坂忠の「機関車」を歌い、あまりにいいので、のけぞる。

ライブがはねてから、坂を下り、仲間と居酒屋で打ち上げ。楽しく飲んで語り、勘定を払う段になって財布がないことに気づく。ライブの「機関車」でのけぞったとき、後ろポケットから飛び出たのだ、たぶん。

「財布がない」と言うと、Nくんが「WWW」まで確認にしについて行ってくれるという。酔ったまま、しばらく歩いていたが、Nくんだけ途中から駆けだし、スペイン坂を猛スピードで登っていった。そして、財布は無事、ライブハウスにあった。「いや、店が閉まるといけないと思って走ったんです」とNくん。そのセリフに、涙が出そうになった。酔っているのに、あのスペイン坂をましらのごとく駆け上がったNくんの姿を、ぼくは一生、忘れないだろう。

●ギターの弦を張り替える

「岡崎武志挿絵展」を開催中の両国のギャラリー「緑壱《りょくいち》」でライブをするため、ギターの弦を新しいのに張り替える。ずいぶん久しぶりだ。無器用な私ができる、数少ない職人的技の一つが、ギター(ヤマハN-500)の弦の張り替えとチューニング。これは長い時間と経験を積んでいる。

チューニングがひと目でできる機械を買ったのに、見当たらぬ。そこでインターネットで「ギターチューニング」を検索すると、なんと、各弦の音を実際に出して示してくれるサイトがある。便利な世の中になったものだ。

弦を張り替えると、ギターまで新しくなったみたいに、音が見違える。その昔、ギターの弦も高く、一セット一〇〇〇円以上した。めったに替えず、お湯で煮ると、音が甦るなんて聞いて、いつもインスタントラーメンをゆでる鍋で煮たこともあるが、代わり映えしなかったように思う。いまは三セットで一〇〇〇円ほどで買えたりもする。

●ある年の瀬

二〇一三年末、某媒体から書評依頼がある。こんな年の瀬に原稿依頼は珍しい。締め切りは来年となる。年をまたぐと頭がリセットされるので忘れないようにしなきゃ。

引き受けて、本が送られてきたが、頼まれた本と違う。あれぇ？　すると、すぐ担当者から電話があり、別に書評依頼したA氏と私と、交錯して本が送られたのだという。珍事なり。

年末の郵便事情の中で、これをまた某媒体へ送り返して、本当の方を送ってもらうとなると面倒なので、A氏と私とで直接、本を返送しあうことになった。これまた珍事。

私は、先方も事情がわかっているからと、そのまま住所を書いて送ったが、A氏から送られた封筒のなかには、ちゃんと手紙が添えられていた。しかも、そうか、こういうときには、こういう言葉を使うものなのか、という情意整った丁寧なもの。

私はこれを読んで、深く恥じ入った。世間知らずで、まったく困ってしまう。いつまでたっても恥ずかしい年の暮。

●スペンサー・シリーズ

さっき、ベッドのなかでぬくぬくと、ロバート・B・パーカーが生み出した、アメリカ・ボストンを根城とする私立探偵スペンサー・シリーズの『真相』を読了。おしゃべりで格好つけの探偵は、またしても命を張っての無料奉仕。しかも依頼主は途中で手を引いてしまう。どうすりゃいいのさこの私(立探偵)。一九七〇年代のヒッピー、革命文化が郷愁っぽく語られる。みんな年をとったのだ。いま、国立「ブ」の一〇五円棚に、このシリーズが三〇冊ぐらい並んでいる。ぼくは未読を二冊ここから抜いた。これで、いよいよスペンサー・シリーズの読み残しもあとわずか。『真相』には、ありがたいことに愛読者諸氏による、同シリーズについての「私のベストワン」アンケートが付録でついている。これが、いい。

カウントしてみたら、五票以上が『レイチェル・ウォレスを捜せ』(八票)と『初

秋』(二一票)、『ゴッドウルフの行方』(五票)。未読の方はここいらからどうぞ。

批評家は概して、シリーズ後半から評価が冷淡になっていくようだ。私は単なる読者だから、そんなことはない。どれも楽しい。どうも『初秋』が評価を分ける分水嶺みたい。林家正蔵は「育児書みたいな『初秋』で、やや気持ちが離れた」とくさしている。川本三郎はその『初秋』を推し「ハードボイルド小説の隠し味は、失われたイノセンスへの郷愁だと思う」と評す。私も川本寄りの意見。時々、読み返したくなるもの。

池上冬樹は『レイチェル』を推し、「スペンサーと充分に伍しうる『他者』が初めて登場した記念碑」と、なるほどと思える紹介をする。

●歳末、江戸を歩く

今日(二〇一三年一二月二五日)は、思い切って東京駅へ。京橋のブリヂストン美術館で開催中の「カイユボット展」を見る。『日曜美術館』でカイユボットの回を担当したディレクターのMくんに招待券をもらっていた。ムダにしてはいかん、と思って出かけたのだ。

ブリヂストン美術館は好きな美術館。関西在住の頃、毎年、東京へ古本修行と称して遠征していたが、最後、新幹線に乗る前、よくこの美術館で時間を過ごしていた。

今回も、じっくり「都市の印象派」と呼ばれる画家の作品を堪能する。どれも非常に絵として美しい。その向こうに動き出しそうなドラマを感じる。あと、絵具がきれい。いい絵具を使っているのか。カイユボットの弟が写真を撮っていて、その写真もたくさん展示され、これもおもしろかった。

天気もよく、館をあとにして、神保町へ向うのに水天宮前まで歩くことにする。そうすれば半蔵門線で一本で行ける。昭和通りを北上し、江戸橋一丁目交差点から茅場町駅方面へ。途中、宝井其角の住居跡の碑がある。都内最古の鉄橋「鎧橋」を渡り兜町へ。

カイユボットの風景画を見たばかりなので、街路のイチョウが油絵みたいに見える。途中、輸入雑貨小物を販売している洒落た店を発見。いつもなら素通りするところだが、カイユボットの余韻で入ってしまう。くにゃくにゃしたゾウの小さなぬいぐるみを購う。店番をしていた老婦人とことばを交すと、息子さんが本業とはべつに、趣味で始めた店らしい。

蠣殻町交差点から新大橋通りをまっすぐ水天宮前交差点へ。「水天宮」は改装中。江戸を歩いた歳末であった。

シモーヌ・ヴェイユ（一九四一年）

ひぐらし本暮らし

——読む読むの日々2

名エッセイストとしての伊丹十三

『問いつめられたパパとママの本』◉伊丹十三―新潮文庫―二〇〇五年

つまり、こういうことなんです。伊丹十三って人がいて、彼は一〇年前に死んでいるわけですが、死因は自殺だった。で、今の若い人たちの間で、伊丹十三のことを知らぬ人が増えているだろうと。知っていてもですね、たぶん映画監督として認知しているんじゃないか、とこう思うわけです。『お葬式』とか『マルサの女』など、彼の撮る映画は話題になり、次々と大ヒットした。だから、映画監督のイメージが強いわけね。

そいつは困ったな。だって困るでしょう。伊丹十三は「映画監督」なんて一つの職業で収まりきる人じゃなかった。テレビドキュメント、テレビCMに出演し演出、本の装幀、デザイナー、イラストレーター、俳優、作家、翻訳家、料理人と、その才能はとどまるところをしらない。バイオリンまで弾いた。もちろん女性にもてた。ね、すごいでしょう。

今回特に強調したいのは、エッセイストとしての伊丹十三であります。スパゲッティの正しい茹で方などを教えた『ヨーロッパ退屈日記』が代表作だが、ここでは『問いつめられたパパとママの本』を取り上げたい。親に子供がする素朴な質問、「空ハナゼ青イノ?」「赤チャンハドコカラクルノ?」「夏ニナルトドウシテ暑イノ?」など難問珍問に、あくまでわかりやすく伊丹が答えるユニークなエッセイ集だ。

「空ハナゼ青イ」かを、伊丹はまず「色」の問題から始める。色と光は関係がある。光は一種の波で、波には波長があって……と、それを具体例を挙げながら、語りかけるように書く。実にわかりやすい。注目すべきはその文体で、文の末尾を並べると「ます」「ですね」「なる」「わけ」と、みごとに使い分けている。ふつう、日本語の文章は「だ」「である」、もしくは「です」「ます」のどっちかに集中してしまう。単調になるそこを伊丹は自由自在に変化させて軽快で明晰な文体を作った。

お気づきだろうが、この文章も前半は、伊丹の文章を真似たものだ。おわかりかな。

(『ビッグイシュー日本版』77号、二〇〇七年八月一五日)

九勝六敗を狙え

『うらおもて人生録』◉色川武大―新潮文庫―一九八七年

かつて色川武大という作家がいた。と過去形で書くのは、元号が平成に切り替わった一九八九年に亡くなっているから。死後に知人友人が書いた追悼文の数々を読んでいると、みんな自分こそが色川の理解者で、色川も自分を理解してくれた、と思い込んでいる。そう思わせるのが色川だった。

　中学在学中に終戦を迎えた彼は、以後学校へ行かず焼跡の東京を放浪する。映画、演劇を見て歩き、大人に交じって賭けマージャンを始める。色川に子ども時代はない。この体験は阿佐田哲也の名で『麻雀放浪記』ほかに書かれ、彼は一躍人気作家となった。ちなみにペンネームは「朝だ徹夜」に由来する。

　五〇歳近くになって再び本名で執筆。『離婚』で直木賞を受賞した。死まであと一〇年ちょっと、『うらおもて人生録』は中卒で人生の修羅場を乗りこえた体験から、ばかばかしくも真剣なこの世を乗りこえる技術を教える。

「最初に申し上げます。私は不良少年の出で、どこから見ても劣等生であります」と書き出されるこの人生論は、劣等生、怠け者、不格好な人間に向けてのプレゼントだ。

　まず人とのつきあい。二人でしゃべっている。相手は年下。そんな時、気遣うべきは「こちらが彼のどこかを好いている気配を、チラッと匂わせてもいい。また彼が帰ろうとすると『おいもう一五分ほど、居ろよ』と言う。『こんななんでもない一言が、彼をリラックスさせる』」と教えてくれる。こんなに親切で具体的な人生相談はないよ。

　また、人生の大半をギャンブルに費やした強者ならではの哲学が「九勝六敗を狙え」。これは本書で何度も繰り返し、強調される。

　人生をバクチの勝ち負けになぞらえると、勝ちっぱなしはダメで、負けっぱなしももちろんダメ。「九勝六敗を狙え」という。「だからね、若いうちは、連敗だけを気をつけること。連敗さえしなければいい」。そう思えば、ちょっと気が楽になるじゃないか。

（『ビッグイシュー日本版』82号、二〇〇七年一一月一日）

シャレたセリフとすてきな絵で

『お楽しみはこれからだ』◉和田誠｜文藝春秋｜一九七五年

「映画に出てきた名セリフ、名文句を記憶の中から掘り起こして、ついでに絵を描いていこうと思う」

　そうやって書き出されたのが、イラストレーター和田誠の『お楽しみはこれからだ』。映画雑誌『キネマ旬報』での連載は、次々に本にまとまり、全部で七冊出ている。最初が一九七五年、最後が九七年。その一巻目が三〇年以上を経て品切れにならずに売られている。すごい（現在は品切れとなった）。

もう一つすごいのが、これがビデオが普及する前に始まった連載で、ほとんど記憶だけで書かれていることだ。和田誠における映画への愛が、どれだけ濃密であるかがわかるだろう。

「息子はあなたにプロポーズしますよ」

「今しています」

これは『ベニイ・グッドマン物語』より。クラシックの殿堂、カーネギーホールでジャズメンのグッドマンが晴れの舞台を踏む。内気で恋人にプロポーズできない。客席に母親と恋人。二人の会話がこれだ。グッドマンのクラリネットの音色を愛を告白だと察するのだ。

セリフを引くだけではない。実在する演奏家の伝記映画はたいていドラマチックな生涯を描くが、この作品は波瀾万丈ではない。「それをおもしろい映画に仕上げている点が」いい、という。映画のおもしろさ、見方をさりげなく読者に教えてくれる。

「片思いでもいいの。二人分愛するから」は『荒野を歩け』から。「喧嘩のいいところは仲直りができることね」は、『ジャイアンツ』で、エリザベス・テイラーがロック・ハドソンに夫婦喧嘩の後に言うセリフ。じつにシャレているではないか。

こんなにシャレていて、楽しくて、絵もすてきな本を読んだことのないあなた。いいねえ。まさに「お楽しみはこれからだ」

(『ビッグイシュー日本版』84号、二〇〇七年一二月一日)

明治から現代、東から西

『芸人　その世界』◉永六輔｜岩波現代文庫｜二〇〇五年

むしゃくしゃしたり、もう何も考えたくないときがありますね。音楽も聴きたくない。なにか、気持ちを発散させるものはないか、と考えたら、いつも手に取るのがこの本だ。

明治から現代まで、東西に出現したキラ星のごとく輝く芸人たちの姿、生態、生き方を短いエピソードだけでつなげて紹介するのが『芸人　その世界』。どこから読んでも、どこで止めてもいい。私はまるで詩集をよむように、ときどきこの本を開く。つべこべ言わずに、さっさとできるだけ並べてみよう。

なにしろ、昔の歌舞伎役者や落語家など、ろくに学校も出ていない、子どもみたいな人が多かった。

「初代吉右衛門。大切な葉書はポストにいれてから相手宅についた頃をみはからって、無事についたかどうかを確かめに使いを出した」

あるいは、名優と謳われた一五代羽左衛門《うざえもん》。

「パリで買い物をするのに『こ・れ・い・く・ら』とゆっくり

日本語をしゃべればフランス人に通じると思っていた」

ウソみたいだが本当だ。なんだかばかばかしくておかしい。

これは芸人ではないが、プロレス界最高のスターで、巨万の富を築いた力道山。

「その人気絶頂の時、ガソリン・スタンドで五〇円余計にお釣りをもらったのに気がついて言ったという言葉。『逃げろ』」

あの怪力無双で外人レスラーをばったばったとやっつける力道山がかわいらしくなる。これなんか、最高に好きな話で、ときどき思い出しては笑う。

ただ、単にエピソードを細切れに並べるだけではない。日本の芸能史がたどれる工夫もある。

芸人、役者が「河原乞食」と蔑まれ、身分の低かった時代が長くあった。昭和の喜劇王・藤山寛美でもそうだった。

「『おかあちゃん、役者や』と子どもが指をさすと、その母親なる人は子どもの指をおろして言いました。役者に指さしたらあかん。指が腐る』」

今みたいに、チンピラのようなタレントまで、チヤホヤともてはやされる時代には考えられないことだ。

芸人はみんな女性にもてる。そういうわけで、実用的ないいセリフもあります。蝶六という役者が女性に使った殺し文句。

「あんた、なんで私の好きな顔に生まれてきやはった」

こう言われて悪い気がする女性はいないだろう。最後にもうひとつ。ジャズメンのデイヴ・ブルーベックが言った言葉。

「貴女は明日もそんなに美しいのですか？」

（『ビッグイシュー日本版』１００号、二〇〇八年八月一日）

夏の終わりの夕暮れ、心にしみとおるソネットを

『立原道造詩集』◉杉浦明平──岩波文庫──一九八八年

「死んだ人なんかいないんだ。／どこかへ行けばきっといいことはある」（引用は新字新かな、以下同）
そう書いた詩人は立原道造。昭和一四年に二四歳という若さでこの世を去った。同じ年に第一回中原中也賞を受賞。その中原とともに、夭折する詩人のイメージをつくってしまった。
夏の終わりから秋にかけて、なぜか読みたくなるのが立原道造だ。
「夢はいつもかえって行った　山の麓のさびしい村に／水引草に風が立ち／草ひばりのうたいやまない／しずまりかえった午さがりの林道を」（「のちのおもいに」）

立原道造（一九三八年）

光と風、空と雲、それに草や花、それら透明な風景を、立原はソネットという形式(一四行詩)に封じ込めた。友人で詩人の丸山薫は立原の詩の世界を「神がしばしこの竹の青さを吹いてその余韻を永え《とこし》に耳に残し給う」と評した。

またそのため、きれいごとで弱々しい少女趣味の世界と批判されることもあった。確かに、意気が高揚し、生気みなぎっているときに立原の詩を読んでも、心に入ってはこない。夏の終わりの夕暮れに消えそうな空に(井上陽水)、心が衰えたと感じるとき、初めて透明感のある立原のことばが染み通ってくる。

昭和のはじめの軽井沢、そして追分。立原の詩の多くが浅間山を臨む、この避暑地を舞台に作られたのだった。列車が駅に着くと、降りるのは外国人客の方が多い、そんな村だ。

「昨日の風は鳴っていた　林を透いた青空に／こうばしいさびしい光のまんなかに／あの叢《くさむら》に咲いていた　そうしてきょうもその花は」と「ゆうすげびと」という詩に折り込まれた「花」とは「わすれなぐさ」。ユウスゲの異名で「萱草」と書いた。立原が生涯に残した、たった二冊の詩集のうち、一冊が「萱草に寄す」だった。

立原は身長一七五センチ。当時としては長身で、体重は四十キロそこそこ。手足が長く、消えてしまいそうなほど細かった。詩集の編者・杉浦明平によると、電車に腰掛け、脚が両側に開くと「く」の字になって、小学生の女の子に笑われたという。子どもから見ると、大人に見えなかったという証言もある。天文学が好きで、大学では建築を学んだ。彼が設計した小屋は「風信子《ヒヤシンス》ハウス」と名づけられた(さいたま市別所沼公園内に再現、展示)。本当に風が吹き抜けたような生涯だった。

冒頭に引いた散文詩「天の誘い」はこんなふうに終わる。

「人は誰でもがいつもよい大人になるとは限らないのだ。美しかったすべてを花びらに埋めつくして、霧に溶けて。／さようなら。」

(『ビッグイシュー日本版』103号、二〇〇八年九月一五日)

ペリーが日本で食べたもの

『歴史のかげにグルメあり』◉黒岩比佐子｜文春新書｜二〇〇八年

ペリー率いる黒船の来航は一八五三年。「いやでござんすペリーさん」なんて覚えた。これにより、日本の近代の扉が開かれる。学校でそう教わった。しかし、日本に来た西洋からの使者がこのとき何を食べたか、なんて教わらなかった。

本書は、幕末から明治へ、歴史の立役者たちが何を食べたかを調べあげた本だ。思いもよらなかった視点で、もうひとつの歴史の扉が開かれる。

ペリーは浦賀へ着く前に、実は沖縄、当時琉球王国へ寄港している。琉球王宮で出されたのがゆで卵、油で揚げた魚、豚肉、スープ、砂糖菓子など、この料理にペリーは大変満足した、という。これは沖縄料理が豚肉や油を使い、中華料理と似ていたから、と著者は考える。

今度は浦賀沖から横浜港に上陸。日米和親条約調印が行われた。それに先立って、日本政府がペリーに出した料理の献立が残っている。こちらは伝統的な「本膳料理」、つまり日本料理のフルコースだ。獣肉は原則的に使わない。最初にスルメや結び昆布、すましの吸い物、刺身、メインはアワビに赤貝、豆腐の煮物と続く。ペリーはどうもお気に召さなかった。当然だろう。昆布は「よろこぶ」に掛けた縁起物、って言われてもアメリカ人にはわからない。刺身だって、生の魚だから気味が悪かったはず。「琉球人は明らかに、日本人よりいい生活をしていた」とペリーは書き残したそうだが、なんだかおかしい。

次に明治天皇。一八六八年、「明治」と改元した時、一五歳の少年だった。まだ、お歯黒で顔に化粧をしていた。もちろん日本料理しか口にしたことがない。

それが明治四年一二月一七日の宮中晩餐会で、「日本の食物史における画期的なできごとが」起きた。つまりこの日、日本の歴史上、初めて天皇が獣肉を口にし、以後肉食の禁が解かれることになった。

明治六年、イタリア皇帝の甥が来日し、彼を外賓としてフランス料理でもてなし、明治天皇がホストを務める。以後、宮中晩餐会の正式メニューは現在にいたるまでフランス料理となる。勉強になるなあ。

ほかにも伊藤博文が河豚《ふぐ》が大好きで、ハルピンで暗殺される前、日本で最後に食べたのが下関の河豚だったとか。下手すると暗殺の前に河豚で死んでいたかも。西園寺公望が歴代首相のなかでもっとも食通で、カトリックの聖地「ルルドの聖水」をわざわざ取り寄せて飲んでいた、なんていう話がたくさん出てくる。日本の近代化は、食の面で西洋化が進んでいたから早まったのか、と本書を読んで思った。

(『ビッグイシュー日本版』105号、二〇〇八年一〇月一五日)

これはもう旨いに決まっている

『私の食物誌』◉吉田健一｜中公文庫｜二〇〇七年

近頃、いやに吉田茂の名をよく聞くのは、その孫にあたる人物が首相に就任したからだ。つまり麻生太郎。しかし、いまの政界を見渡しても、二世、三世がうようよいて、どれも緊張感のない坊っちゃん面で、おもしろみが感じられない。

吉田茂の長男は、文学者で作家の吉田健一。当然ながら父親の死去に伴い、政界に出るよう強く迫られた。それを健一はあっさり断った。吉田邸が売却された金を持ってイギリスに渡り、全部飲んで(むろん酒を)帰ってきた。三年かかるところが二年で使い果たしたという豪傑。当今の二世、三世とは人間的に、まるでものが違う。

そんな吉田健一が多く残した著作のうちでも、人気の高いのが食の随筆。よく飲み、よく食べる人だった。またその印象や感想を、くねくねとながい文章で残してくれた。『私の食物誌』はそんな食随筆の傑作だ。

日本全国、名物の食べ歩き旅の記録なのだが、平凡な食紀行とはまったく異なる。「神戸のパンとバタ」では、戦後、本物のパンにありつけなくなった、とぼやき、神戸にはそれがあるという話。ところが、東京から来たのに、朝には売り切れてありつけない。

それが、「別に東京の人間に食べさせる為に神戸でパンを焼いている訳ではないからそれでいい訳で、それで神戸にいる間は毎朝のパンが何とも旨かった」と書かれると、何としても神戸まで出かけてパンが食べたくなる。味がどうこう、と説明がなくても、これはもう旨いに決まっていると読者を説得してしまうのが文章の力。

「関西のうどん」では、「天ぷらうどんを何杯でもお代わり出来るのだと思うといい気持ちになる」と書く。一体、何杯食べるのか。「三杯位は何でもなくて五杯目位になって漸《ようや》く少し飽きてくる」というから食べ過ぎだ。しかし、気取ったグルメ記者がちょっと箸をつけて、理屈をこねるのと違って、とにかく量を食べて初めてものの旨さがわかるというのがうれしい。おまけに「夜寝る前にうどんを取って貰うとそれも旨い」と徹底している。「関西のうどん」もうれしいだろう。

「大阪のいいだこの煮物」なんて庶民料理だが、それもこう称揚する。

「何か特色があるとすれば味よりも歯触りでこれを柔らかく料理することでその歯触りも生き、そしてそうすることでどういうのか煮汁の味がしみ込んで確かに蛸であって蛸であることを楽しめるものが出来上がる」

たこの吸盤が吸い付くみたいな文章だが、読み始めるとクセになる。そしてむやみに腹が減る。つまり名文だからだ。

(『ビッグイシュー日本版』106号、二〇〇八年一一月一日)

誰かに贈物をするような心で書けたなら

『日々の麺麭・風貌』◉小山清｜講談社文芸文庫｜二〇〇五年

あらゆる困難に打ち克ち、ついに成功をつかんだ人。弱点を突かれても平気ではね返し、自分を前に押し出していける心強き人。常にポジティブで、明るい明日を信じていける人。そういった人に文学は必要ないかもしれない。

小山清《こやまきよし》は、ほとんど一般的には知られていない作家。太宰治に師事し、師の死後に小説を発表し始め、三度芥川賞候補になり、四冊の著作を残し、五三歳で死んだ。学校で教わる文学史にも出てこない。地味な私小説作家だ。一九一一年、東京市浅草区生まれ。府立三中、明治学院中等部卒。炭鉱夫や新聞配達など職を転々とし、前科もある。四〇歳で結婚してからの数年が幸福な安定期だったが失語症に罹り、妻は自殺。後を追うように小山も死んだ。常に悲運で貧しい一生だった。

しかし、光の当たらない心弱き孤独な目にしか映らない人生の真実があるものだ。小山清は、胸を張って威勢のよい人なら見すごしてしまう、日々の生活の、小さな断片を拾い集めて小説にした。

或る老詩人の日記がウソの日記と聞いて、「きっと寂しい人に違いない」と書くところから始まるのが、「落穂拾い」。「愚図な貧しい心」をもつ小説家の「僕」は、「誰かに贈物をするような心で書けたらなあ」といつも考えている。

あまり外出もしない、一人暮らしの「僕」が、よく行くのが駅の近くで、少女が商う小さな古本屋「緑陰書房」。「わたしはわがままだからお勤めにはむかないわ」という理由で本を売る彼女と、「いまの人が忘れて顧みないような本」を買う「僕」は言葉を交わす。

少女は「僕」が小説を書いていることを知っていて、「わたし、おじさんを声援するわ」と言ってくれる。主人公の数少ない読者なのだ。

一〇月四日が誕生日だと覚えていた少女は、ある日、「僕」に耳かきと爪切りをプレゼントしてくれる。「僕」には、それが「とても気の利いた贈物に思えた」。少女は、そして一枚の紙を広げた。そこには十月生まれの有名人が記してあり、「僕」と同じ四日の項に「ミレー（一八一四年）、『晩鐘』や『落穂拾い』また『お母さんの心づかい』を描いたフランスの農民画家」とあった。

めまぐるしく騒々しい世の中で、あまりにささいな、人の記憶に残らないような出来事がある。しかしやはりそれもまた真実なのだ。心弱き者の目にしか映らないもの。小山清はそれだけを大切にし、書いて、死んだ。

（『ビッグイシュー日本版』１０９号、二〇〇八年一二月一五日）

自分のことを上げておく棚

『ないもの、あります』◉クラフト・エヴィング商會｜ちくま文庫｜二〇〇九年

不思議なタイトルだが読めばその通りだとわかる。つまり、「堪忍袋の緒」「舌鼓」「左うちわ」「相槌」など、日本語で使われることわざ・慣用句の中ではっきり「もの」として提示しながら、実際にはこの世には「ないもの」。それをクラフト・エヴィング商會が文章と絵で現出してみせようという試みである。大変洒落たアイディアで、ページをめくるのが楽しくなってくる。たとえば「左うちわ」。「これ一枚で、遊んで暮らすことができます。／もちろん働く必要などありません。／昼間っから、ぶらぶらしていただいて結構」と解説される。当商會のカタログで「一番人気の商品」とあるのも納得がいく。私だってあればほしい。

ただし、いったん購入したかぎりは「常時バタバタとあおいでいただくことになっています」と条件がつく。もしあおぐのを止めると「ただの遊び人、ごろつき、世捨て人とみなされる」ときつい戒めが……。現実にそんな都合のいいものなどない、と言いたいのだ。「左うちわ」の絵は、ただの昔のうちわみたいだが、「左の手のみ使用が可能」で右手だと効果はないらしい。

「自分を上げる棚」というのもおかしい。ふだん何気なく使っているが、言われてみれば、「自分のことを棚に上げて」の「棚」って何だ？　著者は「私たちは、実にしばしば、自分のことを棚に上げてしまうものです」と断って、「そんなにも次から次へと自分を棚に上げてしまったら（中略）棚の下には何も残らなくなってしまいます」と書く。すると人は棚から降りられないから、予備の棚を用意するというのだ。これにはまいった。

どれもユーモアと皮肉にあふれ、ぴりりと辛味も効いている。発想が自由でそれを具体化する文章力と絵の力があるからなし得るのだ。たいしたものだ。

クラフト・エヴィング商會は吉田篤弘・浩美の夫婦ユニット。本の装幀をはじめ、さまざまな分野で独自の世界を展開させている。『ないもの、あります』は商會の美質をもっともよく示したカタログのような本で、プレゼントにもぴったり。本は個人の好みに左右され、プレゼントに適さないものだが、これなら大丈夫。この洒落っ気が通じないような友だちなら必要ないよ。

（『ビッグイシュー日本版』116号、二〇〇九年四月一日）

メチャクチャで魅力的な男のマボロシ本

『俺はロッキンローラー』◉内田裕也｜廣済堂文庫｜二〇〇八年

全く油断もスキもないなぁ。廣済堂文庫といえば、ミステリや時代小説、それにエロと実用というイメージがあり、ふだん、新刊書店の文庫売り場でも近づかなかった区域だ。

それがいつのまにやら一九七六年の講談社から出た内田裕也の本を、カバーを含め、当時のデザインそのままで文庫化していた。本書の存在は知っていたが、古本屋でもまず見ることはない。ネット検索したが、元本を扱う店さえも見当たらなかった。いわばマボロシの本である。それを文庫にするとは！ やるもんだなぁ。

芸能界の後輩たちから恐れ奉られ、いまや白髪、サングラスで杖をついて、時折テレビに現れる内田裕也だが、彼を知らない若い世代に「どういう人？」と聞かれたら困る。日本のロックンローラーの草分けにして、数々のロックイベントを仕掛けたプロデューサー。一九七〇年代には映画俳優としてその存在感を示した。

しかし、内田裕也といえばこれ、と押せるヒット曲があるわけではない。歌を聴いても、どうもイマイチ。不思議といえば、まことに不思議な存在なのである。

だから、この本の復刻は貴重なのだ。生い立ちから少年時代、ロックにいかれた一九六〇年代が回想され、ファニーズというアマチュア・バンドを「ザ・タイガース」として世に送り出したのが裕也さん、と聞けば、へぇそうなんだと驚くだろう。他にオノ・ヨーコをはじめとする多彩な交遊録、「人生はロックンロールだ」などの、他の誰が言ってもうつろに聞こえる金言名句集など、この一冊で内田裕也という人間がわかってしまう。いや、わからないということがわかってしまう。

「内田裕也君ほどメチャクチャな男は他にいない。その半面、彼ほど魅

力のある男もいない」と、ビートルズを日本に招聘した永島達司の評が、いちばん的を射ているかもしれない。アマゾンでは「よくご一緒に購入されている商品」として、同文庫の『俺、勝新太郎』があげられていた。永島の内田評はそのまま勝新太郎にもあてはまる。メチャクチャでかつ魅力的な男がいつまにか日本からいなくなった。

（『ビッグイシュー日本版』142号、二〇一〇年五月一日）

はんなりと優しく温かい、「日だまり」のような大阪の町と写真館

『田辺写真館が見た〝昭和〟』◉田辺聖子―文春文庫―二〇〇八年

大阪が誇る作家の田辺聖子は、昭和三年大阪市生まれ。実家は写真館だった。大正から昭和初期、カメラは長らく高級品で、一般の家庭で写真を撮る習慣は少ない。入学式などの記念日には、町の写真館に出かけて行ったのである。

祖父の代に開業した「田辺写真館」には、田辺家の歴史が商売がら写真でたくさん残されていた。その一枚一枚を手に取りながら、あふれるような思い出をつづったのがこの本だ。同時にここには太平洋戦争終結までの大阪の町と風物、それに人々が活写されている。貴重な記録だ。

田辺写真館は「大阪市福島区、国道二号線を福島西通りで左折、二〇〇メートルばかりいった左側にあった」。現在の福島小学校を過ぎたあたりか。著者は同小学校の卒業生だった。大阪（梅田）駅から一駅ながら、この福島周辺は、いまなお昭和の面影を残す町だ。

祖父祖母に両親、弟妹、美しい叔母、従業員たちに囲まれ、にぎやかに楽しく少女期を過ごしたことが写真からも見てとれる。昭和四年、父母と奈良公園を訪れた時の写真には、当時流行した「耳かくし」と呼ばれる髪型で和服の若い母と、あどけない著者の姿がある。カメラを構えたのは父。「ハイカラ好きで、水彩画とクラシック音楽を好み、甲子園のテニスクラブへ通った」モダンな人だった。

戦前の日本は暗黒時代だと誤解されているが、実は交通網が整備され、百貨店、映画館、スポーツなどモダン文化に彩られた明るい時代だった。このモダン都市大阪の礎を作ったのが当時の市長・関一《せきはじめ》で、昭和一〇年に没した時、「全市民は父を失ったように悲嘆した」と著者は書いている。

「父母のいませし昔……」「大阪に・ハイカラ・ありき」「浪速のアール・ヌーボー」と、著者が回想する大阪と、町の写真館

での生活は、はんなりと優しく温かく、戦争前につかのま訪れた「日だまり」のようだ。それだけに、写真館が焼けた昭和二〇年六月一日の大阪大空襲の日の記述が痛ましい。

「こうして、父の夢、祖父の家、小さな弟の夢を託した〈田辺写真館〉は焼失した」

著者が女学校の卒業写真を撮ったのは、町内に焼け残った別の写真館だった。戦後も著者の青春もそこから始まったのだ。

(『ビッグイシュー日本版』148号、二〇一〇年八月一日)

当時よりいっそう切実で孤独な「箱男」たち

『箱男』◉安部公房―新潮文庫―二〇〇五年

私が上京してきた一九九〇年、新宿西口の地下道を通ったら、通路の壁際にダンボールを住処とする人が大勢いた。初めて見た、ホームレスだ。その時、「東京には『箱男』がたくさんいる!」と心のなかで叫んでしまった。

安部公房(一九二四―一九九三年没)の長編『箱男』は一九七三年の作。出た当時、すぐに読んだが、よくわからないところがあるものの、その革新性に非常に驚いた。

「箱男」と呼ばれる人物がいる。もとカメラマンらしき男が、三年前からダンボールの箱をかぶって生きている。外を歩くときも、だ。ポストみたいに、目の部分には窓があり、半透明のビニールがかかっていて、そこから外界を覗くのだ。

彼には名前も住所もなく、家族も恋人も友人もいない。すべての帰属と係累を切り離して、都会をただ「箱」をかぶって生きる。「箱」はこの時、孤独の鋭い象徴性を帯びる。今やiPodとケータイで武装する若者たちは、箱をかぶらない「箱男」ばかりではないか。

著者は、この「箱男」の手記を中心に、新聞記事、手紙、供述書、ノートの記録、それに著者自らが撮影した都市風景の写真をふんだんに取り込みながら、いるはずもない「箱男」の実在性を補強していく。この手法は、いまもって新しい。

贋の「箱男」の出現や、白衣の看護婦への恋心など、ドラマも用意されてはいる。しかし「箱男」の真相が明かされるわけではないし、章ごとに視点が入れ替わるなど、難解な作品であることは間違いない。

口当たりのいい現代小説ばかり読んでいる人は難渋するかもしれない。しかし、時に噛みごたえのあるものを食べないと、歯もアゴも弱ってしまう。

「ぼくが、ぼくでないかもしれないというのに、そうまでしてぼくを生きのびさせる必要がどこにあるのだろう」

この「箱男」の認識は、自分という存在に確証がもてないで、浮遊して生きる者には突き刺さるはずだ。われわれはみな、小さな覗き穴から、おそるおそる外を眺めて歩く、見えない箱をかぶった「箱男」なのである。

（『ビッグイシュー日本版』150号、二〇一〇年九月一日）

本当に老いた時、尊く美しく円熟してた

『小津安二郎先生の思い出』◉笠智衆｜朝日文庫｜二〇〇七年

一九九三年、『おじいさん』と題した写真集が発売され話題になった。モデルの笠智衆は八八歳で、この年に逝去。金漁り亡者たちが暗躍するバブルがはじけてみると、ものほしそうでない笠の姿に、古きよき日本をみんなが見出したのかもしれない。

俳優・笠智衆といえば、何といっても小津安二郎監督の映画を思い出す。『麦秋』『晩秋』『東京物語』と挙げるまでもない。小津作品の第二作から最後の『秋刀魚の味』まで、『淑女は何を忘れたか』以外はすべて出演したのが笠だ。もちろん映画史上、異例のこと。

「小津安二郎先生は、僕を俳優にしてくださった『恩人』で、僕に映画を教えてくれた『先生』でした」。終生、小津を「先生」と呼び続けた著者と世界的な名匠の結びつきはどうであったか。

笠は一九〇四年、熊本のお寺の子として生まれ、上京後、まだ蒲田にあった映画会社、松竹に入社。「大部屋」と呼ばれる長い下積み経験を経て小津に見出され、役がつくようになる。最初の主演が小津の『父ありき』。小津の演出は、セリフのイントネーションから間、そして「箸の上げ下げからオチョコの置き方、ご飯をゴクンと飲み込む喉の動かし方まで」厳密に決められていた。

「表情はナシだ。お能の面でいってくれ」と、ロボットのようにがんじがらめにされ、不器用な笠はNGの嵐に遭った。俳優の個性を殺すとも思える演出法が、いざ完成したフィルムを見ると、比類なき映像美と、日本人の心情に深く染み入る名作となっていたのである。

ほとんど小津映画の化身のような存在だった笠は、清水宏、木下恵介はじめ、ほかの巨匠たちにも愛され、派手さはないが、日本映画黄金期に人々の記憶に名演を残していった。山田太一が笠のために脚本を書き、黒澤明が『夢』で、ヴィム・ヴェン

ダースが『夢の涯てまでも』で出演させたのはすでに八〇歳を超えてからだった。
『東京物語』では、四〇代終わりで七〇歳の老人を演じたが、本当に老いた時、尊く美しく円熟していた笠智衆だった。小津が不世出なら、こんな名優も二度と出てこないだろう。

（『ビッグイシュー日本版』153号、二〇一〇年一〇月一五日）

挿絵は風間完。推理小説ブームを生んだ

『点と線――長編ミステリー傑作選』◉松本清張｜文春文庫｜二〇〇九年

松本清張の代表作であり、日本ミステリー史に残るこの傑作について、あらためて説明は不要かもしれない。文春の他、新潮、光文社各文庫にも収録されている。しかし、ここで紹介するのは、文春文庫「長編ミステリー傑作選」の『点と線』。これでなければいけない。というのは、この文庫には、風間完のカラーによる挿絵がふんだんに入っているからだ。柔らかい鉛筆デッサンの線を残す、美人と風景を描かせれば絶品の挿絵の名手が風間完。小説の舞台となる東京駅構内、銀座、香椎海岸などの風景、それに博多行特急「あさかぜ」、東京都電などの乗り物……昭和三〇年代の空気が、風間の筆で甦る。

松本清張記念館館長の藤井康栄解説によれば、同館で『点と線』のオリジナル映像をつくる際、アニメ映像の原画を風間に依頼した。その原画を生かした単行本が作られ、文庫版にもそのまま踏襲している。文庫にもカラー挿絵を使うのは、きわめて珍しい。

『点と線』は、昭和二八年に芥川賞を受賞した松本清張が、上京して四年目、雑誌『旅』の依頼で連載した長編小説。この作品の成功は、清張が歴史作家から推理作家へ転身するきっかけとなった。この後、推理小説ブームが起こる。清張にとっても、日本の出版界においても重要な作品なのだ。

東京駅一五番ホームから旅立つ男女。一日にたった一回、一三番ホームからそれを目撃できる「空白の四分間」が、このあと香椎《かしい》海岸で起きた心中（じつは殺人）事件の重要なトリックとなる。その裏に政財界を巻き込む汚職をかぎつけた老刑事と若い刑事が、執念で犯人を追いつめていく。

「空白の四分間」も、時刻表のアリバイ崩しも、前者の不自然さや後者の航空機の存在にかなりあとまで気づかない点など、推理小説作法上のミスと指摘もされたが、小説としての魅力は変わらない。私など、わざわざJR（旧国鉄）と西鉄の両「香椎」駅

を訪れたほどだ。香椎を歩くことは『点と線』を歩くことでもあった。

だから『点と線』というミステリーは、結末はわかっていても、ときどき読み返したくなるのだ。

（『ビッグイシュー日本版』163号、二〇一一年三月一五日）

果てしない会話が続く、不思議な小説

『東京の昔』◉吉田健一｜ちくま学芸文庫｜二〇一一年

なにしろ不思議な小説だ。舞台は本郷およびその周辺にほぼ限定される。あるいは銀座や横浜が出てきても、結局主人公の住む町に帰ってきて、気がついたら酒を飲んでいる。

その本郷にしても、東京大学のある本郷なのはまちがいないが、「これは本郷信楽町に住んでいた頃の話である」と冒頭にある、その「本郷信楽町」は存在しない。時代はどうやら日中戦争に入る前の年の昭和初期、主人公の名前はわからないがおそらく三〇代、コーヒーの粉の卸しや、自転車の中古を改装して暮らしている。ずいぶん儲かるらしく、金回りのいい独身だ。

ほかに登場するのは、下宿先の婆さん、自転車屋の勘さん、パリに憧れる帝大生の古木君、実業家の川本さん。前衛劇みたいに少ない。男は、ただ彼らを相手に、酒を酌み交わし、果てしない会話を続けるのだ。しかも中身は文学、文明、あるいは都市論、ときに時間という観念についての哲学的考察が混じる。

事件や恋愛沙汰を期待してはならない。冬に始まって、次の冬が過ぎていく一年余りを読者はただ、このやたらに酒が強い、もの知りの男にくっついて、東京の町を生きるしかない。そして、それは快感なのだ。

「砂利が敷かれたばかりとただの泥道の中間位が砂利道の見どころである」なんて彼は言う。

昔の東京が寒かったという話。

「最近の冬がそれ程でもないのに就《つい》ては地球全体がそうなのだとか色々な説が行われているが大事なことはその頃冬になるといやでも冬ということを思わずにいられない位寒かったことなのでそれでおでんも有難たければ熱燗の酒も旨かった」

こんな息継ぎなしに長い文章を読まされると、時間という観念が狂って、今がいつなのか、自分がどこにいるのかがわからなくなる。つまり、吉田健一の世界にはまり込んでいるわけだ。

こうして、パリの街の汚さや、小海老の入った「おから」の旨さや、プルーストの読み方や、自転車の最新事情（昭和初期）同列に並べられる。こうなると『東京の昔』が小説かどうか、という

問いもどうでもよくなる。

吉田健一は時の宰相・吉田茂の嫡男。いっさい援助を受けず、戦後は穴の空いた靴を履いていた。これぞ男なり。

（『ビッグイシュー日本版』164号、二〇一一年四月一日）

おれはおまえらが羨ましい。羨ましすぎて気が狂いそうだ

『暗渠の宿』◉西村賢太｜新潮文庫｜二〇一〇年

今年上半期の芥川賞は大きな話題となった。二人受賞の男女があまりに対照的だったから。朝吹真理子は、三代続けてフランス文学一家という、慶應大大学院卒の令嬢。かたや西村賢太は、中卒、日雇い暮らし、父親に前科あり。しかも酔って醜態をさらすダメ人間を描いた私小説ときている。

ところが直木賞受賞の二人もあわせて、その後、本が一番売れたのは西村だった。なにしろ受賞会見で、「(受賞を)どこで待っていましたか?」の質問に、「自宅でそろそろ風俗に行こうかなと」と発言、会場を湧かせた。下層と呼ばれる人たちの人気を一挙につかんだのだ。単行本も続々と文庫化され、いまやちょっとしたブームが起きている。

『暗渠の宿』はデビュー作「けがれなき酒のへど」と表題作を収める。前者は「人格、容姿、財力、学歴、趣味、教養が、いずれも無惨なまでに不備」な若者が、みじめな日々を送る話。恋人も友人もなく、牛丼屋ではしゃぐ若いカップルに「おれは死ぬ程おまえらが羨ましい。羨ましすぎて気が狂いそうだ」と煩悶するのだから、アンチ・ヒーローの決定版といっていい。

西村作品の主人公は、生き恥をさらし最後は公園で凍死した作家・藤澤清造を愛し、全集刊行を夢見る青年である。「けがれなき」では、出版のために貯めた金を、風俗に勤める女性にだまし取られてしまう。屈辱のいっさいをぶちまけて、西村の小説には不思議な力があり、読み出すとはまる。

「暗渠の宿」では、女性と暮らすようになり、ひと安心と思ったら、勝手な理由で彼女に罵声を浴びせ、暴力をふるう。私は読みながら何度も「賢太、もう止めとけ!」と、主人公と著者を混同しながら声をかけた。自分の思い通りにならず、情けなく、ふがいない思いで生きている者は、西村賢太を読むべきなのだ。

（『ビッグイシュー日本版』169号、二〇一一年六月一五日）

瑞々しい新訳、哀れでカラフルな恋愛小説に

『うたかたの日々』◉ヴィアン｜野崎歓訳｜新潮文庫｜二〇一一年

第二次世界大戦後のパリ、セーヌ左岸にあるサン＝ジェルマン＝デ＝プレ地区には、サルトルとボーヴォワールを中心に、ブルトン、コクトー、プレヴェールなど、さまざまな芸術家が集った。カフェからカフェへ才能の一団が移動し、そこから多くの作品が生まれたのだ。

ボリス・ヴィアンもその一人。シャンソンの歌詞を書き、自分で歌い、トランペットを持てばジャズの演奏者になった。そして幾つかの小説を書いた。『うたかたの日々』は、『地下鉄のザジ』の著者レーモン・クノーによれば「現代においてもっとも悲痛な恋愛小説」だった。

主人公のコランは金持ちの美しい青年で、いつもおめかしをして「恋がしたい」とつぶやき、ハツカネズミと話もできる。ニコラという才能ある料理人を同居させ、ときどきシックというエンジニアの友人が訪ねてくる。彼はパルトルという作家の熱狂的コレクターだ。シックにはアリーズという恋人がいて、彼女はコランの姪でもある。

コランはある日、パーティで出会った美しい娘クロエにひと目惚れする。クロエが笑顔で右手を彼の肩に置いた時「右側の上腕二頭筋を縮ませて二人の体の距離を縮めたが、その動きは脳から的確に選ばれた一対の脳神経を経由して伝えられた」と、ヴィアンは描写する。ややこしい書き方だが要するに恋をしたのだ。

二人は無事結ばれ、金に不自由しない暮らしを始めるが、悲劇が起こる。クロエは、肺に睡蓮が生長するという難病に侵され、死んでいく。しかし、そんなふうにストーリーを追っても『うたかたの日々』の透明感あふれる悲痛で多彩な魅力は伝わらないだろう。

サルトルをパルトルと言い換える言葉遊びに始まり、落下傘で二人が舞い降りる結婚式のポップな場面づくりなど、ヴィアンのおもしろさは細部にある。冒頭近くの近未来的スケートリンクのシーンは、「大鷲のポーズを決めた女性スケーターが、そのはずみに大きな卵を産み落としてしまい、それがコランの足下で割れたのである」といった、滑稽と詩情が入り混じったドタバタ劇に仕上がっている。

半世紀前の作品だが、野崎歓の瑞々しい新訳を得て、哀れでカラフルな今日的小説に生まれ変わった。

（『ビッグイシュー日本版』178号、二〇一一年一一月一日）

ダンディで、ヨッパライで、そしてもちろん言葉の名手

『詩人からの伝言』◉田村隆一・語り／長薗安浩・文／MF文庫／二〇一一年

「言葉なんか覚えるんじゃなかった／言葉のない世界／意味が意味にならない世界に生きてきたら／どんなによかったか」（『帰途』）

一九六七年に刊行された詩集『言葉のない世界』に収められたこの詩に、みんなノックダウンする。書いたのは田村隆一。所属した詩の同人誌『荒地』の一員として、まさしく戦後における言葉の「荒地」を切り拓いていったのが田村隆一および、その仲間たちだった。

私は「詩人」というと、田村隆一を思い出す。長身なダンディで、ヨッパライで、ときに警句を吐くユーモリストで、そしてもちろん言葉の名手だった。一九九八年に亡くなったこの詩人のもとに、足しげく通ってテーマを立てて聞書きしたのが、当時『ダ・ヴィンチ』編集長だった長薗安浩。たぶん酒を飲み交わしながらの放談だったろうが、詩人の口跡をとらえてみごとな読みものになっている。

たとえば「結婚」について。

「とにかく、一緒に歳をとっていくことが大事なんだ。そうすれば、言葉がいらなくなる」と言う。生涯に五度も結婚している田村がそう言うのだ。

あるいは「美人」について。

「大事なのは、難しいのは、チャーミングなレディへと成熟していくプロセスなんだ」といいことを言っている。

また「教養」とは「積み重ねた知恵」のことで、「骨身に沁みて初めて身につく」。身につくと男女ともいい顔になる。特に男の場合は「ブ男でも四〇くらいで、本当にいい顔になってくる」なんて言われたら、歳をとるのが楽しみになってくるだろう。

この本は、若い人たちに向けた「詩人からの伝言」という設定で話を聞いているが、若い人でなくたってためにはなる。解説で山﨑努は、田村との面識は一度しかないながら、「おもしろいよなあ、隆ちゃんの放談。ご隠居さんのご機嫌な話をおいしい酒を飲みながら聞いているみたいで、ほころんじゃう」とうちとけている。

まるで、田村が目の前にいて、直接話しかけられているような気がするからだろう。「木について／きみと話がしたい／それも大きな木について／話がしてみたい」（『きみと話がしたいのだ』）

映画『うたかたの日々』（一九六八年）

という詩があるが、そうそう、田村は話術の名手でもあった。

（『ビッグイシュー日本版』183号、二〇一二年一月一五日）

文学は実学。生きることに直結しているのだ

『忘れられる過去』◉荒川洋治｜朝日文庫｜二〇一一年

一生に一度も「文学」という言葉を使わずに死ぬ人は大勢いると思う。明治の文明開化に建てられた遺跡みたいに、厳しく人を遠ざけるイメージがあるのか、大学から「文学部」が排除され、「文学青年」という表現もいまや死語だ。

しかし、「文学は、経済学、法律学、医学、工学などと同じように『実学』なのである」と言ってのけたのが荒川洋治。帯にも刷られた「文学は実学である」というフレーズが話題となった読書エッセイ集『忘れられる過去』が文庫に。

ここではいろいろな本や、いろいろな言葉の問題が取り上げられ、著者独特の視線で切り込み、その味わいどころを教えてくれる。五〇を過ぎて読んだスタインベック。別の作品だが大学一年の英語のテキストで読んでいた。そこで「最初に触れているのだ。そのときは気づかない。二つめあたりにふれたとき、ふれたと感じるが、実はその前に、与えられているのだ」と書く。

逆に長い間遠ざけていた作家とある日出会う。そのときが「読むとき」で、読書は「いつか身にせまる。強くせまる」ものだとも言う。非常に肉感的な体験論であるのが、荒川洋治の読書論の特徴だ。だから具体的に何が書いてあったか、頭が忘れても触れた身体が覚えている。無性に本が読みたくなる。

「まね」という文章がある。人間には、「まねをする人と、まねをしない人がいる」。「犬がさ、腹を見せてさあ」と話すとき、実際にその様子を自分で「まね」して見せる人と、絶対にしない人がいる、というのだ。「しない人」が増えていると著者は感じる。「まね」というかたちで、人が体をつかって表現するとき、「その場の空気は明るくなる」。それはいいことなのだ。「自分の体は、自分だけのものではない」と「まね」の効用を二ページにわたって説く。そんなことを言った人はこれまでになかった。

どの文章にも、本や言葉を扱いながら、日々生きる姿勢について考えるヒントが隠されている。この本を読みながら人生について思う。読書はなにも絵空事や遠い夢を味わう行為ではない。「生きる」ことに直結しているのだ。そのことに気づかず、一生を送るのはあまりに惜しい。惜しすぎる。

（『ビッグイシュー日本版』184号、二〇一二年二月一日）

れた後、最後、中国に流れ、たぶん従軍慰安婦の一人として客死しています——とのコミットメントに端を発した「うしろめたさ」を抱えていました。それが敗戦直後の屈折した態度に反映しています。やがて太宰は、その負荷に耐えきれず、それが大きな引き金になって一九四八年、心中自殺をとげます。はるかに若い三島由紀夫も、二〇歳のときに召集令状を受けた際に検査を逃れたことの「うしろめたさ」に後年、せき立てられるようになり、その後、一九七〇年に自決しています。彼らにおいても戦前と戦後は多かれ少なかれ、「屈折」と「逆接」でつながっている。しかし、安吾には、その「逆接」がない。「うしろめたさ」もないのです。

というのも、前述の寄稿文章（前掲「安吾と戦後」）に書いたように、「日本文化私観」（一九四二年二月）が開戦を受けて書かれたエッセイの最初のものだったとすれば、真珠湾の特殊潜航艇の「軍神」たちに呼びかける「真珠」（一九四二年六月）が、彼の開戦のおりの感慨を記す最初の小説なのですが、そこに彼は、小田原近辺でののんだくれた行状をしるした後、——このようなこれまでと変わらない書き方をしている点で、これは当時の文学者の対応としては異例だったとはいうものの——、しかし、作中、開戦のニュースを聞き、「涙が流れた。言葉のいらない時が来た。必要ならば、僕の命も捧げねばならぬ」と書いています。

このくだりは、私には、小林秀雄が、その五年前、一九三七年に書いた「戦争について」というエッセイのなかでの、

「戦争に対する文学者としての覚悟を、或る雑誌から問はれた。僕には戦争に対する文学者の覚悟といふ様な特別な覚悟を考へることが出来ない。銃を取らねばならぬ時が来たら、喜んで国の為に死

ぬであらう」

を思い出させます。

小林のばあいは、彼とてその後、国家に対し、迎合的な態度を取ったわけではないのですが、このときの発言の場所から動かず、戦後の左翼全盛の戦後文学派の登場を前に、先にいったように、「僕は反省などしない」という対応を示しています。しかし、安吾には、なぜか前言へのこだわりがない。したがってこの種の、戦後文学派に対する反発というものもない。この小林の反発と似た対応が、太宰によっても示され、太宰は、こうした戦後的なリベラルな思想が米軍占領下の社会に迎合的であることに対し、これを新しい「サロン思想」と呼び、リベルタンはいまこそ、「天皇陛下万歳」というべきだ、などと書くのですが(『パンドラの匣』一九四六年)、安吾にはこうした戦後派への悪たれ口すらも、まったくないのです。

こういう文学者の戦争通過の例を、私はほかに知りません(同じく一時無頼派にカテゴライズされた石川淳は、安吾同様、戦後文学とニュートラルな関係を保ちます。しかし彼は、「僕の命も捧げる」とは書かない小説家でした)。

むろん、このことに対する説明は一部、可能です。というのも、戦時下にあって、安吾は、平野謙(一九〇七―七八年)などの左翼性をひめた文学者たちと同じ交遊圏にあり、しかも、小林とはフランス文学など外国文学への広い見識を共有する高度なインテリ性をも共有しているという位置にありました。

また、安吾が、「言葉のいらない時が来た。必要ならば、僕の命も捧げねばならぬ」と書きつつ、

『山椒大夫』より」とつぶやいたのは郷ひろみ。一九七〇年代後半に放送されたドラマ『ムー』もしくは『ムー一族』のなかで、物語の進行とはまったく関係なく、拓郎という役名の郷が、この一節(本当はもう少し長く)を淀みなく暗誦したとき、「なんて名文なんだ」と感動した。

二〇〇二年に導入された「ゆとり教育」以降、中学校の国語教科書から、漱石や鷗外の作品が消えたといわれる。出てくることばが難しすぎるというのが理由だったそうだ。しかし、漱石、鷗外といった近代文学の大物は、教科書ででも出会わなかったら、一生読む機会はないだろう。せめて学校では、この文学の黄金に触らせてほしい。

とは言いながら、漱石に比べると、私も鷗外は苦手だった。しかも陸軍軍医総監にまで上り詰めたエリート中のエリート。しかも「石炭をば早や積み果てつ」なんて文章は、やっぱり難しい。

えっ、その鷗外がこんな作品を書いていたの？　まったくその印象が変わったのが、筑摩書房が出した文庫版日本文学全集の「森鷗外」の巻。冒頭の「大発見」という短編は、それこそ私にとって「大発見」。主人公の学者である「僕」がいったい何を「大発見」したか。それは日本人と同じく、西洋人も鼻クソをほじるということだ。「僕」はベルリンに洋行して、そのことを実地に検証するのだが、とにかく全編が「鼻クソ」の話ばかりなのである。

これが、あの格調高い名作「舞姫」や「山椒大夫」を書いた明治の文豪かと、ちょっとわが目を疑うようなユーモラスな作品だ。

続く「鼠坂」は一種の怪談なのだが、男同士の会話のなかに、日露戦争従軍の折り、中国の田舎の村で、粗末な便所に入った時の描写がえんえんと続く。鼻クソの次は便所かよ、とちょっと呆れてしまった。

もちろん、先にあげた名作ほか、ごぞんじ「高瀬舟」や「百物語」も収録されている。文豪の実力は、これらでたっぷり味わえて、疑うべくもない。それでも「大発見」は衝撃的だった。この歳になって、森鷗外に驚かされるとは思ってもみなかった。

(『ビッグイシュー日本版』187号、二〇一二年三月一五日)

建物が美術品、ポケットに美を

『アール・デコの館』◉写真・増田彰久―文・藤森照信―ちくま文庫―一九九三年

よくぞ太平洋戦争の空襲で破壊されずに残されたものだと、その建物の前に立ち、ほれぼれする思いで見上げた。東京都港区にある、一九三三(昭和八)年夏、竣工の夢の館が「旧朝香宮邸」

（東京都庭園美術館）。現在、全面修復に向けて閉館中なのが惜しまれるが、わが手にいつもこれがあり、ページを開けば、「アール・デコ」装飾の精細カラー写真で次々と目の間に広がる。

ちくま文庫所収の『アール・デコの館』は、建築写真の第一人者がカメラの腕をふるい、埋もれた西洋建築のガイド役を務める藤森照信が解説する。見て楽しく、読んで勉強になる一冊である。

藤森の筆を借り、宮様が建てた稀代の個人住宅へ近づくと、こんな感じ。

「広い屋敷の割には、ずいぶん地味で単調な外観と、首をひねりながら、車寄せを通り、扉を押して一歩、玄関に足を踏みこむ。視界はくるりと変り、女神のように翼を広げる女人像が、薄衣ごしに豊かなバストを突き上げて、出迎えてくれる。透けるような肌とはこれをいうのか、ラリックのガラススクリーンが、怪しく、冷たく、光を放つ」

数々の照明、階段、扉、壁、グリルと室内のいたるところに、眼を凝らす衣裳が施され、建物全体が美術品のような邸なのだ。ここで現在は、さまざまな美術展が開かれているのだが、どんな美術品を飾り並べたてても、容れ物となる「アール・デコの館」にはかなわない、というのがすごいところ。入場者は無遠慮に、細部にいたるまで、じろじろ眺め回すがいい。目がそれを欲していることを、止められないはずだから。

主の朝香宮鳩彦は、妻とともに一九二五年留学のため渡仏。パリで開催されていた「アール・デコ博」を見学する。帰国後、何よりのパリ土産であるアール・デコ体験を、財力を生かしてかたちにする。日本庭園に囲まれた和風建築だった宮邸を、度肝を抜くモダン建築への変貌させてしまうのである。

金や地位といったものが、下手に使うとぶざまで下品なものとなり、うまく使えば、彼らにしかなしえない「美意識の結晶」を後世に遺すこともあると、この一例でよくわかる。『アール・デコの館』は、ありがたいことに、文庫だからポケットに入る。財布は軽いが、ポケットに美。いいじゃないか。

（『ビッグイシュー日本版』188号、二〇一二年四月一日）

漱石が遺した謎。最後に美女を死なせたのは誰？

『虞美人草』◉夏目漱石｜岩波文庫｜一九九〇年

三月半ば、京都へ二泊三日で帰省することになり、行き帰りの新幹線で何を読もうかと考えた。そこから旅の楽しみはすでに始まっている。旅立つその日、テレビで『虞美人草殺人事件漱石百年の恋』という番組を観ていてこれだと思った。

結局、カバンの中に、夏目漱石『虞美人草』を放り込んで東京を出発。車中の往復とホテルで、この長編を読み終えた。物語の始まりが「京都」、次第に「東京」へ舞台が移っていくので、気分もぴったりである。

『虞美人草』は、漱石が大学の教師を辞し、朝日新聞に入社して初めての連載小説。未婚の男女各三人ずつ登場し、複雑な恋愛関係が動いていく。英語が読めて美しいが傲慢な、新時代の女性・藤尾は、亡くなった父親の取り決めでは宗近と結婚する予定だったが、秀才の小野と打算で結ばれるつもりである。小野には京都で世話になった父娘がいて、娘・小夜子との縁談を藤尾のために断ってしまう。小夜ちゃん、かわいそう!

宗近の親友・甲野は親の遺産で暮らす神経質な男で、藤尾は腹違いの妹になる。義母は娘の藤尾と小野を結婚させ、遺産と家を甲野から取りあげるべく画策するイヤな女である。まるで八〇年代のトレンディドラマのように、キャラ立ちのする登場人物たちがうごめき、明治の世に悲劇をもたらす。道学めいた、変な理屈が随所にはびこることを除けば、これはすこぶるおもしろい恋愛小説だ。

この小説は連載中から大きな話題となり、三越では「虞美人草浴衣」が売りだされるほどだった。漱石は驕慢な藤尾を嫌い、早く殺したがっていたが、不思議なことに読者は、この新しい女を支援した。それでも漱石は、最後に藤尾を物語から退場させる。しかし、その死因が、はっきりしない。

先にあげたテレビ番組では、評論家や作家などが集まり、いったい誰が藤尾を殺したか、死因は何かを討論した。小説の内部に分け入り、新しい読みをそれぞれが示すスリリングが討論だった。心理学者の小倉千加子が、非常に説得力のある理由から、藤尾は首吊り自殺と断言する。これには驚いた。

みなさんも現物にあたって、ぜひ藤尾の犯人探し、及び死因の特定をしてみてください。

(『ビッグイシュー日本版』189号、二〇一二年四月一五日)

豊富な解説図つき。「こころ」最大の謎に迫る

『漱石の「こころ」』◉角川ソフィア文庫 一九九〇年

前回に引き続き、夏目漱石を。ただし、これは角川ソフィア文庫「ビギナーズ・クラシックス」の一冊で、代表的な名作をあ

らすじの紹介とともに、時代背景や中身が初心者にもよくわかるように解説したもの。これが実によくできている。

漱石作品で一番よく売れているのが『こころ』だという。国語の教科書採択率が高いせいである。私も高校時代に教わったし、教師時代にも教えた。いま高二の娘が、この春から使う新しい国語の教科書を見たら、やっぱり載っていた。

しかし、上中下と分かれた構成といい、語り手の「私」と「先生」と主人公が二人いるなど、けっこう物語の構造は複雑だ。メインとなるのは「先生」の若い頃の話が描かれた「下」で、教科書に収録されるのはこの部分。同じ女性を好きになったことで、「先生」は友人を自殺に追い込み、自分もずっとあとになって命を断つ。しかも「私」に遺した遺書には、天皇崩御という明治の終わりに殉じたかたちで死ぬという。

よく考えると、なんだかわからない不思議な小説だが、その不思議さが魅力ともいえるのだ。

本書は、先生が若い頃に住んだ下宿の間取り図を示し、大家たる未亡人が「最上の部屋を差し出し、娘に生け花と琴の演奏までサービスさせた」と解説する。つまり、「お嬢さん」と呼ばれる娘を「先生」に差し出すつもりでいたことがこれでわかる。

また下宿の未亡人とお嬢さんと一緒に、学生時代の「先生」が日本橋へ着物を買いに行くシーン。本書ではこれを日本橋「三越」とし、まだ呉服店だった土蔵造りの外観と、内部の陳列風景を図版に掲げる。そして、『こころ』が連載時に「三越」は、ルネサンス様式の鉄筋五階建ての建築になっていたことを読者に教えるのだ。

『こころ』の先生が生きた時代は、日本の近代化が急激であったことがわかるし、「明治」に殉じて死ぬ意味も、そこにあるのだろうと読者は想像する。手に届かなかった「こころ」最大の謎に、ちょっと手で触れたような気になる。

教科書で読みっぱなしの『こころ』も、この一冊を繙くことにより、新たな興味が湧いてくるだろう。漱石の作品は常に新しい謎を投げかけてくる。

（『ビッグイシュー日本版』190号、二〇一二年五月一日）

読むうちに腹が減り、生きる力が湧いてくる

『大衆食堂パラダイス！』◉遠藤哲夫｜ちくま文庫｜二〇一一年

その日の仕事を終えた夕暮れどき、知らない町を散歩していて地元に根づいた食堂へ入る。まずビール。「それからポテサラ、

アジフライ、あと冷ややっこね。もつ煮込もらおうか」。そしてビールが卓に置かれる。この瞬間の幸せを他の何にたとえればいいか。

すでに『汁かけめし快食學』で庶民の基本食を徹底して研究、賛美した著者が、ここでは、全国をめぐり「大衆食堂」で食らい、飲む喜びを語り尽くす。たとえば「町と男とめし」の章では、大阪、東京、北九州、千葉と食べ歩き、「男なら大衆食堂でめしを食え！」と吠えている。

つまりグルメもファミレスも蹴散らして、実質のある、量もある、しかも安いめしを力強く食べることを提唱してやまない男なのである、この著者は。

また、食堂のある町並みや、食らいつくめしや、そこで働く人たちも「味」になっている。東京・十条の「天将」では客が、

「ここのマグロはおいしいからね」

と、注文すると、すぐさまフロアを仕切る娘が、

「マグロのおいしいところ一丁」

と、厨房に声をかける。絶妙のやりとりだ。

お洒落な町に変貌しつつある埼玉県朝霞市で、まったく変わらないたたずまいの「かめさん食堂」。著者は「すでにまわりは無精髭を剃り落としてめかしこんでしまったのに、無精髭のままなのだ。しかし、けっして不精ではない」と見事なレトリックで称揚する。

「食堂は、人柄だよ。そして土地柄」という一行があるが、旅先では地元の人に交じって、彼らの話し声を聞きながら、めしを食うのだ。神戸「皆様食堂」では、「ここはな、安くてうまいぞ、オカミは美人じゃないが、こんなにいいひとはいないよ」と、何度も繰り返すヨッパライ老人を楽しみながら、関東煮をおかわりし、ヤキメシをつまみにビールを飲んでいる。

そんなほがらかであったかい大衆食堂も町から消えつつある。通い慣れた店がなくなれば、「その場所にあった蓄積や記憶」もそっくり失われてしまう、と著者は書く。いまはなき京成線ガード下の「竹屋食堂」。その「経営学」のうち、一は「『高い』経営目標をもたない」で、最後の九は「頼りは夫婦だけ」であると著者は見る。いいねえ。読むうちに腹が減り、生きる力が湧いてくる一冊なのだ。（『ビッグイシュー日本版』191号、二〇一二年五月一五日）

目的なき人生は幻想である

『郵便配達夫シュヴァルの理想宮』◉岡谷公二｜河出文庫｜二〇〇一年

たかが己れ一人の人生、どう使おうと自由。その一点でのみ、

人間はすべて公平なのである。しかし、その使い方だが、現実的にはたいしたこともできずに一生を終わる。それでいいのだ、とも言える。

ここに一人の郵便配達夫がいる。名前はシュヴァル。フランス南方の片田舎、オートリーヴに住む。一八三六年から一九二四年まで生きた。彼がそれを成し遂げなければ、間違いなく住む村以外の誰にも知られずに終わったはずの人生だ。

「それ」とは何か？ 一介の郵便配達夫、フェルディナン・シュヴァルは、たった一人で、三三年かけて自分の理想宮を建てた。しかも、それは写真を見てもらわなければ説明できない。過剰な装飾でゴテゴテと飾られた、異様な宮殿だった。

シュヴァルは人口一五〇〇人の村で二九年間郵便配達を続けた。車も自転車もない。畑と牧草地と森に包まれた、単調な田舎道をただひたすら歩き続けた。「夢想家肌で、人づきあいを好まず。その上事務能力を欠いている」彼には、うってつけの仕事だった。

四三歳のある日、彼は配達途中に石につまづいた。変わった形の石だったので拾って家に持ち帰った。その日から、彼は石を拾い続け、空いた時間をすべて費やし、夢に見た宮殿建設を始めるのだった。まるでそのために神が遣わした使命のよう……。

設計図はない。建築の知識も技量もない。あるのは過剰で果てしないビジョンだけ。ただ残されたノートには「想像を絶する幻の宮殿」「洞窟や、塔や、城や、庭園や、美術館や、彫刻」などと書かれ、彼の頭のなかにだけあるビジョンを、ひたすら実現させていったようである。村人はこの変わり者をただ恐れるだけだったが、新聞に紹介されて有名になり、観光客が訪れる。

シュルレアリストの芸術家たち、とくにアンドレ・ブルトンがこれに感動し、詩や文章で「シュヴァルの理想宮」を紹介した。「一種のげてもの」扱いが、このとき芸術として認可される。

理想宮につられたシャンデリアには「目的なき人生は幻想である」と書かれてあるという。シュヴァルには理想宮建設という「目的」しかなかった。しかし、できあがった奇妙な建物は、まるで「幻想」のようだった。

（『ビッグイシュー日本版』１９２号、二〇一二年六月一日）

"アラカン"が貫いた、まことにあっぱれな人生

『鞍馬天狗のおじさんは──聞書アラカン一代』◉竹中労──ちくま文庫──一九九二年

「はいな去《い》にました、もし未練あったら、女出てきますやろ。出てけえへん。脈がないというこっちゃ、フラレの巻ですわ」

若い頃の女アソビの顛末を、自在に生き生きと語るのは天下の嵐寛壽郎《あらしかんじゆうろう》。映画『鞍馬天狗』シリーズで昭和初期に大衆を熱狂させたヒーローである。

さまざまな名画ベスト・テンにはあがらないし、映画史研究も避けて通る。しかしヒット、ヒットで人々の記憶に残るのがアラカン。

「映画を愛し、女に惚れ、一銭の財産も残さずに逝った」(カバー解説)名優の生涯を本人と関係者の口から余さず聞き出してまとめたのがこの本だ。

昭和初年、映画界入りした若者が、監督から手渡された雑誌を読む。選び出したのが大佛次郎の『角兵衛獅子《かくべえじし》』という少年向け小説。これをもとに作られたのがアラカン(当時・嵐長三郎)第一回『鞍馬天狗異聞・角兵衛獅子』だった。以後映画会社を変えながら、シリーズは四〇本以上を数えた。

アラカンのファンは「丁稚はん、キッチャ店の女の子、商店の旦那とか、板前や職人衆でんな。つまり大衆ダ」。喫茶店ではなく「キッチャ店」というのがいい。「カツドウ」と呼ばれた無声映画時代、離合集散を繰り返す日本映画の裏舞台が、驚くべき鮮明な記憶力で語られていく。その語り口のなんと魅力的なことか。特に、記すのにはばかられる三文字を駆使しての、女性との艶話が楽しい。アラカンは下戸、色町ではサイダーを飲んで、玄人衆としっぽり濡れる。

「惚れるんですわ、情が移りますやろ。ちょい長つづきする。そこが向うのツケメ。そんなんが今の女房まで、数えてまず三〇〇人」。これでも「数はすけない(少ない)」というのだ。そのくせ、「むっつり右門」というのが当たり役。いま芸能ジャーナリズムを騒がせるタレントたちとは、まるでスケールが違う。

稼いだ莫大なお金はすべて別れた女にくれてやり、戦後は老優として甘んじて脇役に徹した。

「夢のようにすぎてしもうた、そろそろお迎えがくる。死ぬことちっとも怖くない、わが人生に悔いなしや」と、最後の方に語るが、本書を読めばそうだろうと納得がいく。自分にウソをつかず、晴れ晴れと生きた人に、「悔い」などあるわけがない。まことにあっぱれな人生だ(一九八〇年死去。享年七六)。

山中貞雄監督『右門捕物帖　帯解け仏法』（一九五一年）の嵐寛壽郎

(『ビッグイシュー日本版』193号、二〇一二年六月一五日)

関東大震災後の東京。雨上がりの空に虹がかかる

『銀座復興　他三篇』◉水上瀧太郎｜岩波文庫｜二〇〇九年

「海嘯《かいしょう》だ。逃げろ」

耳をすましていた一郎が上ずった声で絶叫した。女達は一斉に門の方へ駈け出した(九月一日)。

「海嘯」は津波。これは一九二三(大正一二)年九月一日に起きた、マグニチュード七・九の大地震がもたらした津波の様子。鎌倉由比ガ浜の別荘にいた水上瀧太郎は、そこで被災。本書に収録された一連の関東大震災体験記を小説で書いた。いずれも今となっては貴重な震災のレポートだが、もっとも優れているのは、表題作である中編『銀座復興』だ。

「地震と火事で焼け野原になった東京の姿は、この大都に愛着を持つ人間にとって無量の感慨を催す風景であった。目路を遮るもののなくなった下町の焼け土の果てに、昔の景色さながらの、品川の海が見えた」と書き出される。

主人公の牟田は、丸の内の商事会社に勤めるサラリーマンで、家は山ノ手にあったため、震災の被害から免れた。変わり果てた銀座を歩いていると、知人から声をかけられる。銀座で装身具を扱う老舗の二代目で、彼は「罰だよ。罰があたったんだ。われながらいい気なものだったからなぁ」と嘆くのだ。

そんななか、「復興の魁は料理にあり／滋養の第一の料理ははち巻きにある」と貼り紙をして、バラック小屋で始めた店がある。『銀座復興』は、ほぼこの店を舞台に、震災後の人々の姿をさまざまに描き分ける。

店主と常連が無事を確認しあう場面。

「よかった、よかった。お互に命さえありゃあ結構だ」

「ええ、そのかわり命の外にはなにもかもなくなっちまいました」

店主はどこかから仕入れてきた貴重な酒と肴で客をもてなす。たちまち一升瓶が空に。

客の一人は「あなた今どちらなんです」と聞かれ、「荻窪だよ、なっちゃいないやね」と答える。中央線・荻窪はその頃、郊外というイメージだから「なっちゃいないやね」となるが、震災を機に東京市民が西へ西へ移動していったことがわかる。

この店へ通う牟田の目を通して、作者は未曾有の災害に遇った後、人間が見せる強さと弱さを冷静に見つめるのだ。雨上が

りの空に虹がかかる一節。料理屋のおかみが「まあ、なんて綺麗な虹だろう」と声をあげる。このとき、読者の心のなかにも虹がかかるのだ。

（『ビッグイシュー日本版』195号、二〇一二年七月一五日）

「世界のオギムラ」と小さな卓球場。不思議な熱い友情があった

『ピンポンさん』◉城島充｜角川文庫｜二〇一一年

「俺、こう見えても学生時代（間をおいて）ピンポンやってたんや」と、吉本新喜劇で岡八郎がよく笑わせてくれた。福原愛が注目されてからずいぶん変わったが、五輪競技でありながら、水泳や、体操、陸上競技に比すと、地味なスポーツだった。

しかし、このピンポンに全生涯をかけた男がいる。その名は荻村《おぎむら》伊智朗《いちろう》。世界的には長嶋茂雄より有名なスポーツマンだ。

本書は、そんな荻村と、東京・吉祥寺にあった小さな卓球場の経営者・上原久枝の物語。敗戦まもない一九四八（昭和二三）年、東京西郊の進学校に進んだ高校生が卓球と出会う。

「わずか三メートルの至近距離で交錯するスマッシュのスピードは時速一二〇キロ。カットやドライブによるボールの回転は一秒間に一六〇回転を超える。反応速度は〇・二秒」

「卓球なんて女子生徒がやるものだ」という偏見のなか、荻村はこの「独特のリズムとスピード感」をもつスポーツに魅せられていく。

一九五〇（昭和二五）年秋、上原久枝が家族の食いぶちのためにオープンさせた卓球場に、通い始めたのが荻村だった。上原は母子家庭でお金がない「やせっぽちの少年」に無料で卓球場を開放し、汚れた練習着を洗い、夕飯まで食べさせるようになる。少し異例な熱い友情の始まりだ。それは「世界のオギムラ」となった後も変わらなかった。

本書では身を削るようにして卓球に打ち込む求道者の荻村の姿が、巧みな文章で描かれる。倒れるまでラケットを振り続け、入院。退院した夜に、ラケットを持って卓球場に現れた。

「一日をおろそかにするべきではない。毎日を死ぬ気でやるのだ」と、一九五一（昭和二六）年に東京都下五市三郡の選手権で初優勝した日、ノートに書き込んだ。「世界のオギムラ」は、卓球の鬼だった。もし、そんな荻村だけのことが描かれていたなら、この本の魅力は半減だ。非常で孤独なスポーツの世界に、温かく包み込む故郷のような存在がある。それが小さな卓球場と上原久枝なのだ。五年で世界チャンピオンとなる荻村。自分

の手の届かないところへ行ったと久枝は思った。しかし、祝勝会が終わると、荻村はいつも通り卓球場のガラス戸を開けて言った。

「おばさん、ただいま」

(『ビッグイシュー日本版』196号、二〇一二年八月一日)

山頂で風に吹かれながら

『新選　山のパンセ』◉串田孫一｜岩波文庫｜一九九五年

こころが昂ぶり、やりきれない思いに襲われることがある。酒に逃げるか、自分を憐れみ傷を深くするか。いずれにしても、人間とはやっかいなものだと思う。

そんな時、この一冊をカバンに入れて、山を歩きたくなる。といっても、私の場合、せいぜい五〇〇メートル級の低い山なのだが。それでも、肉体を駆使したあとに飲む水と、頂上で風に吹かれながら読む『山のパンセ』は格別である。

詩人で哲学者だった串田孫一は、生涯に三〇冊もの山に関する本を書いている。これは『山のパンセ』と名づけられた三冊から、著者自らが選んだ随筆集。文庫だからポケットに入るのがありがたい。

著者は一三、一四歳の時、山歩きの喜びを知る。部屋には山の写真がいっぱいに貼られ、これから登る山、登った山についてノートをつけた。鳥の声、雲のかたち、水の流れ、木や草花、草原をわたる風が、いつも著者を山に駆り立てたのである。

「冬に訪れた谷では太陽が尾根の向うを、ただ空を明るくして通っていたが、今はもうこの谷にも方々にひなたが出来て、雪もまばらにとけはじめている」と、目にはっきり映り、肌で感じられるように著者は書く。

『山の絵本』の著者・尾崎喜八のことを「寂しさをいつも大切にした詩人」と評したそのことばが、串田孫一にもあてはまる。ここには殺人も不倫も裏切りもない。ただただ静かな時間が流れていく。急がされることを拒む文章で、読者は急ぐことをあきらめる。気がつくと、山の大気の中に、自分もすっぽりと包まれたようになるのだ。

「意地の悪い山案内」は、友人の娘を連れて、山歩きをする文章。道が狭まり、並んでは歩けない。娘を先に行かせる。広い道でも、串田は肩を並べて歩くのを好まない。「道は広くとも歩きいい部分は大概は一人分しかないからだ」と書くが、まるで人が生きる道を示すようだ。

初心者の娘に歩き方のアドバイス。「一歩一歩、自分の足を置く場所をよく見極めて歩いて下さいよ。(中略)つまりね、一番楽な歩き方を考えるんだな」というのもそうだ。

山は登ったら、必ず下りてこなくてはならない。肉体はそのために奉仕する。解答を求めない心もぴったりよりそって、頂を目指すのだ。(『ビッグイシュー日本版』200号、二〇一二年一〇月一日)

いきいきと遊びはしゃぐ、あの子どもたちはどこへ行ったのか

『ついこの間あった昔』◉林望|ちくま文庫|二〇一二年

一枚の写真がある。衣冠束帯に身を包む神官の後ろに褌一丁の若い衆が行列をつくる。それを手前で見ている少年は、これも褌だけの裸で靴も履いていない。いったい、いつの写真か。じつはこれが一九四七(昭和二二)年九月の東京・深川。言われなければ明治時代かと思ってしまう。そこで著者は書く。

「私どもは、今では西欧人の真似をしてずいぶんモダンらしい暮らしをしているけれど、その生活の隙間隙間に、これらの土俗的な常民文化の残滓がそこはかとなく潜伏していることを、これらの写真は教えてくれる」

『ついこの間あった昔』は、こうして戦後から昭和三〇年代ぐらいまでに撮られた写真を手がかりに、懐かしい時代の風景や人々について考察する。

なかでも子どもたちが登場する写真が多く、印象的だ。ままごとする「リトルマザーズ」たち、給食中に隣の女の子にいたずらする「悪ガキの心底」、電柱を背に「長馬」という乱暴な遊びをする「荒っぽく、しかし仲良く」という章がそれだ。著者は団塊の世代に属するが、「そこらじゅうに子供がうろうろしていた」と子ども時代を回想する。

「まだ誰も塾になんか通わなかったし、学校が退ければ、それから先、夕食までの時間は、ともかく子供らが自由に集まっては、適宜話し合って、今日はあの遊び、明日はこの遊びと、飽かず遊び回って暮らした」

身体中を使って、いきいきと遊びはしゃぐ、あの子どもたちは、その後いったいどこへ行ってしまったのか。

さらに「衝撃的写真」という章では、五畳半ひと間に子ども二人と両親がひしめくように暮らす姿が映し出されている。壁に寄せられた蒲団、ちゃぶ台で顔を突き合わせる父親と子ども、そして母親は家のなかで火を使って煮炊きしている。〝ライフスタイル〟なんて言葉のない時代の風景である。

では、この混沌たるアジア的生活が下等かと言われれば違う

と思う。そこには、つつましやかな生活の実感がある。経済的に豊かになり、部屋数が増えて、家族が「個」になった現代が「進化」とは言えないだろう。「貧しい」と見える生活がふんだんに抱えていた「温かさ」を、われわれは繁栄と引き換えに手放したのである。

（『ビッグイシュー日本版』202号、二〇一一年一一月一日）

考える名手二人、とことん読者を道連れに

『哺育器の中の大人［精神分析講義］』◉伊丹十三＋岸田秀｜ちくま文庫｜二〇一一年

一九七八年『ものぐさ精神分析』で登場した岸田秀の活躍は華々しかった。同著は精神分析の分野では珍しく大ベストセラーとなったし、岸田はたちまちアイドル並の人気でマスコミを席巻する。これを読んで感動した一人が伊丹十三。中公文庫版の解説を担当した伊丹は、「世界が、俄にくっきり見えるのを私は感じた」と書いている。

異色の組み合わせで先生と生徒役が対談する「レクチャーブックス」の一冊として、一九七九年につくられたのが本書。三十数年を経て、二人の対話は古びず、生き生きと問題を今に提起している。同種の分野では、ダントツのおもしろさだろう。

たとえば、蚕は桑しか食べないのに、人間の赤ん坊は何でも食べようとする。これは人間の本能が壊れているのだと岸田が説明する。これに対し、伊丹は「人間の場合、本能というものは、生まれてから壊れるんじゃなくて、『すでに壊れて生まれてくる』ということですか？」と岸田の説を敷衍しながら、より読者の理解できるレベルに言い換えていく。

この流れから、一般的には未熟児を哺育器に入れるが、「人間は本質的に未熟児」で「家庭っていうのが大きな哺育器」だと、タイトルとなる岸田説の本質を導き出していく。これは容易に納得せず、しつこく食い下がり、ときに岸田説の矛盾をつく、勉強好きな聞き手としての伊丹のすごさだ。

この考える名手二人による対等の対話により、「子育てとは何か？」「何のために人は生きるのか？」といった根源的な問いに始まり、「人間は本質的に誇大妄想」「男はなぜ強姦するのか」など、伊丹に言わせれば、「世界を解く手がかりの宝庫としての自分の発見」という大問題について議論が深まっていく。

二人の主張にまったく同感とはいかないし、そうである必要もない。ただ、休まず考え、問いかけることで、ようやく見えてくる世界がある、ということだ。事実、本書は読者を道連れにして考えることを要求する。「正義を信じ、聖なるものを信じ、

純真に真剣に怒鳴る奴こそ、人類の愚行の元凶です」と岸田は断言する。この「断言」しない治世者たちで曇る世界を、本書は切り裂き、晴れ晴れとさせる。

（『ビッグイシュー日本版』204号、二〇一二年一二月一日）

風に逆らわない主人公。悠々と、明るい筆致は「お茶」の味わい

『更紗の絵』◉小沼丹｜講談社文芸文庫｜二〇一二年

「敗戦後の混乱期、再建途上の学園をめぐる回復と再生の物語」と帯にある解説文を読んで、どんな内容を想像するだろうか。タイトルが『更紗の絵』でなければ、熱血教師が落ちこぼれ生徒たちと組んで、権力的な校長や無理解な世間と対決するような感動ドラマと思いかねない。

違う、まるっきり違うんである。著者は一般的には知られていないが、没後に全集が出るなど、現在、評価の高い作家。井伏鱒二に師事し、自身の日々の日常を、ユーモラスに描くなど師の作風を受け継いでいる。

『更紗の絵』は、東京郊外にできた私立の学園で、主事を務める「吉野くん」とよばれる教師の約一〇年を描く。同書巻末年譜によれば、著者は一九四六（昭和二二）年春に盈進《えいしん》学園に勤め、「約二年間、旧中島飛行機工場の工員寮を改造した校舎に住む」とある。つまり「吉野くん」とは、ほぼ著者自身のことだ。

太平洋戦争末期、現・武蔵野市にあった「中島飛行場」は軍事施設として米軍の爆撃を受け、壊滅する。吉野君の細君の父親が校長となって再建された学園は、年譜によれば、この飛行場の工員寮だった建物が使われた。木造二階建てが五棟。校舎として使う建物は改修されたが、ほかは窓ガラスもなく電気もきていない「荒れ放題」。吉野くん一家はここに住む。

状況は悲惨で、教師間のもめごとに巻き込まれるなど、吉野の日常は深刻で多難であるのだが、『更紗の絵』は、風に吹かれるように逆らわず生きる主人公の姿を悠々と写す。敷地に作った簡易風呂に満足し、友人を入れると彼は軍歌をうなる。

「二階の窓から見ると、広い庭一画大小の樹木で埋められていて、さながら、小さな樹海を見る気がする。その先には畑が展っていて、遠く森や林が見えると、まるで戦災の跡が見られぬ楽園のようだ」

これが新宿からわずか三〇分ほどの風景だった。

もちろん敗戦の影は、随所に姿を現す。旧軍需工場に雇われての進駐軍との交渉、米軍少佐が連れてきた孤児トミィの逃亡事件、友人宅に間借りする進駐軍相手の風俗女性など。

しかし、小沼丹の筆致は不思議と明るく、人を見る目も優しい。いつも明日を見ているせいか。これは「お茶」の味わいがわかる大人の文学なのである。

（『ビッグイシュー日本版』206号、二〇一三年一月一日）

「僕は僕を知りたくて本を読むのだ」

『たましいの場所』◉早川義夫―ちくま文庫―二〇一二年

諸君！
魂のはなしをしましょう
魂のはなしを！

吉野弘の詩「burst　花ひらく」にあるこの一節を、ときどき思い出す。そしてこのエッセイ集を読む時も思い出していた。

著者は、伝説のロックグループ「ジャックス」の一員だった早川義夫。のち書店の店主となりふたたびピアノを前に歌い出した。うまいとは思えない歌とピアノで、上下に体を動かしながら絶叫するように声を絞り出す。それが「うまい」人の歌より魂を揺さぶるのだ。

しかし、歌手であるまえに、著者は日々を「生きる」人である。悩み、喜び、そして恋する人として、日々をつづったのがこの本だ。音楽のこと、父母を見送ったこと、読んだ本のこと、犬の散歩など、なにごとも包み隠さずさらけ出す。

なにしろ、あと一週間の命を宣言されたら「ああ、もっといやらしいことをたくさんしとけばよかった」と言って死ぬ、と書く人なのだ。

「音を出す人間が音嫌いなので困っている」という感想とか、妻から「男として最低、人として最低」と言われたことも隠さない。こんなに正直なエッセイ集は初めてだ。

だから読者も自分が抱える本音を、つねに問われる気がしながら読む。それでいて肩が凝らない。読み終わったあと、さまざまなことから自由になっている自分に気づくのだ。

「最近思っていること。わからないというのが答えなのではないか」、「感動は一種類である。音楽も一種類である。

いい人も一種類だ。言いたいことは、たった一つだ」などなど、日々を正直に生きるなかから生まれた名言たちが、あちこちに散らばっている。著者の音楽を知らない読者も、きっと早川義夫の歌を聞いてみたいと思うだろう。

著者はこうも書く。

「その人を知りたくて、その人の本を読むのではない。僕は僕を知りたくて本を読むのだ。自分は何者なのか。それだけが生きるテーマだ」

この言葉は、『たましいの場所』についての、もっとも正確な自注になっている。誰もが、読みながら自らの『たましいの場所』を探すのだ。

諸君!

魂のはなしをしましょう

（『ビッグイシュー日本版』209号、二〇一三年二月一五日）

チャイムも郵便受けも必要なかった街

『月島物語』◉四方田犬彦｜集英社文庫｜一九九九年

銀座の川向うに「月島」がある。文字通り、川と海に囲まれた三日月形の島だ。

近年、もんじゃと下町情緒で人気エリアとなったが、かつては長屋と商店街のある、ひっそりとした町だった。そこに一九八八年から移り住んだのが四方田犬彦。大学教授で映画から文学、漫画まで論じる評論家。月島以前に住んでいたのは、ニューヨーク。

寅さんに言わせれば、「さしずめインテリ」が、狭い路地の奥にある、築半世紀の木造二階家に住み、この町を愛するようになる。そして、町の歴史を調べ始めて、できたのがこの本だ。

横浜やマンハッタン、東京・武蔵野市などに在住経験をもつ著者が、この町に来てまず驚いたのが鍵の要らない生活。新たにつけたチャイムも郵便受けも必要ないことにすぐ気づく。「いる?」のひと言で、近隣の住人が開け放した玄関から自由に出入りする町だったのだ。

四方田は、すぐにこの町になじむ。「先生」と呼ばれ、銭湯に通い、祭りには神輿をかつぎ、月島全体をくまなく散歩。月島を舞台とした映画や文学、この町に住んだ先行の文学者のことを調べることで、夢のような日々を送るのだった。

江戸期には人足の寄せ場であり、漁師が棲み着いた小さな島が、大川の底を浚って埋め立てできたのが月島。戦時には軍需工場の島となる。そこは「アメリカ合衆国のように、日本全国の人間が集まり、造船所や鉄工所の工場労働者として住みついた町」であるとして、安易な「下町」幻想を、本書で何度も否定する。

小津安二郎の戦後まもない作品『風の中の牝鶏』は、夫の徴兵中、金に困った妻が一度だけ身を売る話。その宿をつきとめるため、夫は橋を渡り月島にやってくる。著者は、妻の告白からその場所をほぼ特定する。あるいは石川淳の短編「衣裳」で、主人公が転がり込む女給の部屋が、描写から、いま自分の住む長屋と酷似することを発見。

その後、バブル時の地上げや、高層マンションの乱立で町は変貌する。そして「先生」が愛した町は幻となった。

(『ビッグイシュー日本版』213号、二〇一三年四月一五日)

昭和三〇年代、東京の空は広かった

『東京「昭和地図」散歩』◉鈴木伸子|だいわ文庫|二〇一二年

昭和三〇年代の日本映画が好きでよく観る。特に東京の街が映ると、内容はともかく、それだけで堪能してしまうのだ。観てすぐ気づくのは、東京の空の広いこと。東京タワーがあんなに高く見えるのも、まだ高層ビルなどがなかったからだ。

鈴木伸子『東京「昭和地図」散歩』は、著者が所有する一九六一(昭和三六)年発行の古い東京地図を片手に、地図のなかの街を現在と比べて散歩するという趣向。これが楽しい。

「地図を見ると、目抜き通りにはまだ都電が走っていて、銀座や日本橋には川が描かれている。街の一等地には大きな映画館があり、並んでいる店は、はきもの屋、食堂、しるこ屋……。銀行の名前も大和銀行、第一銀行など、今は合併してなくなったものばかり」

東京の街の躍動する活気が、並ぶ商店の名前を見るだけで、伝わってくるような気がする。銀座では並木通りに「並木座」という地下の名画座があった。私もここで小津安二郎や成瀬巳喜男をオールドファンたちといっしょに見ると、時代を逆行したような気になったものだ。残念ながら一九九八(平成一〇)年に閉鎖。

渋谷には、駅前すぐに路地が入り組んだ「恋文横丁」と呼ばれる一画があったという。現在の代々木公園に米軍の住宅があり、アメリカ兵宛のラブレターを代筆する店が繁昌したからだ。これも大きなビルの建設で消されてしまった。経済発展の名のもと、街が殺されていく。同時に町の記憶も消えていく。

池袋は戦後、驚異的に発展した新しい街で、目の前に三越百貨店がでんと聳え立っていた。百貨店は繁栄の象徴で、エレベーターに乗るだけで胸ときめいたものだ。ところが、現在はヤマダ電機に……。

あの「三越」がなくなる日が来るなんて、昭和三〇年代の池袋の人々は想像もしなかったろう。東口には「文芸座」「人生坐」と二軒の映画館。前者は経営が変わっても健在だが、後者は今はない。「人世(人生)」ははかない。

そんな夢と繁栄の街で、植木等や石原裕次郎、フランキー堺などがスクリーンで暴れた。その背景にある東京の空は広かった。坂本九は「上を向いて歩こう」と歌ったが、今は見上げても、コンクリートのビルの上に狭い空があるばかり。

(『ビッグイシュー日本版』218号、二〇一三年七月一日)

小さい頃から規格外、好きなことだけに熱中した

『ほんまにオレはアホやろか』◉水木しげる｜新潮文庫｜二〇〇二年

私はライターとして、水木しげるさんを取材したことがある。これ、自慢。「水木さんはねえ」と、自分で自分のことをそう呼ぶ。最後まで、どういう媒体の取材か関心がなかった。自由自在の人であった。

今年九一歳。しかし現役バリバリ。まさに妖怪だ(二〇一五年一一月三〇日死去)。規格外の天才はどうしてできあがったか、自伝『ほんまにオレはアホやろか』を読めばわかる。

水木さんは一九二二(大正一一)年鳥取県境港生まれ。故郷にいま、水木しげる記念館がある。ファンの私はここへも行きました。

本書を読むと、小さい頃、すでに「水木しげる」はできあがっていた。本人曰く「健康でものすごくよく寝る子どもだった」。それはいいのだが、朝は九時まで寝ている。当然、学校は遅刻。だから一時間目の算数はいつも〇点。

それを親も先生もとがめない。「あいつだけはしょうがない」と思われたからだ。そのことを本人も気にしない。なぜなら、「大地の神々がぼくを守ってくれている」と信じていたから。「規格外」と言った意味がこれでよくわかるだろう。

学校の勉強はせず、好きなことだけ熱中した。昆虫や貝殻集め、スケッチをして、凧なんかも自分で作る。近所のおばあさんから妖怪や伝説の話を聞いた。これら、学校外で熱中したすべてのことが、のちにマンガを描く基礎となった。

しかし、こういう人間が戦争で兵隊に取られて役に立つわけがない。水木さんは、落第兵として激戦地ラバウルに送られる。全員戦死という部隊で生き残り、片腕を失い復員。そんな息子

の姿を見て「しげるは前から横着者で、両手をつかうところでも片手でやってきたから、今さら片手になってもこまらんじゃろう」と父親が言った。この父親も相当変だ。

戦後は漫画家として長い貧乏生活に耐えたことは、ドラマ化された『ゲゲゲの女房』などでおなじみ。一日一六時間は描く。寝ている間だけの幸せ。それでも貧乏で、くさりかけたバナナを主食とした。『ゲゲゲの鬼太郎』で人気作家になったのは四〇歳を過ぎてからのこと。

「落第したってくよくよすることはない。わが道を熱心に進めばいつかは、神様が花をもたせてくれる」と水木さんは言う。そう信じて生きてみよう。

（『ビッグイシュー日本版』224号、二〇一三年一〇月一日）

秋の夜に、心優しき探偵の活躍譚

『誘拐』◉ロバート・パーカー―ハヤカワ文庫―一九八九年

夜は長く、しんしんと音が聴こえそうなこのごろ、二、三日に一冊ぐらいのペースで読み上げているシリーズがある。それがアメリカの作家、故・ロバート・B・パーカーが創出した「スペンサー」シリーズ。

ずいぶん前に、当欄でも『初秋』という作品を紹介済み。なにしろシリーズは全三九作もある。全部は追えず、しばらく離れていたが、また読み出した。やっぱりおもしろいのだ。歴史の浅いアメリカでは、もっとも古い街の一つとなるボストンが舞台。主人公スペンサーは風変わりな私立探偵。腕っ節は強く、つねにジムとジョギングで鍛えるマッチョだが、料理は上手で詩を好む。たびたび、へらず口で初対面の相手をからかって怒らせる。恋人のスーザンを熱愛し、そのため、時に身を危険にさらすのだ。

従来のハードボイルドの探偵とは、何もかもが違っている。依頼を受けて動き出すというのは、探偵ものの常道だが、スペンサーの場合は、時に依頼主の意向からはみ出し（時に敵対し）、自分が信じる道を押し通す。その場合は無報酬となる。

たとえば『プレイメイツ』では、八百長事件に巻き込まれたバスケットボールの有力選手を、所属大学の依頼で調査し始めるが、事件は意外な展開を見せて、選手の側に立って一肌脱ぐハメになる。

シリーズ第二作『誘拐』は、永遠の恋人スーザン・シルヴァマンが登場することで印象深い一冊。子を顧みない愚劣な両親の元で育った少年が（という点では『初秋』と共通）、ある日家出をした。

地元警察とは別に捜査に乗り出したスペンサー。例によって、威張るだけが能の警察署長を怒らせる。「そのにらみ方、どのくらい練習してるんだ?」などと言って……。

スーザンとの出逢いと関係の深まりは、読んでのお楽しみということにして、私が好きなシーンは、家出した少年の妹とささやかな心の交流を見せるところ。スペンサーは、不仲で酒浸りの両親を倦む少女ドリイと仲よしになる。娘の前でケンカを始める親。階段を駆け上がって部屋に入るドリイに、スペンサーは心でこう呟く。

「美しい夢をみてくれ、ちび」

マッチョでへらず口を叩く心優しき探偵さんに乾杯!

(『ビッグイシュー日本版』225号、二〇一三年一〇月一五日)

働くことが、生きることなんだよ。

『この世でいちばん大事な「カネ」の話』◉西原理恵子|角川文庫|二〇一一年

「カネのないのは首がないのと同じ」は、大阪人らしいコトバ。一方、江戸っ子は「宵越しのゼニは持たない」という。この隔たりの中に、「カネ」の問題の本質がある。

高知県生まれの漫画家、西原理恵子は前者のタイプ。壮絶な「カネ」をめぐる体験を経てつかんだ真実を、自伝的にこの一冊で書き切る。全部本音の稀に見る感動の書だ。

どん底の少女時代に暮らした町の貧乏体験がまず語られる。窓ガラスのない家、垢で汚れた子どもたち、平気で盗みをする、親は子を殴る……居場所がないまま、子どもたちは不良になるしかない。

そんな環境を見てきた著者は、「『貧しさ』は連鎖する。それと一緒に埋められない『さびしさ』も連鎖していく」と書く。「貧しさ」は連鎖する……までは誰でも言えるだろう。しかしその後半、西原ならではの名言だ。ことばに血が通い、まさに生きている。

だから「お金について、とやかく言うのは品のいいことじゃない」という空気が、日本の文化にあることには反対。働いてお金を得ることの大切さは、本書でもっとも強調される。

美術大学へ通うために故郷から上京した西原は、ゼロからの出発だった。バイトに明け暮れる東京時代。ろばた焼き屋で働き、ミニスカパブでは客からひどい扱いを受けた。しかし、そこから「働いて稼いだ自分のお金でつかんだ『しあわせ』」を実感するのだ。

成功者による説教という感じは微塵もない。つねに体当たりで、傷ついた上に積み重ねたことばは、何をやってもうまくいかない人々を勇気づけるはずだ。貧乏時代、すべてを「のり弁」一個の値段「二八〇円」に換算して、物の価値を決めた、なんて聞くとうれしくなってくる。コーヒー一杯二五〇円が「冗談じゃない」となる。お金のありがたさは、そうして実感として積み重なっていった。

ようやく得た待望の「絵の仕事」はエロ本のカット描き。自分なりの工夫をほめられた。自分が生かされる瞬間だった。その喜びが、いまの西原理恵子をつくった。最後にこう書く。

「働くことが、生きることなんだよ。／どうかそれをわすれないで」

（『ビッグイシュー日本版』226号、二〇一三年一一月一日）

50ページの「訳者あとがき」、村上春樹のとっておき

『ロング・グッドバイ』◉レイモンド・チャンドラー／村上春樹訳／ハヤカワ文庫／二〇一〇年

「憎みきれないろくでなし」と、かつてジュリーが歌ったような魅力的な人物、テリー・レノックスを創出したことで、『ロング・グッドバイ』は永遠に忘れがたい小説になった。

フィリップ・マーロウという私立探偵を主人公にした『ロング・グッドバイ』はハードボイルド小説の名作中の名作。長らく『長いお別れ』という素敵なタイトルと名訳（清水俊二）で親しまれてきたが、村上春樹が新しく訳し直すとなると事情が違ってくる。

「窮地を救い出したマーロウ」は、自宅でレノックスを親身に介抱する。これが二人の出逢いだ。二人は友達に。気高い友情の始まりだ。ところが、この美しく優雅で白髪、金持ちの青年に妻殺しの容疑がかかり、その逃亡を助けたという理由でマーロウは刑事に傷めつけられ、ブタ箱にぶち込まれる。レノックスが罪を認めた手紙を遺し、自殺して一件落着と思われたが……。

しかしこれは長い物語のほんの出だし。そのために損をしたとしても、したくないことはしないという行動原理をもつマーロウの眼を通し、男たちが背負う悲しみをチャンドラーが描く。レノックス事件を追う新聞記者がマーロウに告げる「あんたにはさよならを言うべき友だちがいた」というセリフ。あるいは、「太陽の光線が私の片方の足首をくすぐった。目を開けたとき、霧のかかった青空を背景に樹木のてっぺんがやさしく揺れているのが見えた」などの描写。かっこいい！

マーロウの前をさまざまなモノや人が現れ、消えていく。そ

して最後に友情も。失うことを知っている我々こそ、この本を読むにふさわしい。

（『ビッグイシュー日本版』227号、二〇一三年一一月一五日）

現在に流れ込む過去、まるで精緻な寄木細工

『笹まくら』◉丸谷才一｜新潮文庫｜一九七四年

箱根の伝統工芸品に、寄せ木細工で作られた「秘密箱」がある。側面の板を何度かスライドさせて、ようやく中が開く。複雑で精緻な仕組みながら、出来上がりは整い、非常に美しい。そんな小説があるのだ。丸谷才一が一九六六年に書き下ろしで発表した長編『笹まくら』だ。始まりは、六〇年代半ばの東京。主人公の浜田庄吉は大学の職員で、若い妻をもつ以外は平凡な四五歳。彼に課長昇進の噂が流れる。

これで殺人でも犯さなければ、松本清張だって選ばないような、魅力のない人物だ。しかし、彼には、戦時中五年間も、徴兵忌避者として、日本国中を放浪した過去があった。「撃ちて止《や》まん」の時代に、兵役を逃れることは、国家に対する重大なる犯罪であった。

『笹まくら』は、この平凡な浜田が生きる現在と、杉浦健次と名を変え、正体と身分を隠して生きる過去が、寄せ木細工のように合わさった物語だ。しかも、時制が変わる時、一行空きも章替えもなく、過去はいきなり現在に流れ込む。あるいはその逆。

しかし、読者はいささかも混乱せず、スパイのように逃げ惑う若者と、平和な時代に昇進を気にする中年男の人生をみごとに重ね合わせて楽しむ。そして、過去は次第に現在を脅かす。

俊成卿女《としなりのむすめ》の歌「これもまたかりそめ臥しのさ、枕一夜の夢の契りばかりに」に由来する「笹まくら」とは、「旅先でのかりそめの恋」という意味。砂絵師として日本を旅する浜田が、年上の女、阿貴子と出会うシーンは、夢のように美しい。二人は旅人となって愛を深めていくのだ。

正体がバレることに脅えながら暮らす若者は、しかし、緊迫した、いわば充実した時間をもつ。昇進を気にし、過去に復讐され夢破れる中年男の時間と、どちらが幸福か？　一概にはいえないのではないか、と読者は考えるだろう。

著者は最後に、徴兵忌避を決意した二〇歳の浜田が、入営の日、秘かに家をでる場面を用意する。淡いたそがれの東京駅。彼は宮崎行きの切符をにぎり改札をくぐる。「さようなら、さ

ようなら」が何度も繰り返され、「自由な反逆者」は孤独な運命を選びとるのだった。

（『ビッグイシュー日本版』229号、二〇一三年一二月一五日）

人生はひどく残酷なのか、それとも徹底して優しいのか

『花模様が怖い』◉片岡義男｜ハヤカワ文庫｜二〇一四年

ちょっと忘れられては困るなあ、とみなさまの後頭部をぴしゃりとやりたい作家が片岡義男。いま角川文庫の在庫をチェックしたらゼロ。ええ、ゼロですか！

一九八〇年代、黒の横溝正史と並んで、角川文庫の棚を赤く染めたのが片岡だった。正確にカウントしたわけではないが、九〇点は出ていたはず。サーフィン、オートバイ、フリーウェイにガソリンスタンド……どこか日本離れをした道具立てで、汗や涙や貧乏のない青春を描いて読者をつかんだ。

ところが、あまりに作品の量が膨大すぎて、新しい読者は読もうにも途方に暮れてしまう。そこで、ハヤカワ文庫が「片岡義男コレクション」と題して、短編群を二冊に編み直した。しかも、池上冬樹編による「1」のテーマは「謎と銃弾の短編」。ゾクゾクしてきます。

なるほどと感心する選りすぐりが八編。「心をこめてカボチャにすわる」は初めて読んだが、いきなりシビれた。アメリカの荒野を走るハイウェイぞいに、ガソリンスタンドと休憩所と食堂を兼ねた店がある。切り盛りするのは一六歳のインディアンの少年。名はサンダンス。

さまざまな人がここで息をつき、酒を呑む。そんななか、病室に改造した車に乗せられた少女が立ち寄る。同い年の少年と少女。ボーイ・ミーツ・ガール。少女は少年の住む居留地で日没が見たいと言う。あまり命の先がないらしい。

また、客の一人がサンダンスに聞く。店の切り盛り以外に何ができるのか？　少年は答える。缶ビールを立てて銃で撃つこと、カボチャ畑に座ること。大きなカボチャを育てるために「心をこめて」座るのだ、と。

「白い町」は、週末だけ逢う恋人同士の話。何もかも真っ白な町で、女は彼のために新調した白いドレスを着るという。男はそれを止める。「白すぎる」という理由で。「夕日に赤い帆」では、久しぶりに再開した女が男に危険な仕事を依

頼する。男は二つ返事で引き受けるが……。

　イタリア映画から東映のヤクザ映画ふうまで、片岡の描く世界は幅広く、どこかもの悲しい点で共通している。人生はひどく残酷なのか、それとも徹底して優しいのか。その答えは友よ、片岡義男の作品に聞け！


（『ビッグイシュー日本版』231号、二〇一四年一月一五日）

名探偵ホームズと夏目漱石が出会って

『漱石と倫敦ミイラ殺人事件』◉島田荘司｜光文社文庫｜二〇〇九年

　一九〇〇年は明治三三年、夏目漱石は文部省から約二年間の留学を命じられロンドンにいた。当時ロンドンは五〇〇万人の人口をもつ世界最大の都市であり。いち早く進んだ工業化による煙で、町は黒くくすんでいた。おまけに名物の霧。

　塵埃と霧の中をユウウツな思いで漱石が歩く。その向こうから影のように男が現れる。シャーロック・ホームズだ。名探偵と日本の文豪は同時代人であった。ホームズの住居があるベイカー街に、漱石が個人教授を受ける先生クレイブが住んでいた。二人が出会っても不思議ではない。

　そんな発想から生まれたのが傑作ミステリー『漱石と倫敦ミイラ殺人事件』だ。もちろんホームズは架空の人物。しかし、東西の変人でかつ明晰の似た者同士が出会ったら……という設定はすこぶる魅力的な仮説である。そこで小説家は、妄想を現実にするべく大いに腕を振るった。

　一九〇二年二月、神経衰弱だった漱石は、しばしば幽霊を見るようになり、ホームズに相談する。名探偵は、キンレイ家で起きた、不思議なミイラ事件を抱えていた。密室において男性が一夜にしてミイラに。姉は発狂、残された日本文字とも読める暗号が唯一の鍵となる。加えて遺体となった男性は東洋趣味にかぶれていた。

　ホームズは、日本という「遠い神秘の国からの客人」である漱石に、捜査の協力を要請する。ホームズ呼ぶところの「ナツミ（夏目）」のノイローゼを、そのことで治療できると考えたのだ。名探偵らしい、うまい処方である。密室、ミイラ、東洋趣味という難事件解決のために、さあ、ホームズと漱石が乗り出した。

　著者は本作を描くにあたり、奇数章を漱石、偶数章をホームズと二つの視点にして、文体までそれぞれの作風に似せている。漱石は倫敦の地下鉄を「まるでもぐらの散歩」と評し、ホームズは日本を香港の一部だと誤認識している、両者の愛読者なら、たまらない楽しさ。しかも、二つの視点には多少のずれが！

この遊び心に富んだ手法により、読者は一つの事件を二重に推理するだろう。ホームズの記録されない事件と漱石のロンドン体験。知的好奇心をくすぐられる異色読物だ。

（『ビッグイシュー日本版』232号、二〇一四年二月一日）

どこか色っぽく、町さえ味わいつくす

『焼き餃子と名画座』◉平松洋子｜新潮文庫｜二〇一二年

いまもっとも編集者や記者が原稿を書かせたがっているエッセイストが平松洋子。いたるところで名前を見る。ぞんぶんに陽を受けて、キラキラ輝いているようだ。「わたしの東京　味歩き」と副題のついたこの文章を読むと、「今年は二十数回、旅に出た」とか、「春隣の日々」という日記では毎日複数の原稿締め切りを抱えていることがわかる。超多忙だ。

しかし、どんなに忙しくしても、彼女は決して食べることをおろそかにしない。いや、むしろ食べる喜びが仕事を支えている。そしてその喜びの文章によるおすそわけが読者を幸せにする。だから、仕事「魔」にはならない。坂道を転がる雪玉のように読者を増やしているのは当然か。

それにしてもよく食べる。口が三つあるか、と思えるほどだ。和洋中なんでもござれで、甘味も大好き。「あとがき」で「東京の味」として羅列されるのを見ても、神田「万惣フルーツパーラー」のホットケーキ、浅草「大黒屋」の天丼、「帝国ホテル」のラウンジのステーキサンドイッチ、羽田空港の出入り口に漂うカレーの匂いと、とどめを知らない。

だが、食べることは誰にでもできるのであって、平松洋子の真価は、やはり「書く」ことにある。新橋「燕楽」のとんかつは「ラードで揚げる」それも、「内臓のまわり、腸間膜から抽出されたふわふわまっしろの新鮮ラード。それを鍋いっぱいに溶かしてつくった揚げ油」と、まだトンカツが出てこないのに、口の中がおいしさでいっぱい。

「あの師走の衝撃的な夜が訪れたのち、あなたを想いながら暮らすことになったのです」なんて書かれたら、どんな秘め事かしらんと思うが、じつは六本木「兵藤」で食べたフグ尽くしの話。いや、事実、彼女の食べ物話はどこか色っぽい。

さらに食べ歩きの楽しさは、町歩きの楽しさでもある。日本橋は名の通り「橋」のある街。「橋の上の往来は、時間の流れ方が涼やかだ。見下ろせば、晴れた日は川面がきらきら揺れて光る」と、店へ向かうまでの時間も楽しんでいる。食エッセイの名手は、町さえも味わいつくすのだ。

一時間は誰にとっても一時間。平等に与えられた時間を幸せに過ごすには、おいしいものを食べるのが一番。この本はそう教えている。（『ビッグイシュー日本版』233号、二〇一四年二月一五日）

寝床で毎晩、一つずつ。よく効く薬を飲むように

『サキ短編集』◉サキ／中村能三訳／新潮文庫／一九五八年

これは新刊書店の文庫平台で発見。表紙カバーのデザインが旧版とは変わっている。しかもすごくいい（霜田あゆ美・絵／新潮装幀室・デザイン）。

サキを読むのはひさしぶりだ。O・ヘンリーと並ぶ短編の名手で本名はヘクター・ヒュー・マンロー。変わった筆名をつけるだけあって、作風も変わっている。O・ヘンリーの読後は心が温かくなるが、サキは時に寒くなる。異常心理や怪奇性を帯びた作品が多く、その点で、後世への影響はサキのほうが大きいかもしれない。ちょっとクセのある味なのだ。

「二十日鼠」は、頭が固く潔癖症の強い青年が主人公。二十日鼠が大嫌い。一時間の汽車旅で、コンパートメントには彼と見知らぬ女性が二人。女性は眠っている。どこで紛れ込んだのか、青年の洋服のなかに二十日鼠が！　彼は毛布をカーテンにして裸になったら、毛布が落ちて、女性が目を覚ました。さあ、青年の運命は？

「運命」のストウナーも、まさしく数奇な「運命」に見舞われる。零落し、飢え、海辺を彷徨うこの若者は、その夜泊まるための宿賃もなく、一軒の百姓家にたどり着き、雨宿りを乞う。すると出てきた老人は、彼を「トムさま」と呼んで、喜んで迎え入れる。どうやら、四年前にこの家を出て行った男が、ストウナーと瓜二つらしい。これ幸いと、トムになりすましたはいいが、驚くべき結末が彼を待っていた。

伯父から譲り受けた財産持ちの青年が、意中の女性に結婚を申し込みに行く。しかし、おしゃべりを浴びせかけられるお茶の時間が苦手。そこで遠縁の娘の家へ時間つぶしのために立ち寄ったところ（「家庭」）、などなど。サキの作品は、いつも思いがけない「運命」が主人公の人生を狂わす。それは、我々の実人生にそっくりだ。

なべて「一寸先は闇」。嘆くにしろ、抗うにせよ、結局受け入れるしかない人生。それを選び抜いたことばで、短時間で味わわせてくれるのがサキだ。後味は苦いが、とても洒落ている。一気に読むのではなく、よく効く薬を服用するように、寝床

で毎晩一つずつ読む。そんな読み方がサキには似合う。副作用はありませんよ。

(『ビッグイシュー日本版』236号、二〇一四年四月一日)

最後のことばは、「頼むから仕事をさせてくれ」

『父・手塚治虫の素顔』◉手塚眞|新潮文庫|二〇一二年

手塚治虫が亡くなった日のことはよく覚えている。いや、正確に言えば翌日か。大阪在住時代、環状線の大阪駅ホームを歩いていたら、売店に置かれた夕刊紙のトップに、大きな字で黒々と「手塚治虫」の文字が見えた。当時、手塚の名がそんなに大きく報道される理由は一つしかない。つまり死だ。『鉄腕アトム』『ジャングル大帝』『ブラック・ジャック』の思い出を連れて、一九八九年二月九日、あの世へ旅立った。

その年の初めに昭和天皇が崩御、同じ年の六月二四日に美空ひばりが死去した。これで本当に今度こそ昭和が終わった、という気がしたのだった。私は翌年、東京に居を移す。昭和は大阪に置いてきた。

『父・手塚治虫の素顔』は長男でヴィジュアリストの手塚眞が、父親であり、漫画というジャンルを飛躍的に向上させた天才の業績を語る。文庫カバー袖にある著者写真の、ベレー帽をかぶり丸めがねをかけた横顔は父親に似せただけあって、そっくり!

本書は「手塚治虫は天才です」という一行から書き出される。自分の父親のことを、なかなかこうは言えないところだが、「一八歳でデビューして、六〇歳で亡くなるまで、一日平均七枚以上の原稿を毎日欠かさず描き続け」、その多くは「マンガの古典」である以上、そう呼ぶしかないだろう。

「夜も眠らず、食事も忘れて描き続け」た超人ぶりは、さまざまなエピソードにより知られる。だから、六〇歳の死を「ぼくはそれを早かったとは思いません」と著者は言う。起きて仕事をしている時間からすれば「実質的に人の倍ほども生きた」というのもうなづける。人生は時間的長さでは計れないのだ。

手塚治虫の最後のことばは、「頼むから仕事をさせてくれ」だったそうだ。そうして生み出されたマンガは今でも読める。私たちはその一点で幸せだ。

(『ビッグイシュー日本版』238号、二〇一四年五月一日)

土耳古に滞在する青年の日々

『村田エフェンディ滞土録』◉梨木香歩——角川文庫——二〇〇七年

著者の梨木香歩については、名のみ知り、勝手に誤解していた。つまり『西の魔女が死んだ』といった作品タイトルから、可愛らしい少女が主人公のファンタジー作家だろうと。

とんでもない間違いだ。この『村田エフェンディ滞土録』の素晴らしさに圧倒された。ときは一八九九年。日本の若き考古学者の村田は、学術研究のため、土耳古《トルコ》に滞在中。その日々をつづった日録、という体裁で描かれている。つまり「滞土録」だ。いかに異色な内容かがわかるだろう。

村田が滞在する館は、首都イスタンブールにある。裕福な英国商人の母・ディクソン婦人の所有する高等下宿で、下男ほか、国籍の違う若き学者たちが住む。「エフェンディ」とは、学問を修めた者への敬称。村田はここでそう呼ばれる。それに「友よ!」などと、突然叫ぶおしゃべりなオウムが、物語に彩りを添える。

土耳古は東西文明の交流の地。ヨーロッパ列強による侵略のえじきになる歴史を持ちながら、さまざまな国籍を持つ人が集まり、町はにぎわう。漱石、鷗外と同じく、日本近代化の担い手として異国で生活し、学ぶ村田の目に映るものを、著者はていねいに写し取る。その文章は味わい深くみごとだ。

この都に犬が多いというくだり。

「もしかすると、どの国でも、その国に棲まう人も犬も、同じ目つきをしているのかも知れない。それがその風土を生み育てたものなのであろう。人も犬もみな同じ目つきをして。対等に心細く巷を渡ってゆく」

ここには、異文化にもまれて観察が鋭くなった、知的で穏便な「坊っちゃん」がいる。歴史と風物と人びとを生き生きと再現する時、梨木香歩の筆は冴えに冴え渡るのだ。馬を駆っての遠出、遺跡調査現場で見つけたローマガラス、「神の墓石でできた家」と言われる館での霊的異変、小さな神々の戦いと、静かな物語が夢の世界のように揺れながら、引き締まっていく。

「私は人間である。およそ人間に関わることで私に無縁なことは一つもない」

そんな古代ローマの劇作家のことばが二度引用される。帰国した村田をやがて迎える運命は、このことばを、より強く読者の胸に刻みこむことになるはずだ。

(『ビッグイシュー日本版』241号、二〇一四年六月一五日)

人と違っていることで障害者にされる必要はない

『ぼくには数字が風景に見える』◉ダニエル・タメット｜古屋美登里訳｜講談社文庫｜二〇一四年

映画『レインマン』で、主演のダスティン・ホフマン扮する中年男は、重い自閉症を抱え、外界とコンタクトが取れない。しかし、記憶と計算において、超人的な能力を発揮する。これを「サヴァン症候群」と呼ぶ。たとえば、床に散らばった爪楊枝の数を一瞬にして言い当てる、というふうに。

『ぼくには数字が風景に見える』の著者、ロンドン在住のダニエル・タメットは、まさにそういう人物。タイトル通り、数字を見ると色や形や感情が浮かび、それが美しい風景に見えたりもする。つまり記憶と数字に対して高次の能力を有するのだが、靴ひもを自分で結べず、集団行動が苦手で、すぐにパニックを起こす。それゆえ学校ではいつもいじめられ、ずっと一人ぼっちだった。

本書はそんな数奇な生き方を、ばつぐんの記憶力でつづった異色の手記だ。同年輩の子どもと明らかに違ったダニエルは、学校内で疎外され「ぼくはいつも消え去りたいと思っていた。どこにいても自分がそこにそぐわないと思っていた。まるで間違った世界に生まれてきてしまったような感じだった」と考える。しかし、それは特殊な感情ではなく、思春期に同じ思いでいた子どももたくさんいるはず。ダニエルは〝私だ〟。『ぼくには数字が風景に見える』に共感できるのはそんなところだ。

やがて成長した彼は、自分がゲイだと気づき。男性と同居するようになる。「普通になりたい」と願っていたが、自分の病を個性として活かし、観衆を前に、三か月で覚えた円周率二万二五〇〇桁を暗唱したりする。全部言い終えるのに五時間もかかった。インタビューで成功の秘訣をたずねられると、「πはぼくにとって言葉にできないほど美しく、唯一無二のものだからです」と答えた。

『レインマン』のモデルとなったキム・ピークとの対面も感動的だ。自己紹介で互いの誕生日を訊ね合い、ただちにそれが日曜日であることを指摘。二人はそれで心を通わせる。キムの父親は息子を代弁してこう言う。

「人と違っていることで障害者にされる必要はない。だれのからだも違っているのだから」

ダニエルが悩んだ「普通」って何だ？　そんなことを考えさせられる本だった。（『ビッグイシュー日本版』２４４号、二〇一四年八月一日）

映画と原作の両方を味わう楽しみ

『小さいおうち』◉中島京子――文春文庫――二〇一四年

中島京子は本作で直木賞を受賞。また、山田洋次監督により映画化された幸福な作品だ。物語は独りぐらしの老婆・タキの若き日の回想から始まる。昭和五年、雪深い山形から上京し女中奉公をするタキはまだ一四歳。最初は小説家の家、すぐに平井という玩具会社の重役の家へ住み込む。これが、東京郊外に建つ赤い三角屋根の「小さいおうち」だった。この時代、赤い屋根の文化住宅が流行。幸せの象徴だったのだ。

美しい若奥様の時子と息子恭一。タキはこの幸せな家族のために一心に尽くす。それが喜びだった。「たった二畳の板間をわたしがどんなに愛したか、そのことを書いても、人はおそらくわかってはくれないだろう」と老婆のタキが回想記に書く。

著者は、消費を善とする、華やかで明るいモダン都市東京の風景と風俗をたっぷり描く。戦前といえば暗い時代を想像するが、昭和初期から戦中にかけて、それほど苦しく重い時代ではなかったことが、この小説から読み取れるのだ。

このあと、平井家に出入りする会社の部下・板倉と、美しい若妻・時子の間に、人知れず不倫関係が進む。そのことに気づき、一人悩み、心を痛めるタキ。原作でも映画でも、ここが『小さいおうち』という物語の核となる。明日、出征する板倉に、最後一目会いたいと身繕いして家を出ようとする時子をタキは決死の覚悟で引き止める。手渡された手紙の意外な行方が、最後明らかに……。

ところで、映画では描き切れなかった（あえて描かれなかった）問題点がある。平井は時子の一〇歳年上。時子は結婚歴があり、恭一は元夫との間にできた子。再婚後に子どもはできない。その理由にタキは気づく。「旦那様からは、男の人の匂いがしなかった」というのだ。若い妻を大事にし、自慢に思いながら性生活はなかった。

時子が板倉に傾斜していった一因がここにある。映画ではそこまでは触れ得なかった。むしろ時子役の松たか子の美しさ、板倉役の芸術好きの青年を演じる吉岡秀隆の魅力で、隠した難題を押し切った感じだ。しかし、原作を読むと、その恋愛が落とす影は濃く深くなる。映画と原作の両方を味わう楽しみが、ここにある。

（『ビッグイシュー日本版』２４５号、二〇一四年八月一五日）

問題は地獄にも天どんがあるかどうかだ

『食物漫遊記』◉種村季弘｜ちくま文庫｜二〇一四年

世の中に「食」の本は数々あれど、異色中の異色がこの一冊。老舗や名店の逸品を紹介したり、吟味した食材を生かすレシピなどは書かれていない。いわゆる「食」の本を期待すると肩すかしに遭う。しかし、その肩すかしぶりが何とも楽しく気持ちいい。

なにしろ初手からして、変わっている。矢田津世子の小説『茶粥の記』に登場する鈴木君。区役所に勤めながら、新聞雑誌に食味随筆を寄稿。区役所でも食通で知られる。たとえば、鳥取の夏牡蠣がいかに旨いかを力説する。身が大きく厚いのを、「塩水でよく洗って酢でガブリとやるんです」と、たしかに旨そうだ。

ところが、この鈴木なる男、実際にはどれも食べたことがない。すべては聞きかじりの読みかじり。現実に彼が食するのは「朝は茶粥に昼は塩鮭のお弁当」なのだ。「食物をメタファーとしてはたらき出す想像力の運動、精神の遊戯こそが眼目」と著者は言う。これならお金もかからない。

「飢えを見せる人」という章もすごい。ここで紹介されるのが、大正末期に出た佐藤耶蘇基《やそき》の『飢を超して』（一九九一年に黒色戦線より復刻）。佐藤はその名・耶蘇基からわかる通り宗教家だが、世をはかなんで神社の境内にある穴に潜り込み「七日間も腹に何も入れない」。それが評判になり、見物人が来る、ファンレターが届くなど、東京名物になってしまった。著者によれば、明治初年には絶食旅行が流行したという。食べないことを取り上げた「食」の本とは珍しい。

もちろん、ちゃんとした食べる話も出てくる。「天どん物語」は、著者と天どんの浅からぬ因縁を、物語ふうに綴る。若き日、渡航する女医さんのため、ドイツ語の家庭教師をしたことがあった。蒲田の大病院に通うことになるのだが、ここで出されるのが「朝から晩まで天どん一本槍」。ついに入院するハメに。そこで著者は考えた。

「人生は地獄だというのに、天どんを食えばうまい。人生は地獄でも、天どんというものがちゃんとある。残る問題は、と私はつぶやいた。そう、残る問題は、地獄にも天どんがあるかどうかだ」

天どんの話に「人生」や「地獄」が出てくるとは驚いた。そう、これは驚かされっぱなしのエッセイ集なのである。

（『ビッグイシュー日本版』246号、二〇一四年九月一日）

懐かしくおかしい若者たちの部屋。絶対にCMには出てこないけれど

『TOKYO STYLE』◉都築響一｜ちくま文庫｜二〇一四年

仕事に疲れて、人ごみから逃れて帰る自分の部屋がある、というのはいいものだ。ブチンと部屋の明かりを点け、部屋を見渡した時、今朝外出した時と変わらぬ、自分のお気に入りで取り囲まれた空間がある。部屋は自分を守る城であり、くつろげる宇宙なんだ。

『TOKYO STYLE』は、東京に住む若者たちの部屋をただただ写しまくった写真集。初刊は一九九三年。才人・都築響一の出世作だ。ただし著者はカメラマンではなく、元編集者。だから部屋をきれいにとか、ビジュアルとして見た目をよく写そうとは考えていない。床は散らかったまま、敷きっぱなしの蒲団あり、狭い部屋に息苦しくなるぐらいあふれたモノたち。

実家の部屋とは別に、上京して一から作った空間は、よくも悪くも、住人の生活と個性を反映している。そこがおもしろい。まったく見飽きない。いやにすっきり片づいた部屋と思ったら、どこで仕入れてきたのか浅野温子の等身大広告が立てかけてある。なぜか自転車が部屋にあるアーティストが使う一軒家は、かさのない蛍光灯がぶら下がっている。

こうして見ると、雑誌広告やテレビCMで紙くず一つ落ちていない、きれい一方の作られた部屋がいかに嘘くさいか、わかってくる。ビール瓶ケースの上にマットを渡したベッドなど、絶対にCMには出てこないが実際にはある。なんだか懐かしくおかしい。部屋の住民は登場しないのに気配や匂いが感じられるような気がしてくるのだ。

「金持ちになるほど他人から離れたところに広々とした家を建て、すっきり暮らすという欧米の考えかたからすれば、どうしようもなくコミカルに見えてしまうであろうこんな生活スタイルが、実のところ僕たちにとっては意外に心地よかったりする」と著者は書く。まったくその通りだと思うし、そんな欧米流の家を写した写真集など、見たくもないし、『TOKYO STYLE』ほどの興は湧かないだろう。

撮影を始めた一九九〇年代初頭には、まだレコードプレイヤーやラジカセや黒電話が生きていたんだと、そんな考古学的発見も秘かに楽しんだ。これでいいのだ。

（『ビッグイシュー日本版』250号、二〇一四年一一月一日）

ただし小津さんは別よ

『原節子　あるがままに生きて』◉貴田庄｜朝日文庫｜二〇一四年

かつて、日本の映画女優について、人気投票のアンケートを取ったことがあった。結果は一位が原節子。文句なし、であった。貴田庄『原節子　あるがままに生きて』はこの大女優の人生について調べつくし紹介した本。これを読むといまどきのタレントみたいな女優とは、まるで違う。つまりCMに出ない、唇をつけるキスシーンもない、舞台挨拶もしない、まさに銀幕の中のスターなのだ。自分のこともほとんど語らない。すべてはベールに包まれている。そして、まだ華のある四〇過ぎで引退して、完全にマスコミの前から姿を消したのである。

原節子は今井正、黒澤明、成瀬巳喜男、と日本映画の巨匠と組んで仕事をしているが、なんといっても小津安二郎とのコンビが忘れがたい。原がもっとも美しかった三〇前後にかけて、『晩春』『麦秋』『東京物語』と、いずれも紀子という役名で「紀子」三部作に主演。その美貌は神がかり、光り輝くような気品を放った。

三部作の制作を担当した山本武によれば、最初の出会いのとき、「原さんを見た途端、ボーッと小津さんの頬が赤く染まった」。どちらも独身を通して、一時期、二人の結婚の噂が流れたほどだった。原は若い頃、演技力に難があり、「大根」とくさされた。しかし、小津は「原さんのように理解が深くてうまい技をする女優はめずらしい」と絶賛した。要するに小津と原は相性がよかった。

おもしろいエピソードがある。『麦秋』は、行き遅れた長女・紀子(原節子)の結婚について、家族が心配する話。四〇で独身の男との見合い話が進む中、結局、紀子は兄の同僚医師で子持ちのやもめの男との結婚を決める。兄嫁に紀子は「あたし四〇にもなって、まだ一人でブラブラしてるような人って信用できないの」と言うのだ。このセリフを小津は原に読み聞かせたあと、「だが、このあとにこういうセリフが続くんだよ。ただし小津さんは別よってセリフがね」と言った。

小津安二郎は一九六三年一二月一二日、奇しくも六〇歳の誕生日に死去。その通夜に出席した原は号泣し、以後映画出演が途絶えた。これをどう考えるかは、我々の自由だろう。

（『ビッグイシュー日本版』251号、二〇一四年一一月一五日）

『麦秋』の原節子（一九四九年）

今日までそして明日から

——A Day in the Life 3

●松尾スズキアワーをなんとしよう！

二〇一六年NHK三月三〇、三一日二夜連続の前後編で『松尾スズキアワー恋はアナタのおそば』を放送、まとめて録画で見る。おもしろいものが見られる、という予感がしたのだ。

回転する舞台をしつらえ、生放送で客を入れ、歌あり、芝居ありのバラエティーショー。当今のテレビでは珍しい。松尾スズキ作・演出とあって、朝の連ドラ『あまちゃん』にも出ていた大人計画メンバーが続々登場する。ピンを張るのが多部未華子。どこかぎくしゃくした動きでコメディに身体を捧げる。「なんと」「なんとしょう」「なんとな」と、古風なセリフ廻しが可笑しい。口ぐせとして、伝染しそう。

テーマソングの「そばそば　すすっちゃえ　そばそば　むしろ打っちゃえ」という歌詞でわかる通り、正道やオーソドックスを少しはずして、とぼけた味わいを出すのが松尾スズキ流。これをNHKでやるのがおもしろい。いや、むしろ今や、この手のショーを仕掛けるのはNHK以外では難しいのかもしれない。

芸達者による学芸会を見ている趣きあり。しかし、松尾スズキの仕掛けた「ずれ」具合が、私には「ずれ」のまま、どこか違和感として残り、とうとう解消されず、本当に楽しめたか自信がない。しかし、クドカン始め「大人計画」のラインの笑いが受けるのも、よくわかるのだ。

小林信彦なら、どう観るだろう。

●雨の日曜日と石立鉄男

雨がしとしと日曜日、ぼくは一人で新聞の切り抜きをやっている。

溜った新聞(うちは朝日)を袋に入れ、紐で縛るため、一か月に一度くらい整理をする。その際、ついでにいくつかの記事を『サンデー・モーニング』や『新・日曜美術館』を見ながらスクラップするのがならわし。これはずいぶん続いている習慣だ。

この日は、連載中の「漱石」もの、「『吾輩は猫である』の世界」ほか、「今こそ長谷川町子」「街のジゾウ安息の地は寺」「あのときそれから　高校生の政治活動規制」「吉田秀和」「梶井基次郎『檸檬』」などを切り抜き、一〇〇均で買ったスクラップブックに貼っていった。

出久根達郎さんが「漱石」シリーズで、「漱石は猫好きだったのか」というタイトルの一文を寄せている。漱石が松山中学に赴任した折り、下宿した家の孫娘が猫好きで「猫と会話ができる」と言った。この猫娘を漱石は可愛がり、出久根さんは『吾輩』が「彼女との対話から生まれたのではあるまいか」と、新説(?)を述べている。

文化・文芸欄で、不定期連載されている「今こそ」の二〇一六年三月一四日分では「石立鉄男」を取り上げる。私もかねがね、日本のドラマの中で、石立鉄男をどう位置づけるかを考えていた。「おひかえあそばせ」に始まる、女性優位の一家に、異物として舞い込む男性一人というシチュエーションコメディは、ちょっと類例のない面白さだったと思う。

大げさな表情(ほとんどマンガ)、過剰な動作、滑舌のいいセリフ回しなど、石立鉄男以外が同様のことをしたら、ほとんど噴飯ものだったろう。石立鉄男ありきのキャラクター設定であった。松木ひろし中心の脚本による、これら一連のドラマにおける石立は、ちょっとジャック・レモンの匂いがした。だから、音声が失われて、吹き替えで再放送するとなれば、声優は愛川欽也だ(亡くなってるけど)。

「今こそ」を執筆した朝日の記者・石飛徳樹は、しかし「この破天荒なキャラクターを彼は自信を持って演じていたわけではない」として、制作にかかわったユニオン映画社長の証言「石立さんはよく悩んでいた」を引いている。

誰か、石立鉄男の評伝を書かないだろうか。

●透き通ってるってホントかな?

これはどこで買ったシングル盤か、ダニエル・ビダル「天使のらくがき」(一九六九年・キング)が手元にある。「フランスからやってきた妖精」というキャッチフレーズで、一九七〇年代初頭、ほんの数年だが、日本で大いに人気のあった歌手(ただし、たどたどしい歌唱は浅田美代子並み)。おフランスに弱い日本人の弱点をつく存在でありました。

ハミガキのCMで「透き通ってるってホントかな?」と日本語で歌っていた。絞り出すと、透明なハミガキジェルが出るのが売りであった。

いま、ちょいと調べたら、ダニエル・ビダルは一九五二年モロッコ生まれ。シャルル・アズナブールに見出され歌手デビュー。それが「天使のらくがき」だったのだが、これは邦題。原題を日本語訳すると「汝を愛する者たちを愛せ」で、これは難解すぎる。

驚いたことに、一九八〇年に日本人(もとGS)と結婚し、男児をもうけている。のち、離婚。ということは、現在、三〇代のダニエル・ビダルの血を受け継ぐ子が、どこかで生きていることになる(生きていれば、の話だが)。
まったく、人生、いろんなことがありますね。

●『一粒の麦』

吉村公三郎『一粒の麦』を観て、感服する。すばらしい演出。ムダなコマがまったくなく、ショットのさばきも正確で鮮やか。ううむ、驚きました。一九五八年の作品。

東北から東京へ中卒で集団就職していく若者たちの群像と、彼らを見守る教師(菅原謙二)を描く。当時、集団就職専用列車が走っていた。初めての東京が近づく車窓のシーン。千住のお化け煙突が、列車の移動で四本から二本に変わる貴重なシーンあり。

到着はとうぜん「ああ、上野駅」。上野駅を出て、みな一ヵ所に集められる。そこに、就職先の店や工場の引き取り手が待っていて、それぞれ散らばっていく……というシステムが、この映画でじつによくわかるのだ。

そば屋の出前持ちで雇われた男子はまだいい方だ(食事がいい)。中小の工場へ行ってみると、夜学へ行けるという話がウソで、ほか長時間労働など、最初に言われた条件と違っていたりする。耐えられず逃げ出す生徒もいる。

何かトラブルがあると、菅原謙二扮する男先生が問題解決のため、東京へ出て行くのだ。恋人の女先生が若尾文子、校長が東野英次郎、工場主に上田吉二郎、殿山泰司など。

●最初に買ったジャズのLP

最初に買ったジャズのLPはマイルス・デイビス『ラウンド・アバウト・ミッドナイト』だ。思い出深い一枚で、コルトレーン『バラード』、ビル・エバンス『ワルツ・フォー・デビィ』などと同じく、今でもときどき取り出して聴く。

ジャズを聴き始めたのは大学へ入って

からで、大人になったらジャズ、と何となく決めていたらしい。FMで渡辺貞夫「マイ・ディア・ライフ」をよく聞いていて、小林克也のMCも、虫明亜呂無《むしあけあろむ》によるブラバスのCMも懐かしい。

私はナベサダでじゅうぶんジャズを楽しんでいるつもりだったが、ジャズ好きの同級生に言わせたら「あんなの、聴いてるようではあかん」となる。「それじゃあ、一枚、いいのを選んでくれ」と、一緒に、まだ広小路にあった頃の立命館大学の地下生協部へ行った。

友人は「あるかなあ?」と言いながら、スタスタとレコードを抜き差ししながら、「あ」と声を挙げて私に渡したのが『ラウンド・アバウト・ミッドナイト』だった。「これから始めるといい」と彼は言うのだった。もちろん、マイルス・デイビスの名前ぐらいは知っていた。ジャケットもかっこいい。

そしてその一枚を下宿に持ち帰り、しばらくこればかり聞いていた。夜の闇の深さを測るように、ミュートされたマイルスのトランペットが、畳の四畳半の部屋に響き渡る時、「そうか、これがジャズか」と、実際には大阪弁(マイルス、ええがな)で納得することになる。

こうなると、古本と同じく、少しでも安く買いたい。そして京都の中古レコード漁りが始まった。

●『みんなの歌』

二〇一一年の正月番組で、NHK『みんなの歌　50年』記念番組をビールを飲みながらチラチラ見てたら、一番最初の曲が「誰も知らない」だったと知る。私の大好きな歌。谷川俊太郎作詞、中田喜直作曲、アニメーションが和田誠、歌唱が楠トシエと完璧な布陣。

「とーちゃんのぼうし、そーら飛ぶえんばん」と(全部引くとまずいのでここまで)、エスプリの効いた名曲で、小室等がカバーしたこともあるし、私も娘が幼児の頃、眠らせるのによくこの歌をうたっていた。娘は覚えているはず。

ところが、その日スタジオにいたタレント衆は「だれもしらない、かも」と発言。文章なら(笑)が最後につく感じで苦笑する。私は怒りました。みかんを食べてたら、皮をぶつけるところだ。そもそもベッキーが司会、井上順、榊原郁恵、はなわといった出演者の人選がどうもわからん。

いや、個々の存在については、私は恨みはない。井上順、郁恵ちゃんなど、むしろ好きなタレントだ。しかし、この番組はいけません。

どうやら、世代別にアトランダムに集めたようだが、誰一人、そもそも「みんなの歌」にそれほど愛情もない。にぎやかしに呼ばれて、ギャラ分を喋るといった感じだ。

ここはどなたか、音楽やアニメに精通したご意見番が欲しいところ。そうしなくちゃいけないだろう。『みんなの歌』がかわいそう。本当は和田誠さんが出てくれるといちばんいいんだが。そして依頼すれば出てくれると思うが、なぜそうしないか。

谷川俊太郎、和田誠と名前が出れば、もっと激しく反応してくれと言いたい。これはほかの番組でも同様。NHKは若い視聴者の取り込みに懸命で、ほんとうにNHKしか見ないような、高齢者層をないがしろにしている。

◉配管から聞こえるビートルズ

吉行淳之介の対談集で、村松友視が北海道までわざわざ黛ジュンのディナーショーを聞きに出かけた話をしていた。会場はタクシーの運ちゃんも知らないようなホテルで、いざ行ってみたが、満席で入れないと言う。しかたなく、四階に部屋を取った。トイレに入り、配管に耳をあててみると、かすかにディナーショーの音が聞こえてくる。かくして村松は、トイレに籠って配管に耳を当て、四曲ぐらい黛ジュンを聞いた。

似たような話があって、うろ覚えだが、一九六六年、ビートルズ来日の武道館公演におけるエピソード。のち「ワイルドワンズ」のリーダーとなる加瀬邦彦は、武道館公演の前座で出演する寺内タケシとブルージーンズの一員だった。ところが、厳戒態勢下で、前座のバンドは演奏終了後に、楽屋に閉じ込められてしまって、同じ武道館にいながらビートルズを聴けない。

そこで加瀬は、配管に耳をあててビートルズを聴いたというのだ。私はいい話だと思うな。

◉安土多架志という男

名古屋への古本屋取材のとき、鶴舞にある「大学堂」の店頭三冊一〇〇〇円均一台で買ったのが安土多架志《あづちたかし》歌集『壮年』(書肆季節社)。いや、著者については何も知らなかった。書肆季節社の本、という点が優勢な、冊数を埋めるための気まぐれな買い物だった。ときどき、そうしたかたちで、予定外の思いがけない出会いをすることになる。

いま、開けてみると安土追悼記事の新聞の切抜きが入っていて、一九八四年に三七歳の若さで亡くなっていたと知る。いわゆる全共闘の闘士で挫折組。同志社神学部卒。山谷へ入って活動などもしていたようだ。同志社の神学部から山谷への流れは、フォークの神様・岡林信康と同じ。岡林は一九四六年生まれだから、すれ違っていたかもしれない。

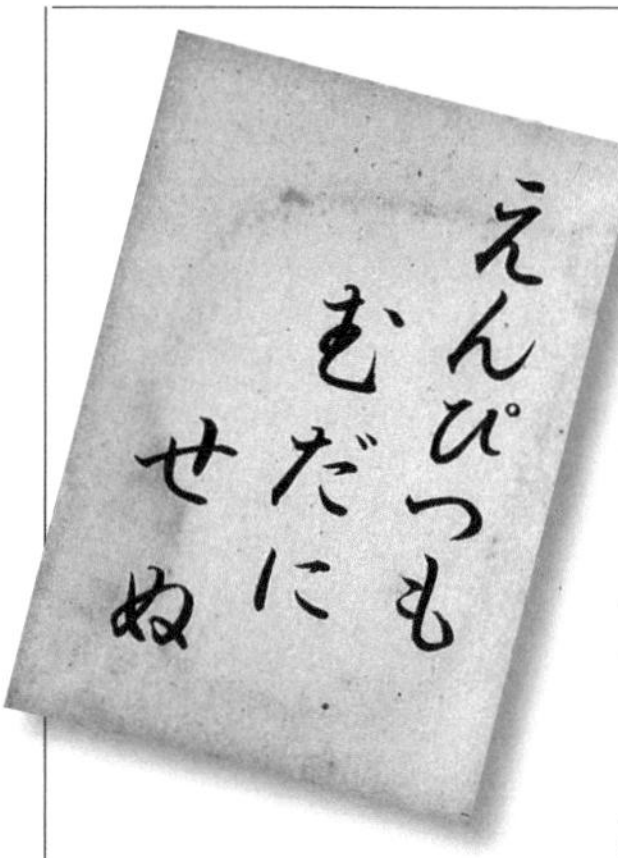

キャンパスのどこかで

古本屋の店頭でパラパラと何首か読んで感じるものがあったのだが、そういう人だったとは。検索したら『中島みゆきミラクルアイランド』という中島みゆき論集にも一文を寄せている。まったくその存在を知らなかった歌人が、こうして少しずつ近づいてくる。以後、何かで安土多架志の名を見るたび、私は反応するはずだ。

帯に引かれた歌を一首、紹介しておく。

「キスしてもいいか氷雨の降り続く街は淋しい息絶えんほど」(原文は正字)

書肆季節社らしい堅牢な造りの美しい処女歌集は、生前の安土の手にぎりぎりまにあって届けられたようだ。本というかたちの耐久性、生存率の高さに改めて驚く。こうして安土多架志は後世の読み手に届けられる。

「思いがけない」と言えば、上記のことをブログに書いたところ、本多正一さんから、コピーの記事を二ついただいた。どちらも、安土多架志に言及した中井英夫がらみの文章だ。うちの一つを書かれた著述家の吉村明彦さんは、安土と親しかったらしく、病床の安土を励まそうと、処女歌集『壮年』について、中井英夫に「読んで手紙を書いてやってほしい」と依頼。中井は「あまりいい歌はなかったけれども歌集をくり返し読み」、手紙を送ったという。しかし、そのときすでに安土はこの世になかった。

言うまでもなく、中井英夫は『短歌』(角川書店)など短歌雑誌の編集者を長らく務め、塚本邦雄、寺山修司、春日井建などを発掘した。「あまりいい歌はなかったけれども」という評は、ちょっと残念だ。

●おねえキャラ

気がつけば、テレビを中心にマスコミ

界は、いわゆる「おねえキャラ」が蔓延して勢いが止まらない。その先鋒はまちがいなくマツコ・デラックス。冠番組ほかCMにも出ずっぱりで、しかも当面、飽きられることもなさそうだ。

そこで思い出したのが、何かのテレビ番組で、大型ショッピング店舗「コストコ」へ三組の芸能人が買い物をするという企画。ピーター、カバちゃん、楽しんごが出ていたが、オープニングで、おねえキャラ三代がキャピキャピ言いながら並んでいるのを見渡して、うち一人のピーターが思わず言った。

「いい時代になったわねえ、私の頃だと、国辱ものだったわよ」

これには思わず笑った。「国辱」とは、ピーターの父が上方舞の人間国宝であることを踏まえているのだが、「国辱」ということばの使い方が、じつになんともセンスがある。コロッケのちあきなおみモノマネは当初、ピーターのちあきなおみのコピーであった。

あまたある「おねえキャラ」の中で、最後に残るのはやはり才能である。ピーターが何よりもそのことを証明している。

●失踪したモダン版画家

『別冊太陽　モダン東京百景』で、洲之内徹が書いた「藤牧義夫『隅田川絵巻』」を読み、見ていた。そうしたら今朝『日曜美術館』で藤牧特集だ。もちろん食いついて見る。

藤牧は明治末年の異色の版画家で、学歴は小学校高等科卒。商業美術の出身で、版画は我流だったようだ。隅田川沿岸、橋をパノラマのように連続して描く絵巻「隅田川絵巻」を残して、昭和一〇年、二四歳で失踪。以来、行方がわかっていない。

『日曜美術館』では、藤牧に挑戦するように、カメラマンが写真で切り取る現代東京の絵をおもしろく見ながら、藤牧という不思議な版画家・画家のことを考えていたが、それにしても解説がうるさい。その道の第一人者で、発見者だから仕方ないが、ガチャガチャ、鈍い刀をふりまわすだけで、音としてもうるさい。美術は熱く、しかし静かに語ってもらいたい。ここは、やっぱり海野弘さんに登場してもらって、モダン都市の風景と藤牧の視線について話してもらいたかった。

それより、藤牧の出身「館林」の駅舎が映ったが、なんとも好ましいモダン建築。昭和一二年竣工の洋風木造建築。これで館林の町に古本屋の一軒もあれば、訪ね甲斐があると思って検索したら、「ブックオフ」と「大葩堂《たいはどう》」という良さげな名前の古本屋が!

ところが、なおも追跡調査すると、どうも後者は閉店したみたい。残念なり。

●『さらば友よ』のYシャツと自販機

ずいぶん前、たぶん「日曜洋画劇場」で『さらば友よ』を観ている。一九六八年フランス映画。アラン・ドロンとブロンソンの顔見せ興行、という感じの映画であった。

最後のタバコに火をつけるシーンが見たくて観るような映画。映画史に残る名ラストシーンだろう。それでも今なら、室内でタバコを吸うなんてと告発する人がいるだろうか。

私が高校生ぐらいの時、最初に観て、あれ？と思ったのは、ドロンもブロンソンもYシャツを素肌にそのまま着ていることだった。日本だと下着をつけますよね。これは、そういうものなのか。こっちが無知なせいもあるが、洋画を観ていて、ささいなことに気づいたり、気になったりすることがある。

また、広告会社の廊下に、パンや飲みものを売る自動販売機が設置してある。これも一九六八年公開当時、日本人が見ると、珍しかったんじゃないでしょうか。

●冬の鶴

二〇一二年二月八日、八木福次郎さんが亡くなられた。顔写真入りの『朝日』追悼記事を切り抜いてスケジュール帳に貼った。九六歳だから大往生でしょう。しかし、私の知るかぎり、晩年にいたるまで、ほんとうにかくしゃくとしておられ、頭脳も明晰だった。

日本古書通信社の社長を長く務められ、まさに「神保町の生き字引」であった。八木さんの口から「神保町界隈には、旗本はもちろん、大名の江戸屋敷もあった。小川町、駿河台下辺りにもずらっと武家屋敷が並んでいた」なんて聞くと、あれ？江戸時代から生きてらっしゃったのか、なんて思ったが、大正生まれである。

八木さんから、映画の淀川長治などと同じく、一つのことを信念をもってつき進む、持続することの「強さ」を感じた。何度か、お話しさせてもらったこともあるが、偉そうぶる、なんてことは微塵もなかった。白髪の痩身で神保町の交差点に立つ姿は、冬の鶴のようであった。

四月一七日、明治大学紫紺館での「偲

ぶ会」に御誘いを受けて、「私なんか」と思っていたが、出かけようと思う。

●二月一四日は金子彰子デー

二月一四日はバレンタインデーだが、金子彰子記念日でもある。金子彰子さんの詩「二月十四日」を読もう。お父さんの声、「焼き方が足りんぞ」が耳にこびりついて離れない。この歳になって読むと、かつて一五歳だった少女に、何か「生きかた」について言われたようで。

「二月十四日」という名作を一五歳で書いた金子彰子さん。チョコレート会社が「バレンタインデー」にちなむ詩を一般公募し、そこに応募したのが金子さんだった。審査員の詩人・井坂洋子がこの詩に目をとめた。「バレンタインデー」をテーマとしながら、詩のタイトルを「二月十四日」としたのは、この一五歳の少女だけだった。

金子さんはその後、詩から離れていたが、あることをきっかけに、また詩の世界へ戻った。私家版『二月十四日』を出した後、初期の詩と、その後詩作を再開してからの作品を集め、あの龜鳴屋から詩集がついに出る運びとなった。解説が金子さんの発見者といっていい井坂洋子、装幀は金田理恵。これ以上ない人選である。

金子さん、うれしいだろうなあ。ちなみに現在、詩集『二月十四日』はとっくに売り切れています。

●坂崎幸之助、名門墨田川高校へ

半藤一利『歴史をあるく、文学をゆく』を読んでいたら、半藤は墨田川高校（旧府立七中）の出身。同校から「佐野眞一、宮部みゆき、枝川公一、小杉健治の諸氏」が卒業、とある。なんと豪華なOBたちか。

そこで少し調べたら、まだまだ同校OBはそんなもんじゃない。加東大介、小川宏、滝田ゆう、細江英公、辻征人、それに坂崎幸之助もいる。そういえば、坂崎が「墨田」の話をしていたな、と思い、実家の「坂崎商店」がどこにあったか気になり、調べてみると「墨田区立花六丁目一―一五」で屋号は「武蔵屋坂崎商店」。ひとつ屋根の下に暮らしていたのが叔父の坂崎重盛さん。

坂崎さんから幸之助の話を聞いたことがあるが、「あいつはめちゃくちゃ優秀で、中学校までずっと成績はオール五だった」と言う。高校へ入って、フォーク狂いとなり、ギターばかり弾いていてどんどん成績が落ちていった。しかし、そのこと

も好ましい。

　フォークに見向きもせず、ギターも弾かず、よって成績優秀のまま、東大や慶應に入り、官僚に……というなら、ほかの誰かでもできること。坂崎幸之助は坂崎幸之助であるべきなのだ。

　地図を見たら「坂崎商店」は、向島工高交差点前で、荒川からの支流、旧中川にかかる「平井橋」にも近い。北上間川にも「立花」町は接し、江戸川区、江東区にはさまれた下町である。ぼくは近くまで行きながら、「立花」は未踏。今度、探訪してみよう。

「立花」は、地域柄からすると、いかにも銭湯が残っていそうだが、意外にない。「坂崎商店」から墨田高まで、直線距離で二キロ程度。幸之助は自転車通学だったろうか。電車を使ったなら東武亀戸線「東あずま駅」から「曳舟駅」まで行き、そこから徒歩だろう。それでも三〇分かからないぐらいじゃないか。

◉ウメサオタダオ展

　会期があとわずかと気づき、ウメサダタダオ展を観に、江東区りんかい地区にある日本科学未来館へ。二〇一二年二月一六日のこと。ひさしぶりに「ゆりかもめ」に乗る。

　ううむ、周辺の近未来的風景といい、空中を走るようなモノレールといい、たまに乗るとおもしろい。しかし、駅を下りて歩き出すと、この人工的な島は、小さな建物がまったくなく、にょきにょきスケールの大きな建物が大雑把に生えていて、なんとも面喰らう。舗道も広いため、歩いていて縮尺スケールを極端にしたような人間の卑小感を……なんて考えていたら、気分が悪くなってきた。こういう領域をおもしろがる感性が私にはないらしい。

　これもやたらにでかい日本科学未来館は、小学生たちの団体がいっぱい。ウメサオタダオ展も、彼の学問領域の広さや、その研究執筆の方法も、もともとこんな大きな会場で見せるには無理があるのか、著作から引用した、やたらにでかいパネルが林立し、金のかかった壮大な文化祭展示場みたい。じっくり見ていけばそれなりに感想があるのかもしれないが、早足で通りすぎただけ。カメラマンをたくさん見かけたが、写真に撮ると、それなりの絵はできる。

　せっかくだから、六階のシアタードー

ムで、予約してプラネタリウムをみる。3Dメガネをかけて、ドーム型の天井に映像が三〇分ばかり流れる。すぐ目の前に触れそうに星がある。やがて睡魔に襲われて沈没。しかし、宇宙に眠る、この体験は悪くなかった。つねに未来を見つめた梅棹学の、お裾分けをもらった感じ。

●古書目録と雪の九段下

飯田橋「ギンレイホール」でポランスキー『ゴーストライター』を。金曜でラストとあって満席。おもしろく見終えて(最後の最後に、アッと思う)外へ出たら雨。千代田図書館へ急ぐ。「気になる古書目案内」企画で、この夜(二〇一二年二月一七日)、中野書店、大屋書房、海ねこ、日月堂諸氏による「古書目作りの最先端」トークがあった。これ、タイトルほかすべて「古書目録」ではなく「古書目」となっているのが、いちばん「気になる」。「古書目」なんて、初めて聞くことばだ。

トーク会場は図書館内のイベントスペースで、閲覧室フロアの一部。そうそう、私もここで喋ったことありました。

トークは中野さんの進行により、各人の目録との取組みを語る。中野書店が目録を四〇〇〇部も顧客に送っているというのには驚いた。印刷製本代のコスト、送料など、大変な額だ。あと、中野書店さんは神保町へ来る前、三鷹で店を開いていた時代があった、というのも初耳。

大屋書房は、纐纈《こうけつ》久里《くり》さんの代に「妖怪」ものに力を入れ、オールカラーの特集目録を作る。これは大きな話題となり、作家の京極夏彦なども顧客として出入りする。久里さんは海外へも「妖怪」ものを買い付けに行くそうです。

「海ねこ」さんは、最初はおずおずとネット販売から古本屋を始めたが、とにかく古書店主たちがみんな個性的でおもしろい人ばかりとわかり、組合へ加入した。そんなネット販売時代から、目録作りに力を入れている現在への変化を語る。

「日月堂」さんとはおひさしぶりだが、ルリユールをやっていたとは知らなかった。衝撃の日月堂目録がこの日、聴きにきていた人たちに回覧されていた。オールカラーの仙花紙本特集やモダニズム特集号は、それ自体に古書的価値がある。

無事トークが終わって、みんなで雪の九段下へ。打ち上げをしようと流れてきたが、二軒が満席で断られ、地下の「さくら水産」へ。もともと九段下は、飲む場所が少ないのだ。

古本関係者、総勢一一名が一緒に無事座れたが、少しあとで、武道館のライブがはねて、流れてきた大量の客が押し寄せ、厨房以外にフロアには二人しかいない「さくら水産」の店員がパニックに。目玉がマンガみたいにグルグル回っていた。いや、無理でしょう。八〇名近い客をたった二人で相手するのは。

●蜂須賀正氏という男

必要があって、藤森照信・荒俣宏『東京路上博物誌』を読んでいたら、華族の身で鳥学研究に熱をあげる人物、「なにをするか分からない御曹子」と見られた蜂須賀《はちすか》正氏《まさうじ》のことを荒俣が紹介している（荒俣の『大東亜科學奇譚』にも記述あり）。

蜂須賀は、旧徳島藩藩主を血筋とする伯爵にして貴族院議員、探検家、飛行家。

蜂須賀正氏

絶滅鳥ドードー研究の権威と、名刺が真黒になるほどの肩書きがある人物。残された写真を見ると、内気で繊細な、いかにも公家顔の青年だ。しかし、その経歴と生涯は多彩で多難だ。

一六歳で日本鳥学会に入会、イギリスで鳥学研究に熱中する。外遊時も帰国後も波乱ぶくみの人生で、数々の道楽、恋人が自殺未遂を起こすなど派手な女性関係、果ては密輸に関わるゴシップ王子であった。

彼が住む東京・三田の蜂須賀家本邸は五万坪の敷地を擁し、一部は現在、オーストラリア大使館になっているという。彼は、熱海にも広大な西洋館を建てた。この設計がなんとヴォーリズ。おもしろい人ですねえ。

中西悟堂といい、鳥研究者に変った人が多いのか。一九五三年に五〇歳で死去。こういう派手な人は、長生きなんか、しなかった方がよかったとも思う。平凡社ライブラリーに『南の探検』という著作が収録。平凡社ライブラリー、えらい！

●純喫茶ラプソディー

『東京生活』吉祥寺特集号の第二特集「東京純喫茶」をパラパラ見ていたら、上野周辺が純喫茶の宝庫だと知る。「丘」「kent」「渚」「古城」なんて、名前もいいなあ。このうち「古城」は入ったことがあるが、あとは未踏。こんど、一つずつ制覇していこう。上野へ行く楽しみがこのところ増えている。

純喫茶は、コーヒーを飲むためにあるが、同時に代金で「時間」も買っている。

コンビニでテイクアウトを買えば一〇〇円で済むところを、五〇〇円以上を出して喫茶店に入る。思えば、ぜいたくなことだが、こういうささやかなぜいたくも忘れてしまったら、ほとんど生きている甲斐はない気がする。

純喫茶と言えば、高円寺の住宅街に「なかむら珈琲店」があるのを知る。いや、ぜんぜん知りませんでした。文庫センターのところを左へ入るのね。わかりました。今度行きます。高円寺人の魚雷くんに言えば「なに、言ってんですか、いまごろ」と叱られそうだ。

「ギンレイホール」で映画を観た帰り、飯田橋駅で電車を待っているとき、ホームからいつも見える「白ゆり」は、朝五時までやっている。二〇〇席もあるのか。終電を乗り逃がした人におすすめという。なるほど（その後「白ゆり」は閉店）。

こんなことでも明日への楽しみになる、というものだ。心配なのは、情報がすでに古く、果して今も残っているか、ということ。げんに、ここで紹介されている阿佐ヶ谷「プチ」、ジャズ喫茶の下北沢「マサコ」はなくなりました。

急げや急げだ。

●読書芸人・又吉直樹

『アメトーーク！』読書芸人の巻を見る。「読書」と「芸人」、ありえない組み合わせの画期的な夜。

それにしても「読書」って言えば、やっぱり一般的対象は小説なんだな、と再確認。哲学や歴史、自然科学、文芸評論の本を挙げる者はいない。

出演者では又吉直樹の「読書芸人」ぶりが突出していて、新刊書店のロケ中もいきなり文芸書の目次をチェック。『群像』を買い、古井由吉の新刊が出てることを知らなかったことを恥じ、神保町小宮山書店で上林曉の句集を買う。なにごと！

その小宮山では「いつも買っていただいているので」と、値段を引いてもらっていた。付け焼き刃ではない、真性のものを感じた。

のちに、私は又吉直樹さんのラジオ番組にゲスト出演したりして、一時接近したが、まさか芥川賞作家になるとは、夢にも思いませんでした。

●漱石『明暗』の水

大阪からの帰りの新幹線車中で漱石『明暗』読了。これまで、何度か挑戦しながら、挫折していた。新幹線という移動時間は、

こういう未読の本を読むのには最適の空間だ。

　熱海通過あたりの車中で読み終わり、岩波文庫の大江健三郎の解説にうなる。大江は、「明暗」で子どもが出てくるシーンには、すべて「犬」のメタファーがつきまとうという。その指摘は、振り返って確かめたら本当にそうだ。

　こうなったら水村美苗『続　明暗』を読むべきか。

　私が素晴らしいと思ったのは、由雄が湯治を名目に清子に会うため湯河原温泉へ行く道中からのシーン。とくに旅館での洗面器の水、鏡の描写が念入りで、大江はこれらは「夢あるいは異界への通過を媒介するシンボリズム」と解く。じじつ、そのあとの清子の登場は生きながらにして亡霊のようなのだ。

　このあたりのシンボリックな描写を、大江はなおも「コクトーやタルコフスキー」になぞらえる。しかし、夢の中にあるような、じつに不思議な小説だった。

●『スタンバイ！』トークパレット

　二〇一二年三月一日朝、TBSにて、庄司薫『赤頭巾ちゃん気をつけて』新潮文庫を紹介。終わってから、担当プロデューサーに少し話をと別室に呼ばれる。そんなことは初めてなので予感があったが、三月いっぱいで、『森本毅郎スタンバイ！』のトークパレットという私が出演していたコーナーが終わることになった、と告げられる。よって、出番もあと二回。九年もやったことになるのか。記念すべき第一回は、二〇〇三年四月初め。紹介したのは、菅野ぱんださんの『1／41』だった。

　週二回、巡ってくる朝のお務めが、半ば生活の習慣になっていた。だから残念だが、いつか終りがあると思っていたので仕方ない。むしろ、こんなに長く、よく使ってもらえたものだという気持ちの方が強い。

　文章に書くというのとは違い、コトバを肉声で発して伝えるというのは、またべつのむずかしさ、おもしろさがあり、しかも生だから、勉強になった。それが、書く方の仕事にも、いい意味で影響したと思う。ラジオの仕事は御誘いがあれば、またやりたい、と思う。毎朝の行き帰りのハイヤーの送迎もこれでおしまい。

　帰り、残り少ないハイヤーの使用で、芦花公園まで送ってもらい、徳冨蘆花旧居と記念館を見学。兄・蘇峰とは何度も対立し、絶交状態にもあったが、伊香保で療養中、蘇峰が訪ねてきて和解が成立した。蘆花はその日に死んだ。

●アマンドで待ち合わせ

二〇一二年三月某日、六本木「アマンド」前でライターのIさんと待ち合わせ、夕刊紙の著者インタビューを受けることに。ただ、店内を外から覗くと「アマンド」は、あまりに女子女子していたので「ルノアール」へ移動。一時間ばかり喋る。

そうか、そこのところがわかってないのか、と古本について、かなり初歩まで遡って説明することになる。こういうことは喋り慣れているから、自動販売機みたいに押せば出てくるが、それでもやっぱり疲れた。

ライターのIさんは筑摩のパーティで一度お目にかかっているから、うちとけて喋れた。一度会ってる、って大事なことですね。「ルノアール」には、隣のテーブルにS社のカメラマンT氏が偶然いて挨拶。そしたら、偶然ではなかった。このあと「スイートベイジル」での「久世光彦七回忌ライブパーティ」で、また再会。

この夜は、浜田真理子さんのピアノと歌、小泉今日子さんの朗読と進行で「マイ・ラスト・ソング」というライブショーがまずあって、そのあとビュッフェ形式のパーティの二部構成でにぎやかに華やかに進行。黒い着物姿で決めた朋子夫人が、みなさんに挨拶してまわっている。広い会場には二〇〇名はいただろうか。テレビと出版、両方に久世光彦の人脈は広がっていた。

私は前から六、七席目といういい席で、すぐ目の前に直木賞作家の道尾秀介さん、坪内祐三さんと佐久間文子さん、松山巖さんなどが近くに座っている。ライブが終わって、各者席を離れて入り混じったところで、一か所、ライブが終わった浜田、小泉組がいて、美空ひばりの息子さん加藤和也さんの顔が見え、伝説の呼び屋・康さん、誰がどう見ても内田裕也さんの姿があり、勘三郎さんと坪内さんが熱心に話し込み、伊集院静さんも。

それらが、狭いエリアに見え、あまりの濃さにクラクラする。電圧が高まって、室内なのに雷が落ちそうであった。

●大衆食堂パラダイス

『ビッグイシュー』に紹介するつもりで、メモを取りながら遠藤哲夫さんの『大衆食堂パラダイス！』（ちくま文庫）をガシガシと読んでいる。おもしろいなあ、いいなあ、文章うまいなあ、泣かせるなあ。さすが「大衆食堂の詩人」ですよエンテツさんは、などと頭のなかでひとりごとを言いながら読む。

無性に大衆食堂へ行きたくなる。うちは家族で外食することが多いので、しかたなくファミレス系に行くが、まあ、うまいと思ったことありませんね、あの手のメニューで。なにか「ウソ」を喰ってる、という気持ちにいつもなるのだ。

できれば大衆食堂や町の洋食屋で、手作りの、実質的なおいしい料理を食べたいものだとつくづく思う。

『大衆食堂パラダイス』では、たとえば、北九州「黒崎」の「エビス屋昼夜食堂」が二四時間営業になったのは、客の都合からだという。

「客に押され玉突きのような展開だが、客の期待に応える働きがあったから今日があるのだろう。食堂は、あるじと客の呼吸だ」なんて文章。過不足なくリズミカルで、表現の工夫がある。みごとな文章だ。

●映画『ノルウェイの森』

トライ・アン・ユン監督『ノルウェイの森』の長尺版を観る。ぼくは、この映画を観るのはそもそも初めて。かなりの秀作ではなかろうか。

確かなカメラアングルと超絶のライティング、抑えた演技指導で、スクリーンに独自の世界を展開していく。ハッとするほど美しい場面がいくつもあった。街灯が黄色く灯る雪景色をバックに、ワタナベとミドリが向かい合うシーンとか、プールの水泳など。さまざまな室内での撮影も単調にならず、晴れの日、雨の日、雪の日とバリエーションを作りながら、それぞれの家屋の質感をよく出していた。「腕」のある監督だなあ、と感心しました。

女性を美しく撮る、というのは映画の大事な三本の指に入るポイントだが、その点でも合格。とくにレイコ役の霧島れいかがとても魅力的。音楽も画面を邪魔せず、気が付くと寄り添っているという感じで好感が持てた。

なにより、観ながら「ああ、これは映画だなあ、ぼくはいま映画を観てるなあ」と感じた。それにしても、菊池凛子の歩く足の速さはどうしたことだろう。眠るシーンの多い映画でもあった。

下手すると、原作をなぞるだけで、陳腐きわまりない映画になりえたかもしれない。村上春樹の小説はつねにそういう危険をはらんでいる。意外に映画化作品が少ないのも、本人がそのことを警戒しているのだと思う。この監督なら、「中国行きのスローボート」などの短篇を映

像化したものなど、見てみたい気がした。

●藤尾は「紫」

斎藤栄に『漱石「虞美人草」殺人事件』(中公文庫)があると知り、めんどうなので(なにしろ、めちゃくちゃたくさん作品を書いている)アマゾンで注文したら、今夜、夕食後、家族で買い物に出て、帰り「ブックセンターいとう」へちょっと寄ったら、あっさり一〇〇円で見つかった。もう注文したので買わなかったが、こういうこともあるのですね。

まさか、斎藤栄を読むことになるとは思わなかったが、これも『虞美人草』を読んだから。『虞美人草』を読むきっかけは(と書き出したら、雨が降れば桶屋が、みたいだが)ちょっと前、NHK-BS再放送で、『虞美人草殺人事件　漱石百年の恋』という番組を見たことにあった。

本郷の古い旅館に合宿して、小森陽一、島田雅彦、岩井志麻子、斎藤環、小倉千加子などが討論するという企画。メンバーの中で、なんといっても冴えていたのは小倉千加子で、男性陣の発言の凡庸さを際立たせる鋭い発言で、他を圧倒していた。『虞美人草』における藤尾の死因については、ある説を提示し、説得力ある根拠を示していた。ちょっと怖いですけどね。

私は、『虞美人草』に表れる「色」に注目して、文庫本の扉裏に、色が出てくるたび、チェックしてページ数と「色」を書き付けて読んでいた。

その結果、わかったのは藤尾は「紫」の女である。

●二〇一二年三月一五日

朝、TBS『スタンバイ!』を終えて、両国へ移動。江戸東京博物館の「ザ・タワー――都市と塔のものがたり」を。べつに「塔」に興味があるわけではなく、そんなに期待していなかったが、いやあ、見応えがありました。

塔の起源から始まり、エッフェル塔、浅草凌雲閣、通天閣、東京タワーと都市と塔の関係を豊富な図像で追っていく。単に並べているだけではなく文脈があり、たどっていくのが楽しい。絵葉書や紙ものも多数陳列。塔に上った個人の日記やハガキも陳列してあった。学芸員、優秀ですねえ。都市のメルクマールであると同時に、天を目指す異種空間で過ごす時間の興奮が伝わってくるのだ。

そのあと、旧安田邸、復興記念公園と散歩。午後、神保町を流すところを、塩山さんに目撃されたようだ。三時半からは、築地でアキ・カウリスマキの新作試写を観に行く。すっかり堪能したカウリスマキの映画の感想は、またじっくりと。受付にユーロ・スペースの岡崎さんが

いて、私を見つけ「あ、岡崎さん、ユーロ・スペースの岡崎です」と言う。「おお、岡崎さん、ひさしぶり。岡崎です」と、半ば、変な会話になることを意識しつつ挨拶。

東銀座、万年橋付近まで来るのはひさしぶり。ずいぶん風景が変わっていた。いま、松竹スクエアになっているビルには、かつて松竹本社の旧ビルがあり、裏手から入り、暗い試写室で映画を見たものだった。

歌舞伎座は立て替え中。三原橋交差点角地に「プロント」や「日高屋」みたいなのができていた。銀座の平準化が進む。ちょっと淋しい。シネパトスの南側にあった古いビルも立て替え中。たしか和泉雅子さんの取材をこのビル内にある事務所でしたのだった。主演映画の『非行少女』が、「フランス映画みたいでキレイでした」と告げると、大きな眼を丸くして「ほんと? うれしい」って喜ばれた。もう二〇年以上前の話だ。

●女学生の書き込み

雑司ヶ谷「みちくさ市」に便乗して、いつも開くリサイクルショップみたいな品揃えの店があり、単行本一〇〇円の箱から尾形明子『作品の中の女たち 明治・大正文学を読む』(ドメス出版)を拾う。

あとで、中を開いたら、漢字にはふりがな、語注などの書き込みがあった。どうやら前の持主は女子学生で、大学の授業のテキストに使われたものらしい。

少し書き込みを点検してみると、漱石

「道草」の章では、巣くう、深淵、脆さ、卑小、生々と、都度、生家、接吻などに、ボールペンでふりがなが打ってある。たしかに、現代っ子に「接吻《せっぷん》」は読めないだろう。

買った本に書き込みがあると、「あちゃあ!」と嘆くところだが、これが女学生の文字となれば、不思議と許せてしまう(不思議でもなんでもない。ただスケベなだけだ)。著者の尾形明子は、この本を出した当時東京女学館短大の教授で、その授業で使われたものと思われる。

「彼岸過迄」ではタイトルに「ひがんす

ぎ」とルビがある。本当は「ひがんすぎまで」なんだが、先生の話を聞き漏らしたか。「閨秀作家」には「けいしゅうさっか」というよみがなと、「女流」と語注が入れてある。やれやれ、漱石は遠いぞ。

●『わたしの好きな日』

和田まさ子詩集『わたしの好きな日』(思潮社)を読む。未知の詩人だ。

立川へ出たら、寄るのが楽しみになった「オリオンパピルス」(その後閉店)で、この詩集が平積みになっていた。まずカバーデザインに惹かれ、なかをパラパラ読んだら、心にフィットするものがあった。

帰宅してから、「あれは、やっぱりいい詩集だったぞ」と思い、注文し取り寄せたのだった。挟み込み栞を新井豊美と福間健二が書いていて、福間によると、著者は国立市の職員だという。国立は私がよくうろつく街である。どこかですれちがっているかもしれない。

この詩集のいいところ、優れたところを、なんだかうまく説明できない。いくつか、一部引用してみる。

わたしは魚たちと語り合ったことを
覚えている/魚たちはてらてらと輝
き/日の光におぼれていた/わたし
はほれぼれと魚たちに見とれた/よ
ろこびは記憶しているもののなかに
ある/すべては過去になってから/
欲しかったものの像をむすぶのだ
(魚たちの思い出)

『声を出せよ』/といわれた/たとえ

どんなにひとに祝福されても／もう夜の芯は冷えてしまった／荒れ地をさすらう／特別な魂のことを思うだけだ／わたしを生きさせてくれるものとして　（腐食していく）

彼のほかにだれからも関心を持たれずに生きている／何もしたくない日もある／ふたたびいう／生きるスピードはこれくらいが／ちょうどいいのだろう　（河原で）

恋愛も含め、人間関係を、その距離の計りがたさを描いた作品や、町歩きの途上で目に映ったものからの触発で作られたような詩もある。ちょっと、川上弘美さんの世界を連想させる、とこれは個人的な感想。新井さんは「自由を求める彼女の感性が世間の常識とつねに衝突し、彼女の日々を生きにくく感じさせているからこそ、和田さんは詩を必要とし、言葉とユーモアの力を借りてその危機を危うく切り抜けてきたにちがいない」と解説する。「危機」意識は、たしかに和田まさ子の詩の特徴だ。

いずれにせよ、ことばの捉まえ方が確かで新しい。作品世界を十全に理解できたとはいえないのだが、熊本マリがピアノ演奏する「モンポウ」を聞きながら読んでいると、『わたしの好きな日』の世界に、自分がふわふわと浮遊していく感じを得た。これにいかなる詩の賞も与えられていないとしたら、ちょっとおかしい。

●『やぶにらみニッポン』

阿佐ケ谷「ラピュタ」で鈴木英夫監督『やぶにらみニッポン』を観てきた。

『週刊新潮』連載、ヤン・デンマン『東京情報』を原作に脚色。あこがれの日本へやってきたアメリカ人（ジェリー伊藤）は、『東京情報』の執筆者である。

ジェリーは、担当週刊誌記者の宝田明、その恋人白川由美と一緒にオリンピック目前にして変貌しつつある東京を巡る。「ラフカディオ・イヤーン」なる、インチキ臭い無銭旅行のアメリカ人としてE・H・エリックも登場。まあ、珍品でしょう。

なにより十返肇が流行作家役で登場し、ワンシーンかと思ったら、けっこう重要な役で何度も登場し、無難に役どころをこなしているのに驚いた。動いている十返肇を見たのは初めて。そのほか、みんなタバコを人前で構わずスパスパと吸っている

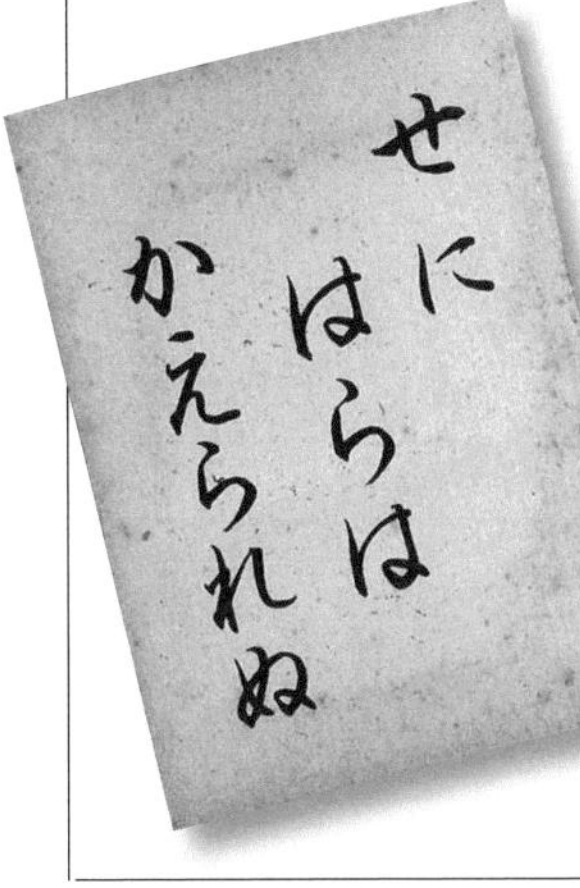

こと、白川由美がきれいなこと、オリンピックで交通標識が増えたこと(神風タクシー運ちゃん役に石川進)、貴重な東京空撮があることなど、観て損はない映画だった。

宝田明と白川由美のいがみあうカップル、というのは常套手段だが、二人がなぜ、顔をつきあわせるとあんなにプンプンしているのか、その理由づけが弱い。そこに脚本のひと工夫が欲しかった。

やたらに「味の素」の文字が登場し、エリックと戦災孤児のホステスがインスタントラーメンを作って、味の素を盛大に振りかけるシーンがあったが、スポンサーとして「味の素」がついている、ということだろう。当時の日本映画によくある手だ。ショーのダンスシーンに若い若いジャニーズ登場。

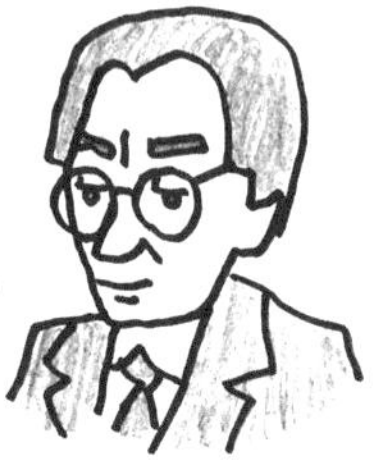

●放浪書房

向島「ふるほん日和」のプレイベントとして、放浪書房のとみーくんがトーク。その押し掛け助っ人して、一緒に喋ることになった。

総武線「亀戸」で降りたが、二〇年ぶりぐらいか。亀戸といえば、この町出身の詩人鈴木志郎康さんを思い出す。これから行く向島は辻征夫さんゆかりの土地。総武線は現代詩づいている。

南口に二軒ある「ブックオフ」のうち、一軒のみ、ちょっと寄って『三文役者あなあきい伝』講談社文庫の「二」の方を拾う。稀少文庫なので、ちょっとうれしい。

駅すぐ裏手の飲食と風俗のある路地に覚えがある。そのすぐ裏にまた、今度は広い道路(京葉)があるが、亀戸の印象はむしろこの路地。北口へ回ると、大通りが歩行者天国に。ぷらぷら歩いて古本屋「ミヤハシ」初登頂を果たす。何も買えなかったが、客が数人、店主と話しているのを聞くと、地元でしっかり機能しているようだった。

看板建築を生かした香取神社表参道商店街は、それぞれ店主の顔が見える店舗の建ち並ぶ元気な商店街で楽しい。香取神社手前で折り返し、普門院(伊藤左千夫の墓あり)、亀戸天神と巡る。亀戸天神は朱塗りのお太鼓橋二つが架かり、その向うにスカイツリーが見える。これは新しい風景だ。

境内は紅白の梅が咲き誇り、参拝客でごった返す。ここから東武亀戸線「小村井駅」まで歩いて、そこから電車に乗る。

曳舟までは一駅だが、大きくカーブしながら、車窓のスカイツリーを目で追いかけるかたちとなる。私はけっこう、ガラス窓にしがみついたが、ほかの乗客は見慣れているため見向きもしない。

曳舟で降り、改札前の、こんなところにあるのが珍しいお惣菜屋でコロッケとポテトを買い込む。鳩の街通り商店街へ来るのは三度目か。そのたびにカフェ「こぐま」でコーヒーを飲む。今回も飲んだ。「ますく堂」さんが後でやってきてあれこれ話す。本を売る難しさを実感しているようだ。がんばれ、ますく堂。

商店街の空き店舗に、週代わりで古本屋を出店している「甘夏書房」へも顔を出す。白い内装に、うまく絵本や文芸書を並べている。選びに選んだ本なので、見ていて気持ちいい。値付けも買いやすい、うまい設定だ。非売品として「辻征夫」詩集が何冊か飾ってあったので感激して、「わかっているなあ」と甘夏さんに言うと、このすぐ裏手に辻さんの弟さんが住んでおられると言う。

そこからすぐの公民館みたいな畳の場所で、プロジェクターを使って写真を見ながら放浪書房トークが始まる。ぼくは最初っから発泡酒を飲みながら。とみーくんは下戸らしい。とにかく、自転車やリヤカーに古本を乗せて、全国を巡る「放浪書房」という存在と活動は常識を超えて、ファンタジーみたいなところがあり、しかしそれを着実に実行しているところ、富永くんは、あっぱれな若者だ。

私はときどきツッコミを入れる程度で、放浪書房の世界が軽快なトークで展開していく。美容室と兼業の日本最東端の古本屋や、大阪バカモーニングなど、ナニコレ珍百景みたいな世界もある。「放浪くん、これだったら、どこでも、いくらでも行けるよ」とアドバイス。

●『さすらいの女神たち』

フランス映画『さすらいの女神たち』を観た。一種のバックステージもの。「潜水服は蝶の夢を見る」のマチュー・アマルリックが監督して主演。これはおもしろかった。

ストーリーらしいストーリーはなく、洗練されたストリップ・ショーともいうべきバーレスクの一座を率いて、フランスを旅するのがアマルリック。彼は、かつてパリで成功したテレビプロデューサーだったが、離婚し、借金も増やし、

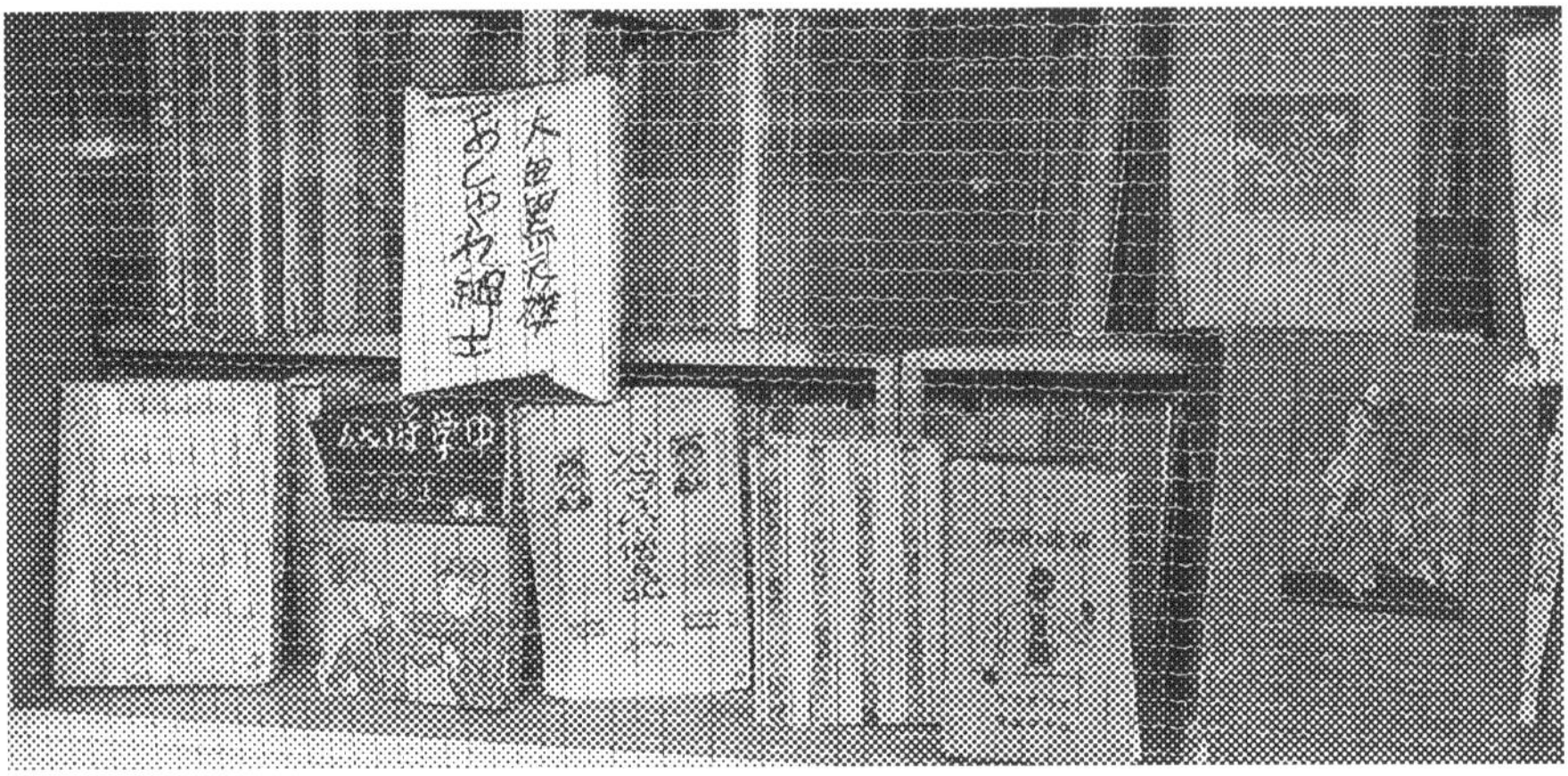

いまは旅の空に生きる。

　パリへの返り咲きを狙うがうまく行かず、つねにいらだってタバコを吸い続ける。明るく陽気な女性たちのマネージメントをしながら、演出もする。アマルリックは、宿泊するホテルその他のカウンターで、BGMおよびテレビ、ラジオの音を止めさせようとする。また、カウンターのカゴに入ったキャンディー、マッチをしこたまポケットに詰め込むという不思議な性癖がある。

　彼がホテルのベッドで倒れ込んで寝るシーンがない。深夜を通して車を運転したり、リンゴを探して夜明けの町をさまようなど、徹底して起きている姿が映し出される。つまり不眠の映画でもある。

　最後、ミミという一座の女性と、列車に乗り損ね（その理由がまたおかしいのだが）、車で次の興行場所へ飛ばしていき、無人の不思議なホテルで二人はようやくベッドインする。彼は初めて、ここでシーンとして眠る。嫌いなはずのBGMを自らかけ、「さあ、ショータイムだ」というところで暗転。

　個性的な女性たち（じっさいのバーレスク女優たちらしい）が楽しいし、桟橋での長いキスシーンなど、印象に残る場面もいくつか。女によって生きる男が、うまく描かれた映画であった。

●「軽演劇論」に感心

井上ひさし『悪党と幽霊』中公文庫を拾い読む。

　四〇ページ近くもある「軽演劇の時間」は、浅草フランス座へ入るいきさつから、ショーの構成、踊り子の給金、笑いの作り方まで、具体的かつ有用な、まったくみごとな「軽演劇」論で堪能した。

　エノケンの座付き作者で、戦死した菊谷栄についても多く筆を費やしている。

こうなると、本文に使われた精興社の活字、クリーム色の用紙まで美しく見えてくる。この井上の中公文庫エッセイシリーズも、いまや見なくなった。見つけたら、そのつど買っておこう。

江戸東京博物館で見た「タワー」展で、明治中期に、イギリス人スペンサーが軽気球に乗る興行が大当たりしたと知ったが、井上によれば、默阿弥の浄瑠璃台本に「風船乗評判高閣」があるという。ここに円朝も登場する。筑摩の明治文学全集『默阿弥集』に収録されているようだ。ぜひ読んでみたいし、また、ひとつ賢くなった。

●『殺人者を追え』

CS「日本映画専門チャンネル」で『殺人者《ころし》を追え』(日活)を見る。前田満洲夫第一回監督作品。あまりに『張込み』と設定が似ているのにややあぜんとする。「数馬、宮下両刑事は強盗殺人犯菅原を追い、情婦藤井きぬのアパート九号館の隣棟で三日間張り込んでいた」(ムービーウォーカーあらすじ)というから、似るのは当り前か。

「殺人者を追え」は、一九五九(昭和三四)年建設の明神台団地が舞台。実名のまま登場する。ここに、殺人犯人の情婦が住んでいる。映画は一九六二年公開だから、この時、まだ新しい、憧れの郊外(横浜市保土ヶ谷)団地だった。映画には「武蔵大原」行きバス、武蔵大原駅が映るが近辺にそんな駅はない。ここだけ仮名か。相鉄線「星川」「西横浜」と実在の駅名、それに、新宿駅も映る。

小高雄二(数馬)と織田雅雄(宮下)が主演。若者と老練刑事コンビが活躍する、という点でも、どうしても松本清張を思い出す。二人でインスタントラーメンを食べるところで、「またチキンラーメンか」と商品名が出るので、お、と思ったら、その後、犯人を追いかけるとき、呼び止めた車の車体にチキンラーメン。これもありがちな、スポンサー協賛だったんだろう。

ただし「またチキンラーメンか」などと言うが、発売当初一九五八年の価格が一個三五円もした。国鉄初乗り運賃が一〇円の時代だから、現在の物価感覚では四〇〇円以上に相当する食べ物であった。安くはなかったのである。

小高雄二は、一九五〇年代末から六〇年代前半、日活映画にすべて出ているのでは、と思えるほど、よく出ていた。二枚目だが、どこか二枚目さも中途半端な感じで、裕次郎などの敵役として最後は殺される、とい

う印象がある。

織田政雄といえば、気の弱い役が多く、『幕末太陽伝』でも、気の弱い女郎屋の番頭に扮していた。こういう人が、絶対必要、という俳優だった。困った顔に、じつに特徴がある。「そ、そんなあ……(ムチャなあ)」と、いつも言ってる印象。東宝映画『黒い画集　あるサラリーマンの証言』でも、アリバイを立証されず、無実ながら死刑判決を受けそうになる気弱い生命保険外交員に扮していた。私は勝手に、織田を「困ったちゃん」と呼んでいる。

●クレイジーキャッツで『坊っちゃん』を

漱石の『坊っちゃん』は、私の知る限り、過去に五度映画化されている。二回目が、昨日観た池部良の「坊っちゃん」。これはかなりいい出来でしょう。「ラピュタ」で観た。丸山誠治が監督。ああ、池部良なら『坊っちゃん』に適役と思っていたが、観たらぴったりだった。ほか、マドンナが岡田茉莉子、赤シャツが森繁久彌、山嵐が小沢栄太郎、野だいこが多々良純、ばあやの清は浦辺粂子と鉄壁の布陣。

とくに森繁の赤シャツは、キザで、好色で、小ずるくて、とまさに「森繁」節。宴会で軽快に踊る多々良純に軽演劇の匂いあり。風景として、明治の東京、そして松山の町並みの再現が、作り物でなくみごとだ。随所に洒落た改変もあり(最初の鯉、最後の鈴虫)、娯楽作として及第点。そこで思ったのは、もともとよくできているのだ、「坊っちゃん」という話は。

最後の「鈴虫」というのは、マドンナの岡田が池部に惹かれて、縁日で買った鈴虫の籠をプレゼントするというエピソードのことで原作にはない。だいたい『坊っちゃん』という小説に傷があるとしたら、若い主人公が、若い美女を目の前にして、心を動かさず、恋愛にも発展しないということだ。青春小説にあるまじき展開である。

丸山版の『坊っちゃん』では、池部ぐらいハンサムな若者がいて、岡田のような美女がいて、何もないのはおかしいわけで、監督は、創作して二人のほのかな交情を描いている。

そのほかの監督と主演(坊っちゃん)を挙げておくと、一回目は山本嘉次郎監督で宇留木浩。三回目が番匠義影監督で南原伸二。四回目が市村泰一監督、坂本九。

五回目が前田陽一監督、中村雅俊となる。

これをクレイジーキャッツにやらせたらどうだろう。坊っちゃんはもちろん植木等。山嵐がハナ肇で決まり。赤シャツは石橋エータロー、野だいこは桜井センリ、となると狸を谷啓にやってもらうしかない。安田伸がうらなり、犬塚弘が漢文教師、監督は古澤憲吾、主題歌は青島幸男と、たちまち頭のなかで映画が出来て行く。マドンナはやっぱり浜美枝か。

植木主演で行けば、なかばミュージカル仕立てで作れるのも利点だ。汽船の中でぼやきつつ、陸へ上がったところで、まず「よいしょっと！」という掛声に続き歌が始まる、という具合。「しょせん、田舎じゃ住み切れない」などと威勢良く歌う。

●杉山平一

詩人の杉山平一さんが亡くなったことを『朝日』で知る。二〇一二年五月九日のこと、享年九七。お年に不足はない。ご冥福をお祈りする。

私が関西で同人誌活動をしていた時、仲間の雑誌『トプカプ宮殿』から原稿依頼を受け、書いたのが小津安二郎『麦秋』論だった。

ある新聞の詩誌同人誌評で、まとまった行数を割いてこれを褒めてくださったのが杉山さん。活字で取り上げられたのはこれが初めて。うれしかったし、励みになった。

大げさではなく、当時の私は、未来は霧のなか、あるいは茫漠たる闇で、そこに火が灯ったような思いがしたものだ。

人は、「最初」を決して忘れない。

●酒とコップの関係

木村衣有子《ゆうこ》『のんべえ春秋』（木村半次郎商店）の特集が「居酒屋コップとワインコップ」。文も写真も編集も木村さん。新書サイズで読みやすく、いい仕上がりだ。

中グラビアはカラーで、重みのあるガラスコップの質感が写真でみごとに表現されていて見惚れる。千葉の空きビンを再生するガラス工房のルポなど、酒を入れて飲むコップとはなんだろうと、その存在感についての考察がなされているし、読む者も、おのずと酒とコップの関係について考えるのだ。

酒は喉を通るが、始終、直接手では触れない。手で触れるのはコップで、それは酒を受けるだけではなく、身体と一体となった、いい気分になるための装置なのだと、『のんべえ春秋』を読んで考えた。ガラスのコップに入って、そこで初めて酒は酒となる。

酒場のカウンターに置かれてあると、ついつい手がでそうな個人雑誌だ。酒を飲みながら、片手で読めるのもいい。

●平松洋子が制服を着ていた時代

この夜の「西荻ブックマーク」は北尾トロさんと平松洋子さんトーク。これがひじょうに楽しかった。会場は「こけし屋」で、キャパは一〇〇名はあると思うが満席。平松洋子さん大好きムードが、会場をひたひたと浸していた。

平松さんが、東京女子大通学以来、西荻に長く親しみながら、いまだに駅の南北が怪しい、などの弱点が、すべてトロさんの巧みな進行で暴露され、すべてそれが好感度に結びついていく。平松マジックだ。

また平松さんは、若き日に寺山修司と親交があったという。え？　平松さん、歳は幾つだ。倉敷の女子高校生時代には、学校からの帰りのバスまで、同じ制服の女子と一緒にいるのがいやで、チャイムが鳴ると飛び去るようにバスに乗り込んだなど、興味深い「平松」秘話がどんどん明かされている。平松洋子の作られ方、みたいな話であった。

一方、若き日のトロさんは、大学卒業してしばらく、競馬に行く土日のために平日を送っていた。そんなに競馬に夢中だったのか。そう考えれば、「裁判傍聴」も「山田うどん」も、そのときどきに、トロさんが夢中になったことが、仕事に結びついていったことがわかる。

この夜、西荻在住の二人が、うまく息のあったところを見せ、まずは星三つのトークではなかったか。

●円生「寝床」の演出

ＴＢＳ『落語研究会』で、円生の「寝床」を聴く。いろんな演者で、この噺はほぼ完全に頭に入っている。

この日の円生は、いちばん笑いが取れるはずの、番頭が町内を回って、みな旦那の浄瑠璃を聴きたくない言い訳を報告するところをあっさりカットするという大胆な演出。それでも笑いを取って不自然でないところはさすがだ。

御簾うちで語る、ということの理由付けについても、従来は看過されてきたが、肩ぎぬが間に合わないと、つじつまを合わせるのも円生流。そこを解説で榎本滋民はほめたが、ここが難しいところ。理が勝ちすぎると、落語のライブ感は減殺されるからだ。

多少つじつまなんて合わなくても、流

れと人物の描き方でどうにでもなる、そこが腕でもあるし、落語という芸の面白いところ。落語に理論は要らないのではないか。

●『冬の神話』をつかみ取り

黙ってしらばっくれていようと思ったが、塩山御大に「コミガレでオカタケ天皇に遭遇。小林信彦の目玉が飛び出るような文庫をさらりと手に」と書かれてしまったのでご報告。

はい、たしかに今日、コミガレ（小宮山書店ガレージセール）で、私こと岡崎武志は、一〇〇円文庫から、小林信彦『冬の神話』（角川文庫）帯つき初版を釣り上げました。すでに午後二時をまわって、開場から二時間はたっていたのだが、古本修羅たちは、なぜ見逃したのだろう。

さすがに、あの黒い背をみたときは、ぎょっとして、あたりを見回しました。二〇一二年九月二〇日のことだ。アマゾンでは、当時二五〇〇円ぐらいの値がついていた。一時期、もっととんでもない値段がついていたような気がするが。

●植草甚一を知らないって？

五反田南部古書会館の即売展へ。ひさしぶりなり。若い古書店主が増えているなあ。私とは同世代の月の輪書林さんなんて、すでに貫禄である。

一階のガレージセールを見て、本会場の二階へ上がったら、あれはS堂書店さんだろうか、大きな声が聞こえる。一緒にいる帳場の若い古書店主と喋っているふう。その声だけ聴こえて、「昨日、植草さんの『自伝』を読んでいたら……知らない？　植草さん」などと話している。ちょっと間が空いて、「そうか、植草甚一を知らない世代の古本屋さんが出現したか」と感慨にふける。「うちへも来ていたよ」と言うから、やっぱりG町にある古本屋さん「S堂」さんだろう。

勝手に書いてごめんなさい。西部（高円寺）の即売展でもそうだが、ぼくは、古本屋さん同士の会話を盗み聞くのが大好きなのだ。

●のり弁を買う

「ほっともっと」の「のり弁」が、いま二七〇円ですよと『サンデー毎日』の担当記者に教えられ、さっそく買いにいく。「のり弁」を買うなんて、一〇年以上ぶりなり。いまや、どうなっておるのだろうか。

近所にある「ほっともっと」へ行くと、たしかにただ今セール割引で二七〇円だ。うーむ、とうなる。敷き詰めたごはんの上におかか、その上からのり、魚のフライ、竹輪の天ぷら、ごぼうのきんぴら、漬物が乗っている。これで一つの疑いない、動かせない完成された世界観が形成されている感じだ。

野菜が少ないので、できればサラダをつけたい。一昨日の残りのカレーを解凍し、かけて食べることに。しかし、これじゃあカロリーの取り過ぎなので、ごはんは少し減らしてみる。せっかくの世界観が少し壊れたような。

しかし、これで二七〇円はかなりの価格破壊だ。芥川賞作家の津村記久子が、どこかで、この「のり弁」の物価上昇推移を無視した長期価格破壊ぶりに疑問を呈し、「のり弁、そんなにがんばらなくていい」と書いていた。

●加藤千晶『蟻と梨』

さすがに朝夕が涼しくなってきた。涼気がありがたい。今日、夕方、空き地の上を蝙蝠が飛び交うのを見た。隣の家の小学生がリコーダーの練習をしている。なんだか、加藤千晶さんの世界だと思う。

昨夜（二〇一二年九月二日）の「古書ほうろう」では、加藤千晶さんのニューアルバム『蟻と梨』先行ライブを、かぶりつきで見て聞いたが、すっかり堪能。鳥羽さんのギターの指遣いもまじまじと凝視してしまった。

会場には知り合いもたくさん来ていて、

打ち上げも楽しかった。最後の「剣菱」が、ちょっと効いて、日暮里から東京西郊の町へ帰るのにひと苦労。

音楽がこんなに人を楽しくさせる力があって、CDで反芻できる。二枚組『蟻と梨』の、とりあえず「蟻」(歌詞あり)、粒ぞろいの曲が並ぶ。新曲にしてスタンダードの匂いあり。いい乗りで、ステキなコトバが宙を舞う。そして心に暖かいものが満たされていくのだ。

歌に聴いたのは　まだ見ぬ都／茜まとえば俺も錦／あれに光るはあの日の灯／ここで春をめざすのさ
（「おはよう靴下」）

ニセアカシヤのトゲを　鼻の頭につけた／怪獣のにじむ町　ごはんが炊けてる町
（「怪獣のにじむ町」）

あたしはこの町の瓦に沈み　乾いた足跡に塵と積む
（「I Want To Be Your Sunshine」）

と、季節感にあふれたイマジネーションの衝突が素晴らしい。

●澤田隆治語る『てなもんや三度笠』

某日、澤田隆治さんを訪ね、取材。二時間ノンストップで、話をうかがう。えんえん笑芸の話、テレビ演出の話。八〇歳とは思えぬパワーで圧倒される。また、その話がおもしろいこと。私が『スムース』で書いていた香川登志緒の原稿も、ずっと気にとめてくださっていて、「続き、書かないの？」と言われる。書きたいのはやまやまなれど、なかなか。いま、聞いておかないと、関係者や近くにいた人が亡くなってしまうとも思うのだが……。

澤田さん、上方笑芸の映像も資料も相当持っておられる。そのために部屋も借りておられるそうだ。以前に三万冊を某所に寄贈した、というが、それでもまだ相当量を所蔵されている由。

『てなもんや三度笠』の台本を一部合本にして並べた部屋も見せてもらう。少し見せてもらったら、台本には澤田さんの鉛筆文字で細かな指示が書き込まれている。「てなもんや」が映像化されているのはごく一部だけで、この台本、そしてファイルされた写真（澤田さんが資料として撮影しておられた）など、うまく本にならないか。『てなもんや三度笠』全集を夢見る。

ユーチューブに一部公開された「てなもんや」の映像を見てもらったら分かる

ふじのおやまもいっぽから

通り、これ、ABCホールの公開録画だったが、立木も下の砂も本物。ふつう、こうした喜劇は書き割りでやるものだが、澤田演出は本物にこだわった。

一九六〇年代に総予算二〇〇万のうち五〇万をこれら装置に使ったという。木や草は出入りの植木屋の職人が手がけた。考えたら、下は板の舞台に、樹を立たせるのは大変なこと。すべて、植え終わったあと、その職人の親方が、本番直前に、口に水をふくんできりふきのように、樹々に吹きかけたという。それで、生き生きとして見えた。

「これは名人芸で、みんな感心してました」と澤田さん。枯葉も袋に集めて来て、本物をばらまいた。こんな、すごい話がいっぱい。

●わが町内の名士

ヨッパライながら、CS日本映画専門チャンネルで、高倉健主演、森谷司郎監督『海峡』の一部を見る。高倉健が津軽の下宿で、倉敷の婚約者(大谷直子)から届いた手紙の封を切るシーン。机で、トントンと封筒を振り下ろしてぶつけ、なかの手紙を下へ降ろしておいてから、封をはさみで切る。細かいところですが、これ、健さんの芝居ですねえ。

津軽の地元の仲間として山谷初男さん登場。ちょうど、娘が水を飲みに起きてきて、「ほら、ハッポンや。高倉健と吉永小百合と共演している」とわが町内の名士を自慢する。「ほんまやな、すごいなあ」と娘。「ちょっとハッポンの家、これから見に行こか?」「なんでやねん」。

年に数度、駅や町の近くで山谷さんが歩いているのを見かける。つい、頭を下げて挨拶してしまうのだ。

●桂米朝『味の招待席』

わずか五分ほどの番組ながら、関西では高視聴率だった(トップ一〇位に入るぐらい)のが、米朝師匠『味の招待席』(一九八〇年—九二年放送/サントリー提供)。話芸の神髄がここにあった。

ぜったい、われわれの口に入らないような、料亭の料理を、調理の過程を解説しながら、いかにもうまそうに語る。これ、よく、みんなでマネしました。学食などの、手をかけぬ、まずい料理を、米朝師匠の口まねで解説するのだ。

「このコロッケ、冷凍のを、そのままざんぶと悪い油に投げ込みます。油は使い過ぎて真っ黒になって、ぷんと胸につく匂いをたててます。そのなかで、白い冷凍コロッケがのたうちまわる。そのあいだ、料理人は別の仕事をするんですな。朝、作って、あるいは昨日の残りをそのまま使ったつけあわせのスパゲッティを箸で皿によそう。これは茹でた細いうどんのようなスパゲティをケチャップで和えただけのものです。原価は二円か三円か。そんなものでしょう。次に、なるだけ悪い安い米で炊いたごはんを、落としても割れないようなプラスティックの椀に入れて、椀の縁で、しゃもじについたごはんをこそげ落とします。いかにもぞんざいなやり方ですなあ」というふうに。

●はてなダイアリー

ある時、これまで「はてなダイアリー」を使って書いた日記を、書籍化するシステムを使って、本にまとめておこうと思い、担当部署と何度か連絡を取り合ったら、とにかく厖大な量になることがわかった。

最初の二〇〇五年春から一〇年末までを、とりあえずまとめるとして六冊分になるという。なんでも、一冊の許容の束が四六〇ページで、日付でページ替えをしないで、流し込んでもこれだけの冊数になる。

費用は、もっとも簡易なかたちで、ページをフルに使って一冊が二万円近くになる。六冊だと一二万円だ。いくらなんでもちょっと無理。「宝くじにでも当ったら」とは、こういう時に使うフレーズか。

しかし、担当の対応はすこぶる丁寧で、これは感心しました。

●『ドライブ』

ギンレイで『ドライブ』を見る。緊張と緩和の織りなすスタイリッシュなヤクザ映画とでもいうべきか。かっちょいい主演のライアン・ゴズリングはどこかで見たと思ったら、そうか『ラースとその彼女』の彼か。印象が違うので、すぐには気づかない。

昼は自動車修理工の主人公(ライアン・ゴズリング)は、卓抜した運転技術を生かし、夜は強盗の助っ人として、彼らを車で逃がす仕事の報酬で裕福である。

同じアパートに住む、可憐な人妻キャリー・マリガンはすぐわかった。『わたしを離さないで』の主演女優だ。彼女に主人公が心を寄せることで、破滅の道が用意される。

主役の男がずっと楊枝をくわえているのは、あれは木枯し紋次郎の影響ではないか。

監督のニコラス・ウインディング・レフンは、東映のヤクザ映画や、日本の映画を見てるんじゃないかな。

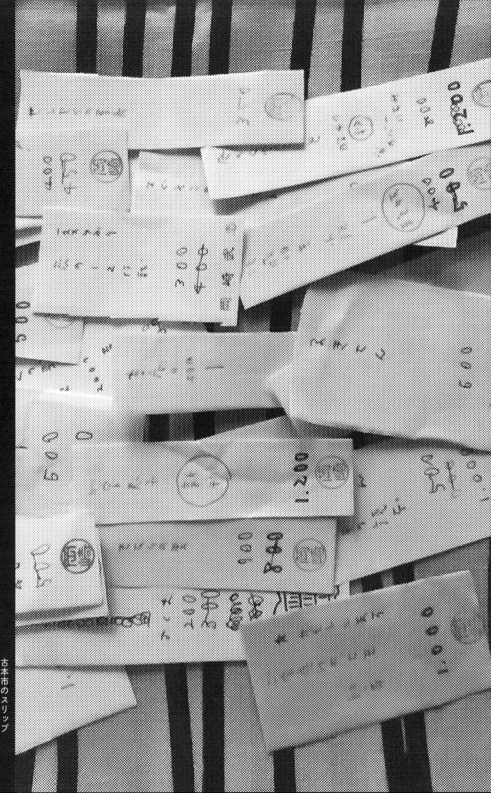

古本市のスリップ

夢の中では青空が見えたことさえあった

――読む読むの日々3

存在を取り戻す試みのなかで

『パウル・ツェランと石原吉郎』◉冨岡悦子｜みすず書房｜二〇一四年

この、いかにもみすず書房らしい、簡素で美しい本を、しばらくバッグに入れて持ち歩いた。いい酒を惜しみながら飲むように読み継いだのである。

冨岡悦子『パウル・ツェランと石原吉郎』は、東欧と極東の、ついにまみえることのなかった二人の詩人を論じる。ドイツ系ユダヤ人のツェランは、両親を収容所で殺され、自身は労働収容所を経て生き延びた。石原は八年のシベリア抑留体験を持ち、復員したのは一九五三年一二月。

そして二人は非存在をつきつけた戦争という愚劣を、詩のことばで証言したのである。

「主よ／私たちに向かって　祈りなさい」（ツェラン）

「君は呼吸し／かつ挨拶せよ」（石原）

帰郷、死者、呪いと祈り、そして人間と神などを主題に、徹底して詩を読み込む。それは二人の詩人が背負った荷の重さを感じる作業であった。

著者は自らも詩を書き、詩がよく読めるドイツ文学者。血の通った読みにより、ツェランと石原が本のなかで握手する。

（『サンデー毎日』二〇一四年三月二日）

あふれる涙をおさえられない

『いつもこどものかたわらに』◉細谷亮太｜白水社｜二〇一四年

「小さい頃は神様がいて」とユーミンは歌うけれど、この世の最大の悲しみは、幼くして子どもを失うことだろう。細谷亮太は聖路加国際病院小児科部長。小児難病に半生を捧げてきた。

エッセイ集『いつもこどものかたわらに』で、子どもの生、そして死を見つづけてきた日々をつづる。勤務する病院だけではない。北海道滝川市では難病の子どものために、夢のキャンプ場を運営し、日曜には故郷で地域の子どもたちを診察する。診た後に子どもに言う口癖は「大丈夫」。

著者の師は細谷の若き日に「泣くな」と教えたが、治せなかった子どもたちのために幾度も泣いた。新米時代、死を前に泣いて、子の親はその姿に「何よりも救い」を感じたという。「泣けなくなったら医者をやめる」と著者は宣言している。

この優しい医師は俳人でもある。俳号「喨々」の「ひとつ身に通夜の重なる夜寒かな」は、同じ日に二人の患者を亡くしたことを詠んだ句。いつもこどものかたわらにこの先生がいてくれる。

(『サンデー毎日』二〇一四年三月三〇日)

愛すればこそ、紡がれる言葉たち

『映画、柔らかい肌。映画に触る』◉金井美恵子｜平凡社｜二〇一四年

『金井美恵子エッセイ・コレクション[1964-2013]』全四巻が完結した。最後の巻は『映画、柔らかい肌。映画にさわる』と題された映画エッセイ集。六〇〇ページ強の大冊だ。金井美恵子の書くものには「小説でもエッセイでも、よく映画の話が出てくる」と、一九八二年、そして今回ロング・インタビューの相手を務めた山田宏一が言う。「映画を見なかったら小説を書くこともなかった」と本書で告白する通り、おびただしい映画への愛は、この一冊からこぼれ落ちそう。

金井の映画評の魅力は断言にある。シュミット『ラ・パロマ』を「とても可愛い映画だ」とし、耽美的、退廃的という決まり文句を退ける。成瀬巳喜男の『流れる』は「原作より、少なくみつもっても百倍は素晴らしい」なんて、肝が縮むが、それほど「流れる」は素晴らしい。これは事実だ。

国立のギャラリー・ビブリオで行われた「岡崎武志　一人古本市」(2012年7月)

「ジョン・ウエインのカップ」は小文ながら、立ってコーヒーを飲む名優の姿を鮮やかに刻み込む。まさに「映画にさわる」だ。

（『サンデー毎日』二〇一四年四月二〇日）

その存在も声も大きかった

『文藝別冊　丸谷才一』◉河出書房新社｜二〇一四年

本誌（『サンデー毎日』）の著者インタビューで、私が丸谷才一を取材したのは七、八年前のこと。「ちょっと、待っててくださ〜い」と台所に立ち、自らお茶をいれてくださり感激した。あの優しい大声と知性が失われて、はや一年半が過ぎた（二〇一二年死去、享年八七）。

『文藝別冊　丸谷才一』は、「古典と外文と作家・批評家」としての仕事を、単行本未収録の対談ほか、最適の論者によるエッセイ・評論で振り返る。田中亜美による『横しぐれ』論では、小説の向こうに隠された「人生の〈ぬかるみ〉」に触れ、新鮮な丸谷像を提出し、感心させられた。

丸谷により一新した『毎日新聞』書評欄。元担当デスク・重里徹也による、素顔の丸谷が「とてもフレキシブルな方」という証言も、悪意で伝わる「文壇のボス」的イメージを塗り替える。

とくに楽しいのは、甥の落合茂による回想。伯父の丸谷に作文を手伝ってもらってソニーに入社した、なんて微笑ましいエピソードがいい。あの大声がやんで日本文学は少し寂しくなった。

（『サンデー毎日』二〇一四年五月四日）

マニアのこだわりがギッシリ

『本棚探偵　最後の挨拶』◉喜国雅彦｜双葉社｜二〇一四年

次はどの手でくるかと、みんなドキドキ。お待たせ！　マンガ家にして、稀代の古本マニア・喜国雅彦による古本エッセイ「本棚探偵」シリーズ第四弾（完結）『本棚探偵　最後の挨拶』が出た。なにしろ、いまどき函入り。しかも、これまでにも月報を挟み、検印、蔵書票、二分冊など造本上の冒険をやり放題。今回はカラー口絵つき、ときた。文庫化されても元本の価値がますます上がるというシロモノ。

内容もまた、濃い古本ネタが加速。福島県只見町「本の街」ルポに始まり、乱歩「少年探偵団」で小林少年が見せた「書遁の術」再現。古本魔王の日下三蔵氏宅探訪記など、炸裂しまくる。「気になる本はすべて買った。気にならない本も買った。欲しくない本まで買った」というから、そりゃ増える。

ただ、この著者のいいところは、マニアの典型としての病弊を抱えつつ、閉じずに明るく開いていくのだ。古本バカを自覚し、戯画化しているため、読者は安心して笑っていられる。ありがたし！

（『サンデー毎日』二〇一四年六月一五日）

理由も意味も、ないからいい

『いい感じの石ころを拾いに』◉宮田珠己｜河出書房新社｜二〇一四年

これはかなり危険な本ですよ。なぜなら、読み始めてすぐ、河原か海岸に出かけて石ころを拾いたくなった。むずむずしてきた。

旅ものの著作が多い宮田珠己《たまき》の新刊『いい感じの石ころを拾いに』は、「北海道から離島まで、ただただ海辺にしゃがみこんで、〝なんてことない石ころ〟を拾いつづけた紀行エッセイ」（帯文）だ。それがなぜ、こんなにおもしろく、心ひかれるのか？

「石は石でしかない／だからこそ、最終的に選んだ石には、お金に換えられない純粋な美しさ、〝いい感じ〟が宿っている」と著者は言う。私はこの本の良さは、ここに尽きていると思う。

会社で、「お前、石なんか拾ってる場合か」と突っ込まれながら、同行する編集者、謎の「奇岩ガール」をお伴に、今日もどこかで石拾い。宝石でもパワーストーンでも鉱物結晶でもない。ただ、自分で「いい感じ」を見定めて無心に拾う。選んで持ち帰る。ただそれだけ。それだけ、っていうのがいいんだよなあ。図像多数。

（『サンデー毎日』二〇一四年六月二二日）

歌の可能性を、強く信じていた

『1969　新宿西口地下広場』◉大木晴子・鈴木一誌編｜新宿書房｜二〇一四年

昭和で言えば四四年だが、ここは一九六九年としないと感じが出ない。安保、ベトナム、三里塚と時代が大きく転回する年の春、新宿西口広場を若者が埋め尽くした。日本の夜明けを信じ、そして「友よ」を歌った。

大木晴子・鈴木一誌編著『1969　新宿西口地下広場』は、フォークゲリラと名付けられた、歌による若者たちの反乱を、資料、写真、関係者の証言から記録する。最初は数人の「べ平連」のメンバーだけだった。やがて数千人規模で集会は膨らむ。

「あまりの多さに体が震えた」と、メンバーの一人だった大木晴子。「時代の構図が圧縮され、真空地帯を作り出した」（鈴木一誌）。歌うことで何かが変えられると思ったが、国家権力の介入により広場は通路に戻される。

「理論だけを残して消えてしまった」と、なぎら健壱による批判も本書では掲載。「夜明けは近い」と歌ったが、夜明けは来たのか。判断は読者にゆだねられる。出されてしかるべき本で資料性も高い。その空気を伝えるDVD付き。

（『サンデー毎日』二〇一四年七月六日）

オレたちがやらずに誰がやる！

『紙つなげ！　彼らが本の紙を造っている』◉佐々涼子｜早川書房｜二〇一四年

「電子書籍よりやっぱり紙の本」と考える私は旧弊な男。しかし、その出版物を印刷する紙が、いかに造られているかを本書で初めて知った。そのことを今、恥じる。

佐々涼子『紙つなげ！　彼らが本の紙を造っている』は東日本大震災で壊滅的被害を受けた日本製紙石巻工場が主役。復興を果たすまでの苦闘の日々を、二年後に著者が取材した。約三三万坪という巨大工場の煙突から、あの日、白い水蒸気が消えた。津波は講談社文庫版、百田尚樹『永遠の0』の用紙を作る工場を押し流した。

絶望から奇跡の復興へ。その職人たちの超人的働きにはもちろん、「紙」に対する技術と繊細な思いにも感動する。『コロコロコミック』は「パルプの繊維配合を弱めながら、それでもふわっと厚手の紙」に開発され、小さな子の手を守っているという。

「紙に生産者のサインはない。彼らにとって品質こそが何よりも雄弁なサインであり、彼らの存在証明なのである」と著者は書く。薄い紙の向こうにこんな厚みのあるドラマが！

（『サンデー毎日』二〇一四年七月二〇日）

奇跡ではない鐘の音

『三陸鉄道　情熱復活物語　笑顔をつなぐ、ずっと…』◉品川雅彦｜三省堂｜二〇〇七年

二〇一一年三月一一日、東日本を襲った大地震は、火災、津波、原発崩壊とともに多くのものを奪い去った。東北の沿岸部を走るローカル線「三陸鉄道」も壊滅的な打撃を被った。本書はその復興のドキュメント。天災を「人材」で立て直した記録である。

三陸鉄道は一九八四年、日本初の第三セクター方式による鉄道会社としてスタート。北は久慈《くじ》から宮古、南は釜石から盛《さかり》へ、沿線住民の重要な足として走り続けた。その足が地震と津波でなくなった。

本書にも、被災後の各駅の写真が掲載されているが、言葉を

失うほどのダメージで、復興には五年も六年もかかると、じつは三鉄社員たちも思っていたのだ。

しかし、社長の望月正彦は、被災後にすぐさま沿線を視察したうえで、社員を前に檄を飛ばした。「二年か三年でやる」と。即断速攻の人だった。望月は県庁からの、いわゆる「天下り」だったが、天にも上る龍として三鉄復旧に邁進する。

このリーダーシップに応えた社員たちの奮闘ぶりが、本書では手厚い取材のもと時々刻々と伝えられる。まさに「社員総力戦の復興」に懸ける思いは、未来の見えない東北の被災者にとって、前向きの情報を発信する数少ない「復興のシンボル」の一つとなったのだ。

こんなエピソードがある。三鉄南リアス線運行部社屋の前にある「坂本食堂」も、被災前は列車の警笛、遮断機の音が時計代わりだった。その音が震災で止んだ。食堂は三か月で再開。南リアス線にも電車が走り始めた時、「音」が「復興の鐘」に聞こえた。「鉄道は企業ではなく事業」と望月が言うとおりだった。

二〇一四年四月五日、望月の宣言どおり、三陸鉄道は全線で運行を再開。これを「奇跡」と呼びたくないのは、本書で、社員全員が全力で奮闘した結果であることがわかっているからだ。

震災後、本拠地仙台へ戻って来た楽天イーグルスの嶋基宏《しまもとひろ》は、観客を前に「誰かのために闘う人間は強い」と挨拶した。三鉄社員のために贈られたような言葉だった。

（『潮』二〇一四年一〇月号）

この人を忘れさせてなるものか

『井田真木子著作撰集』◉井田真木子｜里山社｜二〇一四年

四四。それが大宅賞ノンフィクション作家・井田真木子の享年だ。二〇〇一年の訃報には驚いた。これからどんどんいい仕事ができる人だったのに。神は残酷だ。

それから一三年、出世作『プロレス少女伝説』も、遺作『かくしてバンドは鳴りやまず』も、いまや新刊書店では入手不可能。そんなバカなと、たった一人の出版社・里山社《さとやましゃ》の清田麻衣子が世に問うのは『井田真木子著作撰集』。先に挙げたもののほか、傑作ルポ『同性愛者たち』も単行本未収録エッセイも、思いとともにぎゅうぎゅう詰めにした。

大陸育ちの両親、若い頃出した詩集、夜中の長電話癖など、井田真木子について、知らないことばかりだ。いま普通に使われる「心が折れる」は、女子プロの少女たちの意気地と煩悶を描いた『プロレス少女伝説』取材で、井田が神取忍から引き出した言葉だった。

井田と取材対象者との間に「魂の契約」が交わされていたと発行人は見る。忘れさせてなるものかと「切実な本」が出た。よかったなあ、井田真木子。（『サンデー毎日』二〇一四年八月三日）

不条理と皮肉に潜む人生の本質

『はい、チーズ』◉カート・ヴォネガット｜河出書房新社｜二〇一四年

カート・ヴォネガット『はい、チーズ』（大森望訳）は、未発表の初期短編一四編を収めた作品集。二〇〇七年の死去後、未発表の短編とエッセイが『追憶のハルマゲドン』として刊行されて、これでヴォネガットも打ち止めかと思ったら、まだ蔵出しがありました。

表題作は「いきなり人を殺して逃げる、無邪気な外見の狂人たちでいっぱいの街」で、殺人アドバイザーと名乗る夫婦に、いきなり「はい、チーズ」と写真を撮られた男の話。写真が狂人たちの手に渡れば……。この不条理な恐怖とユーモアは後年の味に通じる。

体育館の一室で退屈な仕事をする退屈な男。その部屋に、突然現れた可憐で明るい女性新入社員。途端に一変する男の姿を描いた「FUBAR」。話し相手になってくれる機械を発明した男のユウウツ（「コンファイドー」）など、若き日のヴォネガットの多産、多彩ぶりが本書で垣間見られる。

手が込んでいて、したたかで、巧みな皮肉が人生の本質をほのめかす。これぞヴォネガット。（『サンデー毎日』二〇一四年九月七日）

これさえあれば、他はいらない

『無人島セレクション』◉光文社｜二〇一四年

無人島の一冊……という企画は古来、山と成す。『無人島セレクション』は、そこにレコードと映画を加えて新味を出した。しかも片岡義男、太田和彦、椎名誠、古田新太、細野晴臣など執筆陣が豪華。これがじつに楽しい。

泉麻人は『スペクター・クリスマス・アルバム』『アメリカン・グラフィティ』『君たちはどう生きるか』を選出。『君たちは』が「都市小説として読んでも面白い」なんて、新鮮な発見だ。ローリング・ストーンズのライブ盤に、「かっちょいい！」と日本語の掛け声が入るという亀和田武の指摘も、無駄なようで有益な指摘だ。

こうしてみると、レコードと映画（DVD）は再生装置がないと無人島では楽しめないではないか。ところが本なら大丈夫。

紙の本の優位性を改めて実感する。

ただ一点、各氏とも洋物優遇なのが気に食わない。私なら吉田拓郎『元気です。』、小津安二郎『麦秋』、庄野潤三『夕べの雲』と、和物三品を選ぶ。


(『サンデー毎日』二〇一四年一〇月一九日)

過ぎ去った時間に教えられること

『本があって猫がいる』◉出久根達郎｜晶文社｜二〇一四年

「古きを訪ねて古きを知る」とは、出久根達郎のエッセイ集『本があって猫がいる』を読みながら、思いついた言葉だ。古本屋の住み込み店員時代を経て、「芳雅堂」店主へ。著者はつねに古い本から多くを学んだ。

昭和初年の古雑誌は読むまでもない。雑誌名を見るだけで時代がわかる。昭和八年に電灯照明の専門誌『月刊トウ』があった、なんてオドロキ！　あるいは昭和一〇年発表の高見順『故旧忘れ得べき』を読み込み、主人公の「十銭ハゲ」は時代の重圧からできたと喝破する。じつに鋭い。

黒澤明の『七人の侍』を、「米の飯で始まり、苗を植えつけるところで終わる」映画という指摘にもうなった。本から得た知識だけではなく、著者には生活者としての強い実感が背後に生きている。それが文章に滋味を感じる理由だ。

タイトル通り、愛猫「パルル」も登場。子どものいない老夫婦の静かな日常に、この「猫らしくない猫」が彩りを添える。この番茶と和菓子の味わいは貴重だ。


(『サンデー毎日』二〇一四年一一月九日)

傍流から見えてくるもの

『NHK戦後サブカルチャー史』◉宮沢章夫｜NHK出版｜二〇一四年

宮沢章夫『NHK戦後サブカルチャー史』は、同名で今年Eテレで放送された番組から生まれた。劇作家・演出家の宮沢章夫を講師に、全一〇回で戦後五〇年をサブカルチャーから読み直す。

大島渚、新宿、『カムイ伝』を軸に据えた六〇年代、『新宿プレイマップ』から『宝島』への雑誌の変遷、そして林美雄とはっぴいえんどから見る七〇年代、セゾンとYMOの八〇年代。そんなふうに章を並べるだけで、同世代ならゾクゾクしてしまう。

とくに、深夜放送『パックインミュージック』におけるアナウンサー林美雄が、七〇年代の映画と音楽を個人的趣味でいかに先導していったかを語り、分析するあたりに、宮沢の感性と目

天使の初恋
外国映画ポスター大特集

が生きている。その影響力は本書によって明白となったが、林が降板した八〇年に七〇年代も終焉したのだ。

また本書の半分を占める広範かつ詳細なサブカルチャー年表には、事物の羅列ではなく、作り手の「愛」を感じる。やっぱり「愛」がなくっちゃね。

(『サンデー毎日』二〇一四年一一月三〇日)

人生の秋を迎えた胸中を語る

『とまっていた時計がまたうごきはじめた』◉細野晴臣―平凡社―二〇一四年

今年末、一二月三〇日は大瀧詠一の一周忌となる。日本のロックを変えた「はっぴいえんど」の盟友・細野晴臣は、「こういうことも、起こる人生と思えば」と、衝撃の死を受け止めた。

『とまっていた時計がまたうごきはじめた』は、前著『細野晴臣　分福茶釜』に続く、鈴木惣一朗を聞き手に音楽と日々の生活と考えを語り尽くした異色ドキュメント。さまざまな感情が、気を許した年下の音楽仲間を相手として、正直に語られているのが興味深い。震災や六〇代という未知の領域を迎え、心境を語る著者はやっぱりカッコいい。血液検査では、「全部悪い」が、「ずっと音楽をやり続けるよ」と宣言。「シンプルな生活を、やっとできるようになった」と告白する。演歌や歌謡曲への接近も、年齢ということではなく、発言を聞いて妙に納得。

現在の細野には「秋が似合う」とは聞き手・鈴木の感想。「震災後のひんやりとした風が心のなかに吹いている」から。細野晴臣六七歳。これからの音づくりが楽しみだ。

(『サンデー毎日』二〇一四年一二月二一日)

震災、戦災を経た町の胎動と変貌

『わが町新宿』◉田辺茂一―紀伊國屋書店―二〇一四年

新宿の顔、ともいうべき紀伊國屋書店。店と同じくらいに創業者の田辺茂一は粋人社長として有名だった。銀座のバー通いに精を出し、「夜の市長」と呼ばれた。

『わが町新宿』は、そんな田辺の回顧録。同時に、新宿という町の貴重な記録となった。単行本も文庫版も長く絶版状態だったが、このたび復刊。巻末に井伏鱒二、柴田錬三郎、吉行淳之介など紀伊國屋書店ゆかりの人物による随筆が附録としてついている。

まだ牛馬が通う郊外の宿場町だった新宿にできた炭屋。これが書店「紀伊國屋」の前身だ。その跡取り、生まれも育ちも新宿の著者は、昭和二年、家業を継がずに書店を始める。それが紀伊國屋書店の始まり。歌舞伎町はまだタヌキの出る森で、「中村屋」喫茶部のカレーが評判に。関東大震災、戦災をくぐり抜けた新宿の胎動と変貌を田辺はつぶさに証言していく。新宿を語ることは「自分の自画像」だと著者は言う。町に文化があったことを実感。

（『サンデー毎日』二〇一四年一二月二八日）

掛け値なしの情熱がほとばしる

『清張映画にかけた男たち』◉西村雄一郎｜新潮社｜二〇一四年

「さぁ、張込みだ！」の声のあと、タイトルがようやくスクリーンに現れるのは開巻からじつに一二分後。松本清張の短編「張込み」を映画化したのが野村芳太郎監督だ。『ゼロの焦点』『砂の器』など清張作品の映画化に挑み続けた男だった。

その『張込み』ロケが行われたのが佐賀。ロケ隊が投宿した宿屋「松川屋」に小さな男の子がいて、名は西村雄一郎と言った。つまり本書の著者だ。西村は地元の利を生かし、『張込み』ロケ地の割り出しから、撮影風景を克明に再現する。

早撮りと言われた野村監督が、『張込み』だけは粘りに粘った。ロケ予定日は延び、松竹は「ロケチュウシ」の電報を打つが動かない。その思いの深さを、脚本の橋本忍、助監督の山田洋次などへの取材を通じ露わにしていく。

清張が原作でサラリと書いた数行から、凡庸な『砂の器』を名画に仕立てた野村の手腕がはっきりとわかった。著者を含め、映画「愛」がみなぎる本書は、映画みたいにおもしろい。

（『サンデー毎日』二〇一五年四月一一日）

読む・買う・売る

『書肆紅屋の本　2007年8月〜2009年12月』
●空想書店　書肆紅屋｜論創社｜二〇一〇年

この男の墓碑銘には、本書の帯にある「読む・買う・売る」と刻み込まれるかもしれない。すべて本の話題で書き続ける、匿名のブログ「空想書店　書肆紅屋」は、読書人必読として人気が高いが、その約二年半分を収めたのがこの本。

書肆紅屋と言っても書店主でも書店員でもない。じつは、ごく普通のサラリーマン。ただし、「本」がからむといささか「狂」の顔が見える。本書を読めばわかるが、毎日のように新刊書店、古本屋、あるいは各種古本市に顔を出し、手ぶらでは帰らない。しかも同年輩のサラリーマンが買うビジネス書や自己啓発本、ベストセラーなどは見向きもしない。

例えば、二〇〇七年八月一七日、大泉学園の古書店「ポラン書房」では、近藤富枝『文壇資料　本郷菊富士ホテル』、上林曉『句集　木の葉髪』などを買っている。なんてシブいセレクトだろう。

買うだけではない。この人は「一箱古本市」と呼ばれる、フリマ形式の古本市にも参加し、自ら本も売る。売買両面から、本が流通していく現場に身を置くのだ。その実感的体感を大事にして、いまの出版流通における問題点をつねにビビッドに察知し、自分の意見を述べているのがブログ「空想書店　書肆紅屋」のすごいところ。

また、坪内祐三、福田和也、黒岩比佐子といった当代の人気評論家のトークショーへ出かけていって、メモを取り、当日来られなかった人へ向けてブログで報告もしている。記録に残りにくいだけに貴重なリポートだ。だから「読む・買う・売る」に加えて、「記す」も刻んだほうがいいかもしれない。

博打もゴルフもオンナ遊びも（たぶん）せず、余暇と小遣いをすべて「本」につぎこんだらどうなるか。書肆紅屋はそんな爽やかな無謀を実践し、ひるむことがない。

（『雲遊天下』一〇三号、二〇一〇年八月一〇日）

旅空の串田孫一

一昨年七月に八九歳で亡くなった串田孫一が、生涯に残した本の数は三〇〇を超える。詩、エッセイ、哲学的散文、そして山の随筆とジャンルは広範に渡るが、どれを読んでも、串田らしいおだやかで明晰な、エスプリに満ちた世界がそこに広がっていた。

……なんてことは五〇を前にした今だから言えることで、文学熱に侵されていたわが青春期の一九七〇年代は、串田の文章はなんだか物足りなかった。なにしろ大江健三郎、開高健がまだ鮮烈な新作を発表し、やがて龍・春樹の両〃村上〃がデビューを果たす。溶鉱炉のように熱い時代。いわば、トンカツ、ラーメン、焼肉など高カロリーの摂取に夢中で、そんななか、串田の自然食品のような文章のありがたみがわからなかったのである。

ところが四〇を超え、若さが衰え初めた頃、噛めば噛むほど味があり、滋養もたっぷり含む串田の文章がおいしく感じられ始めたのである。歳は取ってみるものだ。たとえば、代表作『山のパンセ』に、南アルプスで道に迷い、雪中に露営する話がある。

その翌朝。

「ところが朝の、けむるような白さがにおってきた時に、私は青い氷の底から響くような声をきいた。過ぎた年の残りの木の実や木の芽を啄んで、高い山の冬をすごしている一羽のコガラの歌だった」

匂いのない世界に嗅覚を働かせ、色のない世界に青い絵の具を垂らし、無音の世界に小鳥の声を響かせ、峻烈な山の朝を手でつかめるように現出させている。後半の「の」を繰り返してリズムを生む文章も音楽的だ。上質な散文ながら、受ける印象は詩に近い。

私にとってこの作家がありがたく感じられるのは、特に地方で出かけた時だ。古本屋へ入って、何も買う本がなかったら、迷わず串田孫一を一冊買う。新刊書店での流行とはまったく別に、古本屋で大事にされる作家がいるものだ。串田の著作は、装幀も含め、古本屋の棚に実によく似合う。したがって、どんな古本屋でも一冊や二冊は、必ず串田孫一が置いてある。

「この峠を何人もの人が越えた。こっちから向こうから。荷物の他にそれぞれの想いを背負って。だが人のつくったその径を、けものたちも通った。日あたりのいい斜面で朝の日射に目を細くするために。あるいは星一つ見えない暗い夜に、けものの匂いを小枝にふりまきながら」

なんて文章を、コーヒーやその土地の酒で舌や歯茎を濡らしながら読むと、旅の時間がいっそう濃く、身体を浸していくような気になるのである。

「富士には月見草がよく似合う」と言ったのは太宰治だったが、それになぞらえて言えば、「串田孫一には旅空の古本屋の棚がよく似合う」

(『ヤマケイJOY』二〇〇七年春号)

ディック・フランシス

そのむかし、まだ少年だった頃、大人になれば、悩みや苦しみなどなくなるものだと思っていた。

それは間違いだと、大人になればわかる。

あれは中三のときだったか、夜中、台所へ水を飲みに行ったことがある。途中、居間をふと見ると、真っ暗な部屋のなか、父親がウイスキーを飲んでいた。窓辺の月明かりに照らされた顔は厳しく、苦悩に耐えていた。驚いて勉強部屋に戻った。父親は、私が高校二年の夏に四二歳で事故死したから、いまだに何に苦しんでいたのかわからない。

私も社会へ出て、人並みに苦難を味わった。もうダメか、と思うことさえあった。そんなときに出会ったのが、ディック・フランシスの著作だった。これに救われた。

イギリスの障害競馬騎手という異色の経歴を持つフランシスは、引退後に作家に転身、よく知り抜いた競馬の世界を舞台に、次々とミステリを発表した。これがどれもすばらしい出来。私は馬券を買ったことすらないのに、競馬ミステリ・シリーズに夢中になり、次々と読破した。

いちばん最初に読んだのが『大穴』だ。シリーズ中、屈指の名作。著者と同じく、騎手を引退したシッド・ハレーは、現在探偵社の調査員。レース中の事故により片腕が不自由となり、大好きだった騎手という職を退《しりぞ》き生きがいを失った彼は、灰となって世間を漂うだけだった。

それがある事件の調査をきっかけに火がつき再生する。邪悪な敵にとって、ためにならない存在のハレーは、魔手に落ち、徹底的に痛めつけられ片腕を失う。フランシスの作品はいつもそうだが、痛みを伴う窮地に陥った主人公がいかに自分を奮い立たせ、再び敵に立ち向かうかがテーマとなっている。

プライドを失えば男は死んだも同然だ。そのことを、競馬シリーズが教えてくれた。

（『読売新聞』二〇一三年九月二九日）

さよなら、書肆アクセス

二〇〇七年一一月一七日、東京・神田神保町のすずらん通りにあった書店「書肆アクセス」が閉店した。最初、その話を畠中理恵子店長から、お酒の席で、こっそり教えられた時、呆然とし、のちにうろたえた。その時受けた衝撃は、じつはいまだに痺れたように、心のなかに残っている。

あまりに思いもよらないことだったからである。「書肆アクセス」は、いつまでもすずらん通りの途中にあり、顔を出すと畠中店長はじめ、気さくな文科系女子店員さんたちが、いつものように挨拶して笑顔を振りまいてくれるものだと思っていた。ずっとこの先も……甘かったのである。

書店をとりまく状況は、ここ一〇年ぐらいでフィルムを早回しするように、めまぐるしく変化している。毎年約五〇〇店の書店が廃業していく一方で、大都市の書店のメガ化が進み、売り場面積が一〇〇〇坪を超えると言われても驚かなくなった。花火は夜空に、どんどん大きく、派手に上がっていく。それに比べて、一〇坪ほどしかなかった「書肆アクセス」の閉店は、線香花火がはかなく最後の火玉を地面に落とす程度のことだったかもしれない。

しかし、そうではなかった。『朝日』『毎日』『産経』『日経』など各紙がこぞってニュースに取り上げた。まるで大きな花火だった。なにより記者の筆に、職分を超え、それぞれの個人的な思いが込められているように思えた。マスコミ関係、業界人にも愛された書店だったのである。

「書肆アクセス」の母体は「地方・小出版流通センター」。大手の流通に乗りにくい、地方や小出版社の本を取り扱っている。そのアンテナショップの役目を果たして来たのが、「書肆アクセス」である。一九七六年に開業し、八一年に神保町に移転してきた。三一年もの間、一般の新刊書店では見ることもない、少部数のユニークな本や、種々雑多なミニコミ誌を一点からでも大切に扱ってきた。

私と同店とのつきあいは、一九九九年九月に、関西に住む仲間たちと始めた書物雑誌『SUMUS』を、いち早くその価値を認めて、平積みしてくれたのがきっかけだった。それだけではなく、畠中店長がそれとなく、わかってくれそうな同好の士に「この雑誌はすごくおもしろいんですよ」とセールスしてくださったのだ。この店の客は、編集者が多かったから、のちになって「岡崎さんのことは、書肆アクセスで買った『SUMUS』で知りました」と幾人もの人から告げられた。本好きが発する電力を貯めて、また各所に配る配電盤のような役目を畠中さんが担っていたのである。

江戸時代には床屋と風呂屋が町民の情報交換の場であり、かつ談笑するサロンの役目を果たしていたと言われるが、書肆アクセスはまさにサロンだった。行って立ち話をすると、必ず誰か見知った人が入ってきたし、あるいは未知の人から声をかけられることも多かった。私の新刊も、サインをすると飛ぶように売れて、大型書店では二軍のロートル投手のようだったが、ここへ来ると、たちまち一軍のエースの気分が味わえた。そんなものが自分にあるとは思えなかった自尊心が、ここでは顔を出し、暖められたのである。

そんなかけがえのない店が閉店せざるを得なかった理由は、本が売れなくなって、赤字続きだったからだという。そう言われれば二の句が告げない。書店は慈善事業ではないからだ。それにしても悔しい。なにか我々でできないかと、書肆アクセスファンが手を組んで、このたび『書肆アクセスという本屋があった』(右文書院)という本を作った。この店に関わった、あるいは通った人たちによる書肆アクセスへのラブレター集である。

ライターの荻原魚雷さんなんか、閉店になったのに「わたしはまだあきらめていません」と書いている。そんなところもラブレターみたいだ。私は感謝をもって最後に告げる。さよなら、書肆アクセス。

(『すばる』二〇〇八年二月号)

なんとかしなければならない自宅の書庫

今日までそして明日から

——A Day in the Life 4

●初めてのシングル

はしだのりひことクライマックスのファースト・シングル「花嫁」だった。一九七一年発売。その年を代表するヒット曲となり、同グループは『紅白歌合戦』にも出演した。ヴォーカル・藤沢ミエは、長い髪で化粧の濃い、ちょっと水商売っぽい色の入った女の子であった。その後、名前も顔も見ないが、どうしていることでしょう(京都のクラブで歌っていた、という説あり)。

これをなぜ買ったか。そこがうまく思い出せないのだが、よく出来た曲(作詞北山修/作曲端田宣彦・坂庭省悟)で、今でもギターで自己流に歌うことがある。音域も広く、けっこう難しい歌だ。

買って聴いてみると、B面の「この道」がエバーグリーンとして位置づけられるべき名曲で、むしろこっちをターンテーブルに乗せることが多かった。歌唱は、はしだのりひこ。扇風機の前で歌っているような、フシギなビブラートがはしだの持ち味である。

「花嫁」は、小さなカバン一つを持ち、夜汽車で好きな人のもとへ嫁ぐ女性の歌。「この道」は、都会から北国の故郷へ同じ道を帰って行く若者たちを歌ったものだったが、この陰気な内容を、明るくスカっとした曲に仕立てた見せたのが、はしだのりひこの特色。

「花嫁」はギターソロのイントロで始まり印象的だが、これは名手・石川鷹彦による、と坂崎幸之助の指摘で知りました。そうだったのか(編曲は青木望)。何の番組だったか、晩年の坂庭省悟(二〇〇三年に五三で死去)が、ギター一本で、この「花嫁」を歌ったことがあった(ユーチューブで視聴可能)。少しはにかみ、少しテンポをスローにして、しゃがれた声で弾き語りする「花嫁」は、なんだかとっても身に沁みてよかった。

●浅川マキと吉田拓郎

中川五郎さんをメインに、毎回ゲストを招き、フォークについて語り歌うイベント「中川フォークジャンボリー」の第六回(二〇一六年二月五日)は、浅川マキの夜。サポートを長く続けたギタリストの萩原信義、プロデューサーの寺本圭司両氏が来てくださって、故人の貴重な話を聞かせてくれた。

話の聞き手として、事前に浅川マキ『幻の男たち』講談社を読んでいた。けっこう古書価は高く、図書館で借りることに。うまく言えないが、これはかなりレベルの高い散文で、心情と風景のスケッチがうまくマッチして独自の世界を築いている。期待した以上のものだったのだ。

六章あるうちの「埠頭にて」は、吉田拓

郎との交流を描いたもの。アングラの女王と、フォークをメジャーにした立役者の組み合わせがじつに意外。しかし、神田共立講堂ではジョイントのライブをし、拓郎の深夜放送にもゲスト出演している。

そういえば、オールナイトニッポン拓郎の放送で、浅川マキのことに触れたことがあった。「もう、浅川マキ、好き好き！ って言っておこう(笑)」と。ジャンジャンの出演者ということでも共通していて、浅川マキのステージを、客席から拓郎が広島からわざわざ聴きにきていたこともあったという。

そのあたりの、意外な接点について寺本に尋ねたら、ひと言。「マキは面食いなんだよ」。顔のいい男が好きだった、というのである。

寺本によれば、デビュー曲「東京挽歌」(石坂まさを作詞・小林亜星作曲)のプロモーションで、有線やレコード店を浅川マキと回ったという。このとき、浅川マキはミニスカートを履いていた。「脚がきれいでした」と萩原。浅川マキが歌っていた「銀巴里」へ、寺山修司を連れていったのも寺本。二、三曲聞いたところで、寺山は「この歌手はすごいね」と一発で気に入り、肩入れした。その肩入れ度は、一三曲をすぐさま書き下ろししたことでもわかるが、寺本によれば、その後も、浅川マキのために書いた詩稿が束になって届いたという。

浅川マキは美空ひばりが好きで、その歌唱力を認めていたという記述が資料にあったが、「リンゴ追分」か何かを、浅川マキが鼻歌でうたったことがあったという。「すばらしいものでした」と寺本が言う。また、浅川マキは麻雀が好きで、新婚の萩原がよく呼び出され仕方なく出かけた。山下洋輔と麻雀をしたこともあるとエピソードを語ってくれた。

浅川マキは、七年前の一月一七日、名古屋での公演の際中に急死。麻布十番の1LDKの一人暮らしで、清貧と言えばきこえはいいが、けっこう困窮していたようだ。

死んだと聞いた夜、いちばんよく聴いたアナログLP『マイ・マン』を引っ張り出してきた。埃のうっすら積もったターンテーブルに乗せて、真黒な衣裳に身を包んだ歌姫を偲んだ。

●大女優

長らく開いてみることもなかった、『日本の大女優 週刊平凡の時代』(マガジンハウス)が本棚の間から出てきた。一九九九年の発行。このムック本の巻頭に登場する女優たちにインタビューして原稿を書いたのが私だ。当時、契約ライターのようなかたちで仕事をもらっていた、マガジンハウスの雑誌『自由時間』にOさんという編集者がいて、私も何度か担当してもらったことがあり、仕事が回ってきた。「ギャラがいいから、岡崎さん、やりなよ」と言ってくれたのだ。

いま開いてみると、メインとなる「日本の大女優」という巻頭ページを、すべて私が書いている。登場するのは、山田五十鈴、有馬稲子、池内淳子、水谷八重子、浅丘ルリ子、山本陽子、富司純子、多岐川裕美、大地真央。それに「大女優と呼べる条件とは何か?」というテーマで、東宝で長らくプロデューサーを務めてこられた菅野悦晴氏にインタビューしている。中身については、古本屋やネットで買ってみてもらうことにして、ここでは取材のこぼれ話のようなものを書いてみたい。

まずは山田五十鈴だ。私はこのページのキャッチに「女優の中の女優／そこにつけ加える言葉なし／二〇世紀を代表する大看板」と書いた。これは、掛け値なし、である。一九一六年生まれ、とあるから、取材当時、すでに八三歳になっていた。

ちょうど芸術座で、舞台「隠れ菊」に出演中の山田を楽屋に訪ねた。大女優の風格が、楽屋の隅々まで支配しているが、物腰は柔らかい。大阪出身ということがわかっているので、「ぼく、大阪出身なんです」と切り出したら、「ほんまぁ、わたしも大阪よ」と大阪弁に切り替えて微笑んだ。そのあと、なごやかに話がはずみ、三〇分足らずのインタビューが終わり、「そしたら、これを」と山田五十鈴の名前の入った扇子を下さった。配りものであろうが、やはりうれしかった。

写真撮影も終わり、楽屋を出て、舞台へ向かう姿を廊下から、写真を撮ろうと待ち構えていたら、少し傾斜のついた入口を、付き人の人に抱えられるようにして上っていった。その姿を見て、はっと胸を衝かれた。酷使した肉体はボロボロで、少しの傾斜を上るのもままならないのだ。しかし、舞台に立つと、生き生きと動き回り、セリフを言う。これぞ「大女優」を見た思いであった。

●ワシントンの古本屋

NHK・BS『世界・ふれあい街歩き』を観ていたら、ワシントンDCのマーケット近くにある古本屋が登場、思わず見入る。Capitol Hill Booksという店。表通りに面したウィンドウは、びっしり本で埋まっている。それが外から一目瞭然。中へ入ると、思ったより奥行きがあり、本棚が迷路のように林立している。

隙間があれば、あちらこちらに本が置かれてあり、なんと広いトイレの中にも本棚が！　これぞ、古本屋である。帳場の親父さんは七〇代か。日本のテレビ局のクルーの質問に答えている途中、電話があり、なかなか出ないでスタッフの方が心配になってくると、受話器を上げて、落として、切ってしまった。この後、もう一度、こともなげに電話を切ってしまった。面白いや。

売れ筋はと、手に取ったのはスタインベックのペーパーバック。本の世界も、いまやキンドルほか、デジタルに押され、大変だ。しかし「わしは本の手触りが好きなんだ」と言っていた。このあたりも、日本の古本屋の親父さんと似ている。店内に客は一人。こちらも老人だ。ナショナルマーケットが近くにあるので、土日はにぎわうとのこと。応援したくなりますね。行けないけど。

●探究書はいずこ

探している本がある。ちょっと難しい言葉で、これを「探究書」と呼ぶ。いまでは、ネット検索すれば、かなりの確率で、目当ての本が見つかるのじゃないだろうか。しかし、たとえば、古本屋に飛び込んで「これこれこういう本を」と店主に尋ねて、「ああ、それならあの棚にありますよ」と決着することは、まずないと言っていい。古本屋かるたを作るとしたら、「た」の札は「探究書聞かれてあったためしがない」となるはずだ。

「スーパー源氏」という古書販売のサイトには「探求書の間」というコーナーが設けてある。「あなたが探している本（古本）の情報を登録すると、その情報が電子メールに変換され、リアルタイムで参加古書店に配信されます。在庫がある場合は、古書店からその旨メールが来ます」というのだ。これは、けっこうヒットするかもしれない。

先日、池袋西口の公園で定期的に開かれている古本市を覗いていたら、本部からのマイク放送から、しきりに「探究書」の問い合わせが流れていた。来場したお客さんが、直接、尋ねてくるのだ。それに答えるサービスを、この古本市では前から行っている。二〇店舗ぐらいが本を持ちよって販売しているから、誰かが持っていればその場で手渡されるわけだ。

これを聞いていると、けっこう面白い。一時間ほどいた間に、「お客さんのお探しの本は……」が注意してメモしただけでも五点あった。たとえば「ゴジラなどの怪獣のフィギュアが載っている本」「関東道路地図帳」と、これらはありそう。しかし、「韓国の歌手（名前、失念）のＣＤ及びＤＶＤ」というのは難しそう。古本市と名がついているが、レコード、ＣＤ、ＤＶＤなども販売しているのだ。

ほか、『源氏物語』の単行本で、一〇巻ぐらいの」というのは、補足を聞くと、現代語訳のものが欲しいらしい。源氏の現代語訳は与謝野晶子に始まり、谷崎、円地、瀬戸内寂聴など各種あるが、どれでもというのは、ちょっとねえ。『茶道古典全集』の第六巻」もピンポイントの探究書だ。見つかれば、本部に古本屋さんが届け、「見つかりました」とアナウンスがあるはずだが、私がいる間にはなかった。

結局、五点とも見つからなかったのではないか。また、古本屋さんが、自分が出品した商品をすべて把握しているとも限らない。知り合いの古本屋さんが帳場にいたので、「探究書のアナウンスを聞いているだけでも面白い」なんて話すと、「そうでしょう、フシギなもんでねえ、昨日だったかは『窓ぎわのトットちゃん』というのもありましたよ」。

京都下鴨　納涼古本まつり

●二〇一六年青春18きっぷの旅

何年かに一度くらい、春、夏、秋と販売される特別切符「青春18きっぷ」を買って、鈍行の旅に出る。約一か月のうち五日間、普通か快速のみ使用で、任意の日いちにち、日本国中のＪＲが乗り放題となる。価格は一万一八五〇円で、だいたい一日に二三〇〇円分乗ると元を取るのである。

　私は「乗り鉄」諸君のように、がむしゃらに使い果たすということはなく、だいたい元を取ると安心して、残り一日分は近場で費消してしまったりする。むしろ、これを使うことで、電車旅(日帰り)に出る動機付けになるという利点を重んじている。

　二〇一六年夏はひさびさに使用することとなった。最初は京都行きに使おうと画策するが、夏場に一〇時間近く、しかも乗り継ぎの旅はこたえると思い、あっさりあきらめた。京都から敦賀、小浜線で東舞鶴経由、福知山線で京都へ戻るという一筆書きの旅程を敢行したのが一回目。二回目は、かねがね行きたいと思っていた千葉・我孫子への往復に使う。ここに白樺文学館及び志賀直哉旧居跡があるのだ。三回目は、古本友の小山「古本屋ツアー・イン・ジャパン」力也くんを誘って、埼玉県・深谷への古本旅。ここで一回分を小山くんに譲り渡し、残りは一回。

　ここで、もう元は取った勘定になったので、あとは気楽に使いたい。いつも「青春18」で向かう松本はどうか。しかし、これはかなりの早起きが必要。今日が期限のリミットとなる九月一〇日、とりあえず最寄り駅から中央本線に乗り、行き先を決めず車中の人となる。もう少し早く出れば、高尾から松本直通という便があったのだが、結局、高尾、大月、甲府、小淵沢と乗り継ぐハメとなる。

　小淵沢での次の乗り継ぎまで一時間近く待つことに。かつては駅構内にあり、現在、改札外に移転した立ち食いソバの名店「丸政《まるまさ》」へ。鉄道好き学者の原武史推奨の店である。改札を自由に出入りできる(途中下車もフリー)のが「青春18」のいいところ。大きな唐揚げを乗せた「げんこつソバ」が名物らしいが、車中でおにぎりを食べてしまった。ここはかけそばで。ただし、天かすが無料で入れられてくる。腰を抜かすほど美味い、というわけではないが、濃いめの汁が素朴なソバによく合っている。

　なんやかんやで、小淵沢発が二時になり、松本行きはあきらめ、信州ガイドブックを参考に「下諏訪」で下車。駅ホームに足湯のある「上諏訪」には二度ほど降りたが、こちらは初めて。ガイドブックによると、諏訪湖畔にルソー、グランマ・モーゼスなど「素朴派」を集めた私設美術館「ハーモ美術館」、そこからすぐに町営の温泉銭湯「みなみ温泉」がある。この二つをチェックして帰ろうと決める。

　駅の観光案内所で、周辺観光地図をもらい、レンタサイクルの場所を聞く。短時間で、効率よく町巡りをするにはレンタサイクルが一番。四時までの受付で、返すのは六時まで、という。借りたのはちょうど三時。なんと電動自転車であった。しかし、受付の御老人は「なるべく五時ぐらいに返してくれ」という。そうか、その日借りたのは私が最後で、六時までただ待つのはつらいというわけか。ハイハイ、わかりましたと、老人をねぎらう。

電動自転車はおそろしく軽快にスピードが出るから注意。観光案内所で、「みなみ温泉」では貸しタオルがない、と聞き、途中「ジャスコ」に寄って、タオル、下着、ボディソープを買う。諏訪湖畔までひとっ飛び、「ハーモ美術館」で絵画鑑賞。いくつかのフロアと、何層にもなったエリアに分れた不思議な構造の美術館で、靴を脱いで入る部屋は、中に螺旋階段がついている。ほかに見学客もなく、ルオーやシャガール、マチスまで見られたのは収穫だった。

さて、残り時間をにらみつつ、「みなみ温泉」へ。まあ、いわゆる温泉銭湯だ。脱衣場に鍵付きのロッカーはなく、区切りのついた棚の空いたところに、服などを入れるシステム。ちょっと物騒で、財布とスマホは番台に預けた。浴場は、真ん中に丸い浴槽が一つあり、これだけ。富士山などの壁絵もない。先客は常連らしいおじいさんが一人。湯は熱くて、とても長湯はできない。しかし、疲れた脚には、この熱さが効く。最寄り駅から、電車に飛び乗った時には、思いも寄らない旅の結末であった。

●タブレット純

出てくる時は出てくるもんである。新しい才能が。その名も「タブレット純」を最初に見たのは、BS-TBSで『坂崎幸之助のレコード時代』スペシャルであった。かまやつひろし、松崎しげるがゲストで、GS時代の貴重な話がバンバン飛び出す。松崎しげるがアマチュア時代に組んだ「ミルク」というバンドのメンバーに堀内護、日高富明がいた。つまり、のちの「ガロ」である。その「ガロ」が、かまやつひろしのバックバンドとして、ステージに立つ。意外な関係性が、浮かび上がるのだ。

そのあたりのマニアであるボクは、食いつきながらそれらの話を聞いていた。その時、脇に座ってニコニコ笑っていたのが、驚異のレコードコレクターで歌手として登場していたタブレット純という

タレント。ボクは初めて見たが、「何とな！」と叫びたくなる、異端の存在であった。ちょっと、話題が飛び出すと、まあ、次から次へと、超稀少なレコードが、テーブルの下から出てくる出てくる。すべて自分のコレクションだという。すごいものを見た、という印象である。

しかも、タブレット純は、この手の蒐集家にありがちな、鼻をふくらませて「どうだ！」と言いたげな風情がまるでなく、持ってきたレコードも、申し訳なさそうに出す。ビジュアルはGS時代を思わせる金髪長髪、喋りはオネエ系である（あとで、本当にそうだと知る）。アルフィーの高見沢と二人並ぶ姿を想像すると、目が眩む。出て来る音楽の小ネタも情報として正確で、見飽きない。今後が楽しみな逸材、だと認識したのだった。

そこで、ちょっと調べると、タブレット純はムード歌謡の王者「マヒナスターズ」の最年少ボーカル・田渕純としてデビュー。リーダーの和田弘死去にともない、独立した。タブレット純は、和田弘命名による芸名「田渕純」から来ている。ものまねと音楽ネタで舞台に立つようになるが、ものまねは、はっきり言ってあまり似ていない。やはり本領は、音楽ネタであろう。『男はつらいよ』のテーマ曲をバックに、「オバタ産婦人科で産湯を使い、姓はハシモト、名はヤスユキ」と名乗るようだが、それは未見。

私が次にタブレット純を見たのは、BS朝日の「ナイツ」司会によるテレビ寄席『お笑い演芸館』（二〇一六年九月一五日放送）。長い金髪に、キンキラキンの王子様ルックという、初見の客の度肝を抜く姿で登場した。知らない人は、どこからこういう異物が迷い込んだのか、対処に困るという客席の空気であった。

「わたし、こんなふうに見えますが、じつは男でして、つい先日、道を歩いていましたら、後ろから自転車で来た若者に、『どけ、ババァ』と言われました」と、笑いを取り、客席がようやく「ああ、笑っていい人なんだ」と納得したようだった。

この日は、小さいギターを抱え「よせばいいのに」（敏いとうとハッピー&ブルーのヒット曲）にあわせ、「よせばいいのに」「いつまでたってもダメな私ね」というフレーズを生かした替え歌を披瀝していた。それがまた、ビジュアルと正反対の貧乏くさいネタで笑わせる。細かいことは忘れたが、たとえば喫茶店のサービスでついてくるゆで卵。その殻と薄皮がうまく剝けないのを、卵の表面が「ホゲホゲ」になると表現していた。

王子様のビジュアルで貧乏話。この天と地ほど離れたアンバランスが、意外性があり、まことに秀逸。拍手を贈る。これなら、浅草演芸ホールの塩辛くなった高齢者にも受けるのではないか。もっと多くの人に知ってほしい、という気持ちと、あまり有名にはなってほしくないという微妙な段階……と思って、ネット検索したら、けっこう評判になっている。そうか、そうか。

◉太宰治の妻、遺産九億円

二〇一六年二月一八日、作家の津島佑子が六八歳で死去。私は『ヤマネコ・ドーム』が出た時に書評をしたくらいで、いい読者とは言えない。しかし、父親の太宰治とはまったく違う次元(いい悪いではない)の創作活動をし、独自な作品世界を築き上げた人だとは思っていた。ブックオフの文庫の棚で、なぜかよく目につく津島作品が、講談社文庫の長編『火の山――山猿記』で、けっして読みやすい作品とは言えないので、なぜだろうと長く疑問に思っていたが、死亡記事を読んで判明した。

「太宰を思わせる人物が登場する『火の山――山猿記』は一九九八年の谷崎潤一郎賞と野間文芸賞をダブル受賞し、NHK連続テレビ小説『純情きらり』(二〇〇六年)の原案となった」(『毎日新聞』二〇一六年二月一八日付)のだった。谷崎賞・野間賞のダブル受賞が、それほど売れ行きに影響があるとは思えない。NHKの朝ドラ人気が及ぼす威力はすごい。津島作品で、もっとも印税が払われたのが、この『火の山』ではないか。

そこで、いろいろ検索していたら、次の記事に出合ったのである。

「太宰治の妻、遺産九億円」と見出しがついたのは『朝日新聞』(一九九八年一月八日)夕刊の二面記事。以下、引用する。

「作家太宰治の妻で昨年二月、八五歳で死去した津島美知子さんの課税遺産額が約九億四千万円であることが八日、東京・本郷税務署の公示でわかった。

関係者によると、遺産は東京都文京区の自宅の敷地や預貯金など。長女の園子さんと次女で作家の佑子さん、園子さんの夫で養子の衆院議員津島雄二氏ら四人が相続した。相続税額は計三億一千万円に上ると見られ、すでに納付されているという」

太宰治の入水死体が発見されたのが、一九四八年六月一三日。以後、各文学全集や各社文庫に作品がこぞって収録され、人気が衰えることなく、多額の印税を遺族に供給し続けていた。太宰の死後、約五〇年に積みあげたその額が、九億四千万円だった。

天下り官僚としてはトップクラスの、日銀・黒田総裁は財務省財務官、アジア開発銀行総裁と、日の当る坂道を上り続け、それらの収入に、現職の総収入を合わせると、一説に推定生涯収入は約一〇億と言われている。だからどうした、と結論づける気持ちはない。ただただ、何だか遠い空を見上げるように、すごいなあと溜息が出るのだ。

●『麦秋』のショートケーキ

小津安二郎の作品の中で、一番好きなのは『麦秋』(一九五一年)だ。原節子をヒロインとした「紀子」三部作と呼ばれるなかの一作。これまでに七、八回は繰り返し

見ているのではないか。

有名な作品で、内容の詳述は避けるが、印象的なのが「ショートケーキ」の場面。兄の康一(笠智衆)とともに、間宮家の家計を支える丸の内のタイピストが原節子扮する紀子。彼女の結婚問題を中心に、物語は進んでいくが、紀子が結婚すれば、間宮家の経済は破綻する。この二律背反が単純な嫁入りドラマを膨らませる。

ある夜、兄嫁・史子(三宅邦子)からの依頼で、紀子が銀座の洋菓子店からケーキを買って帰って来る。箱に入り、ワンホールのケーキだとわかる。「いくら、これ?」と尋ねる史子に、紀子は「九〇〇円」と答える。思わず「まあ、九〇〇円、これが!」と驚く史子。

この驚きは当然であり、一九五一年当時の公務員初任給(五五〇〇円)から換算すると、現在なら三万円近い実力のある額なのである。女性の給料は、男性の半額と言われた時代であり、一般の女性事務職よりは高給であるはずの丸の内のタイピストとはいえ、九〇〇円は紀子の月給の四分の一から五分の一と見ていいだろう。

NHK第二(現・Eテレ)の料理番組『グレーテルのかまど』で、この『麦秋』のケーキが取り上げられたことがあった。その時のメモによると、小津作品のプロデューサーを努めた山内静夫が、銀座洋菓子店のケーキは、「ぜいたく品の代名詞」であり、「あの映画では必要だった」と語っていた。

驚きながら切り分け、深夜、高級ケーキを食べる兄嫁と義妹。そこへ、近所に住む兄の同僚で医師の矢部(二本柳寛)が訪ねてきて、ケーキのご相伴にあずかる。悪いなあと言いながら席につき、「今日は何かいいことあったんですか?」と思わず矢部が訊く。「何かいいこと」がなけ

れば、とても庶民の口に入るものではなかったことがわかる。

以前から、この高級ケーキを買った店のモデルとなるのはどこかと考えていたが、銀座の高級洋菓子店と言えば「ウエスト」。そのウェブサイト調べによると、二〇一六年現在、同店のバタークリームケーキの八号(二四センチ)が七二〇〇円、一一号(三三センチ)が、二万四〇〇〇円である。

この高級ケーキの登場があるから、のちに紀子と矢部が結婚するきっかけを作る矢部家での、矢部の母(杉村春子)とのやりとり、「紀子さん、餡パン食べない?」が効いてくるのだ。

●はるな愛

いま「はるな愛」と名を挙げて、知らないという人の方が少なくなったかも知れないが、登場した頃は、これほど広範囲に活躍し、芸能界で長持ちするタレントになるとは思わなかった。自分のブログを過去に遡って見てみると、私が最初に言及したのは二〇〇七年ではないか。というのも、二〇〇八年一月一七日に「はるな愛にぎょうてん!編」と題して、「また、『あらびき団』の話、ですがね。昨夜の放送で、ひさしぶりにはるな愛が登場。これがすごいの」と興奮を伝えているからだ。以下、私はブログでやや軽薄気味の文体でこう書いている。

「ニューハーフってことだけど、見た目は完全に女で、これがなんと、松浦亜弥のライブ音源に合わせて、はるな愛はまったく声を出さず、口パクとふりつけ、動作で、松浦亜弥のライブを再現する。松浦亜弥のライブ、ってのが、またMCを含め、独特のものなのだが、それをドンピシャのタイミングで表情を含め、まったくそのとおりにしてみせる。しかもカリカチュアがあり、まったくあたらしい〝ものまね芸〟といっていい。腹をかかえて笑うとともに、ちょっとゾクゾクとさせられる。権利関係がクリアされれば、これはDVD発売ものでしょう。ぜひ、〈You Tube〉と〈はるな愛〉で検索して、映像を見てください」

さらに同じ年の五月一五日、「おぎやはぎは放課後芸人」というタイトルのブログの中でも、はるな愛について触れている。

「水曜の夜は、『ナニコレ珍百景』から『あらびき団』へ、というのがこのところの決まり。『ナニコレ』は、日本全国の街角で見かける変な風景を、思潮社、って出たけど視聴者、の投稿などから成る。それを三組のゲストが判定。三つ認定が揃うと〈珍百景〉として登録される。昨晩は『おぎやはぎ』がゲストに。このコンビ、なるべくやる気を出さない、というのが売りの変なコンビで、放課後感が強い。授業が終わってから、クラブにも参加せず、教室でだらだら喋っている雰囲気。ちょっとこれまでになかったタイプで、興味深い。

『あらびき団』には、はるな愛が登場。あいかわらず、すごい。あと、いくつか笑ったのがあったな。ただパンダの着ぐるみで出て来た二人組が、床をごろごろ転がっているのが『あらびき』レベルでおもしろかった。あれ、ゴールデンでは使えないよ」

ここに今、つけ加えるべき言葉を思い付かないが、はるな愛はその後、二〇〇九年一二月には、NHK教育(現・Eテレ)の「そうだったんだ！ 算数」という、なんと教育番組に出演。芸の質としては高いが、しょせんショーパブ芸と思われたのが、認知された感がこの頃から出てきた。素晴らしいことだと思っております。『ナニコレ珍百景』はゴールデンタイムに移行してから、私は見なくなる。

●岡崎武志グッズ

韓国で古本屋を経営し、古本について何冊も本を書いているユンソングンくん。なんだか他人のように思えない。彼が来日の際、西荻の古本屋を一緒についてガイドしたことがあった。

韓国では日本のように、古い本に価値を見出すという習慣がなくて、古本屋の数も少ないと聞いた。しかし、なぜか私の本が数冊、向こうで翻訳されている。角田光代さんとの共著『古本道場』も韓国版があったりするのだ。

いちばん最初に向こうで出たのが『蔵書の苦しみ』。光文社新書から出て、のち光文社知恵の森文庫に移り、又吉直樹さんという人気者が帯に推薦文を書いてくれて、よく売れた。

その韓国版表紙に使われた絵で、クッションが作られたらしく、ユンくんが送ってくれた。小ぶりのかわいいサイズ。これは初の岡崎武志グッズである。うれしい。腰にあてて愛用している。

◉杉並区高円寺の中華「大陸」

古い、と言っても一〇年くらい前の、取材ノートが積み重なった本の間から出てきて、パラパラ読んでいると、二〇〇七年に高円寺「杉並展」からスタートし、界隈を歩いている。私は一九九二年春から二年半ほど、高円寺に住んでいた。ほとんど外食の日々であったから、中華や定食屋など懐かしい店がいくつかある。

そんな中の一つが中華「大陸」。純情商店街の西、狭い商店街にあった。カツ丼四〇〇円(おしんこ、小鉢、スープつき)、ラーメン三〇〇円という、恐ろしい価格破壊の店で、老夫婦でやっていた。ボリュームも満足いくもので、同じ筋の北に「王将」(のち閉店)ができるまでは、中華は「大陸」だったのだ。ただ、一度「タンメン」を頼んだ。ところが、スープがあまりに塩辛く、我慢して食べられるレベルではなかった。水を飲んで、再び挑戦するも辛さが美味さを勝り、二口ほどで放棄した。それから行かなくなったら、先年(二〇一四年頃)閉店したことを知る。

一九九四年には、すでに高円寺を離れていたが、テレビを見ていたらコント赤信号の小宮孝泰が高円寺を歩いている。どうも『ぶらり途中下車の旅』らしく、この回は営団地下鉄東西線(現・東京メトロ東西線)を「途中下車」する旅で、高円寺に降り立ったのだ。しばらく見慣れた景色を見ていたら、小宮が「大陸」へ入っていく。思わず身を乗り出した。

細部は忘れたが、ラーメンを注文した小宮が、箸を入れてメンを掬い上げた瞬間、「ああ、やわらかめなんだ」と呟いた。そう、「大陸」はゆで方が長めだった。その後、適当に言葉をつないではいたが、どうも小宮は「かため」派で、「大陸」のラーメンが、あまりお気に召さなかったような気がした。いや、あくまで印象である。

高円寺ではほかに、高架下の洋食屋「タブチ」、パル商店街からすぐの「富士川食堂」へは、じつによく行った。「タブチ」は中野駅の南側にもあったが、こちらは閉店したようだ。チェーンではない、こういう大衆的な食堂は、私が現在、最寄り駅として使う国立駅周辺にはないはず。むかしはあったのか。

国立駅から富士見通りを行き、西友の先にかつて「とん金」というトンカツ屋があった。昼の日替わりランチが五五〇円で、みそ汁つき、ごはんお替わり自由という大衆力の強い店だったか、いつのまにか閉店していた。「国立」に大衆は似合わないのかもしれない。

◉おかしな夢

何かのトークイベントで関西入り。

トークが始まり、途中休憩の際、Hさんが会場を一時間、次の準備のために使うという。大幅に時間が空くことに。さてどうしよう。ぼくとトーク相手の古書店主Yとで、町へ繰り出すことに。古本屋があれば、時間がうまくつぶせるのだが、どうもなさそうだ。すると、「紙」と書かれた大きな看板が目に入る。スーパーぐらいの規模の店で、紙の専門店らしい。Yはこの店を知っているらしく、ずんずん中へ入っていく。「ここには古いノートや日記が売られているのだ」とYは言う。古本はないらしいが、何か見つかるかもしれない。

ある棚の前で、突然、Yが大声で喋り出す。やや異常な感じで、一人で何かしきりに喋っている。気が狂ったのかと心配になり、近づくと、棚の向こうに、ちゃんと聞き手がいた。その人相手に喋っていたのか。紙についての会話だが、私はついていけず、おいてけぼりを食ったような感じ。所在なく時間を過ごすが、あきらめてYを置いて、店を出る。

そろそろトーク会場に戻った方がいいかもしれない。しかし幹線道路沿いに歩き出したが、会場ははるか遠い気がしてきた。果して間に合うのか。と、その時、目の前を知り合いの車が通りかかる。彼も会場へ行くので、送るという。助かった。前も彼の車に乗せてもらったことがある。しかし、見ると、一人乗り用の奇妙な形の車で、後部座席もなく、乗り込めそうにない。彼は「肩車するよ」と言うので、運転席に座る男の肩に両足を乗せるが極めて不安定。動き出すも、フラフラしてスピードが出ない。いつ後ろにひっくり返るかと不安でならない。

●これも夢だった

新興宗教の大きな教団に知らぬ間に入信している。完全に信仰を持つ、というより、まだ半信半疑なり。それでも教団の祭に参加するため、本部へ赴く。バスを降り、目の前が本部建物。ガウディのサグラダファミリアふうの、巨大な建築物。私を導いた幹部の男性が、門のところから中へ先導してくれる。ちょっとN書店さん(古書店主)に似ている。古代の中国の衣裳(というのがどういうものかじつはよくわからぬが)を着ていて、歩き方もちょっと普通でない。足の出し方が独特で、非常にのろい。それが教団の教えなら、真似るしかない。

本部前に、教祖(老人)が立っている。与謝野馨とヨーダを足して二で割ったような小柄な老人。足元おぼつかなく、ふらふらしている。近寄って支えようとするが、骨がないような、とにかく柔らかく、ぐにゃぐにゃしている。信仰はないものの、こうして教祖の肉体に触れることには、それなりの緊張を感じる。教祖の身体を支えながら歩き出すと、周囲の信者が当然ながら、みなおじぎをする。しかし、私の存在に気づいたのか、どこかぎこちない。それでも、こうした儀式を通じて、信仰が深まるのかもしれないと思う。

●『早春スケッチブック』と希望ヶ丘

山田太一脚本ドラマの代表作『早春スケッチブック』(一九八三年)は、夢中になって見ていた気がする。平穏に過ごす一家を、「お前らみんなありきたりだ!」と批判し、翻弄するデモーニッシュな男を山﨑努が怪演し、ドラマ史に残る存在感を示したのだ。

私が見ていたのは、まだ関西在住時代。二八歳なら、大阪の高校で国語の講師をしていた頃か。東京及びその周辺の土地鑑がない頃で、ドラマの舞台となった「希望ヶ丘」も、いかにもドラマのために作り上げた架空の街のように思っていた。

というのも、一九七八年に『ゆうひヶ丘の総理大臣』、七九年に続篇となる『あさひヶ丘の大統領』と、いずれも中村雅俊主演による学園ドラマがあり、これは架空の街の名前が使われていた。「希望ヶ丘」は、「ゆうひヶ丘」や「あさひヶ丘」より、もっと嘘っぽいネーミングに見えたのである。再放送など、詳しくチェックすると、ちゃんと相鉄線の「希望ヶ丘」駅が登場し、実在するとわかるのだが、当時はそこまで気が回らなかったのかもしれない。

ともに両親の連れ子で、血のつながらない望月家の兄と妹に鶴見辰吾(和彦)と二階堂千寿(良子)。和彦が希望ヶ丘高校、良子が希望ヶ丘中学と、これまた嘘くさい校名の学校に二人は通うが、実名であることを東京に出てきてから地図で確認して驚いたことがある。

坂の多い町で、ひんぱんに家の周辺の坂が映る。坂が多い町のドラマというのも、私が見た中では、これが初めてだった気がする。母親の岩下志麻を含め、彼らは駅や学校へ自転車を使って移動するが、帰りは上りで、しかもかなりの急坂で、押して上がることになる。坂を上る苦難は、平凡な家族が崩壊していく予兆かもしれない。「希望」という名の町は、だから皮肉なネーミングであった。

●恋する古本屋

毎夜のごとく、仕事などから現実逃避して、愛用の『東京　山手下町散歩』(昭文社)地図をこねくりまわし楽しんでいる。某夜、大山、板橋方面を、ネット検索しながら机上で徘徊。あれこれ書き込みして、オリジナルバージョンにカスタマイズした、わが『山手下町散歩』は二〇〇七年の発行。一〇年の経過は、東京を変貌させていた。

まずは銭湯の消沈と古本屋をチェック。いろいろ興味深い。「大山」周辺エリアをカバーした見開きページを見ると、半数以上の銭湯が消滅。これは致し方ないであろう。豊島区高松町の「富士浅間神社」、池袋本町の「氷川神社」には、それぞれ富士塚がある。板橋区幸町には「富士見湯」という銭湯も二〇一六年八月段階では現存し、つまりは、この一帯から、かつて富士山が拝めたという証しであろう。

古本屋でいえば、大山駅周辺に「銀装堂」「大山書店」「ブックメイト」など、珍しく徒歩圏内に複数店が散見できる。本蓮沼駅前の「ゆうけい堂」は、古ツア(古本屋ツアー・イン・ジャパン)さんが踏破済み。しかし、最新情報では、現在売り買いは中止とある。その南、志村三小近くに「関東毛髪研究所」とあり、机上で激しく反応する。グーグルマップのストリートビューで確認すると、名前ほど大それたことはなく、どうやら、ふつうの散髪屋らしい。ううん、愛《め》でたい。ちょっと散髪してみたくなる。

葛飾区には「恋する毛髪研究所」があるらしく、なにがなんだか。古本屋さんの店名も、昔に比べたら、奇抜異色が増えたが(守口市に開店する「たられば書店」もその一つ)、「恋する古本屋」はまだない。早いもの勝ち、と言っておこう。もちろん、店主は女性に願いたい。

●圧巻の布施明

二〇一六年九月二日夜「かつしかシンフォニーホール」で、家内と「布施明」コンサートを聴く。実力者が歌い、歌い、歌う、気持ちのいいコンサートだった。最後の「マイ・ウェイ」とショパン「別れの歌」にイタリア語で詩をつけたカンツォーネ風の天地を震わすような歌唱に圧倒される。この二曲で、じゅうぶんチケット代の価値はあった。

「別れの歌」のあと、布施が「さようなら」と言って幕が降りて、アンコールはなし。会場はざわついたが、これも見識だと思う。あのラスト二曲でコンサートはみごとに締めくくられていて、わざわざ、また出てきて余韻を壊す必要はない。

何が何でもアンコールを要求する

ことが常態となって、出演者側もそれを想定してプログラムを組む。なんだか、おかしなことだとかねがね思っていた。この、やらせ「アンコール」について、どなたか、何か卓見をお持ちでないだろうか。「アンコール」をやるために、本編では余力を残して演じる、歌うとしたら、それはやっぱりおかしなことだ。

その意味で、この夜の布施明は、本編でやりきった感がじゅうぶん伝わり、それ以上のものを期待させなかった。興奮のまま、ホールを後にしたのはよかったが、しかし、京成青砥から、帰り道は遠かった。来た時よりも遠かった。

●殿山泰司が古本屋の店主の映画

某年某日、東京・高円寺西部古書会館の即売会「好書会」にて、ふだんはきりがないので雑誌は買わないようにしているのだが、『話の特集』を二冊買う。創刊号と小室等表紙の号。横尾忠則デザインによる創刊号は、画像では見ていたが、手にとるのは初めて。挟み込みの投稿ハガキに、前所有者が手書きで律儀にかきこんでいる。出すつもりだったが、出さなかった読者ハガキだ。横浜市鶴見区のHさん、男性。リクエスト曲はボブ・ディランの……なんて書いているが、どういうことだろう。ラジオの深夜放送と間違えている。

小室等表紙の号は、小室等が23区コンサート(ライブ盤をLPで所持)について書いているので買う。殿山泰司のエッセイでは、森下愛子主演の映画「十代　恵子の場合」に、殿さんが、古本屋の主人で出演している、とある。そうだったか。ぼくは京一会館でこれを観ているが、森下愛子のあまりの可愛さに気を取られて欲情し、そこのところは覚えていない。残念である。

古本屋の店員として風間杜夫も出ているようだ。そこに森下愛子が本を売りに来る。すごい古本屋ではないか。監督は内藤誠。低予算で、ほとんどロケで撮影されたというから、古本屋も、実在の店が使われた可能性が高い。これは調査せねば。

●牧野信一の「ハッハッハッ」

二〇一六年九月八日、早起きして『サンデー毎日』レギュラーの書評原稿を午前中に送って、午後西荻へ。改札で待ち合わせた日経新聞のNさんとはひさしぶり、「古本ライフ」について取材を受ける。写真が必要、ということで盛林堂を使わせてもらって棚の前で撮影。店主の小野くん、いつもながらありがとう。

西荻の超純喫茶「ダンテ」の奥の席で、これまで書いたり、喋ったりしたようなことの集大成として、あれこれ一時間強しゃべって、高円寺へ移動。西部古書会館「BOOK&A展」が今日から始まる。クロークが「がらんどう」娘さん。いつもニコニコ、元気に挨拶をくれるので、ほっとする。彼女が帳場にいると、空気が変わる。

いつもなら金曜始まりか土曜始まりのところが、「BOOK&A展」は、木曜初日で人も少なく、ゆったりと見る。第一書房の『牧野信一全集』第一巻が、裸本とはいえ三〇〇円。これは！　と抱え込む。裸本でこれほど存在感のある本も珍しい。

かつて鎌倉「木犀堂」さんで、この函入り完本を見て、いいなあ、欲しいなあと思いながら値段が見合わずあきらめていたのだ。函入りなら、五〇〇〇円はするだろう。こういう思いがけない楽しみがあるから、即売会通いがやめられないのだ。

帰りの電車で、スマホに没入する乗客に交じって、さっそく少し読む。牧野作品の登場人物は「ハッハッハッ」と笑う。これが数か所あった。牧野信一の「ハッハッハッ」という論文タイトルを思い付く。現実には、なかなか「ハッハッハッ」と笑う人はいないと思うが……。牧野では『西部劇通信』が欲しいが、これも高いんだ。

●一九九七年のピンボール

一九九七年公開の、シルベスター・スタローン主演の映画に『コップランド』がある。マンハッタンを対岸に臨む、ニュージャージー州の小さな町は、腐敗した悪徳警官ばかりが住む「コップランド」だ。この町でほとんど汚れていない保安官がスタローン扮するフレディ・ヘフリンで、ずっと市警への転身を狙うがかなわない。

というのも、友人の妻を水難から救った際、片耳が不自由になったからだ。しかも、その友人の妻・リズを、秘かにずっと愛し続けている。しかし思いは明かせず、なんだか煮え切らず、グジグジした男を、マッチョのスタローンが演じるんだから、どこか変な映画だ。

繰り返し見たいというわけではないこの映画が印象に残るのは、主人公のヘフリンの楽しみが、バーでバーボンをあおり、ピンボールに興じ、部屋では静かにレコードを聴くシーンがあるからだ。趣味は「レコード鑑賞」だ。スタローンが演じていなければ、まるで村上春樹の小説に出てくる主人公みたい。

ヘフリンが「この曲はCDでも売られているが」レコードにこだわるわけを「耳が悪いから」と説明している。デジタルで合成されたCDの音は、不自由な耳に不都合だというのだ。医学的な根拠は別にして、妙に説得力のあるエピソードであった。

なお、同作にはハーヴェイ・カイテル、ロバート・デ・ニーロが共演、「おやじ」臭の強い映画だ。レイ・リオッタは、出てくるだけで、どこか気味の悪い役者。『ハンニバル』ではレクター博士に頭蓋骨を切られ脳を食べられる役の印象が頭から離れない。

●江東フォーク

二〇一六年一月三〇日、東京都江東区住吉にある江東区立のコンサートホール「ティアラこうとう」で、「江東フォークフェスティバル」を観る。余裕をもって出たが、けっきょくいい時間になって足早に駆けつけることに。席は前から七列目、ほぼ中央といういい席であった。

この年で五年目となる、フォーク界の大御所たちが出演するコンサートで、私は、前年が見られず、二〇一四年から足を運ぶようになった。なにしろ出演者が大勢なもので、一人当り三曲ぐらいしか時間が与えられない。その中で、これでもかと個性のぶつかり合いが楽しい。

司会はもちろん、という感じでなぎら健壱。ミュージシャンを紹介し、時間に合わせて進行もする。最初から最後まで、通しの登壇で、「これでギャラはほかの出演者と同じ」とボヤいていたが、ほかにこれを出来る奴はいないだろうという自負も感じられる。

友川カズキがヨロヨロと、生気なく現れるが、喋れば全編ギャグという感じで会場をおおいに湧かせていた。「中川五郎さんって、まだ生きてたんですね」などとヒドいことを言っていたが、私だって国立ビブリオで「中川フォーク・ジャンボリー」の裏方を務めるまで、中川五郎は雲の上の存在だったのだ。

次にステージに上がった中川五郎さん(ここだけは敬称をはずすわけにはいかない)は、その友川をさっそくネタに、即興に歌に織り込み、貫禄を見せた。ほかシバ、アリ(松田幸一)、中山ラビ、大塚まさじと、考えたら、この日の出演者は、「中川フォーク・ジャンボリー」および、その周辺でご一緒した人ばかり。なんだか、みんな楽しそう。それもそのはず、控え室となった部屋は居酒屋と化していたそうである。

しかし、なんといってもこの日の目玉は「ディランII」再結成。なんでも六年前かに、一度なぎら健壱が企画して実現していたそうだが、それはぼくは知らない。一九七四年解散というから、私はレコードのみで生の姿を見ていない。だから、四十数年ぶりに初めて、大塚まさじ、永井ようの二人が揃ったという印象である。

二人が歌い出すと、回りから、どよめきのような歓声が起きていた。最後「男らしいってわかるかい」が歌い始められると、さまざまな感慨が押し寄せて、ちょっと泣いてしまった。思いがけないことであった。

●福田定一『名言随筆　サラリーマン』

私は、まだ数えたことはないけど、数万冊もの蔵書に囲まれて生活している。その多くは古本で買ったもので、雑本、雑書の類が多く、古書価の高くつくものはほとんどない。死後に家族が手放すとしても、ひと山いくらで売られることだろう。申しわけない。

そんなか、買った時は一〇〇円だが、市場では数万の高値で取引きされている本がある。それが福田定一『名言随筆サラリーマン』(六月社)だ、新書サイズの、どうってことないように見える本で、事実、私は先に触れた通り、三〇年以上前に一〇〇円で店頭均一台から買った。大阪環状線「天満」駅前の「天四文庫」ではなかったか。初版は昭和三〇年で、私が所持するのは三二年刊で四刷り。

これがなぜ高いか、種明かしをすると、著者の福田定一は本名で、当時産経新聞の記者。のちに国民作家司馬遼太郎となる人物だ。このことを知らないと、たしかに一〇〇円つけて、表の均一台に並べるしかないような本なのだ。

司馬遼太郎『手掘り日本史』のなかに、同著について言及あり。版元の六月社は、大阪創元社から出た編集者二人が始めた出版社で、「会社を助けるつもりで書いてくれ」と依頼され、「一〇日ほどで書きました」とのこと。「いくら売れても自分はいらない」と印税を、社にゆだねたという。ただ、自分の著作としては、年表等にも入れていない。

●「さわやか記念文庫」

某日、あまりにいい天気で、午前中は仕事、午後外出。八王子「夢美術館」の招待券があり、開催中の「日本のポスター芸術展」を見にいく。「ブックオフ」で色川武大『生家へ』講談社文芸文庫五一〇円を買う。ちょっと必要があって買った。

　そしてもちろん、昼は「ほし野」でトンカツ定食。五〇〇円という驚異の安さ。しかも大盛りゴハンが無料なので、ほとんどの人が大盛りを頼む。私は大盛りだとちょっときついんだなあ。店員に愛想がなく、お代わりの水はセルフ、キャベツがちょっと少なめ、食器はプラスティック、伝票はメモ用紙に殴り書き、相席必至だが、まったく不満はない。幸せたっぷりで、さくさくとおいしく食べる。

　八王子と来れば、佐藤書店、まつおか書店と古本屋二店を覗き、そのまま「夢美術館」へ。ユーミンの実家、荒井呉服店と同じ、二〇号線沿いにある。いろんなテナントが入ったビルの二階。一階は大きなテナントが空きになっていて、なんだか淋し気なビルだ。展覧会会場も客はまばら。入口に制服姿のガードマンが仁王立ちで全フロアに目を光らせているというのも、美術館らしくない。

　企画はいつも面白いが、なかなか足が向かない美術館である。展示は見応え有り。常設で鈴木信太郎が一〇点ほど展示してあり、大いに気をよくする。

　このあと陣馬街道を一時間近くテクテク歩き、未踏のリサイクル型古本屋「さわやか記念文庫」へ。狙いがよくわからない店名だ。コンビニぐらいの広さの店内に、ぎゅうぎゅう古本が詰まっている。

　正直言って「さわやか」さは微塵もないところが、かえって潔く、ある意味さわやか（ホメてるんです）。本の量は多く、それなりに整理もされている。値段も決して高いわけではないが、なかなか買えない。そういうこと、あるんですね。

　まわりを本で囲まれた洞窟のような帳場にうずくまるオヤジさんが、ずっとひとり言をいっていて、最初、話しかけられたかと思って「ハァ?」みたいな反応を示したら、逆に驚いていた。ずっと一人だもの。ひとり言ぐらい出るよ。

　私が入る前から店にいた、小学生らしき女子二人が、帳場で「雑誌、買ってくれますか?」と質問したら、非常にていねいに事情を話して断られていた。その対応に好感を持つ。おじさん、優しいんだ。

　けっきょく「さわやか記念文庫」では、何も買えないまま、目の前のバス停「三村橋」（一〇分ごとぐらいに便はある）でバスをつかまえ、駅まで戻る。いつも行かない八王子を巡り、楽しかった。

●大瀧詠一展

　晴天の冬。瑞穂町郷土資料館で「大瀧詠一展」を見るため八高線「箱根ヶ崎駅」へ。

中央線の最寄り駅ホームで、電車を待っていると、本当にたまに、箱根ヶ崎行きという表示の電車が来ることがある。その時、「えっ、箱根ヶ崎ってどこだ?」と戸惑ったりしたものだ。

地図で確かめると、箱根ヶ崎は八高線沿線の駅。同駅のある西多摩郡瑞穂町は、入間市、青梅市と接する茶畑の広がる郊外だ。そして、これが重要だが、米軍横田基地のある福生とも接している。一部、米軍ハウスのある地域だったのだ。

大瀧詠一といえば、福生の米軍ハウスに住み……という記述をよく見かけるが、厳密に言えば「福生」ではなく「箱根ヶ崎」であった。しかし、これではたしかにイメージがわかない。

八高線は八王子駅から乗換え。時刻表を見ると、そうか一時間に二本しかないのか。八王子駅でいったん降りて、「ほし野」でとんかつ定食を食べ、時間をつぶすことに。そしてセットになっている八王子「ブックオフ」で雑誌『レコ・コレ』の「はっぴいえんど/大瀧詠一特集号」をぐうぜん見つける。これはこれは、うまいタイミング。

ほか、小糸源太郎絵のカバーのついた、古い新潮文庫で荷風『つゆのあとさき』は、本文に正字旧かなを使っている。昭和三二年の発行。表紙裏を見ると前の所有者が万年筆で記名している。どうやらこの文庫が出た年の四月二二日に購入したものらしい。ぼくが生まれて一週間目ぐらい。

八高線を八王子でつかまえ、車中の人に。途中、車窓右側に基地の風景が広がる。異国に来たみたいだ。箱根ヶ崎駅前がガランとして、ありがちな牛丼屋、コンビニ、コーヒーチェーン店はない。資料館までは一・二キロほど。歩けない距離ではないが、ずっと上り坂らしい。うまくレンタサイクルを見つけ、自転車で資料館へ。

資料館は、建ってまもない白亜の立派な建物に入っていた。ほか、瑞穂町は公的施設が充実。なんでこんなに金があるんだろう。まわりは茶畑が広がる。「大瀧詠一」展は、会場入ってすぐ大瀧愛用のジュークボックスが目に入る。ここにアメリカンポップスなど、自分の好みのシングル盤を入れていた。ほか、自筆楽譜や衣裳、ギターなどを展示。

日本茶の急須、湯のみのセットが意外。これをスタジオに持ち込んで、飲んでいたという。展示品は多くないが、興味深く見た。常設ではないのが残念だ。入口の台に置かれたノートを見ると、けっこう遠くからわざわざ訪ねて来た人がいる。ファンはありがたい。

帰りは、行きと同じじゃつまらない。駅まで戻って、バスで立川駅へ出ることにする。一時間近くかかって、バス代も五二〇円も取られた。高いねえ。まあ、道中、楽しんだからいいか。車中、買ったばかりの雑誌特集号で大瀧詠一チェック。

●「松屋銀座」の紙袋

某日、仕事を無事終え、銀座へ。この日から「松屋銀座」で古書市が開かれている。普通のデパート展とは、かなり並ぶものが違う。つまり、ちょいと高級。ショーウィンドウに入れられたもの、壁に展示即売されたものが目につくのでそれとわかる。

あと和本や洋絵本など。紙ものも多いのが特徴か。出店している顔見知りの古本屋さん、日月堂、徳尾《とくのお》、丸三各氏（みな正装）と言葉を交わす。いちばん面白かったのは日月堂さんか。ずらり切手のスクラップ帳が三〇冊ほど並び、いずれも外国切手が分類されている。未使用のものは高く、使用済みは一〇〇〇円以下。しかしスタンプのデザインや記録性を考えると、後者の方が面白い。日月堂さんも「そうなんですよ」と言っていた。あとはデザインで値が変わるとのこと。

続いて、さまざまな紙もの小物を入れた箱をひっくり返すが飽きない。戦後の食糧きっぷ数種（万事配給制で、これがないと当時食糧が手に入らなかった）、たばこ空き箱「ひかり」（鉄道開通八〇周年記念）を買う。昭和一三年「従軍手帖」には、歩兵第三旅団司令部附の某氏名刺が挟まっていた。これが五〇〇円。ふだんでは買わないものに手が伸びるのが「松屋銀座」展だ。

徳尾書店もマンガ中心におもしろいものが膨大に出ていた。

某漫画家（ぼくには誰かわかったし、徳尾くんにも確認した）お手製の、雑誌などからの切り抜きを簡易製本したものがずらり。マメなんだなあ、某氏。永島慎二「ニッポン Gメン星方行助の冒険より」は、貸本誌『Gメン』（東京トップ社）掲載の永島の部分だけ切り抜いたもの。描線がきれいで、絵が惚れ惚れするほど巧い。これが三〇〇円か。

あとは五十嵐書店から、「昭和五年一〇月一日 改正汽車時間表」を一〇〇〇円で買う。一〇〇ページ以下と薄い。中を見ると、昭和五年、東京から下関まで直通の急行があって、午後八時二五分に発ち、下関に着くのは翌日夜の八時一五分。丸々いちにちかかった計算になる。映画『張込み』冒頭シーンを思い出す。

レジで勘定してもらう時、さすが銀座のデパートと思ったのは、包装を二重にするバカていねいさで、値段を剥がすのも、きわめて慎重。一〇〇グラム三〇〇〇円の松坂肉を買ったような包装をしてくれる。その丁寧さをほめたら、「ビニール袋を閉じてあるテープが、本にくっつかないようにするのに気を遣う」と店員はおっしゃっていた。なるほど。

そして最後は、瀟洒なデザインの紙袋に入れてくれた。道ゆく人は、この紙袋を見て、よもや中に古本(昭和五年の時刻表)が入っているとは思わないだろう。

建物を出ると夕暮れ。カメラを持っていたので、銀座の夕景、服部時計店、三越のライオンなどを、アジアからの旅行者のような顔をして撮影する。

◉瀬戸川猛資

新宿へ出たら、大変な人出で混雑している。しかし、これは見慣れた風景だ。

私は中央線族ということもあって、何となく東京の起点を新宿に置いているような気がする。そのわりに、あんまりくわしく知らない。ゴールデン街へも、四、五回しか行ったことがない。紀伊國屋書店など、行く場所が狭く限定されているせいか。

紀伊國屋書店と言えば、上京してまもなく、店内で村上春樹を見かけたことがある。まだ『ノルウェイの森』で大騒ぎになる前で、まわりの客で気づいている人はほとんどいない頃だ。その紀伊國屋書店裏に、業界人がよく使う喫茶「トップス」があった。この店には思い出があるのだ。

家内が身重になり、ということは一九九〇年代半ば頃か、それまで共稼ぎだったのが、突如、一馬力で家計をやりくりしなくてはならない緊急事態となり、トパーズ・プレスの瀬戸川猛資さんに仕事を世話してもらおうと、泣きついたことがあった。

電話すると、「じゃあ、何か考えるから、とにかく会おう」と、指定された新宿の「トップス」へ行ったのだ。一九九〇年に上京して、まだ出版社に勤める前、最初に書く仕事をもらったのが瀬戸川さんで、当時、産経新聞書評欄の無署名書評を、瀬戸川さんが請け負っていたのだった。瀬戸川さんが編集長をしていた雑誌『ブックマン』の現代詩特集号に、詩人のガイドをイラストつきで書いたことがあった。

東京で知り合いは少なく、袖すりあった多少の縁(本当は「多生の縁」)で、四谷にあったトパーズプレス編集部へ何度か

通った。書評原稿の書き方など、一から教わったのだ。なにしろ無署名の小さな書評で、原稿料は安く、当時住んでいた戸田公園からの往復電車賃と、牛丼でも食べれば消えてしまうほどのものだったが、それでも新聞の原稿が書けるというだけでうれしかった。振り返ると、うぶであった。

たったそれだけのつながりで、また瀬戸川さんに泣きついたのだ。雑誌がなくなり、立ち消えとなったが、バブルに生まれた超高級雑誌『ジャパン・アベニュー』編集部に空きがあり、推薦してくれると瀬戸川さんが言ってくれた。「給料は安いけど、海外へ行けるよ」とのことだった。同誌の文芸部門の統括が丸谷才一で、和田誠、向井敏、林望、そして瀬戸川さんと、執筆者も豪華であった。

バブル崩壊で、雑誌はつぶれ、編集部入りもうやむやになったが、もし続いていれば、おそらく編集に加わっていたのだろう。今とは違う人生が待っていたかもしれない。

瀬戸川さんはその後、一九九九年春に五〇歳という若さで亡くなられ、恩義だけが残った。瀬戸川さん、ありがとうございました。

●メキシコ湾流の風

年間パスポート会員になっている、飯田橋「ギンレイ」で次の二本を見る。

『彼は秘密の女ともだち』(二〇一四年・フランス)フランソワ・オゾン監督。

『アリスのままで』(二〇一四年・アメリカ)リチャード・グラッツァー&ウォッシュ・ウェストモアランド監督。

前者は親友同士の女性の片方が若くして亡くなり、残った幼児と夫を案じて、家を訪ねると、夫は亡き妻の服を着て女装していた、というところから展開していく。女装趣味の親友の夫を受け入れ、一緒にショッピングに行くなどしていくうちに、地味な女性が変貌していく、という不思議な設定の話なり。

後者はコロンビア大学で言語学を教える女性教授の知性(記憶力)が、若年性アルツハイマーにより壊れていくさまを描く。自分が自分でなくなっていく恐怖を、ジュリアン・ムーアがこれでもか、と火花が飛ぶように演じる。

夫役をアレック・ボールドウィン。なぜか最近見る映画(テレビ放映を含む)によく出てくるなあ。そういえば、アレック・ボールドウィンといえば、ジェイムズ・

リー・バークの創出した警部補デイブ・ロビショーもの（角川文庫）の映画化『ヘブンズ・プリズナー』でロビショーに扮していた。

なんて考えているとまた観たくなり、アマゾンでDVDを注文したのを視聴。この「ロビショー」シリーズは愛読した。メキシコ湾流から吹き付ける湿った風、中南米のエキゾシズムが独特の味を出し、ニューヨークやシカゴを舞台とした探偵ものとはひと味違っている。

ちょっとシリーズの一作『ネオン・レイン』から引用してみようか。

「メキシコ湾からの突風で水面が震えると、水には銀色の縞が何本もできた。樫の木と、苔と、夜咲きの花のにおいがした。ギャンブラーと恋人たちは、大きな犠牲を払って、小さな慰めを得る。しかし、それで充分のときもあるのだ」

ロビショーはインテリで、かつオールドジャズのSP盤蒐集家、酒はジム・ビームが好き。「ジム・ビーム」なんて銘柄のウィスキーは、この小説を読んでいた一九九〇年代初めは、高くて手が出なかったが、現在はサントリーにより販売され、一〇〇〇円以下でも買える。

あとロビショーは、フライパンでトーストを焼く。これも真似したが、たしかにトースターよりむらなく焼ける。ただ、ずっと見てなくちゃいけないので、面倒だ。

ジェームズ・リー・バークは、堀江敏幸さんも、たしかファンじゃなかったか。

●植草甚一原案の映画

植草甚一原案という、その一点で、興味津々、内川清一郎監督『悪魔の囁き』（一九五五年新東宝）を途中まで見たが、これほどマヌケで中身がぐずぐずの映画はあまりないだろう。最後まで見られなかった。

娘を誘拐され、身代金の受け渡しへ向かう父親に、話しかけながらゾロゾロ刑事がくっついて来る。まず、ここが変。しかも野次馬まで気づいて大変な騒ぎに。誘拐事件といえば、よくマスコミ側との報道協定が結ばれるが、もうそれ以前の話。

「もう放っておいてくれ」と、父親が泣き叫ぶように訴えるのに警察は離れず、とうとう娘は殺されてしまう。しかし、刑事たちは大した反省もなしに、同じようなことを繰り返すのだが、ありえないだろう。

サスペンスを感じさせるのは音楽だけ。結末（犯人）も最初から見えている。救急箱みたいな木箱が短波機で、犯人との連絡に使われるのだが、植草さんのアイデアだろうか。脚本は川内康範だが、どうしたことか。

身代金替わりの仏像を走る列車の窓か

ら、鉄橋を渡った土手の男に刑事(舟橋元、テレビドラマ『燃えよ剣』の近藤勇)が放り投げるシーンがあるのだが、ここは丸っきり黒澤『天国と地獄』にそっくり。なんだ、見え見えのパクリじゃないか、と思ったらこっちが先なのでした。ここが一番驚いた。御用とお急ぎでない方はどうぞ。後半どうなるか、教えてね。丹波哲郎登場。

●矢部登『田端抄』

龜鳴屋から矢部登さん随筆集『田端抄』が出た。これまで矢部さんが出されて来た同名タイトルの小冊子七冊分に、ほかで発表した田端の文章を集めてできた。

例によって、簡易な装幀ながら、龜鳴屋制作らしい非常に好ましいたたずまい。巻末のモノクロ写真のグラビアページ、これもいい写真だ(小幡英典撮影)。見ると「石川書店」が写っている。田端の丘の上、馬の背を走る田端高台通りにあった、いかにも古本屋さんらしい店だったが、二〇一二年の六月頃、閉店された。同じ田端にしばらく営業していた女性古書店主の店「石英書房」も同じ年の十一月閉店。奇しくも「石」のつく古本屋二軒が田端から消えた。

矢部さんは一九五〇年田端の生まれ。生粋の「田端」っ子。戦後の匂いのする、まだ開発前の東京を知っておられる。その経験を生かし、記憶を記録にし続けているのだ。『田端抄』には、露店の古本屋を見た、という記述も。田端に関する俳句、短歌も随所に引用され、田端文学誌としても貴重な著作となった。

●高円寺「唐変木」

東京・高円寺で飲む時は、「コクテイル」と決めているが、この日もじゅうぶん同店でガソリンが入ったところで、一緒に飲んでいた画家のIさんに「もう一軒行きつけの店へ行きましょう」と誘われた。

「コクテイル」のある北中通りを駅へ少し戻るかたちで、すぐのビルの通路奥のさらに地下という、いきなり一人では入りかねる場所にそのバーがあった。看板に「唐変木《とうへんぼく》」とある。一筋縄では行きませんよ、という宣言だろうか。地下だから当り前だが、穴蔵のようなバーを、痩身、快活な老女が一人で切り盛りしている。壁の棚にはLPレコードが大量にある。

ちょっと話すと、この地ですでに四〇年以上営業しているという。知らなかった。同じ高円寺の路地裏にあった、同様のおばあさんバー「テル」を思い出し、その名を告げると、「名前は聞いたことあります。行ったことはないけどね」とおっしゃる。「テル」にもLPレコードが棚に置かれてあった。

ママさんは「むっちゃん」と呼ばれてい

るようだ。チャージが五〇〇円、ビールが五〇〇円、ウィスキー三五〇円といたって安く、気兼ねなく飲めそう。高円寺の夜はまだまだ、奥が深いのである。

●南青山・常盤松ハウス

フォーク文献の古書価は、どうもこのところ高騰中だが、そんな中でも人気の一冊が、西岡たかし『満員の木』だ。一九七三年に元本が出て、のち復刊された。私は元本を持っている。西岡たかし、と言えば「五つの赤い風船」だが、この本の人気はむしろ、デザイナー田名網敬一との全面コラボによる異色本という点にある。

今なら考えられないが、西岡から田名網への私信ハガキがそのまま印刷されており、その住所から、田名網が当時、南青山の常盤松ハウスに住んでいたことがわかる。「常盤松ハウス」は二〇一六年現在、まだ残っている。一九七〇年竣工というから、まだアパート優勢の当時、超高級マンションであった。

現在、築四七年の中古物件で、2LDKが八〇〇〇万円。デザイナーは住めても、当時のフォーク歌手はなかなか住めません。

●むせる

何かの欠落を埋めるためか、中古CDを一度に五枚も買ってしまう日があった。クレモンティーヌが日本のアニメ曲をフランス語で歌ったもの(「天才バカボン」など、能天気でバカバカしいのがいい)他、渡辺香津美『おやつ』、『バラード・オブ・コルトレーン』、『ハイファイセット・シングス・ユーミン』、『CSN&Yベスト』。

それで欠落が埋まるわけではないのだが、ときどきこうして散財したくなる。

このところ、唾や食べ物が気管に入り、むせることが増えてきた。若い時はなかったことだ。食道と気管の関係、どうなっているのか。

老いであることは疑いなく、正月の餅も気をつけなければならない。正月になると、毎年、餅を喉に詰めて死ぬ人がある。そのことを実感する。

こうして死ぬこともあるかしら、と、つばでむせる谷川俊太郎の詩を思い出す。

●国分寺名店事情

中央線「国分寺」駅の北側はただいま、市庁舎建設のため開発中。風景が大きく変貌しつつある。

しかし駅前エリアを少し離れれば、昔ながらの飲食店がそのまま残っている。駅北口から東へ、「西友」前の商店街をしばらく行くと、ドラマに出て来そうな大衆食堂「だるま」。まだその先、路地を入ったところには古色蒼然たる名曲喫茶

「でんえん」がある。大正期の米蔵を改築して、一九五七年に名曲喫茶としてオープンした。だから、私と同い年。劇画集団「むさしのプロダクション」時代の永島慎二も通ったというから、時代を感じます。

少し駅の方へ戻り、「だるま」と「西友」の間の道を北へしばらく歩くと、自然食の草分け「でめてる」がある。玄米ごはんをおいしく食べたのは、私の場合、ここが初めて。その先を左折したら、昼時は行列のできる洋食店「フジランチ」だ。

昼の日替わりランチは「ハンバーグランチ」である確率が高い。テーブル席もカウンターもいつも客でふさがり、狭い厨房に三人、テキパキもくもくと働く姿を見るのはいい。家族経営ぽい店である。ライスの量が並みで大盛りなので、普通腹の方は、「小」を頼んだ方がいいですよ。

●音羽から早稲田へ

文京区音羽にある出版社「光文社」へずしりと重たい初校ゲラを届けた後、いい天気だから、久しぶりに目白台地の山越えをする。音羽通りから高速の下をくぐり、鉄砲坂をぐんぐん上り目白台地へ。これは、私が坂巡りを始めるようになったきっかけのコースだ。

目白台三丁目交差点近くに古本屋「青《せい》聲社《せいしゃ》」が、ちゃんと開いている。ジャズ(ゲイリー・バートンだろうか、ビブラフォンの)をかけながら、店主の豊蔵さんは軽快に口笛を吹いている。やあやあ、と言葉を交わす。「ぼくもいっぺんぐらい、口笛吹きながら仕事をしてみたいわ」と言うと笑っていた。こんなに楽しそうに仕事をしている姿を見せるから、古本屋をやりたい人が増えるのだ。

見ると、前はもっとたくさんあった古道具が整理され、本の方が増えていた。見どころ多し。ていねいにゆっくり見て、新書を一冊。徳井いつこ『インディアンの夢のあと』は平凡社新書。こんなの出てたの知らなかった。このところ、ネイティブ・アメリカンの本を探していたのだ。

豊蔵さんにさよならをして、村上春樹のいた和敬塾、永青文庫、椿山荘のある路地へ入っていく。静かで、とてもいい感じ。落葉を掃いている職人さんがいる。帰宅する女学生がいる。胸突坂を自転車を押して登ってくる女性、これは大変だ。胸突坂は、上るとき膝が胸を突くほどの急坂。降り切ると神田川。駒塚橋を渡り早稲田へ。音羽から二キロ弱ぐらいのコースだ。

早稲田のブックオフでは『中央線の詩 下』を求む。これは絶対持っているが、確認したいことがあるので構わず買う。

「高円寺」の章で、田川律が「黒テント」での移動演奏会のことを語っている。岡林信康や友部正人など、劇団と一緒に移動しながら各地で公演をしていた。

西荻窪の章では、スコブル社、ハートランドなどがまだあったことがわかる。スコブルでは女性店長の西村さん、ハートランドでは斉木さんがそれぞれ語っている。南口にある「西荻デパート」は戦前からあるそうだ。

吉祥寺では、ライブハウス「のろ」のオーナー加藤さんに記者が取材する際中に、高田渡死去の報が入ってきたという。劇的な一瞬。

●三鷹「いしはら食堂」

月に一度、棚を借りて古本を売っている三鷹「上々堂《しゃんしゃん》」へ補充と精算に行くのだが、ここは駅からけっこう距離がある。自転車、電車、徒歩と面倒だ。

ええい、それなら自宅からそのまま自転車で「上々堂」へ行ってしまえと、ふらふらペダルを漕ぎ出した。ウェブの「乗換検索」の自転車ルートを使って事前にシミュレートすると、距離はだいたい一二キロ、一時間ぐらいで行けそうだ。

そうなると、三鷹では、ひさしぶりに「いしはら食堂」で昼飯。ご飯とみそ汁とおしんこがセットで「定食」と呼ばれ、これが二〇〇円。ここに豊富なおかず単品を組み合わせていくシステムだ。この日はメンチカツ一個と塩サバ。これに「定食」を合わせて、総計が四六〇円だったか。感動するほど安い。

お金がなければ、たとえば塩サバだけだったら定食を合わせて三〇〇円ちょいで昼飯が食える。もっと近くにあれば、生涯を捧げたいほど、感動的な大衆食堂である。家族経営で、おそらく店舗は自前だからやっていけるのだろう。

店の壁には久住昌之のサイン入り色紙が飾られている。

●金田朋子はすごい！

二〇一六年三月、BS7で『道の駅駅伝』を途中から見る。「東京マラソンを驚異的なタイムで走り切ったタレント・水沢アリー、運動神経抜群のお笑い芸人・小島よしお、マラソン経験がある声優・金田朋子」（番組案内より）と、マラソン好き芸能人が、国道沿いにある「道の駅」をチェックポイントに、たすきを繋ぎながら完走するという番組だ。

ルートは、日本海に面した富山県「ウェーブパークなめりかわ」をスタートし、石川県を経由し、福井県道の駅「越前」を目指すというもの。その移動距離約三〇〇キロと、聞くだに恐ろしくなる。途中、ご当地の名物、料理を食べながら、楽しくと言えば言えるが、季節は冬とあって、北陸路は雨、雪に降られたりと御難続きの過酷なレースとなる。

約三〇〇キロを三人で割ると、一人当たりのノルマは一〇〇キロ。ところが第一走者の水沢エリーが音を上げて七五キロ、第二走者の小島よしおがその遅れを挽回できずに九五キロ。つまり、最後の走者、声優の金田朋子に渡されたとき、あと一泊二日で一三〇キロを残していた。しかも最終の道の駅が閉店するまでに駆け込まねばならない。それを告げられた時「えー、無理無理!」とのけぞる金田朋子。私も、どう考えても、それは無理だと思った。

彼女のことは初めて見たが、すでに四二歳ながら、すっとんきょうなアニメ声を出す、フシギな声優タレント。声を聞くとなるべく近づきたくないタイプの女性であったが、泣きを入れつつ、なんと二日で一三〇キロを時間内にみごと走破した。

思わず、手元のメモ用紙に「金田朋子すごい!」と書き込む。それを翌朝に見たアニメおたくの娘が「え、なんで、なんで」と興奮している。「金田朋子はすごい奴なんや」と、ことと次第を語る。二日でフルマラソン三回分。その体力と根性に敬服する。

●ああ、代々木競技場

某日、渋谷NHKセンターへ。『しんぶん赤旗』の仕事で、「試写室」というテレビ評を受け持っていて、時々お呼びがかかる。民放は事前に番組を収録したDVDが用意され、それを視聴して書くことができるが、なぜかNHKは、わざわざ放送局に出向き、映画みたいに試写を見なくちゃならない。

この日は、主演の柄本時生が売れない芸人に扮したドラマ『初恋芸人』を試写室で見る。そしてじつは、今日、もう原稿の締め切りなのだ。最短の締め切りといっていいだろう。

NHKへは、いつも渋谷から向かうが、あの祭りのような雑踏をくぐり抜けることがユウウツで、そうか原宿から行く手があると気づき、原宿下車。駅前は渋谷と変わらぬ混雑ぶりだが、五輪橋(東京オリンピックの時、架かった橋かと気づく)を渡れば、人波は途切れる。こっちの方がいいや。

目の前に、鶴が首を伸ばしたような独特なフォルムを持つ代々木競技場。設計は丹下健三。この前を車などで通りかかったことはあるが、ちゃんとまともに対峙するのは初めてかもしれない。ここが懐かしく感じられるのはアニメ『わんぱく探偵団』(一九六八年)で、探偵団の集合場所となっていたからだった。私もその一員に加えてほしいと思い、見ていたのだ。

『わんぱく探偵団』は虫プロ制作で、タイトルに流れるスタッフの中に「制作もり・まさき」とあった。小学高学年にして、すでに『COM』の愛読者だった私は、この「もり・まさき」が、漫画家の「真崎守」だと知っていた。タイトル文字も真崎守の手によるものではなかったか。かっこいい音楽があの山下毅雄……という認識はもっとあと。

●太宰の墓

三鷹「星のホール」で出久根達郎さん文藝講演会「太宰治とその周辺」を聞く。午後二時開場の二時半始まりで、二時少し前に行ったのだが、すでに渡された整理番号は一〇八番。無料とはいえ、みんな、どれだけ早くから待っているのか。

順番が来て、ホールに席を取る。観察していると高齢者多し。「太宰治」だから、二、三割ぐらいは若者(学生)が交じるかと思ったが、そうでもない。ただ、後ろから見ていると、持参した本や、入口でもらえる『ちくま』(筑摩書房が協賛なのだ)を読んでいる人が多い。スマホを触っている人は、少なくともぼくの目には見えなかった。

出久根さんが登壇し、一時間強、古本屋修業のこと、太宰治の古書価、井伏鱒二邸訪問など、いくつかの持ちネタをバランス良く配分し、客席を納得させた。視線の送り方といい、出久根さん、かなり講演慣れしている感じだ。

月島の古本屋の丁稚をしている頃、友人と三浦哲郎宅を訪れた話が印象に残った。麦畑の中にある一軒家で、まだ若き三浦は、代表作『忍ぶ川』のモデルとなった夫人と静かに暮らしていた。本当は原稿執筆のさなかだったはずなのに、そんなことはおくびにも出さず、ていねいに応対してくれたという。三浦宅を辞しての帰り、麦畑の道を歩いて振り返ると、いつまでも玄関前で三浦哲郎が手を振ってくれていた姿に若き出久根さんは感激した。

講演が終わり、会場にいた知り合いのMさんを誘い、すぐ近く「禅林寺」へ太宰の墓参りをする。考えたら、古本棚を置かせてもらっている古書店「上々堂」からすぐ近くで、しょっちゅう附近まで来ているくせに、中へ足を踏み入れるのは初めて。うかつなことだった。

太宰の墓は訪問者も多いらしく、案内板があり、その通りに行く。森鷗外の墓もすぐ近くにあった。墓の前で手を合わせていると、年配の男性がやってきて、同じように手を合わしている。やはり出久根講演からの流れらしい。

少し話すと、なんと、太宰がよく通った料理屋「千草」の経営者だという。それはそれは。太宰の霊のお導きか、と殊勝なことを考える。

●これからいいことがいっぱいあるよ

『男はつらいよ』第四七作「拝啓　車寅次郎様」に好きなシーンがある。例によって旅先でのできごと。レコード店の店頭で、キャンペーンをしている女性歌手を寅が目撃する。四〇歳になって売れない演歌歌手・小林さち子で、小林幸子が演じている。「あれから一年たちました」と背後に横断幕。ステージもなく、路上で歌う小林を、通りがかりの者が足を止めるも興味はない。配った歌詞カードも捨てられて行く。それを拾う小林の姿を寅がじっと見ている。

柴又のおいちゃん宛に、郵便局でハガキを書く寅の横に、小林がいた。寅が声をかける。

「あんた、さっき歌っていた人だね」。そして歌をほめて、こういう意味のことを言う。

商売柄、人相を見るのだが、あなたの目と目の間の「印堂」にとてもいい輝きがある。

「これからきっといいことがいっぱいあるよ。希望を捨てずにがんばるんだよ」

「はい」と答え、元気を取り戻す小林さち子こと小林幸子。このあと、寅の見立てのごとく、小林さち子はヒットを飛ばし人気歌手となり、寅と再会する。

この、みじめな売れない歌手のエピソードは、山田洋次監督が、出演の折りに小林幸子自身から聞いた実話をもとにしてるそうだ。

失意でみじめな気持ちになった時、くじけそうになった時、寅さんのような人が目の前に現れて「これからきっといいことがいっぱいあるよ」と、大した根拠がなくてもいいから、言ってほしいと思うのだった。

●ビニールのレコード袋

古書市で買ったシングル盤。よく見ると、ビニール袋にレコード店の店名が印刷されている。森山良子のは赤坂「カナザワオーディオセンター」。ダニエル・ビダルは「ヤマノミュージック」。レコード店がそれこそ街々のいたるところにあった時代の産物だ。

若杉実『東京レコ屋ヒストリー』に書かれているが、日本で最初に輸入盤レコードが売られたのは、蓄音機を販売する店だったという。「カナザワオーディオセンター」などは、その出自の名残りであろう。

●少女ムシェット

CS放送の映画チャンネルでブレッソンの初期監督作品『少女ムシェット』を観る。例によって、少ないセリフ、装飾的音楽を排した、冷徹なカメラで、極貧の家に育つ少女の悲劇を追う。

とにかくムシェットは、まったく笑わない少女。唯一笑うのが、遊園地のバンピングカーのシーンだ。車同士をぶつけあいながら走り回る。ある少年の車が、故意に(つまり気があって)ムシェットの車にぶつける。それを嫌がらず、好意として喜ぶ。

これでもかと不幸のてんこ盛りの内容だけに、このシーンの微笑みに救われる。二人にある思いが芽生えそうになるが、ろくでなしの父親にひっぱたかれて台無しだ。ラストシーンも、ちょっと見たことがないような、観客を突き放した演出だ。

●『巨人と玩具』の古本屋

会話も動きも、すごいスピードで狂躁的に畳み掛けていく、増村保造監督の『巨人と玩具』の原作は開高健。広告業界を描くが、やや目まぐるしく騒々しい。

映画の中で、川口浩と野添ひとみが、書店で英和辞典を買うシーンがある。「英和辞典と和英辞典とどこが違うの」などという野添のセリフが楽しい。

ところでこの書店。どうも古本屋っぽい。しかも屋外で円形の建物(たとえば球場のような)の外の壁面に本棚があるのだ。店員も外に帳場の台を出して立っている。「○○書店」という看板がチラリと映る。これがどうも古本屋に見える。いったいどこだろう?

もちろん映画用に造られた可能性が高いが、本当にあったとしたらいいなあと思ったわけです。もっとしっかり観ておけばよかった。

かつて南海ホークスが本拠地としていた難波の大阪球場の下には、「なんばん古書街」という古本屋街があった。「山羊ブックス　古本屋店番日記」というブログによると、一九八〇年の三月二〇日に開場となった。私もよく出かけたものである。

約一八〇坪の敷地に十四店もの古本屋が出店していた。同地で一八年営業を続けたが、球場自体の取り壊しが決定となり撤退した。下では古本、上では野球。なんともファンタスティックな光景であった。

ベルギーの古書店にて

男たちの別れ

——読む読むの日々4

赤坂と秋葉原、二つの街を支配した欲望のベクトル

『赤坂ナイトクラブの光と影――「ニューラテンクォーター」物語』◉諸岡寛司―講談社―二〇〇三年
『趣都の誕生――萌える都市アキハバラ』◉森川嘉一郎―幻冬舎―二〇〇三年

四人の男が長い階段を降りてくる。三船敏郎、勝新太郎、中村錦之助、そして石原裕次郎。映画の一場面などではない。昭和三六年一一月、赤坂の高級ナイトクラブ「ニューラテンクォーター」でのできごとだった。席に座った昭和の大スターは飲み比べを始めた。アイスペールに注いだレミーマルタンを回し飲み。勝が舞台で歌い出す。裕次郎がそれに続く。空いたブランデーは一〇本。勘定の八〇万円(大卒初任給が約一万円の時代)は勝が一人で払った。まさにひと夜の「夢の宴」だった。

『赤坂ナイトクラブの光と影』の、なんとも派手な幕開けだ。舞台となったクラブは、年輩の人なら力道山がヤクザに刺された店と言えばわかるだろう。著者は昭和三四年の開店から平成元年の閉店までそこで営業部長を務めた人物。しかし「たかが営業部長か」とあなどってはならない。

なにしろ客は、皇族の方々を始め、政財界、芸能界、スポーツ界、各国のVIP、さらには「その筋」まで、すべて「一流」に限られ、二時間遊べば大卒の初任給がその場で飛んだ。面積六六〇平方メートルのフロアに三〇〇席。迎える才色兼備のホステスは一〇〇名以上。ビートルズ公演が神話になる時代に、ステージに上ったのはサラ・ヴォーン、ポール・アンカ、トム・ジョーンズ、ナット・キング・コール、サッチモ、サミー・デイビス・Jr等々、目が眩む顔ぶれ。

ホテルニュージャパンの地下に君臨した「クォーター」は、戦後史を飾る、日本でもっともゴージャスな社交場だった。

その表裏を語るのだから、おもしろくならないわけがない。一流の著名人たちとの交流、ホステスの引き抜き合戦、ヤクザとの立ち回り、美空ひばりの秘話など派手な話には事欠かない。ところが著者の語りはバカがつくほどていねいで、人名は「さま」付け。それが意外な効果を生んでいる。

例えば、「その筋」の親分がホステスに惚れたことを純情に告白する場面は「私は従業員用の通路に急行いたしまして、たいへん失礼なことではございますが、ひとりで笑わせていただきました」と書かれる。

まるで源氏物語の現代語訳を読んでいるようだ。そこにあるのは客への敬意と仕事への誇りだが、同時に、昭和という前代への追憶の深さを感じさせる。クラブは昭和という時代に殉ずるように平成元年に幕を閉じた。死者三三名を出した、昭和五七年二月のホテルニュージャパンの大火災から、七年後のことだった。

閉店の直接の原因はホテルの火災・閉鎖・廃業だが、諸岡に言わせれば本当の理由はほかにある。「戦後民主主義教育を受けた、年齢だけは大人だが人間的に成熟することのない日本人が、派手にお金を使える立場になってきたから」だという。戦後日本が繁栄に向かって疾走したとき、消費欲望の大きなベクトルを支えたのがこのクラブだった。

それなら、「年齢だけは大人だが人間的に成熟することのない」者たちが金をもってどこへ向かったか。その答えは『趣都の誕生』が説明してくれる。「ニューラテンクォーター」のあった赤坂とは、皇居を挟んでちょうど反対側、平成の秋葉原が本書の舞台だ。

秋葉原と聞いて「家電の街」と頭に思い浮かべた人は遅れている。いまやJRの駅でまず客を迎えるのはアニメの幼い女の子の絵であり、街全体もアニメやゲームのオタクたちの巣窟に変貌してしまっているというのだ。しかし建築学専攻の著者が本書で示すのは安易なオタク文化論などではない。本格的な都市論、メディア論、先端的な文化研究を援用して、電化の街がオタクの街にいかにスライドしたかを抜群の筆力で検証していく。

一九八〇年代末から家電の需要を郊外の量販店に奪われた秋葉原に、パソコンに対する愛好を結節点としてオタクたちが趣味の都、すなわち「趣都」を見い出す。パソコンとアニメ・ゲーム、二つの欲望のベクトルはなぜか重なる。その趣味嗜好により街が塗り替えられ、歴史上初めて「個室が都市空間のモデル」となった。著者はそこに〝趣都〟アキハバラの新しさを認める。

その急所をぐいぐい攻めた第一章「オタク街化する秋葉原」では、「萌える」なる薄気味悪い新語、アニメ『エヴァンゲリオン』がもたらした特需、ガレージ・キット店の爆発的隆盛、一体三八万円もする等身大フィギュア、建築物そのもののオタク化……など初耳の話ばかり。求人類にとって、まるで別の星の話を聞かされているような思いだ。

しかし、森川のすごいのはその先。かつて未来的生活のもたらす「神器」としての家電製品、東京自体が高度成長期に持っていた進歩的活力……二重の「未来」の喪失を現代は体験した。オタクはその申し子だというのだ。そして未来を失ったとき、趣味が都市風景に影響を及ぼしはじめる。

赤坂から秋葉原へ。この一五年がもたらした変革の大きさに、たった二冊の本を読んだだけで、ポンコツの頭は途方に暮れる思いだ。時代が鉄腕アトム誕生に追いついた今、欲望のベクトルはどこへ向かおうとしているのか。

(『Invitation』二〇〇三年六月号)

七〇年代青春を冷静に検証する

『池袋シネマ青春譜』◉森達也｜柏書房｜二〇〇四年

このところ、日本の戦後青春期ともいうべき時代の検証が盛んだ。いま評判の四方田犬彦は『ハイスクール1968』、高平哲郎は『ぼくたちの七〇年代』、坪内祐三は『一九七二』、大塚英志は『「おたく」の精神史――一九八〇年代論』でそれぞれの時代を総括した。たった二〇年、三〇年前のことが、双眼鏡を逆さにして見るように、とても遠いできごとのように見える。そして森達也が選んだのが一九七七年の池袋。

主人公の克己は、七〇年代後半に立教

大学に通う演劇志望の若者だ。じつはこの春、留年が決まり一年のモラトリアムを得る。まわりが長髪を切り、七三に分け、スーツに身を包んで就職活動をするなか、克己は劇団の養成所に入り、稽古場へ通う日々だ。

　ある日、自宅へ電話が入る。これが長谷川和彦の撮る映画に出演しろという友人からの要請。映画は『太陽を盗んだ男』、電話をかけてきたのは黒沢清。つまり、克己とは一九五六年生まれのほぼ森達也のことで、ほかにも後に有名になる芝居や演劇の仲間がどんどん実名で登場する。『池袋シネマ青春譜』のおもしろさは、なんといってもこの点にある。

　大竹まこと、斉木しげる、キタロー、風間杜夫、室井滋、コロッケ、竹中直人、三田村邦彦等の情けない貧乏時代。あのころはみんな若かった。

　といっても、もちろん主軸は克己の青春だ。大学と演劇の間で居場所を見失いながら、恋人とのぎくしゃくした関係、妊娠、中絶といかにも「青春」なコースを克己も歩んでいく。かんじんな時のインポテンツ、酒を飲んでは吐き、ケンカをして殴られる。そんな克己を無条件で受けとめてくれるのは、池袋東口の映画館「文芸座」の堅い椅子だ。著者は自分の分身を甘やかさず、かっこわるい日々を醒めつつ熱い望遠で追っていく。

「みんな痛手を負いながら消えてゆく。成功する人はよほどの強運かコネか突出した才能が必要なのだ。それをつくづくと実感したときには、もう失った時間は取り戻せない。(中略)誰も答えてくれない。老いながら叫び続けるだけだ。たったひとつの自分の人生が、どうしてこんなにややこしいことになってしまったんだって叫び続けるだけだ」

　後半、みんな仲間が芝居から離れていくなかでそう自分に叫ぶ。

「何も変わっていない」と、二十数年後のあとがきで、著者は書く。おそらく「変わっていない」と言い切れる者こそが青春を冷静に検証できるのだ。著者はそれをやった。

（『Invitation』二〇〇四年六月号）

ロンドンの若き哲学者による新しい旅のスタイルと愉しみ方

『旅する哲学——大人のための旅行術』◉アラン・ド・ボトン｜集英社｜二〇〇四年

小沢健二に「ぼくらが旅に出る理由」という名曲がある。なぜ僕らは旅に出るのか。それは「僕らの住む世界には旅に出る理由」があるからだという。これにうなずいた人なら、一九六九年ロンドン生まれの哲学者が書いたこの本、『旅する哲学』を読むべきだ。

「大人のための旅行術」とあるけれど、通常のトラベルガイドに書かれるような実用的な記述はない。ホテルの予約の取り方や、時差ボケ防止法なんて書いてない。ボトンくんは自分でも旅に出るけれど、「ヨブ記」やボードレール、フローベール、ラスキンなどの文学、あるいはゴッホやホッパーといった画家の作品を通して、旅の愉しみを哲学してしまおうと試みる。

著者の旅に対する考え方は、第一章で登場するユイスマンス『さかしま』の貴族、デ・ゼッサント公爵のエピソードによく表れている。ふだんはパリ郊外の別荘でひとり暮らしの公爵がある日、突如ロンドン行きを決意し、列車に飛び乗りパリへ向かう。そこで列車をまつ間に、ベテカーの『ロンドン案内』を読む。ところが彼はそれで満足し、また自分の別荘に戻ってしまうのだ。

ユイスマンスはこう書く。

「想像力は、実際の経験の野蛮な現実をはるかに超える。代理体験をもたらすことができる」

逆に言えば、ツアーで海外へ出かけても、ガイドつきで名所ばかりを回るだけなら、それは「野蛮な現実」しかもたらさないということだ。

都市におけるメランコリックな風景を描いたのはエドワード・ホッパー。彼がとくに列車に興味を持った理由を、著者は次のように説明する。

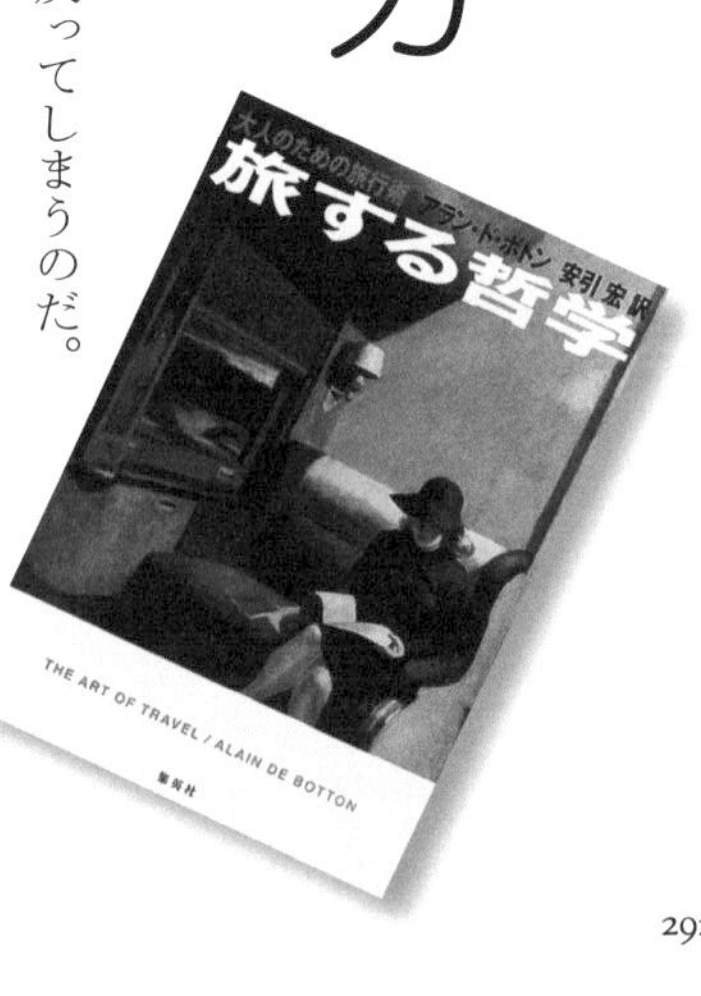

「夢見心地はわたしたちをいつもの自分から外へ引き出し、もっと落ち着いた状況では目覚めることもない思いや想い出へ誘う」

移動する列車は「心のなかの会話」を引き出す。だから「旅は思索の助産婦」なのだ、と。ひとり旅で列車に乗った経験のある人なら、誰でも思い当たるだろう。つまり旅は、どんな人でも哲学者に変える。

だから、本当は住み慣れた自分の町でだって、旅ができるはずなのだ。本書にこんな言葉がある。

「彼らが空を見上げない理由は、一度も空を見上げたことがないからだ」

（『Invitation』二〇〇四年七月号）

佐藤泰志、奇跡の再評価

——映画『そこのみにて光輝く』に寄せて

呉美保《オミボ》監督の映画『そこのみにて光輝く』が函館の映画館「シネマアイリス」を皮切りに公開された。喜ばしいことだ。

同名タイトルの原作は函館が生んだ奇跡の作家、佐藤泰志《やすし》が生前に遺した唯一の長編で、これを最高傑作に推す人も多い。もちろん舞台は函館だ。

二〇一〇年に『海炭市叙景』が熊切和嘉監督の手により映画化され、昨年にはドキュメンタリー作家の稲塚秀孝氏が佐藤の生涯を「書くことの重さ　作家佐藤泰志」で描いてみせた。一九九〇年に四一歳で自ら命を絶った後、長らく佐藤泰志は忘れられた存在であったことを考えれば「奇跡」と呼んでおかしくない。すべての著作の文庫化を含め、異例の再評価だったのである。

私は書評を中心に新聞、雑誌に原稿を書くライターだが、佐藤泰志評価にいささかの関わりがあり、『移動動物園』（小学館文庫）の解説を執筆したほか、各種の佐藤泰志イベントの司会を務めたり、取材を受けたりしてきた。数年前には函館へも招かれた。

それでもまさか、これほど息長く、佐藤の文学が称揚され、続けざまに映画化が実現するとは思いもよらなかった。小説作品そのものに力があるのは当然として、佐藤を生んだ北海道の人々の思いの強さが、奇跡を生んだのだと私は実感している。

『そこのみにて光輝く』は初号試写を東京・東五反田「イマジカ」で見せてもらったが、力強く濃密な映像に圧倒された。ライター一本のやりとりによりパチンコ店で知り合った達夫（綾野剛）と拓児（菅田将暉）。アメリカン・ニューシネマを思わせる男、と男の友情の始まりだ。そこに打ち捨てられたような海辺の小さな家が映し出され、拓児の姉、千夏（池脇千鶴）が登場する。

明日を知らず、あてどなく今日のみを生きる男と女が引かれ合い、危険な傾斜をすべり落ちて行く。酒、暴力、暗い過去、歪んだ性と負の札を切りつつ、呉監督は、男女の透明な悲しみを映し出す。すばらしい出来だ。

俳優たちの神がかった名演とともに、若い監督の力量が存分に出たのも佐藤の原作の力だ。十字街、山上大神宮と、函館ゆかりの風景も随所に盛り込まれて、函館市民の方々なら、暗い館内でひそかに頬を緩ませるだろう。そしてこう思うのだ。

佐藤泰志は、実は幸せな作家だったのだ。

明日から夏休み

『海辺の博覧会』◉芦原すなお―ポプラ社―二〇〇七年

明日から夏休み……。

これ以上に甘美で、心ときめく言葉がほかにあるだろうか。教室とも先生とも一時お別れ。これから始まる開放的な日々。青い空に聳えるような白い雲、蝉時雨、けだるい昼下がり、西瓜の切り口、炒ったような匂いの風、それらを想像するだけで、甘ったるいような少年の夏の日々がよみがえる。

だから、大人になっても「明日から夏休み」と耳もとで囁かれてうれしいなら、まだまだ男の子、女の子だ。芦原すなおの新作『海辺の博覧会』は、そんな大人の男の子、女の子に向けて書かれた、「明日から夏休み」小説だ。

第一章「海辺の博覧会」は、まず、こう書きはじめられる。

「大阪万国博は一九七〇年のことだが、ぼくの育った海辺の町ではその一一年も前に博覧会が開催された。それは八月の暑い盛りの一〇日間のことで、ぼくは当時小学校の四年生だった」

これだけで芦原ファンならただちにわかるはず。この「ぼく」は、一九四九年生まれの著者の分身で、すなわち、六年後の春の日に、ラジオから流れるベンチャーズのエレキギターの音にシビれてしまう『青春デンデケデケデケ』の「ちっくん」だ。「海辺の町」とは、著者の故郷である香川県観音寺に違いない。

いや、最初からそんな謎解きをしてもつまらない。「まえがき」で、五八歳を目前に、急激に五感の衰えを感じた「ぼく」が病院で注射された途端、意識が遠のき、幼き日の世界に迷いこんでゆく過程が描かれる。読者も手ぶらのまま「ぼく」と一緒に、いわば「むかしむかしあるところに……」の世界に飛び込んでいけばいい。

全部で七章からなるこの物語は、一九五九年の夏休みから始まり、六一年の夏休みで終わる。登場するのは「ぼく」のほか、同級生のトモイチ、アキテル・フミノリ兄弟、クニヒコ、タクジ、それに男まさりのマサコ。そして彼等を取りまく多くの大人たち。

昭和に直せば三〇年代前半、四国の海辺の町で巻き起こる小さなできごとが、いかにも楽しくユーモラスに綴られる。

表題作「海辺の博覧会」は、いつも野球をしている松林の空き地に小屋が建ち始め、そこで開催された「市制五周年記念」の「大博覧會」の話。「大博覧會」といっても、「門柱はベニヤ、ペンキを塗った即製の小屋が並ぶだけ」というお粗末さ。それでも一九五九年の子どもたちにとっては、「魔法の国」で、毎日工事を眺め。胸高鳴らせて開催日を待つ。そして当日。

「その日は朝から花火が上がった。

ポポーン、シュポシュポ、

シュポポポポーン！

朝からご飯をかきこんで会場に駆けていく」

子どもたちはいつだって待ち焦がれた対象物に向って駆けていく。花火の秀逸なオノマトペが、その興奮をうまく伝えている。芦原は『デンデケデケデケ』もそうだが、音の文字化が抜群にうまい。これは、いまだに古い仲間と「ザ・ロッキング・ホースメン」というロックバンドを組んで、ビートルズやベンチャーズを演奏していることも関係しているだろう。

そしてなにより、本編をおびただしく埋める讃岐弁の洪水。

「カルげにしとる」(カッコつけてる)、「どつましゃげる」(どつきまわしあげる)、「ラチ糞があかん」(ラチがあかない)と、乱暴な言葉も、芦原の手にかかると、どこか音楽的なフレーズに聞こえる。

そんな讃岐弁を駆使して、秋祭り、こども競馬、市会議員補欠選挙、運動会などのイベントに打ち興じる子どもたちの日々が描かれる。転校生に恋して重箱の匂いを嗅ぐトモイチ、漫才のようなやりとりをするアキテル・フミノリのアホ兄弟、そしてスポーツ万能のマサコ。

このマサコの造形が傑作だ。敵対する川向こうのグループに相撲で勝負をつけるのも彼女だし、あるいは恋惚けするトモイチにこう言い放つ。

「コイというのはな、男がな、もっとアホになることじゃ」

ね。名言でしょう。

また、本書に登場する大人たちもまともな人は少ない。干物みたいな顔をしたダビラばあちゃん、酒屋の跡取りながら子どもに競馬熱を吹き込む極道者のゴクちゃん、ひとさらいの噂のある「ことり」のおばちゃん等々。

彼等は子どもを導き教え諭すのではなく、子どもたちと同じく欠点をもち、一緒の空気を吸う人間なのだ。そこに、著者のメッセージがはっきり刻まれている。

塾も携帯もテレビもない時代。『海辺の博覧会』の大人と子どもたちの、なんといきいきと自由に暮らしていることか。

大人たちをあだ名で呼ぶことは、この小説を一種のユートピア小説として読ませることになる。著者が本作を、昭和ではなく西暦で描き、ローマ・オリンピック、ケネディ大統領就任、ベルリンの壁など世界のできごとを各章で伝えるのもいま流行りの「昭和」小説の手垢を避けるための周到なる計算があると思う。

「あとがき」で著者は書く。

「あの海辺」の町は、ぼくにとって時間的に地続きである。そこに戻るのは、なんの造作もないことだった」

誰の心の中にも「海辺の町」がある。われわれも著者により、「あの海辺の町」に連れ去られる思いがするのだ。

(『asta*』二〇〇七年九月)

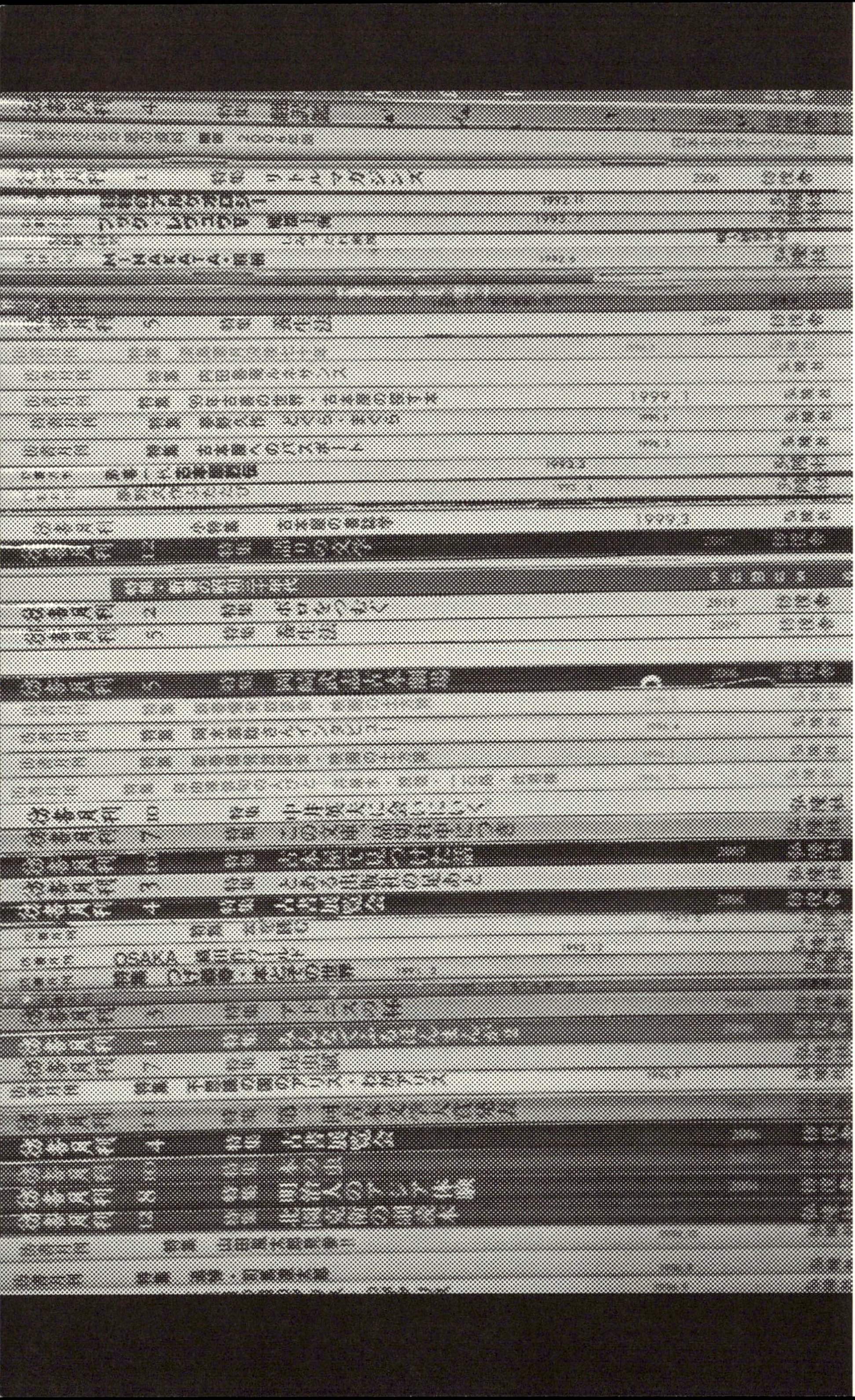

田村治芳さん死去

二〇一一年一月二日の日記に私はこう書いた。

「昨夜、北條くんからのメールで知ったが、『彷書月刊』の田村さんが亡くなった。元日の死だった。昨年末、お見舞いに行った尾崎澄子さんから、『今年(二〇一〇年)が越せるかどうか』と医者が言っていたと聞いた。だから覚悟はあったが、やっぱりショックだ。簡単に感想が書けるようなことじゃない。ご冥福をお祈りする」

私がこの世界に入って最初の連載が、『彷書月刊』の「気まぐれ古書店紀行」だった。ずっと編集長は田村さんで、神保町へ出向いた時は、よく編集部へ遊びに行った。そこで、ちょっと交す田村さんとの話が楽しみだった。

ツイッターではすでに次のような情報が流されていたようだ。

『彷書月刊』編集長　田村治芳　本日逝去いたしました。お通夜は六日一八時　告別式は七日一〇時半　文京区　傳通院　織月会館』」。翌日には『朝日新聞』に訃報が出た。

「田村治芳さん(たむら・はるよし=古書情報誌「彷書〈ほうしょ〉月刊」編集人)が一日、食道がんで死去、六〇歳。通夜は六日午後六時、葬儀は七日午前一〇時三〇分から東京都文京区小石川三の一四の六の伝通院織月会館で。喪主は妻満子さん。東京の古書店主らが八五年に創刊、通算三〇〇号の昨年一〇月号で休刊した『彷書月刊』に当初からかかわった」

田村さん死去の一報より周辺あわただしく、まず『彷書月刊』皆川くんから電話。田村さんの訃報を、『朝日』は佐久間文子さんに頼んだが、『毎日』は誰に頼めばいいかと言われ、荻原魚雷くんの名前が浮かんだが、さて電話番号がわからない。『サンデー毎日』書評担当のIさんにコンタクトを取り、皆川くんに

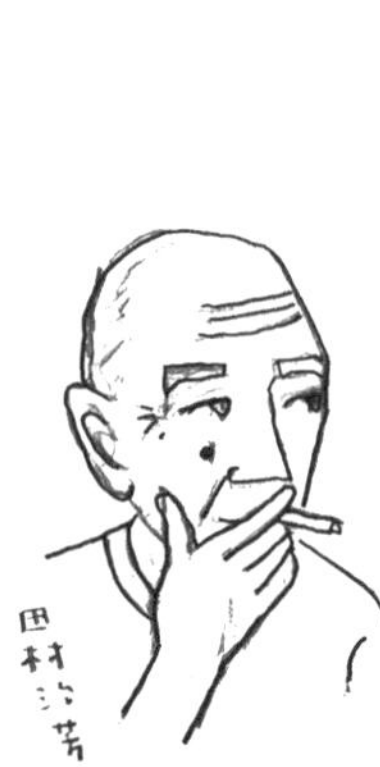

伝える。皆川くん、もう社員じゃないのに、ほんとうに大変だ。共同通信からも、田村さんの連絡先について、電話が。これから、各紙に訃報か記事が出るはずだ。

我々の仲間では、林哲夫さんと浅生ハルミンさんが、それぞれのブログで、葬儀の日程と、田村さんへの思い出を綴っている。ほとんど骨と皮になり、立つのもやっとという姿を見ているから、いつかこの日がと思いつつ、その日が来ればやっぱり平静ではいられない。

一月六日は、寒風のなか、伝通院へ。田村治芳さんのお通夜に行ってきた。喪服に黒いコートという着慣れない服装で、行く前から緊張する。斎場はすでに満席。飾られた花は開いた本のかたちにデザインされ、その上に、あれは坂本真典さんの手によるものか、電話を耳にした田村さんの溌剌とした笑顔の遺影。いい写真だ。

無宗教の献花だけで式はとりおこなわれ、読経のかわりに、田村さんがトークショーの余興でやった振り市の声が流れる。いかにも田村さんらしい、ユーモアあふれるアルトが会場を埋める。誰の案だろう、すてきな演出だ。知っている人がたくさんのお通夜で、帰りは関口「昔日の客」良雄さんの夫人と、了息の直人さんと、夏葉社の島田くんと一緒に、飯田橋まで田村さんの生前を偲びながら歩く。

一人になって中央線、高円寺で途中下車して「コクテイル」へ。この日がこの年の店開き。黒尽くめの服装で入っていったら、狩野くんが「ギョッ」と動揺していた。殺し屋と思ったのか。湯豆腐に熱燗一本頼んで、カウンターにもたれてしんみり飲んでいたら、小津安二郎の映画の登場人物みたいな気分になってきた。

「いいお通夜でしたね」

「ああ、そうだね」

「田村さんらしい、というか」

「ああ」

「息子さん、大きくなられて」

「ああ、大きくなった」

「学生服なんか着て、背も高くなって」

「ほんと、学生服を着てたね。小学生の低学年の頃か、田村さんの周りをチョロチョロ動いてたのを覚えているよ」

「昨日のようですがね」

「ああ、時の過ぎるのは早いよ」

「われわれだけ、ムダに年を取ったようで」

「背も田村さんより高くなったんじゃないか」

「田村さん、それだけが心残りだったでしょうね。息子さんのこと」
「本当だね、もう少し大きくなるまで、生かしてやりたかった」
なんて会話を一人でする。

熱燗一本であっさりと店を出たら、足下から凍えるような寒気が忍び寄る。
田村さん、さようなら。

灯台がとまらない

いま、「灯台」がマイブーム、ということだけ書き留めておきたい。しばらく「灯台」だ。文学、映画など、いま登場する作品を採集中。気がつくと『灯台の潮風だより』(千趣会)を開いている。観音崎灯台へも行きたい。『喜びも哀しみも幾歳月』のころと、ちっとも変っていない(ように見える)お姿に感動する。

『日本の灯台』という写真集があるが、ちょっと高い。灯台の作家として、安西水丸を再確認。灯台を使った一箱古本市、なんてあったら、夢のようだな。螺旋階段に本を並べ、出口で一括会計するのだ。目の前は海。

灯台映画ということで、李相日監督『悪人』を観る。これは現

代の日本映画の高い水準を示すいい作品。同じ監督の『フラガール』が、ぼくはダメで、どうかと思ったが、『悪人』では、能面のような妻夫木聡、地方都市で地味に生き、孤独に疲れ切った深津絵里、ともに存在感を示した。やっぱり灯台のシーンがよかったですね。妻夫木くんが金髪で、深津絵里が赤いセーターを着ていたでしょう。真っ白な灯台をバックに、これしかないという色ですよ。原作脚本の吉田修一には『灯台』という短編もある。吉田修一は灯台好きだろうか。

これは灯台好きのはずと、勘が働いて安西水丸『バードの妹』を開けたら、「灯台」という短編がやっぱり入っていて買った。『にっぽん半島紀行』(小学館)を買ったのも、そこに灯台が出てくるから。三島由紀夫『潮騒』が、そう言えば灯台ものじゃないか、と引っ張り出してくる。やっぱりそうだよ。

明日あたり
燈台へ
波しぶき
見にゆこう
(松任谷由実「9月には帰らない」)

と、そう考えるだけで、身体が潮風に包まれる。ユーミンには「水平線にグレナディン」という「白い灯台」が出てくる曲もある。

松浦亜弥の「灯台」という曲を、それだけ聞きたくてCDアルバム『ダブル・レインボウ』を買った。だいじょうぶか、私。灯台そのものが出てくるわけじゃないけど、これもいい。岡林信康の「灯台守」もいい。こうなったら、灯台さえ出てくればなんでもいいのか。じつはそうなのだ。

そうだよ、画家の林哲夫さんが「灯台」シリーズを油絵で描いていた。これは「灯台もと暗し」だった。

灯台ブームを表明すると、いろんな人が「灯台」ものを、運んでくれる。本家「一箱古本市」へ行った時には、その日売上げ二位だった(三位かも)脳天松家くんが、ロシアの切手をセットにして売っていたが、「おかざきさんのために、これは残しておきました」と、そっと出してくれた。これはこれは。ありがたく買わせてもらう。

「一箱古本市」の打ち上げに参加すると言っておきながら、力尽きて帰還。テレビをつけたら、テレ東『ローカル路線バスの旅』をやっていて、ゴールが能登半島の灯台。いやあ、つながるなあ。

そう言えば、『あまちゃん』のオープニングに最後灯台が映りますね。風の強い朝、少し早く目覚めて、散歩がてら灯台を見にいく、というのが最高のシチュエーションだが、そんな日が来るだろうか。

われわれの仲間うちで博識で通るNEGIさんが、灯台ものでこんなのがありますよ、とメールで教えてくれた。ありがたい。ここで、少し並べておこう。このテーマが本になったとき(なればの話だが)のタイトルも決っている。『いちおう、灯台ですが』という。それぞれ、収録されている本のタイトルを並べておく。

吉田修一『キャンセルされた街の案内』
柴田元幸『昨日のように遠い日』
安西水丸『テーブルの上の犬や猫』
ジャック・フィニィ『フロム・タイム・トゥ・タイム』
ガートルード・ウォーナー『灯台のひみつ』(児童書、絵本には燈台ものが多い)
ジュール・ヴェルヌ『地の果ての灯台』
庄野潤三『浮き燈台』

中編で堀田善衛「灯台へ」は、赤い箱の新潮日本文学全集に収録されていて、これは買って読んだ。田宮虎彦「燈台の下で」は未見。つげ義春『恐怖の灯台』、澁澤龍彦『菊灯台』というのもある。NEGIさんが教えてくれたのは、灯台と言えばこれ、というレイ・ブラッドベリ「霧笛」。『ウは宇宙のウ』に入っていて、同名で萩尾望都がマンガ化している。これを、いま部屋のなかを捜索中。それからポケミスにアンドリュウ・ガーヴ『暗い燈台』がある。

『ユリイカ』ケストナー特集を読んでいて、『エミールと三人のふたご』に、灯台が出てくると知る。バルト海岸の避暑地に、エミールが出かけて行く。最後の最後に、岬の灯台を使った映画上映会があり、そこでかかるのが『エミールと三人のふたご』というのだから、人を喰った設定だ。

詩や歌詞、マンガ、それに『喜びも哀しみも幾歳月』のシナリオなんかも入れたい。あとはエッセイを。

坂田明さんと湘南新宿ライナー

二〇一六年三月二八日は、私の五九回目の誕生日。そのこととは関係なく大船「鎌倉芸術会館」へ行く。鎌倉の小出版社「港の人」と「ヒグラシ文庫」主催の牧野伊三夫・坂田明による、ジャズと絵の即興ライブが開かれる。ひょんなことから、その司会を仰せつかり、現地へ乗り込むことに。

しかし大船、遠いなあ。駅から一〇分ほど歩き、会場が見えると、なんと、隣りが大船「ブックオフ」だった。かなり広い店内の半分は、衣服、雑貨、楽器、家電などの中古コーナー。本はというと、近隣のネット業者の草刈り場となっている感じで、あまり拾えない。電車で読むかと、おとなしく二冊拾う。

イベント会場となった芸術館は立派な建物だ。リハーサル室が会場内にあるが、午後六時にならないと部屋が開けられず、事前の準備時間は開演までの一時間。ヒグラシ文庫さんの陣頭指揮のもと、どこから集められたのか、大勢のスタッフがきびきびと椅子を配列、床にシート、壁に防護幕を張り、巨大な紙をその上から張って、空っぽの部屋をみごと変身させた。その手際のよさに感服する。牧野さんは設営、坂田さんは音出し準備で、トークの事前打ち合わせはほとんど出来ないまま、時間が来て本番突入。

二人が知り合ったエピソード、絵と音楽の関係などを聞き、なんとかトーク部門の役目を果たす。会場はほぼ満員であった。一〇〇名以上は来たか。

坂田さんのサックス即興演奏（トークの時、ぼくが、坂田さんが吹く「早春賦」が好きと言ったので、巧みに演奏に加えてくれる）に合わせて、というのか、乗ってというのか、牧野さんが横断幕のような大きな紙に、さまざまな手法で絵具、クレパス、墨を乗せていく。一時間のパフォーマンスだが、まったく退屈はせず、目の前で絵ができあがっていく過程（坂田さんは、演奏する姿も含め、「それは一つの風景なんだよ」と解説）がスリリングであった。

終演後、大船駅前の居酒屋で打ち上げ。一〇時四五分最終の湘南新宿ライナーに乗車、と同方向の牧野夫妻、坂田さん、それにぼくの四人が固く誓い合う。これに乗り遅れると、帰宅困難となる。打ち上げが盛況になったところで、「帰ります！」と宣言し、会場を後にする。やや早足で大船駅へ。

坂田さんが「オレはいつもグリーンの券を買うんだよ」というので、われわれも買う。新宿まで普通乗車券以外に、九八〇円だかするのだが、乗ってみるとこれは快適であった。二階席脇に、小さく区切られた一階の指定席があり、再び酒盛りをする。そんな得体の知れない我々のそばには誰も寄り付かず、小部屋はほとんど貸切状態だ。

新宿駅で坂田さんとさよならし、残ったメンバーで中央線。ずっと座ったまま最寄り駅まで帰る。雨はやんでいたが、この日いちにち、とうとう使わなかった傘をどこかへ置き忘れたことに気づく。そして、誕生日が終わった。

上京して二三年で失ったもの

先頃、『上京する文學』(新日本出版社)という本を出した。夏目漱石から村上春樹まで、主人公が上京していく小説、あるいは上京者である作家を取り上げた文芸エッセイだ。上京する者の期待と不安、興奮が集結して、大都市が成長するエネルギーとなった、と考えたのだ。また、根っからの東京人では気づかぬ東京を上京者が発見していく。

私もまた、一九九〇年春、大阪から上京してきた。就く仕事のあてもなく、知人もいない東京で、どうやって生活していくか。ときとして眠れぬ夜を過ごしたのだ。誰も自分を知らない東京で、知らない人に囲まれて食事をするのにも緊張した。外出時は立ち食いソバや牛丼屋で済ませ、家にいるときはなるべく自炊で済ませた。

いま考えると、臆病になっていたとおもう。大阪在住時から参加していた『飾粽《かざりちまき》』という詩の同人誌があり、私はそこで詩人のマンガを描いていた。東京に来てからは、その編集作業を手伝うことになり、毎月、同人の一人である杉並区の女性の私邸へ足を運ぶようになった。

そこで顔を合わせるのは、鈴木志郎康、藤井貞和、清水哲男・昶兄弟など、私が青春時代に愛読した錚々たるメンバーだった。女性の若手詩人も多く集い、その誰もが才媛で、しかも美形ばかりなのに驚いた。東京にはきれいな女しかいないのか。だから、大阪から出てきたばかりで何者でもない私は、臆して彼らと口をきくこともなかった。同じ関西(兵庫県赤穂市)出身の本庄ひろしさんという詩人だけが頼りで、保護者から離れぬ子供のように、べったりと彼にくっついていたように思う。

その頃の私を知る一人が、『ラッキョウの恩返し』で華々しくデビューした詩人の平田俊子さん。一九五五年生まれ、島根県隠岐島の出身。彼女は途中から『飾粽』に加わったように思う。もちろん、私は平田さんの高名を知り、詩集も読んでいた。こちらもまぶしい存在だったのだ。「これが平田俊子か」と実物を前に、ちらちら覗き見するだけで、親しく話しかける勇気はなかった。

上京して最初の三か月は、東京の水になじむこと、それに職を得るのに必死で、得るものもないかわり、失うものもなかった。いや、教師時代の貯金だけが確実に目減りしていった。第二の人生が、まったくそこから始まったのだ。

そのうち、小さな雑誌社の編集部に席を得て、まがりなりにも編集者と名乗るようになる。月給は手取り一七万円。ボーナスや福利厚生はなし。土曜日も出勤で、校了間際になるとそれも吹っ飛び、月に四日も休んだことはなかった。

それでも、尻を温める席があるのはありがたいことで、編集のイロハ、取材のノウハウ、記事を書くことなどをこの雑誌社で経験として積み上げていく。給料は少なくても、ここで得るものは多かった。昨年まではテレビを見るだけの有名人に、直接会って、話を聞く体験は新鮮だったし、東京のあちこちへ足を運ぶことで、まっさらな肌に垢が溜まっていくような気がしていた。しばらくは、そこで我慢すれば、いずれもう少し明るい場所へ抜け出せるチャンスはありそうだった。

ところが、一九九〇年には匂っていたバブルの残滓も、あっという間に消えた。雑誌はつぶれ、給料未払いのまま、私はまた寒空の路上に転がり出るのだった。ここから、いまに至るフリーライター生活が始まる。いくつかの雑誌で、取材し、文章を書く日々。いま思うと、私はずっとその間、少し気取って標準語を喋っていた。

あたりまえだ。何者でもない私が、馴れ馴れしく大阪弁で人に接したり、取材することは許されない。「そんで、それから、どないしたん?」とは取材で聞けないではないか。「それで、それから、どうなさったんですか」と標準語に慣れた東京人の仮面をかぶって生活していたのである。それで不自由はなかった。

たまに、大阪の友人と電話で話すとき、すぐには大阪弁モードに切り替わらなくて、東京人っぽくなり「おまえ、変な喋り方するやないか」と叱られたこともある。そんなときは、大阪弁が炸裂しまくる関西の人気テレビ番組『探偵ナイトスクープ!』をあわてて視聴して、勘を取り戻さなければならなかった。

そして幾星霜、初めての本である『文庫本雑学ノート』(ダイヤモンド社)が出て、取材する側からされる側へ回ったり、書評を始め、署名記事が仕事のなかで増えていくと、次第に「標準語に慣れた東京人の仮面」は剝がれ、時と人を選んで大阪弁が自然に口をついて出るようになった。いまではほとんど大阪弁だ。

一昨年だったか、友人のHくんを介して、平田俊子さんと某所で再会し、一献傾ける機会があった。平田さんと口をきくのは、それがほとんど初めてだったが、なんとなくくつろいで言葉をかわしていると、平田さんがいきなり、「岡崎さん、態度でかくなったわねえ」と言ったのだ。たしかに、おそらく平田さんの印象にあった二〇年前の引きこもりの青年みたいな私とは大違い。しかも大阪弁丸出しだ。

そのとき、つくづく思ったのだ。大東京を前に、あの気弱で臆病だった私はいなくなった。二十数年は確実に橋の下を流れていったのだ。

（『雲遊天下』一一一号、二〇一二年一一月二二日）

あとがき

晶文社から二〇〇八年に出してもらった『雑談王』に続く、岡崎武志ヴァラエティブックの第二弾である。『雑談王』の「かなり気張ったあとがき」という文章で、私は「ようやく晶文社からバラエティブックが出せました。いまは、まず自分に乾杯したい気分であります」と書き付けた。それを読んで、またバラ色の興奮が甦る思いだ。

晶文社が創出した、一人雑誌の単行本化とでもいうべきスタイルが、植草甚一始め、小林信彦、筒井康隆、双葉十三郎、坪内祐三、小西康陽(幻冬舎、朝日新聞社ほか)などの著者により作られた。末席ながら、そこに自分も加えられたことを名誉に感じたものだ。単一の組版で、テキストを紙の束に流し込むのではなく、二段、三段、四段と内容によって組を変え、写真やイラストを大胆にあしらった『ワンダー植草・甚一ランド』は、その嚆矢であり、出版界の革命であった。この幕の内弁当的単行本は、青春期に晶文社の著作と出会った者たちにとって憧れのスタイルであった。

今回、原書房の編集者・百町研一さんから「岡崎さん、ヴァラエティブックを作りましょう」という申し出を受けた時は、頭の中に大きな「!」が浮かんだ。こんなチャンスを逃がしてはなるまいと張り切り、書評原稿を中心に掲載紙誌を貼付けたスクラップ帳をダンボール箱にまとめてドサリと渡した。しかし、これだけでは書評集になってしまう。ヴァラエティブックは祝祭的であるべきだ。

そこで、十数年書き続けているブログを繙き、最近の分と、遡って二〇一〇年ぐらいから、使えそうなネタをチェックした。なるべく多彩な話題を拾い、大幅に手を加えてコラム、断章に仕立て直し、三段組で加えることにした。これがちょうど全体の半分を占め、本書の特色にもなっているはずだ。書評など他の原稿と少しネタが重なっている点は、おゆるしを……。

ふだんはまず、自分の書いたブログ「okatakeの日記」を読み直すことなどないので、これは新鮮な体験であった。日々の行動から始まり、本から得た知識や感想、買った古本についての感想や来歴、そして、映画、テレビ、音楽、散歩など、ほぼ毎日書いてきた。よくぞ飽きずに続いたもので、今も続けている。その継続性に、われながら感心した。中心は「読書」にあるが、その他、サブカルチャー世代として、さまざまなことに目を向け、好奇心を駆り立てて来た。評論家の海野弘は、著作『歩いて、見て、書いて　私の一〇〇冊の本の旅』(右文書院)の中で、影響を受けた人として植草甚一と山口昌男の名を挙げ、続けてこう書いている。

「いかなるものも語ることができるのであり、語る価値があることを教えられた」

私も同じ思いで、ずっとその報告をブログでしている。二〇一三年いっぱいぐらいで、もう分量として溢れるぐらいになり、そこで採録は止めたが、機会があったら、その続きを別のかたちでまとめてみたい。

コラムを彩るため、イラストも相当量描いた。似顔絵は得意とするわけではないが、描いているうちに調子をつかみ、片岡義男なんて、われながら秀逸だと思う。写真にとらわれているうちは、似て非なるものになり、いったん、そこから離れ、網膜に残った像を写す方がうまくいくようだ。

絵は描けば描くほど上手くなる。それはわかっているのだが、本職ではないので、たまに筆を執る程度だから出来については致し方ない。理想はなんといっても和田誠で。如実に影響を受けているが、あんなにシンプルながら、きれいな線が描けるなんて神業だと思う。自分もうまくなりたい。絵を描くのは無心の作業で、やっぱり楽しいのだ。

＊

今回、ブログからのコラム採録の作業と並行して、詩も書いていた。二〇代に書いていた連作詩「風来坊」は、九編書き溜めて、手書きコピーの私家版詩集にまとめた。それを、のちに友人の山本善行(京都で古書「善行堂」を営む)が、「スムース文庫」の一冊として復刊してくれた。これが私の唯一の詩集である。あれから(私家版詩集をまとめてから)三〇年近くが経過し、突如その続編を書こうと思い立ち、書き出したら、詩の言葉があふれ出し、一週間で二〇編近くを書き下ろした。詩の神がのりうつったような不思議な体験で、本書の制作と重なって、二〇一六年一一月は忘れがたい月となった。二〇一七年三月、いよいよ還暦を迎えるにあたって、先の善行堂が、新詩集『風来坊』を出してくれる予定になっている。

＊

編集担当の百町さんに、「タイトルはどうしましょう?」と聞かれた時、『気がついたらいつも本ばかり読んでいた』が、すんなり思い付いた。というのは、私はフォーク小僧で、高校、大学とフォークギターを弾き、歌い、ときに自分でも曲を作っていた。五〇曲はあるか。その中の一曲が「気がついたらいつも2人だった」であった。本書のタイトルはその援用である。二〇代前半ぐらいに作ったのか。ちなみにこんな歌詞だ。

「気がついたらいつも2人だった／まるで暗い河を渡るように世間を／暮らしが日々に冒されてはかなくて／それで心が離れそうになっても」

以下、えんえん貧しい男女の関係が「気がついたらいつも2人だった」という歌い出しでつづられる。別に同棲経験があるわけではないので、まったくの妄想である。いま、何も見ずに歌詞がすらすら書けたから、二〇代当時、悦に入って、歌い込んでいたのではないか。

＊

しかし、本書収録の初めてまとめられた書評群を読み返していると、つくづく「いつも本ばかり読んでいた」人生だったなあ、と思うのである。過去に書いたものが、こうして並べられると、書いた時の気持ちを思い出したりもして、ある種の感慨もある。締め切りに間に合わせるため、瞬発力で絞り出した表現と言葉たちであるが、そこに当時の自分が映し出されている。それはたぶん、自分にしかわからないことだ。そういう意味では、プライベートな一冊にもなった。

それもこれも、「岡崎さんの本を作りましょう。せっかくですから、ヴァラエティブックにしましょう」と言い出してくれた百町研一さんのおかげである。彼とは、こうして仕事をするのは初めてだが、同じ中央線族で、重なる知り合いも多く、あちこちでしょっちゅう顔を合わせていた。私が「一箱古本市」に精出している頃には客として訪れてくれたし、各種トークショーの類にも、かなりの頻度で顔を出してくれた人物だった。仕事を組んだことのない編集者と、これほど近しい存在になるのは珍しい。

仕事をするのは初めてながら、ずっとお互いに、嗜好や趣味がわかっていたので、作業はやりやすかった。というより、素材を揃えたのは私だが、それを料理してくれたのは百町さんである。コラムのタイトルも含め、構成などでご苦労をかけた。小山〝古ツア〟力也くんとの共著で、西荻窪の盛林堂書房から発行して好評だった『古本屋写真集』に入りきらなかった写真をまとめて、「これでページを作りましょう」、なんてアイディアは彼から出されたものだ。

本を出す時はつねにそうだが、今回は、特に二人で作った本という思いが強い。あらためて感謝したい。「あとがき」執筆は、つねにゲラの段階で、出来上がった本を見ているわけではない。ちゃんと紙の束となって、ジャケットがついた形を見るのが今から楽しみだ。

造本、デザインは小沼宏之さんの手をわずらわせた。私もときどき寄稿するユニークな雑誌『雲遊天下』の表紙を手がけておられ、仕上がりの良さにいつも感心していた。また、ここに再録を許可してくださった、各媒体の編集者、責任者の方々にもお礼を申上げる。書評については、注文がなければ書けなかった原稿ばかりで、依頼あっての成果なのである。

出版事情はいよいよ厳しく、この先、どこまで本を出してもらえる情勢が続くかは、正直言って読めないし、悲観的でもある。これまで以上に、出してもらえる一冊、一冊が重要になってくる。いや、それ以前に、依頼のあった原稿の一編、一編がすでに重要なのだ。当り前の話だが。

最後に、『雑談王』の「あとがき」に書き付けた末尾の言葉を再びここに記したい。

「いまは、まず自分に乾杯したい気分であります」

二〇一六年一一月某日　　岡崎武志

クォーター」物語』◉諸岡憲司｜講談社
▶『趣都の誕生――萌える都市アキハバラ』◉森川嘉一郎｜幻冬舎（『Invitation』2003年6月号）……288
▶七〇年代青春を冷静に検証する｜『池袋シネマ青春譜』◉森達也｜柏書房（同上、2004年6月号）……290
▶ロンドンの若き哲学者による新しい旅のスタイルと愉しみ方｜『旅する哲学――大人のための旅行術』◉アラン・ド・ボトン｜集英社（同上、2004年7月号）……292
▶佐藤泰志、奇跡の再評価（『北海道新聞』2014年4月30日）……293
▶明日から夏休み｜『海辺の博覧会』◉芦原すなお｜ポプラ社（『asta*』2007年9月）……294

―

▶田村治芳さん死去（書きおろし）……298
▶灯台がとまらない（日記から）……300
▶坂田明さんと湘南新宿ライナー（日記から）……303
▶上京して二三年で失ったもの（『雲遊天下』111号、2012年11月22日）……305

2014年4月20日)……235

▸その存在も声も大きかった|『文藝別冊——丸谷才一』◉河出書房新社(同上、2014年5月4日)……236

▸マニアのこだわりがギッシリ|『本棚探偵——最後の挨拶』◉喜国雅彦|双葉社(同上、2014年6月15日)……236

▸理由も意味も、ないからいい|『いい感じの石ころを拾いに』◉宮田珠己|河出書房新社(同上、2014年6月22日)……237

▸歌の可能性を、強く信じていた|『1969——新宿西口地下広場』◉大木晴子・鈴木一誌編|新宿書房(同上、2014年7月6日)……237

▸オレたちがやらずに誰がやる!|『紙つなげ!——彼らが本の紙を造っている』◉佐々涼子|早川書房(同上、2014年7月20日)……238

▸奇跡ではない鐘の音|『三陸鉄道　情熱復活物語——笑顔をつなぐ、ずっと‥』◉品川雅彦|三省堂(『潮』2014年10月号)……238

▸この人を忘れさせてなるものか|『井田真木子著作撰集』◉井田真木子|里山社(『サンデー毎日』2014年8月3日)……239

▸不条理と皮肉に潜む人生の本質|『はい、チーズ』◉カート・ヴォネガット|河出書房新社(同上、2014年9月7日)……240

▸これさえあれば、他はいらない|『無人島セレクション』◉光文社(『サンデー毎日』2014年10月19日)……240

▸過ぎ去った時間に教えられること|『本があって猫がいる』◉出久根達郎|晶文社(同上、2014年11月9日)……241

▸傍流から見えてくるもの|『NHK戦後サブカルチャー史』◉宮沢章夫|NHK出版(同上、2014年11月30日)……241

▸人生の秋を迎えた胸中を語る|『とまっていた時計がまたうごきはじめた』◉細野晴臣|平凡社(同上、2014年12月21日)……243

▸震災、戦災を経た町の胎動と変貌|『わが町新宿』◉田辺茂一|紀伊國屋書店(同上、2014年12月28日)……243

▸掛け値なしの情熱がほとばしる|『清張映画にかけた男たち』◉西村雄一郎|新潮社(同上、2015年4月11日)……244

▸読む・買う・売る|『書肆紅屋の本 2007年8月〜2009年12月』◉空想書店　書肆紅屋|論創社(『雲遊天下』103号、2010年8月10日)……245

—

▸旅空の串田孫一(『ヤマケイJOY』2007年春号)……246

▸ディック・フランシス(『読売新聞』2013年9月29日)……247

▸さよなら、書肆アクセス(『すばる』2008年2月号)……248

—

▸赤坂と秋葉原、二つの街を支配した欲望のベクトル|『赤坂ナイトクラブの光と影——「ニューラテン

▸小さい頃から規格外、好きなことだけに熱中した｜『ほんまにオレはアホやろか』◉水木しげる｜新潮文庫（同上、224号、2013年10月1日）……182
▸秋の夜に、心優しき探偵の活躍譚｜『誘拐』◉ロバート・パーカー｜ハヤカワ文庫（同上、225号、2013年10月15日）……183
▸働くことが、生きることなんだよ。｜『この世でいちばん大事な「カネ」の話』◉西原理恵子｜角川文庫（同上、226号、2013年11月1日）……184
▸50ページの「訳者あとがき」、村上春樹のとっておき｜『ロング・グッドバイ』◉レイモンド・チャンドラー／村上春樹訳｜ハヤカワ文庫（同上、227号、2013年11月15日）……185
▸現在に流れ込む過去、まるで精緻な寄木細工｜『笹まくら』◉丸谷才一｜新潮文庫（同上、229号、2013年12月15日）……186
▸人生はひどく残酷なのか、それとも徹底して優しいのか｜『花模様が怖い』◉片岡義男｜ハヤカワ文庫（同上、231号、2014年1月15日）……187
▸名探偵ホームズと夏目漱石が出会って｜『漱石と倫敦ミイラ殺人事件』◉島田荘司｜光文社文庫（同上、232号、2014年2月1日）……188
▸どこか色っぽく、町さえ味わいつくす｜『焼き餃子と名画座』◉平松洋子｜新潮文庫（同上、233号、2014年2月15日）……189
▸寝床で毎晩、一つずつ。よく効く薬を飲むように｜『サキ短編集』◉サキ／中村能三訳｜新潮文庫（同上、236号、2014年4月1日）……190
▸最後のことばは、「頼むから仕事をさせてくれ」｜『父・手塚治虫の素顔』◉手塚眞｜新潮文庫（同上、238号、2014年5月1日）……191
▸土耳古に滞在する青年の日々｜『村田エフェンディ滞土録』◉梨木香歩｜角川文庫（同上、241号、2014年6月15日）……192
▸人と違っていることで障害者にされる必要はない｜『ぼくには数字が風景に見える』◉ダニエル・タメット｜古屋美登里訳｜講談社文庫（同上、244号、2014年8月1日）……193
▸映画と原作の両方を味わう楽しみ｜『小さいおうち』◉中島京子｜文春文庫（同上、245号、2014年8月15日）……194
▸問題は地獄にも天どんがあるかどうかだ｜『食物漫遊記』◉種村季弘｜ちくま文庫（同上、246号、2014年9月1日）……195
▸懐かしくおかしい若者たちの部屋。絶対にCMには出てこないけれど｜『TOKYO STYLE』◉都築響一｜ちくま文庫（同上、250号、2014年11月1日）……196
▸ただし小津さんは別よ｜『原節子――あるがままに生きて』◉貴田庄｜朝日文庫（同上、251号、2014年11月15日）……197

—

▸存在を取り戻す試みのなかで｜『パウル・ツェランと石原吉郎』◉冨岡悦子｜みすず書房（『サンデー毎日』2014年3月2日）……234
▸あふれる涙をおさえられない｜『いつもこどものかたわらに』◉細谷亮太｜白水社（同上、2014年3月30日）……234
▸愛すればこそ、紡がれる言葉たち｜『映画、柔らかい肌。映画に触る』◉金井美恵子｜平凡社（同上、

薗安浩・文｜MF文庫（同上、183号、2012年1月15日）……160
▸文学は実学。生きることに直結しているのだ｜『忘れられる過去』◉荒川洋治｜朝日文庫（同上、184号、2012年2月1日）……162
▸ピカピカ光る芸人たちの人生。「遠い憧れ」が熱い｜『上方芸人自分史秘録』◉古川綾子｜日経ビジネス人文庫（同上、185号、2012年2月15日）……163
▸人間の手が作り出す美しさ、力強さ。土と格闘した人生｜『つぶれた帽子――佐藤忠良自伝』◉佐藤忠良｜中公文庫（同上、186号、2012年3月1日）……164
▸短編「大発見」の衝撃。鷗外に驚かされる｜『森鷗外』◉ちくま日本文学｜ちくま文庫（同上、187号、2012年3月15日）……164
▸建物が美術品、ポケットに美を｜『アール・デコの館』◉写真・増田彰久｜文・藤森照信｜ちくま文庫（同上、188号、2012年4月1日）……165
▸漱石が遺した謎。最後に美女を死なせたのは誰？｜『虞美人草』◉夏目漱石｜岩波文庫（同上、189号、2012年4月15日）……166
▸豊富な解説図つき。「こころ」最大の謎に迫る｜『漱石の「こころ」』◉角川ソフィア文庫（同上、190号、2012年5月1日）……167
▸読むうちに腹が減り、生きる力が湧いてくる｜『大衆食堂パラダイス！』◉遠藤哲夫｜ちくま文庫（同上、191号、2012年5月15日）……168
▸目的なき人生は幻想である｜『郵便配達夫シュヴァルの理想宮』◉岡谷公二｜河出文庫（同上、192号、2012年6月1日）……169
▸“アラカン”が貫いた、まことにあっぱれな人生｜『鞍馬天狗のおじさんは――聞書アラカン一代』◉竹中労｜ちくま文庫（同上、193号、2012年6月15日）……171
▸関東大震災後の東京。雨上がりの空に虹がかかる｜『銀座復興　他三篇』◉水上瀧太郎｜岩波文庫（同上、195号、2012年7月15日）……173
▸「世界のオギムラ」と小さな卓球場。不思議な熱い友情があった｜『ピンポンさん』◉城島充｜角川文庫（同上、196号、2012年8月1日）……174
▸山頂で風に吹かれながら｜『新選山のパンセ』◉串田孫一｜岩波文庫（同上、200号、2012年10月1日）……175
▸いきいきと遊びはしゃぐ、あの子どもたちはどこへ行ったのか｜『ついこの間あった昔』◉林望｜ちくま文庫（同上、202号、2012年11月1日）……176
▸考える名手二人、とことん読者を道連れに｜『哺育器の中の大人〔精神分析講義〕』◉伊丹十三＋岸田秀｜ちくま文庫（同上、204号、2012年12月1日）……177
▸風に逆らわない主人公。悠々と、明るい筆致は「お茶」の味わい｜『更紗の絵』◉小沼丹｜講談社文芸文庫（同上、206号、2013年1月1日）……178
▸「僕は僕を知りたくて本を読むのだ」｜『たましいの場所』◉早川義夫｜ちくま文庫（同上、209号、2013年2月15日）……179
▸チャイムも郵便受けも必要なかった街｜『月島物語』◉四方田犬彦｜集英社文庫（同上、213号、2013年4月15日）……180
▸昭和三〇年代、東京の空は広かった｜『東京「昭和地図」散歩』◉鈴木伸子｜だいわ文庫（同上、218号、2013年7月1日）……181

▸ まっすぐに生き、書きつづった人｜『父　吉田健一』◉吉田暁子｜河出書房新社（同上、2014年2月2日）……049

—

▸ 名エッセイストとしての伊丹十三『問いつめられたパパとママの本』◉伊丹十三｜新潮文庫（『ビッグイシュー日本版』77号、2007年8月15日）……142
▸ 九勝六敗を狙え｜『うらおもて人生録』◉色川武大｜新潮文庫（同上、82号、2007年11月1日）……142
▸ シャレたセリフとすてきな絵で｜『お楽しみはこれからだ』◉和田誠｜文藝春秋（同上、84号、2007年12月1日）……143
▸ 明治から現代、東から西｜『芸人　その世界』◉永六輔｜岩波現代文庫（同上、100号、2008年8月1日）……144
▸ 夏の終わりの夕暮れ、心にしみとおるソネットを｜『立原道造詩集』◉杉浦明平｜岩波文庫（同上、103号、2008年9月15日）……145
▸ ペリーが日本で食べたもの｜『歴史のかげにグルメあり』◉黒岩比佐子｜文春新書（同上、105号、2008年10月15日）……147
▸ これはもう旨いに決まっている｜『私の食物誌』◉吉田健一｜中公文庫（同上、106号、2008年11月1日）……149
▸ 誰かに贈物をするような心で書けたなら｜『日々の麺麭・風貌』◉小山清｜講談社文芸文庫（同上、109号、2008年12月15日）……150
▸ 自分のことを上げておく棚｜『ないもの、あります』◉クラフト・エヴィング商會｜ちくま文庫（同上、116号、2009年4月1日）……151
▸ メチャクチャで魅力的な男のマボロシ本｜『俺はロッキンローラー』◉内田裕也｜廣済堂文庫（同上、142号、2010年5月1日）……152
▸ はんなりと優しく温かい、「日だまり」のような大阪の町と写真館｜『田辺写真館が見た“昭和”』◉田辺聖子｜文春文庫（同上、148号、2010年8月1日）……153
▸ 当時よりいっそう切実で孤独な「箱男」たち｜『箱男』◉安部公房｜新潮文庫（同上、150号、2010年9月1日）……154
▸ 本当に老いた時、尊く美しく円熟してた｜『小津安二郎先生の思い出』◉笠智衆｜朝日文庫（同上、153号、2010年10月15日）……155
▸ 挿絵は風間完。推理小説ブームを生んだ｜『点と線｜長編ミステリー傑作選』◉松本清張｜文春文庫（同上、163号、2011年3月15日）……156
▸ 果てしない会話が続く、不思議な小説｜『東京の昔』◉吉田健一｜ちくま学芸文庫（同上、164号、2011年4月1日）……157
▸ おれはおまえらが羨ましい。羨ましすぎて気が狂いそうだ｜『暗渠の宿』◉西村賢太｜新潮文庫（同上、169号、2011年6月15日）……158
▸ 瑞々しい新訳、哀れでカラフルな恋愛小説に｜『うたかたの日々』◉ヴィアン｜野崎歓訳｜新潮文庫（同上、178号、2011年11月1日）……159
▸ ダンディで、ヨッパライで、そしてもちろん言葉の名手｜『詩人からの伝言』◉田村隆一・語り｜長

▸ 一生を文字に捧げた人｜『文字に聞く』◉南鶴渓｜毎日新聞社（同上、毎日新聞出版、2004年12月10日）……028

—

▸ そこには都電が走っていた｜『ウルトラマンの東京』◉実相寺昭雄｜ちくま文庫（『サンデー毎日』2003年4月20日）……030

▸ 正確な描写の動植物｜『手塚治虫博物館』◉手塚治虫＋小林準治｜講談社＋α文庫（同上、2003年9月21日）……031

▸ お化け番組の裏話｜『だめだこりゃ』◉いかりや長介｜新潮文庫（同上、2003年8月17日・24日）……032

▸ ありきたりの評じゃない｜『ぼくが選んだ洋画・邦画ベスト200』◉小林信彦｜文春文庫（同上、2003年8月17日・24日）……033

▸ 消えゆく文士ダンディズム｜『吉行淳之介エッセイ・コレクション1　紳士』◉荻原魚雷編｜ちくま文庫（同上、2004年4月11日）……034

▸ 返事を繰り返すのはなぜか｜『大阪ことば学』◉尾上圭介｜講談社文庫（同上、2004年6月13日）……035

▸ ムシ王国への招待状｜『昆虫おもしろブック』◉矢島稔＋松本零士｜知恵の森文庫（同上、2004年8月8日）……036

▸ よみがえる少年期の夕暮れ｜『透明怪人　江戸川乱歩全集第16巻』◉江戸川乱歩｜光文社文庫（同上、2004年9月16日）……037

▸ 無人島でも退屈しないな｜『地図を探偵する』◉今尾恵介｜新潮文庫（同上、2004年10月10日）……038

▸「マメ天国」の夢よ再び｜『天頂より少し下って』◉川上弘美｜新潮社ハーフブック（同上、2005年3月6日）……039

▸ しびれるような人生認識｜『錢金について』◉車谷長吉｜朝日文庫（同上、2005年5月1日）……040

▸『ゴルゴ13』が四〇年続いたワケ｜『俺の後ろに立つな——さいとう・たかを劇画一代』◉さいとう・たかを｜新潮社（同上、2010年8月1日）……041

▸ エンタメ裏方人生の熱気満載！｜『今夜は最高な日々』◉高平哲郎｜新潮社（同上、2010年10月3日）……043

▸ 伝説の真相をつきとめて修正｜『ブギの女王・笠置シヅ子』◉砂古口早苗｜現代書館（同上、2010年11月28日）……044

▸ 巧くない。味がある。クセになる。｜『なんだかなァ人生』◉柳沢きみお｜新潮社（同上、2012年3月11日）……045

▸ 美術史家には書けなかった美術史｜『恩地孝四郎　一つの伝記』◉池内紀｜幻戯書房（同上、2012年6月10日）……047

▸ 心に、体に、刻み込まれている｜『文藝別冊　総特集　山田太一』◉河出書房新社（同上、2013年6月30日）……048

▸ 何も言わずに死んでたまるか｜『釜ヶ崎語彙集1972–1973』◉寺島珠雄編著｜新宿書房（同上、2013年9月22日）……049

初出一覧

- 「とにかく生きてゐてみようと考へ始める」(『出版ダイジェスト』2010年8月9日)……010
- 薫くんに何があったか(『パブリッシャーズ・レビュー』2012年4月15日)……011
- 昭和五年の日記(同上、2015年1月15日)……012

—

- 常軌を逸した「古本者」|『本棚探偵の生還』◉喜国雅彦|双葉社(『秋田魁新報』2011年8月28日)……013
- 菊池の「静」、永田の「動」|『菊池寛と大映』◉菊池夏樹|白水社(『週刊読書人』2011年4月1日)……013
- 名人の真相をあぶり出す|『落語家　昭和の名人くらべ』◉文藝春秋(同上、2012年5月11日)……015
- 話芸の本質に迫る|『上岡龍太郎——話芸一代』◉戸田学|青土社(『週刊読書人』2013年11月15日)……016
- 心地よい読後感誘う言葉たち|『なつかしいひと』◉平松洋子|新潮社(『信濃毎日新聞』2012年4月15日)……018
- 絵のある文庫の魅力再発見|『「絵のある」岩波文庫への招待』◉坂崎重盛|芸術新聞社(同上、2011年4月24日)……019
- 時代またぎ越し消えた時代追う|『ある「詩人古本屋」伝——風雲児ドン・ザッキーを探せ』◉青木正美|筑摩書房(同上、2011年5月15日)……020
- 「指で考える」天才の魅力に迫る|『グレン・グールド——未来のピアニスト』◉青柳いづみこ|筑摩書房(同上、2011年9月18日)……021
- 静かで優しい時間がそこに|『わたしの小さな古本屋』◉田中美穂|洋泉社(同上、2012年3月14日)……022
- 木漏れ日のような暖かさ、今も|『上林曉傑作随筆集　故郷の本箱』◉山本善行撰|夏葉社(同上、2012年8月26日)……023
- 大女優の幸せ|『高峰秀子　暮しの流儀』◉高峰秀子+松山善三+斎藤明美|新潮社(『新潮45』2012年3月)……025
- 委員と選評に噛みつく|『文学賞メッタ斬り!』◉大森望+豊崎由美|PARCO出版(『北海道新聞』2004年4月18日)……026
- 漢字に秘められたドラマ|『漢字百話』◉白川静|中公新書(『漢九郎』毎日新聞出版、2004年3月13日)……027

岡崎武志

1957年、大阪府枚方市生まれ。立命館大学卒業。高校の国語講師、雑誌編集者を経てライター・書評家として活動。『文庫本雑学ノート』(ダイヤモンド社)でデビュー。著書に『上京する文學』(新日本出版社)、『古本道場』(角田光代と共著、ポプラ社)、『雑談王 岡崎武志バラエティ・ブック』(晶文社)、『古本極楽ガイド』『女子の古本屋』(以上、ちくま文庫)、『蔵書の苦しみ』(光文社新書)、『読書の腕前』『読書で見つけた こころに効く「名言・名セリフ」』(以上、知恵の森文庫)、『古本屋めぐりが楽しくなる――新・文學入門』(山本善行との共著)『気まぐれ古本さんぽ』(以上、工作舎)、『ここが私の東京』(扶桑社)など著書多数。編者として、野呂邦暢『夕暮の緑の光――野呂邦暢随筆集』(みすず書房)、庄野潤三『親子の時間――庄野潤三小説撰集』(夏葉社)を手がけている。

気《き》がついたらいつも本《ほん》ばかり読《よ》んでいた

2016年12月17日　初版第1刷発行

著者――――岡崎武志《おかざきたけし》

発行者――――成瀬雅人

発行所――――株式会社原書房
〒160-0022 東京都新宿区新宿1-25-13
電話・代表03(3354)0685
http://www.harashobo.co.jp
振替・00150-6-151594

ブックデザイン――小沼宏之

印刷――――新灯印刷株式会社

製本――――東京美術紙工協業組合

ISBN978-4-562-05363-6
Printed in Japan